曹安："小桃，我对你是认真的，从一开始，就是以结婚为目的。"
不是为了找个女人结婚，是为了能跟她结婚。
他确实没有那么老实，可他一直都是认真的。

笑佳人

笔佳人 著

Eat Peaches

相亲对象他长得很凶

图书在版编目（CIP）数据

相亲对象他长得很凶 / 笑佳人著. -- 南京 ： 江苏
凤凰文艺出版社，2025. 9. -- ISBN 978-7-5594-9723-9

Ⅰ . I247.5

中国国家版本馆 CIP 数据核字第 2025TH7221 号

相亲对象他长得很凶

笑佳人 著

责任编辑	曹　波
责任印制	杨　丹
特约编辑	张梦璇
封面设计	白茫茫

出版发行　江苏凤凰文艺出版社

　　　　　　南京市中央路 165 号，邮编：210009

网	址	http://www.jswenyi.com
印	刷	河北鹏润印刷有限公司
开	本	880 毫米 × 1230 毫米　1/32
印	张	11.25
字	数	357 千字
版	次	2025 年 9 月第 1 版
印	次	2025 年 9 月第 1 次印刷
书	号	ISBN 978-7-5594-9723-9
定	价	49.80 元

江苏凤凰文艺版图书凡印刷、装订错误，可向出版社调换，联系电话 025-83280257

目录

6

3月6日，星期四，惊蛰，右结膜

江桃忽然就想起了他第一次在她面前露出狰狞一面的那晚。

他问，她不愿意跟他相亲，是讨厌他，还是怕他。

怎么会讨厌呢？

他这么好，无论什么时候遇见，到最后江桃一定都会喜欢上他。

卷
一

小桃

第1章

桐市第一医院，普外科，住院部第五层。

江桃替上午最后一位病人办理好入院手续，正要去休息室吃盒饭，门禁外的值守护士忽然联系她："小桃，有个上周五出院的病人来找你，叫张阳。"

才隔了一个周末，江桃对张阳还有印象，一个高高壮壮的男患者，因胆囊炎手术住的院。在医护眼中，病人都是一样的，无非是每个病人都有自己的性格脾气，打交道的体验也因此不同。

张阳这人，有点轻浮，总喜欢开江桃的小玩笑，也就是同事们口中的"撩"。江桃一点都不喜欢这种撩，只是她前后负责了张阳七天，哪怕张阳只有很小的概率是因为身体问题来找她，她也要去见一面。

病区玻璃门的门禁外，张阳背靠一侧的走廊墙壁，歪着脑袋，很快就看到了江桃。

她穿着统一的护士服，戴一顶纯白的护士帽。这样的着装混在一群护士里难以显山露水，可如果这些护士站成一排，那么谁都会第一眼就注意到江桃。

她皮肤很白，杏眼乌润，眼尾微微上挑，鼻头小巧圆润，脸颊带着一点婴儿肥，显得很是乖巧。

住院的那几天，张阳有很多机会近距离观察江桃，然后就发现这个小护士是初看甜美，越看越耐看。张阳最喜欢的还是她的嘴唇，粉粉嫩嫩，仿佛熟透的蜜桃。

玻璃门打开，江桃走了出来。

张阳站直了，笑着看她："两天没见，想我没？"

值守护士目光怪异地看过来。

江桃脸色微冷，对着张阳的胸口问："你有事吗？我很忙。"

张阳一直放在背后的手伸了过来，提着一份奶茶外卖："不知道你有没有吃过，只买了奶茶。"

江桃皱眉："不需要，没有其他事我回去了。"

她转身要走，张阳两步跨过来，高大结实的身躯拦在玻璃门前，一手提着奶茶，另一手拿出手机，打开微信："不收奶茶也行，加个好友，加完我马上走。"

江桃退后："你走不走都跟我没关系，但如果你继续妨碍我上班，我可以叫医院保安上来处理。"

小护士长得乖软，板着脸也没有什么威慑力，张阳笑笑："那你叫吧。"

江桃不再看他，走到值守台前，取出手机，翻出存在备忘录的保安室号码，毫不犹豫地拨通。

张阳发现小护士真的不怕事，说叫保安就叫保安，一桶冷水彻底浇灭了他的兴致。他今天来，无非是想欺负她胆小老实，半是耍赖半是哄地把人搞到手，没想到碰了个硬钉子。现代社会，张阳还不敢真的犯法。

看了一眼还在跟保安解释情况的江桃，张阳冷笑一声，将奶茶丢进垃圾桶，头也不回地走了。江桃目送他的背影，告知保安不用再过来。

值守护士一边整理文件一边夸她："做得好，就该这样，什么人啊，还敢来医院玩这套。"

江桃忙了一上午，肚子都饿扁了："我还没吃饭，先进去了。"

结果这一转身，她就见护士长王海燕站在玻璃门对面，脸色有些严肃，也不知道旁观了多久。

"您要出去吗？"江桃推开玻璃门，心里犯怵地问。

王海燕的视线在小护士白净忐忑的脸上转了一圈，关上门道："不出去，见你这边好像有纠纷，过来看看。"

江桃连忙解释："我跟他没关系，他住院时就想加我好友，我一直没加，没想到他还会找过来。"

走廊里随时可能出现病人或陪护家属，王海燕将江桃带去了休息室。

休息室里没有人，桌子上摆着孤零零一份盒饭。王海燕轻轻推了下江桃的肩膀："先去吃饭，别饿着。"

王海燕和善的语气减轻了江桃的紧张。她拉出一把椅子让护士长坐，先去仔仔细细洗了手，再坐到桌子对面，打开盒饭。开吃之前，江桃还眼巴巴地看了护士长一眼。

王海燕笑了："别怕，刚刚你处理得很好，我找你是为了别的事。"

江桃眨眨眼睛："您说。"

王海燕："你先吃，我回个消息。"

江桃就趁护士长回消息的工夫，快速地吃了几口。

等她吃了一半，王海燕才收起手机，笑眯眯地看着江桃："长得这么好看，还没男朋友？"

太过熟悉的话题，让她升起一种不好的预感。江桃摇摇头作为回应，低头往嘴里塞饭。

王海燕："读大学时肯定有很多男生追你吧？"

江桃："我们班只有五个男生，都有女朋友了。"

护理专业是男女比例悬殊的专业之一，王海燕也知道，她指的是其他专业的男生。江桃这张小脸放在哪个学院都能去参选院花，绝不缺乏追求者。

可事实是，江桃真没有多少追求者。她性格内向文静，几乎没参加过什么社团活动，大学四年基本就是宿舍、教学楼、图书馆、食堂四点一线，其他院系的男生难以接触到她，本院系的男生则被一群女生包围，外形条件好的早早有了女朋友，甚至经常更换，不好的，江桃也看不上。

毕业后，她在帝都一家医院轮转两年，既是学习也是积累经验，忙忙碌碌根本没有时间谈恋爱，然后就按照计划回了老家这座三线城市。

王海燕："你回桐市也有半年了，是不是很多人给你介绍过相亲对象？"

江桃慢慢地点点头。

不提亲戚朋友，就是小区里只见过几面的老太太们都拐弯抹角地打听她的消息，再来牵线搭桥。江桃也是回了桐市才发现护士在本地老人们眼里有多吃香，几乎只排在老师、公务员、医生之后。

外婆盼着她早点结婚，嫁一个方方面面都比较靠谱的好男人。江桃自己也不抗拒婚姻，于是每当外婆筛选到合适的相亲对象，江桃都会去赴约，试着接触。然而几乎一个月一次的相亲节奏，也没有让江桃遇到心仪的人，要么是外表无法让她心动，要么是性格不合。

失败的次数太多，江桃现在对"相亲"二字都有些抗拒了。她已经成功说服亲友暂缓替她筛选，没想到护士长竟然找上了她。

"小桃，咱们都忙，我就不跟你绕弯子了。

"从你刚来咱们科入职，我就很喜欢你，别人犯错误我都严厉批评，对你我可没说过重话吧？"

这点江桃必须承认，护士长对她确实比较温柔。

"当然，我喜欢你，一是因为你长得乖，从来不耍滑头偷懒；二是因为你的专业技术够强，很少犯错，可不是因为我一早就惦记着给你介绍相亲对象。"

这话把江桃逗笑了，人也放松很多。吃饱喝足的江桃，白皙的脸颊浮上浅粉，就像枝头的桃子即将成熟，香甜诱人。

王海燕想，谁能不喜欢这样的女孩子？

她直奔主题："我有一个表姐，我要给你介绍的就是她儿子，叫曹安。"说着，她打开手机相册，翻出一张照片，递给江桃。

江桃好奇地看过去。

照片中的男人坐在沙发上，身体前倾，肘部搭在膝盖上，低头剥着橘子。这是一张十分常见的生活照，男人休闲长裤、黑色毛衫的衣着也很随意，不像有的相亲男会发来做作的摆拍。

江桃甚至有种感觉，这照片是亲友偷拍的，所以只拍到对方的侧脸。

江桃没好意思看太久，坐正身体，客气地夸了夸："挺好看的。"

看过照片后，王海燕继续介绍曹安的其他条件。

"重点大学毕业，回来后一直在他家里的公司帮忙。

"今年三十岁，跟你比年纪是大了点，可他身材特别好，刚刚你也看见了，长胳膊长腿的，190呢！

"有钱，咱们市里两栋商场大楼都是他们家的！

"人品肯定好，坏的我也不会给你介绍。只是曹安从小嘴笨，不擅长交朋友，跟他相处可能会有点闷。闷了也有好处啊，他到现在都没谈过恋爱，男女关系上特别单纯！"

江桃安静地听着，等护士长介绍完了，她尴尬道："这么好的条件，怕是看不上我。"主要是自家与曹家的经济条件差得太远，江桃更想找个门当户对的，平等相处。

王海燕："怎么看不上？他都三十岁了，哪还能再耽误下去？何况他根本不在乎女方家的条件，就想找个性格合得来的。小桃啊，我了解你，也了解他，觉得你们俩合适，才想给你们牵线，你要是感兴趣，就试着先吃顿饭，不用顾虑别的。"

江桃攥了攥手指。

王海燕笑道："当然，你要是实在没兴趣，我就不提了。就是怪可惜的，曹安不喜欢拍照，昨晚他妈妈翻了很久才找到这么一张照片发给我。"

护士长不像会因为牵线失败就给她穿小鞋的人，但护士长这么热情，江桃确实不好意思硬邦邦地拒绝。她小声问："他真不介意我的家境？"

王海燕："绝对不介意，我办事靠谱。"

江桃脸微红："那，那就麻烦您安排吧。"

吃过晚饭，外婆出去跳广场舞了，江桃收拾好厨房，坐在沙发上休息。

微信传来提示音，有新好友申请。昵称：曹安；备注：王海燕护士长介绍的。

江桃点了"同意"。

曹安的头像是一片夜空，朋友圈一片空白。

这时，对方发来消息：江护士，晚上好。

江桃：晚上好。

曹安：护士长给你看过我的照片？

江桃：嗯，看了。

曹安：你能接受？

江桃愣了愣，回复：能啊，有什么问题吗？

虽然没有看清楚，但江桃很确定，他长得还不错，只是肤色偏黑，怎么也没到丑的地步。不过他的身高过高了，她才一米六五，大概只能到他肩膀，但这也不是她无法接受的点。重要的还是见面后的感觉。

曹安：没问题，她也给我看了你的照片。

江桃知道，护士长给曹安看的是她的工作牌照片，曹安有兴趣，护士长才来找她商量介绍。

江桃：我的照片有什么问题吗？

曹安：很好看。我的意思是，既然你我都能接受第一印象，那我可以请你吃饭吗？

江桃：当然可以，相亲都这样。

曹安：你什么时候有空？

江桃翻了翻排班表，回：周三、周日中午都行，你哪天方便？

今天周一，曹安选了周三。

第 2 章

星期三。江桃没有把这场相亲告诉外婆，用朋友请客的理由在 11 点的时候出了门。

餐厅是曹安选的，是家烤肉店，位于桐市去年新开的一家商场内，人气很高，江桃打车过去要半个小时。

坐在后排车座上，江桃翻了翻她与曹安的聊天记录。曹安的语气给人一种客气的感觉，既夸了她的照片好看，主动提出吃饭，又没有过于热情殷勤。是因为本人很有界限感，还是对这场相亲并没有太大热情，跟她一样，只是不好意思拒绝护士长？

无论哪种，江桃都没什么压力，曹安不喜欢她，她不遗憾；如果曹安喜欢她，她也可以按照自己的心意选择接受或拒绝。

道路通畅，11 点半，江桃下了车。

约好 12 点见面，江桃先去女装楼层逛了逛。3 月初的桐市还要穿羽绒服，商场里面却早就挂上了色彩鲜艳的各式春装。

11 点 50 分，曹安发来消息：我到了，9 号桌，服务员会给你带路。

江桃：好，等会儿见。

她搭扶梯去了烤肉店所在的楼层。现在是用餐高峰期，烤肉店外坐了一条食客长龙。江桃猜，曹安可能早就过来排队了，不然拿不到那么靠前的号。

"你好，我朋友在 9 号桌。"

"好的，请跟我来，这边。"

店里很热闹，烤肉的烟气在各个桌子上方蒸腾，再迅速被排烟机吸走。

来见一个完全陌生的男人，江桃多少还是有点紧张。

"前面拐弯就到了。"

随着服务员的提醒，江桃心跳微微加快，却要故作轻松地笑。

作为一名护士，江桃很擅长笑得令人如沐春风。只是，当她转过来，朝前看去，第一眼竟对上了一个看起来就很不好惹的黑衣男人。那男人阴沉、强壮……

江桃都没看清对方的五官就被吓得不轻，忘了笑也忘了其他，慌乱地移开视线。男人坐在左手边的一排，她就往右边看，走了两步再拿出手机，装作有点事的样子。这个时候，江桃连自己的相亲对象都忘了，心里只有一个念头：那个气场如黑老大的男人千万别注意到她！

"这里就是了。"服务员停下脚步，转身看向江桃。

江桃看看旁边餐桌上摆着的桌牌号，看看坐在对面的男人胸口，再看向服务员。服务员目光闪烁，显然也很怕9号桌的男食客，完成引路任务便匆匆离去。

江桃还蒙着。怎么可能是这个人！

"江桃？"男人站了起来，声音低沉，浑厚冷冽。

听到自己的名字从他的口中喊出来，江桃顿时明白，没有误会，这位确实是护士长为她介绍的相亲对象。虽然心里装了一堆的疑问，虽然怕得根本不敢去看对方的脸，但江桃还是要保持基本的礼貌，尽量自然地朝对方笑笑："你好，是不是等很久了？"

曹安："还好，我也才到，坐吧。"

江桃点点头，坐到对面的座位上。她看着桌面，看着桌子尽头对方的黑色休闲衬衫，脑袋还是僵的，大气不敢出，人也不敢动。

曹安见她这样，也就明白了。表姨刚通知他小护士同意试试的时候，曹安还以为小护士面软胆大，现在看来，明明是表姨给小护士挖了一个坑。

"这是我发给表姨的照片，她给你看的不是这张？"修长的大手递了手机过来，屏幕上显示着一张照片。

同样是生活照，男人也是坐在沙发上，只是这张露出了全脸，面无表情，仿佛是在配合长辈拍照的要求。

江桃也从这张照片上看清楚了曹安的长相：麦色皮肤，凌厉的眉，狭长的眼，脸庞瘦削，轮廓冷硬，像一座孤寂险峻的山，也像一匹不容任何不速之客踏入其领地的狼，沉默、危险。那一身的气场，几乎要从照片里冲出来。

江桃视线下移，搭在腿上的双手不安地攥在一起。

她在电视里看过太多黑老大，有面相凶狠动辄打打杀杀的，有气质儒雅老好人一般只吩咐小弟做坏事的。曹安不是里面的任何一种类型，却比那些演员更像一个黑老大。

证据就是，旁边几桌的食客也都不敢往曹安那边看，不敢欢笑畅谈，烤肉店那么大，这一边却以曹安为中心形成了一片低压地带。如果曹安矮一点，那么他如狼的气场或许会淡一些，偏偏他一米九的身高，休闲衬衫也掩饰不了他健硕的身形！

"不，不是。"心里百转千回，江桃垂着睫毛朝曹安摇摇头。

曹安："她给你看的是什么样的？"

江桃简单地描述了一遍。

曹安："那应该是十年前我还在读大学时的照片，以前表姨也用那张照片骗过女方来见我，抱歉。"

十年前，曹安刚二十岁，可她非常确定，护士长那张照片里男人的气质已经很成熟了，与她印象中的男大学生绝不一样。

手机突然振动，江桃如抓到救命稻草。是护士长的电话。

江桃需要喘口气，对曹安道："医院打来的，我去外面接一下。"

曹安点头。

离开烤肉店的瞬间，江桃长长地松了口气。太可怕了，曹安怎么长那样啊！

手机里传来王海燕的声音，她有些心虚："小桃，你见到曹安了吗？"

江桃委屈："见到了，王老师，您骗我。"

如果她看到的是三十岁的曹安的正面照，她绝不会答应尝试。

王海燕："哎，你没哭吧？对不起对不起，不过小桃你听我解释，曹安人很好的，他就是天生长那样，他爸爸、他爷爷都是这种面相，爷仨坐在一块儿简直就像黑三代，我表姐刚结婚的时候，我也吓了一跳，相处了好几年才习惯。"

江桃心不在焉地听着，如果她抬头，会看到旁边玻璃倒映出的自己，嘴唇早已不自觉地嘟起。

王海燕："小桃，你还记得我说曹安嘴笨，一直都没什么朋友吧？其实不是他嘴笨，他这孩子特别有礼貌，只是别人都怕他，从小就没有同学愿意跟曹安玩。等他毕业了，女孩子都躲着他走，我们给他介绍相亲对象，拿真正的照片给女方看，没有一个愿意见面，拿侧面照糊弄人吧，女方吃过一顿饭后也都不愿意继续与曹安接触。"

江桃依然噘着嘴，她非常能理解那些拒绝曹安的女方，因为她也想马上跑路。

王海燕深深地叹了口气："小桃，看在我的面子上，你好歹陪曹安吃完这顿饭吧，他被人嫌弃太多次了，这两年都抗拒相亲了，如果你表现得太明显，我怕他伤了自尊，以后都不敢再尝试。"

江桃："您放心，我都来了，怎么也会吃完这顿饭的。"

真的跑路，那也太不礼貌了。

王海燕："行，那你们先吃，有话咱们回头细说。"

通话结束，江桃收起手机，目光投向已经隔了一段距离的烤肉店。

不怕相亲对象丑，不怕相亲对象烦，但曹安这样长着一张老大脸的，她真的怕到胆战。江桃还想再冷静冷静，微信来了新消息。

曹安：照片的事很抱歉，我能理解你的心情，你现在离开也没有关系，护士长那边我会解释，你不用担心工作上受影响。

江桃心情复杂地看着这条消息。见到曹安之前，她会觉得这人真礼貌，很绅士，但现在，她完全无法想象他是怎么顶着那么一张脸敲出这些字的。

他礼貌，江桃也不能失礼，回：我没事，就是被你的气场吓到了。

曹安：是，很少有人不怕我。

江桃：刚打完电话，马上回来。

曹安：好。

两分钟后，江桃重新坐在了曹安对面，只是笑着与曹安对视一眼，便耗光了她在外面鼓起的所有勇气，再也不敢往他脸上看。

曹安递来菜单："我选了几样招牌菜，你看看有没有喜欢吃的，饮料还没点。"

江桃接过菜单，发现曹安已经点了六样烤肉。

她勾选了一杯橙汁，把菜单还给曹安："够多了。"

曹安又勾选了两份南瓜粥，一份水果拼盘。服务员拿了菜单离去。

江桃不好再盯着桌子，只好歪着脑袋，假装欣赏这家店的内部装潢。她穿了一件米色大衣，里面是白色针织衫，微卷的长发垂在肩头，安静时显得很乖。

曹安的视线快速扫过她光洁的额头、高挺的鼻梁、粉嫩的嘴唇，掠过她白皙的脸颊与脖颈，最后定在她始终不敢正视他的眼睛上。

他已经很久没有相过亲了。没有女孩子敢靠近他，曹安也没有为此发过愁，闲暇有其他事可以打发，恋情于他并非必需品。早几年同意相亲，只是为了应付关心他婚姻大事的长辈们，被那些女方嫌弃，曹安心如止水，从未试图挽留哪一个。

直到上个周末，表姨兴高采烈地来找他，让他看他们科室新来的小护士。除了工作牌，他还看了表姨手机里一段江桃与其他护士说笑的视频。曹安眼中的江小护士，还真的像一颗小蜜桃。

江桃看了一圈烤肉店的装潢，余光察觉曹安好像在看她，她更紧张了，拿起盛着柠檬水的玻璃杯。她放下杯子后，曹安问："听说你在大城市工作过两年，怎么回来了？"

江桃对着玻璃杯解释道："我是外婆带大的，现在外婆老了，我想回来照顾她。"

曹安："你外婆多大了？"

江桃："七十。"

曹安："这个年纪确实要人陪着。她身体怎么样？"

江桃笑了笑："还挺硬朗的，她经常去跳广场舞。"

曹安："我们家老爷子八十了，身体也很好，喜欢去湖边钓鱼。"他再次递来手机，里面是一段曹老爷子准备钓鱼工具的视频。

老爷子头发灰白，五官跟曹安简直是一个模子里刻出来的，只是因为年纪大了，那份黑老大的气势也削弱了很多，但依然能看出是个很有威严的老头。

江桃努力活跃气氛："你们还挺像的。"

曹安打开一张祖孙三代的合照。那效果，相当于三个黑老大面无表情地盯着江桃。

她就随口一说，真的不用给她看的！

第3章

餐厅里面温度有点高,江桃脱了外套,放在一侧的座位上。

曹安看了过来。只穿着白色针织衫的小护士,身形更加单薄了,配合着她忐忑紧张的表情,仿佛是被他抓来强迫约会的。

曹安非常清楚自己在外人眼里是什么形象。既然是天生的,他也不想费心思掩饰,婚姻是一辈子的事,总不能为了娶个老婆故意变成另一个人。

服务员送了菜过来。

"需要我帮忙吗?"

"不用,我们自己来。"

拒绝了服务员,曹安夹了几片肉铺到烤架上。

江桃看着他的手。有那样的身高与强壮的体格,曹安的手又长又大,麦色皮肤充满了力量感。江桃甚至怀疑,他能轻轻松松地掰弯不锈钢材质的烤肉夹。长这么大,江桃还是第一次在现实生活里接触这样的男人。

"你是怕我,还是本来就不擅长社交?"曹安忽然抬眸,看着她问。

江桃发现,沉默的曹安让人坐立不安,他一开口,气势反而更强了。

"都有点。"江桃双手捧着玻璃杯,又喝了一口柠檬水。

曹安:"表姨怎么跟你介绍我的?"

江桃斟酌着总结:"就说了年龄、学历、身高这些,还说你人品挺好的。"

"身材特别好"说出来会暧昧,"家里特别有钱"太俗了,"嘴笨导致没谈过恋爱"完全是掩饰他老大脸的假话!

护士长真是太坑人了。

曹安:"我也不能说自己人品多好,不过我确实不是坏人,一直都遵纪守法。"

江桃点头。虽然护士长坑了她,但她还是相信护士长不会介绍一个违法分子给她的。

曹安翻了翻烤架上的肉,放在旁边的手机忽然屏幕亮起。他拿起手机接听,继续垂着视线翻肉。

江桃听不见对面的声音,只听曹安言简意赅地回应:"埋好了?

"下午我过去，准备埋下一个。"

江桃：……

附近几桌食客：……

埋什么？不会是他们想的那样吧？公众场合这么嚣张，真是老大吗？

本来就低气压的餐厅区域变得更加沉寂，江桃都能听见斜对面一桌食客"咕咚"咽下饮料的声音。

曹安放下手机，肉已经烤好，他先夹了几片给江桃。

江桃努力撑起一个微笑："谢谢。"

曹安："不客气。"

他每次放肉都是放双倍数量，烤熟了两个人平均分，避免了互相谦让。可江桃胃口小，见曹安又要给她夹，她用手挡了一下："你吃吧，我差不多饱了，接下来喝粥就好。"

曹安看着她："真饱了？"

江桃勉强与他对视一眼："真的。"

曹安不再勉强，把烤架上的肉都夹到自己的餐盘中。

江桃慢悠悠地喝着粥，曹安问什么她都笑着回答，却一次都没有主动挑起话题。

两个人开始吃水果的时候，曹安问："下午我还有事，你家住在哪里？我送你回去。"

江桃："不麻烦了，我自己打车就行，路也不远。"

曹安："我的事并不急，还是送你吧。"

江桃："真不用……"

说到一半，对上曹安沉默坚持、自带无穷危险的眼神，江桃不由得妥协了："好吧，麻烦你了。"咬了一口草莓，江桃暗暗鼓励自己，再坚持半小时，与曹安分开后她就彻底解脱了。

收银台在餐厅入口，江桃跟着曹安去结账。靠近收银台时，她鼓起勇气跟他商量："咱们 AA[1] 吧。"

曹安低头往后看。小护士垂着睫毛，紧张得快要站不稳了。

曹安："我先付款，回头发你账单。"

1　一般指 AA 制，意思是按人头平均分担账单。

江桃松了口气。

曹安去付款。收银台后的两个餐厅员工本来在聊天，看到曹安，瞬间不敢说话了。门口有个小学生抢在爸爸妈妈之前跑进来，一抬头撞见曹安，在原地僵硬几秒后，自动退回去，躲到了爸爸妈妈身后。

曹安仿佛并没有注意到这些。江桃在旁边看得清清楚楚，附近的人都怕曹安，看她的眼神就复杂多了，不知想象出了什么故事。

离开餐厅，江桃硬着头皮与曹安并肩而行。商场里人满为患，但无论曹安走到哪里，前面都会自动让出一条道路，几乎每个人都会用躲凶神的表情避到一旁，再偷偷地打量"老大"身边那位一看就很乖的女孩子。

江桃：……气氛越来越僵了怎么办？

"喝奶茶吗？"曹安指着前面一家奶茶店问。

江桃："好，好啊。"

她不敢在曹安面前玩手机缓解尴尬，喝奶茶就很自然了。

两个人来到奶茶店，曹安强大的气场让小小的奶茶店也变得一片沉寂。

江桃点了一杯蜜柚果茶。曹安付款，自己并没有点。

服务员："大概要等十分钟。"

曹安带江桃走到店内的一张双人小桌前，江桃坐好，曹安坐在对面。因为空间狭窄，他的双腿不得不分开在小桌两侧，膝盖竟然比桌面还高，结实强壮的上半身也仿佛能将江桃完全笼罩。

江桃第一次觉得自己如此渺小。她偏过头，很有兴趣似的看着奶茶店的小哥们忙来忙去。这也给了曹安打量她的机会。

小护士皮肤很白，带着一点婴儿肥的脸颊红扑扑的，水嫩盈透。她个子不高，脖颈却纤长，右耳后的侧颈中间有一颗小小的黑痣。

而江桃的余光中，曹安的脸一直面对着她。这让江桃想起了她失败的六次相亲，每一次都是男方看上了她，她却没有一点动心。

江桃很怕曹安，更怕曹安无法接受她的拒绝。如果曹安也没有看上她就最好了。

拿了奶茶，两个人直接去了地下车库。周围没人，一辆辆汽车整整齐齐地排成几排，安静的车库里回荡着两个人的脚步声。

江桃的嘴唇几乎没有离开过奶茶的吸管。

曹安拿出车钥匙按了一下，前面一辆黑色越野车的车灯闪烁。曹安腿长走得快，拉开副驾驶位的车门，回头看着江桃靠近。

江桃完全仗着护士长这层关系，才敢走过去："谢谢。"

曹安帮她关上门，绕到驾驶座坐好，系好安全带，问重新捧起奶茶的小护士："你住哪个小区？"

江桃捏着杯子："复兴路，和平小区。"

曹安设置导航。

江桃想了想，解释道："是我外婆家。我爸妈结婚后也住这边，我三岁时他们出了车祸，所以我是外婆带大的。"

曹安看了她一眼。

江桃攥着手指："外婆养我很不容易，我早就想好了，以后我结婚，也要把外婆接过去养老。"

曹安："应该的，你在哪个门下车？"

江桃："……东门。"

曹安发动汽车。

江桃靠在宽大的座椅内，因为位置靠后，她偷偷瞥向曹安。三十岁的曹安，侧脸也显得沉默威严，看起来心情很不好，也不知道是不是在介意她刚刚说的话。

江桃觉得，她虽然长得还不错，可正常男人都无法接受她要把外婆接到小家养老的附加条件吧？别说外婆了，很多年轻的小夫妻连两边的父母都不愿意同住。

开了几分钟，遇到红灯，曹安又与她聊起来："以前相过亲吗？"

江桃的奶茶已经喝完了，精神一直紧绷着，被曹安问话，她仿佛被老师点名回答问题一样，马上就给了回应："相过，有六七次吧。"

曹安："都因为什么没成？"

江桃脑筋飞转，然后尴尬地道："都是他们没看上我。护士大多时候还挺忙的，还要排夜班，特别是我们普外科护士，病人特别多，没有多少时间约会。还有一次，男方听说我给男病人插导尿管，当天晚上就跟我说了不合适。

"我这人很闷，不会唱歌、不会打游戏，什么娱乐活动都参与不了。

居家方面，我不会做饭，也没空管这些，有的男方很介意。

"还有我的经济条件，外婆的事，很多人会当成负担。"

曹安意味不明地"嗯"了声。

绿灯亮起，他继续开车。江桃看着窗外迅速倒退的街景，一颗心七上八下。她很后悔，其实一开始她就该多暴露自己的劣势，可惜之前完全被曹安吓住了，没想到这么多。

二十分钟后，曹安将车停在和平小区东门的路边。江桃解开安全带。

曹安看看她，道："照片的事真的抱歉，表姨不该骗你。"

江桃笑笑："没事，其实我，我也没有完全跟护士长说实话。"

曹安："哪方面？"

江桃不好意思地低着头："护士长问我以前交没交过男朋友，我怕她介意这个，撒谎说没有，其实在大学时，我谈过三个。"

女孩子谈过几次都没关系，问题是一些男人明明自己男女关系混乱，却介意女朋友的情史。江桃看不上这样的男人，此时却希望曹安也是其中之一，快点为此嫌弃她，删除她吧！

曹安："正常，现在有几个大学生不谈恋爱的。"

江桃听不出他是否介意，露出一副"就是这样"的表情："你也谈过？"

曹安："没有，我属于特殊情况，一直单身。"

江桃：……

曹安："吃饭的事，我不习惯跟女方 AA，换成下次你请我？"

江桃心里一咯噔，她都那么说了，他竟然不嫌弃，还想约下次？

曹安沉默地看着她，似乎在等她回答，但因为他的外貌与气场，又很像在威胁。

江桃受不了这样的注视，心慌意乱、六神无主，最终强颜欢笑地同意了："好，好啊。"其实很不好，可她不敢当着他的面拒绝。

曹安还是那张不怒自威的脸："你哪天方便？"

江桃："我，我得翻翻排班表，护士的排班很乱的，三班轮转，有时候我也记不住。"

曹安："我记得你说今天、周日中午都有空。"

江桃："……对，差点忘了。"

曹安解开车锁，一只手伸过来，推开副驾驶位车门，同时偏头看她："那就周日见？"

离得这么近，江桃大气不敢出，胡乱点点头。

第4章

和平小区是个老小区，都是六层板楼。

外婆家在五栋的101室，江桃站在门口，刚要插钥匙，门从里面打开了。

外婆手里拎着一袋子垃圾，看见江桃，一脸意外："怎么这么早就回来了？"

江桃出发前已经想好了借口："今天星期三，小蕊吃完饭还要赶去上班。这个给我，您先回去吧。"

方蕊是她高中最好的朋友，两年前大学毕业就回桐市工作了，在银行上班，也是亲朋好友催婚的重点对象。

外婆果然没有怀疑，拍开江桃的手："才几步路，你进去吧，别弄脏这一身白衣服。"

说完，外婆拎着垃圾袋直接出去了，一米五出头的老太太，身材微胖，气色红润，再把头发染成时髦的板栗色，看起来要比实际年龄年轻十几岁，是本小区广场舞团里的骨干级人物。

江桃便先进屋了。

厨房里残留着饭菜香，炖锅里竟然还留了三人份的鸡汤。

江桃中午吃得很饱，毕竟曹安话也不多，为了不尴尬，她只能不停地吃，烤肉、南瓜粥、水果、奶茶……

盖上炖锅的盖子，江桃坐到沙发上，视线投向窗外。

这个周末，她还要再跟曹安吃一顿饭。按照护士长说的，曹家那么有钱，曹安不至于非要从她这里讨回一顿饭的开支，大概率是对她有点意思。

江桃摸了摸脸。方蕊曾经调侃她，说男人都是视觉动物，她长成这样，别说只要照顾一个外婆，就算她还带着三个未成年的弟弟，也有大把男人愿意娶她当老婆。这话有点夸张了，但前面六个相亲对象的态度，至少证明江桃的脸确实很有吸引力。

江桃并不是拖泥带水的人，拒绝那六个都挺果断。今天这次，主要是因为她提议 AA，给了曹安要她回请的机会，那么周日的见面，江桃一定不会再犯这种错误，口头不应承曹安什么，回头再通过护士长拒绝曹安。

理清了思路，江桃将曹安的老大脸挥出脑海，不再纠结这场注定失败的相亲。

护士长王海燕今天下班也还算早，坐在车上，她没急着出发，先给曹安打电话。

"嘟嘟嘟"三声，电话通了，对面传来曹安低沉浑厚的声音："表姨。"

王海燕："唉，我刚下班，你那边忙吗？"

曹安："不忙，已经在家了。"

王海燕忍不住地笑："中午跟小桃吃饭，感觉怎么样？"

"要看她怎么想。"

王海燕立即听出了另一层意思，乐了："哎哟，这是铁树开花了吧，终于有看对眼的女孩子了？我还记得以前安排你去相亲，问了就说还成，女方把你回绝了，你也一点挽留的意思都没有，其实根本就是你自己也没有看上人家，今天总算换了一种说法。"

"您给她打过电话了？"

王海燕心虚："不着急，我们在一个地方上班，明天见面聊。"

"照片的事……"

王海燕："唉，我这不是想让小桃先了解你的人品嘛，免得她被你的气场吓到。"

"直接见面更害怕。"

"小桃没哭吧？"

"没哭，她很有礼貌。"

王海燕："是啊，小桃特别好，她的性格比她的长相还招人喜欢，所以我才想着给你介绍。曹安啊，跟表姨说实话，要是小桃也因为怕你不想继续见面，你是打算像以前那样直接放弃了，还是准备主动一回？这关系到我明天见了小桃要怎么说，你给我老实回答。"

手机那边沉默了几十秒，然后响起男人平静无波的声音："我尽量争取。"

王海燕直笑，笑完说正经的："争取是应该的，但要注意方式，可别吓到我们小桃。"

"知道，您放心。"

"行，那先不聊了，我开车回家。"

挂了电话，王海燕依然靠在驾驶位上，想了一会儿，再给江桃打。

江桃刚吃完晚饭，外婆又出门了，她放心地在沙发上接听，闷闷不乐地打招呼："王老师。"

在医院，江桃绝不敢用这种态度跟护士长说话，可今天不一样，她掉进了护士长挖的巨坑。

王海燕一秒心软："可怜的小桃，还不高兴呢？"

江桃："不是不高兴，是，他长得也太吓人了。"

王海燕故意曲解成别的："你是觉得他太丑？"

江桃："不是丑，是太像黑老大了。"

曹安那样的气场，应该没人会注意到他是帅是丑，当然，江桃认真看过曹安的正面照片，五官分开看都是帅的，但合在一起就成了老大脸。

王海燕："像是像，毕竟不是真的嘛，咱们不能以貌取人，他也不想长这样是不是？你都不知道曹安小时候多可怜，小朋友们都不爱跟他玩，上学了也没有人愿意跟他同桌，他爸特意'贿赂'了一个同学，专门在校园活动时跟他结对，不然他都找不到组队的。"

江桃能够理解，但她不能因为同情曹安小时候的遭遇就把自己搭进去，谈恋爱总要找个让自己觉得舒服的人，曹安距离让她觉得舒服都差了老远，更何况心动喜欢。

她把两个人周日还要见面的原因说了一遍："王老师，下次吃完饭后，我不想再跟他接触了，这几天您别跟他提我吧，别加深他的误会。"

王海燕："行，我明白了，都是老师不好，拿照片哄你，明天见面老师再正式跟你道歉啊。"

江桃："不用不用，您也是好意，他家里条件那么好，是我胆子小，实在没办法。"

"没关系没关系，那咱们明天再聊，我先开车了。"

挂了电话，江桃忽然想起一件事，她忘了问曹安的具体工作是什么了。中午他在电话里说要埋什么，到底是什么啊！

同一时间，张阳正跟朋友们在烧烤店聚餐。几个二三十岁的男人聚在一起，除了抽烟喝酒，便是聊工作聊女人。

张阳是里面两个单身男之一。有个朋友忽然问他："你上次发群里的那个小护士，怎么样，有戏没？"

张阳好面子，不想说自己被人用喊保安的方式拒绝了，反而自信一笑："还在追，成了带出来给你们看看。"

聚餐结束，回到他的住处，已经是晚上11点了。

张阳看着自己这套父母为他准备的、才装修完两年的婚房，再走到镜子前照照，越照越觉得以自己的颜值、身高、家庭条件，多追追小护士，还是很有希望的。

"好女怕郎缠"，这话肯定有它的道理。

星期四，江桃是早8点到晚8点值班。

她早上7点半就到了医院，换上护士服立即开始了新一天的工作交接。

王海燕也很忙，依然是趁中午吃饭的短暂休息时间找到江桃，两个人坐在休息室里边吃边聊。考虑到曹安有主动争取的计划，王海燕没有再试着帮他说话，一副已经准备将这事翻篇的样子。

江桃更放松了，问起埋东西的事。

王海燕笑得呛了一口："你觉得他能埋什么，大活人？"

江桃脸红："我知道不是，不过话从他嘴里说出来，餐厅里其他人也都吓了一跳。"

王海燕解释道："他大学读的土木工程，毕业后在自家的建筑公司上班，既是总经理也是工程师。去年他刚从市里承包了一个矿坑改建公园的工程，就是咱们市西郊那些废弃的铁矿坑，坑坑洼洼的，影响市容，那改建公园，也得先把几个矿坑填埋了是不是？"

原来是填埋矿坑！

王海燕拿筷子另一头敲了敲小护士的脑袋："怕归怕，可不能胡思乱想。我们曹安是名牌大学毕业的正经工程师，要不是他低调，好几年都可以评选咱们市的优秀青年呢。再说了，他要真是'老大'，能拿到市里的工程项目？"

江桃乖乖认错。

下午江桃继续在病区来来回回地走动、忙碌。

张阳一下班，饭都没吃就赶来了医院，站在普外科病区门禁外，对值守护士说他要找江桃。

值守护士对他有印象，皱眉问："她在工作，你找她做什么？"

张阳竟然就走了。值守护士有些疑惑，空闲的时候给江桃发了条语音解释情况，然后就忙自己的了。

江桃看到消息了，张阳留下她还要头疼，既然人走了，她也没有多想。晚8点交班，再处理一些琐事，8点半江桃与同班护士李文静一起搭电梯下去了。

"腰好酸，明天我得去按按，不然晚上怕是要撑不住。"

电梯一层层下降，李文静揉着腰问江桃："要不要一起去？"

江桃："我还行，宁可下午多睡会儿。"

李文静羡慕："年轻就是好啊！"

江桃失笑："你才比我大三岁。"

两个人闲聊着，一楼到了，江桃跟还要去地下停车场的同事道别，跨出电梯。

刚绕过住院部这边的大厅，旁边地上坐着的一个人突然抬起头，江桃随意地看过去，心里便是一紧。

张阳笑了，收起手机站起来，一边走向她一边问："怎么这么晚才下班？我5点多就过来等你了。"

他是一米八的大高个儿，只比曹安小了一圈，带给江桃的威胁感同样不低。这种人越纠缠，江桃越不能给对方回应，冷着脸直接往外面走。

张阳双手插兜落后她两步，视线黏在小护士白皙的侧脸上，自说自话："我真的喜欢你，给我个机会呗？

"要不要一起吃个夜宵？为了等你，我都饿得不行了。

"我开车来的，就那辆，我送你回去？"

住院部大楼外有一排地面停车位，江桃并没有往张阳指的方向看，只管走自己的。张阳竟然也不去开车，继续跟着江桃。

江桃平时都是坐公交车来往医院，今晚遇到张阳，她怕张阳会尾随她到小区，便打了一辆车。

司机："去哪儿？"

江桃看了眼被关在外面的张阳："您先往前面开，等会儿我告诉您。"

司机也看了眼张阳，开车走了。

一直到看不见张阳的身影，想着张阳还要回去取车，开出来的时候这辆出租车早不见了，江桃才报出小区地址。

尽管如此，江桃的心情还是蒙了一层阴霾。

第5章

周五江桃是夜班，中午她真的去找好姐妹方蕊吃饭了。她不想外婆太担心，只能跟方蕊吐槽张阳。

方蕊气得不行："怎么有这么恶心的男人！"

江桃：……

说完气话，方蕊也替江桃发愁："如果他只是去医院堵你，嘴上纠缠一会儿，这种能报警吗？"

江桃："我查了，只要他影响了我的正常生活，都可以报警，但张阳现在这种程度，警察应该只会调解。"

方蕊："他能做出这种事，肯定是个没脸没皮的，就怕他恼羞成怒，事后变本加厉。"

江桃根本没什么胃口。

方蕊看着她愁眉不展、忧心忡忡的脸，想到了她们上学的时候。江桃长得好看，又过于文静，当时班里就有男生喜欢课下去找江桃问问题，其实醉翁之意不在酒。江桃会给他们讲题，但如果男生们表现出追求的意思，江桃一律拒绝。

学校里还是比较单纯的，可到了社会上，遇到张阳这种不尊重女生意愿，还自以为多浪漫、多深情的无赖，江桃光是冷脸拒绝，基本没有什么震慑力。报警容易加深矛盾，如果有其他办法让张阳自己放弃就好了。

"我跟我堂哥说说，让他假装给你当一段时间的男朋友？"方蕊找到一张堂哥的照片，让江桃看。

方蕊的堂哥也是一米八左右的大高个儿，看起来阳光爽朗，只是清清瘦瘦的，真打起架来，大概打不过张阳。江桃怕张阳动手，万一出什么事……

　　"还是不麻烦了，再说我们护士长给我介绍了一个，周末还要吃饭。"

　　方蕊"啪"地放下手机，抓着江桃的手一脸兴奋："有这事你怎么不跟我说？快快快，照片给我看看，我替你参谋参谋！"

　　江桃尴尬："没有照片，周三吃饭前护士长只给我看过一张'照骗'。"

　　方蕊："都见过一次了啊。又约第二次，这位看起来有戏。"

　　江桃摇摇头，小声解释道："他长得太凶了，电视里那些黑老大你见过吧，他比那些人更像老大……"

　　方蕊心情跌宕起伏地听她说完来龙去脉，想到一个主意："这不正好吗，咱们以毒攻毒，下次张阳再去堵你，你就叫曹安来接你，小流氓遇到黑老大，吓死他！"

　　江桃："我周日都要拒绝他了，再利用人家不合适。"

　　方蕊："干吗要拒绝啊，先试着接触接触，如果他真像护士长说的那样，只是天生老大脸，性格人品方面都很好，那你有个这样的男朋友，多有安全感。"

　　江桃："你说得轻巧，信不信我现在叫他过来，你见到真人连句话都不敢说？"

　　方蕊："不信，有本事你马上叫，谁尿谁发红包。"

　　江桃认尿，低头吃饭。

　　方蕊戳她的脑袋："别装缩头乌龟，张阳这事，你到底准备怎么办？"

　　江桃："再看看吧，我们护士排班不规律，他也不是次次都能堵到我，也许白跑几趟就死心了。"

　　方蕊："那你小心点，看到苗头不对赶紧报警，也要随时通知我。"

　　江桃点点头，安全肯定要放在第一位。

　　方蕊："还有，今晚我送你去医院，明天你下夜班我再过去接你。别跟我客气，工作日我送不了你，这两天怎么也要给你当护花使者。"

　　几句话，让江桃红了眼。

　　晚上7点多，方蕊直接把车开进和平小区，在五栋楼前接上了江桃，再把车开到医院地下车库，一直将江桃送到普外科的住院病区。病区外并没有张阳的身影，晚班也没有安排值守护士。

江桃翻出门禁卡，抱了一下方蕊："你快回去吧，明早也不用来了，张阳真来堵我，我蹭同事的车。"

方蕊答应得很痛快。

结果周六7点半，江桃收到方蕊的消息：我在下面大厅晃了一圈，这个是不是张阳？

紧跟着一张照片发了过来。照片上是一个男人拎着一份早餐外卖靠着大厅墙壁，低头玩着手机。

江桃熬了一整夜，本来犯困的大脑，在认出张阳时立刻变得无比清醒，清醒到发冷。她回了一个"是"。

方蕊：他怎么知道你今天下夜班？

江桃还要交接，让方蕊去车里等她，等会儿见面聊。8点多，江桃换完衣服走出病区，发现方蕊就站在外面。

"脸色这么差，熬夜熬的，还是因为张阳？"方蕊挽着江桃的胳膊往外走，低声说话。

江桃心烦意乱："都有吧，值守护士也很烦他，不会透露我的排班。但他之前住院那么久，可能也猜到我的排班规律了。"三班轮排，知道上一个班，基本就能猜到接下来两个班的时间安排。

方蕊："我想去大厅骂他一顿，让他知道你也有人撑腰，不然他还真的无法无天了。"

江桃反抱住她的胳膊："别去了，让他白等。"

电梯里人多，到了一楼，江桃故意站在方蕊身后，等其他人出去了，再直接去地下停车场。

"刚刚我看见张阳了，等在电梯厅对面，长得真油腻。我早发现了，男人都特别自信，长成那样也好意思来纠缠你。"坐到车上，方蕊还在吐槽张阳。

江桃蔫蔫的。

方蕊揉揉她的脑袋："算了，先不想，回去好好睡觉，睡醒了咱们再聊。"

江桃抱住她的手，往自己脸上贴了贴。有朋友真好。

方蕊把江桃送回和平小区，跟外婆打声招呼就走了。

江桃在医院吃过早饭，回家洗个澡出来，发现外婆帮她把窗帘都拉上了，床头柜上放着一对儿降噪耳机。

"快去睡吧。"

江桃再抱抱外婆，手机设成静音模式，一头钻进了被窝。身体的疲惫让她迅速陷入了沉睡。

医院，张阳一直等到9点都没有见到江桃出来，不耐烦地去了楼上。每天住院部都有亲友来探望病人，住院楼可以自由进出，只在病区外设了门禁。

"我找江桃。"张阳脸色阴沉地看着值守护士。

面对这样的壮汉，值守护士也不敢太硬气，公事公办地道："她今天休息。"

张阳："不是夜班吗？"

值守护士："下了夜班就休息啊，早走了。"

张阳："骗人吧，我一直在下面站着，根本没看见她。"

值守护士："那我就不知道了。"

这时，电梯门打开，有几个男医生过来了，护士长王海燕也在。王海燕看见张阳，脸色一沉。张阳也认得她，提着外卖擦肩而过，走到电梯厅那边，但好像没有要下去的意思。

王海燕让医生们先进去，她低声问值守护士："怎么回事？"

值守护士："又来找江桃。"

王海燕："小桃呢？"

值守护士："早走了，朋友来接的，应该走的地下车库，那人没撞上。"

王海燕："男性朋友？"

"女的，闺密吧。"

江桃一觉睡到了下午5点，浑身懒洋洋的，睡醒先拿起手机。

护士长发了一条消息，让她睡醒打个电话。方蕊半小时前问她醒了没。

江桃揉揉眼睛，坐起来，先给护士长拨过去。

王海燕："睡醒啦？我这边忙，上午看见张阳又上来找你，小桃你怎么想的，会给他机会吗？"

江桃："怎么可能。他再这么纠缠，我都要报警了。"

王海燕："行，我明白了，你保护好自己，有需要随时找我。"

电话很短，江桃心里却暖乎乎的。护士长在工作上非常严肃，偶尔能把同事训哭，但如果哪个护士被病人刁难或在医生那里受了委屈，护士长也会坚定地为他们撑腰。

又跟方蕊聊了一会儿，江桃拉开窗帘，穿好衣服出去了。

外婆在厨房，准备着两个人的晚餐，看到江桃，叫她只管去洗脸，不用来帮忙。

江桃开玩笑："说是回来我照顾您，结果还是您照顾我。"

外婆："这多好啊，说明我还干得动，我巴不得这辈子都没有要你伺候我的那一天。"

江桃笑笑。

吃饭的时候，外婆问："明天休息，有什么安排吗？"

糟糕，差点忘了还要请曹安吃饭！

"小蕊约我去逛商场，该买春装了，您要去吗？我也给您买两身。"

"我才不跟你们去，你们好好玩吧，工作都那么忙，难得放松放松。"

饭后，江桃陪外婆去了小区北面的广场。

老大爷、老太太们精神抖擞地跳着广场舞，江桃坐在长椅上，给曹安发消息：明天我请客，还不知道你喜欢吃什么？

曹安：我喜欢吃肉，烤肉、火锅、海鲜都可以。

江桃看到回复，松了口气，真怕曹安发她"随便""都行""你看着安排"之类的。烤肉上次吃过了，江桃搜索本市好吃的火锅、海鲜餐厅，分别发了两个给曹安，让他选。

曹安选了一家牛肉火锅：明天 11 点，我去接你？

江桃：好啊，还是东门，麻烦啦。

曹安：不客气，明天见。

江桃回了一个微笑的表情，确定曹安不会再回了，她往后靠到椅背上，闭着眼睛呼了口气。

一个张阳已经很麻烦了，希望曹安这边能顺顺利利地断掉。

方蕊知道江桃周末有约会，在超级旺盛的好奇心驱使下，非要来和平小区见识一下什么叫老大脸。江桃不可能给她介绍曹安，只叫方蕊提前过来蹲守，过完眼瘾自己离开。

方蕊10点半就来了，拎着一杯奶茶假装在东门这边等朋友。

周末是休息日，小区里的居民、车辆进进出出。方蕊戴着墨镜，暗暗注意所有可疑人物。她到岗没多久，一辆黑色越野车缓缓停了过来。

方蕊从斜前方看过去。透过车前玻璃，她看见一个男人坐在驾驶位，看看手上的腕表，再看看小区门口。突然，那男人看向了她。

方蕊浑身一激灵，双手捧着奶茶，僵硬地进了小区。

太可怕了！这样的男人还敢见第二次，小桃护士真心胆大！

第6章

江桃在卧室换好衣服，接到了方蕊的电话："啊啊啊！"

江桃把手机移远了点，等方蕊尖叫完了再放到耳朵边，一边关上卧室门，一边小声问："你看见他了？"

方蕊："看见了，差点吓死我，你赔我精神损失费！"

江桃："是你自己非要看的。"

方蕊："说真的，我现在很担心你，我感觉他不是来接你去约会的，而是来绑架你的。"

江桃心软，小声替曹安说话："他长得吓人，其实人挺有礼貌的。"

方蕊："长那样再不礼貌，你还敢见第二次？"

江桃苦笑。

方蕊："话说回来，距离11点还有二十分钟，他来这么早，说明他对你的满意跟我对他的好奇一样强烈啊！"

江桃瞥了眼墙上的白色挂钟，长长的秒针"嗒嗒"地走动着，像她的心跳。还没看到曹安，她就开始紧张了。

"我现在出去，咱们待几分钟？"这种时候，江桃需要好姐妹的鼓励。

方蕊："别，我怕他下车活动，万一撞见我耽误你们约会，回头再埋了我。"

江桃无奈："别总开这种玩笑。"显得对曹安不够尊重。

"嘿嘿，你是不是有点看上他了？这么替他考虑，为了他不惜埋怨我这个十年密友。"

"你又乱说。"

"行，我说正经的，他车停了差不多五分钟了，联系你没？"

江桃看眼屏幕，确定没有进来新消息。

方蕊："如果他真的 11 点再发消息说他到了，那他确实挺绅士的。"

江桃："你要不要来我家里坐坐？反正我跟外婆说了要跟你去逛商场。"

方蕊："不麻烦了，我随便找个地方冷静冷静，你乖乖做好被'绑架'的准备。"

伴随着几声幸灾乐祸的笑，通话结束。

江桃坐在床头，打开与曹安的微信聊天框。他不发消息，她提前二十分钟出去"等着"，会不会让曹安误会她很期待这场饭局？

江桃去照了照镜子。上次见面她化了淡妆，今天连淡妆都没化，希望自己朴素的一面能降低曹安的兴趣。衣服她都只穿了一条牛仔裤，一件红色运动风的羽绒服。

她无聊又忐忑地等着。11 点过了几秒，曹安终于发了消息：我到了。

江桃：好的，我马上出来，稍等。

外婆在客厅看电视，看见她这一身，奇怪地问："以前去逛街都打扮得漂漂亮亮的，今天怎么这么糊弄？"

江桃伸开手臂："哪里糊弄了？今年特别流行这种羽绒服。"

外婆："我看别的女孩子都有穿春装的了。"

江桃："我怕冷。"

和平小区东门外的马路边，曹安一直坐在车上，给江桃发过消息后，他靠着椅背，视线投向小区门口。

陆续有年轻的女人走出来，有精心打扮的，也有素面朝天的。突然一个穿红色羽绒服的身影出现在他视野中，那人扎了一个简单的马尾辫，左右张望，然后朝他这边走来。

曹安狭长的眼里浮现淡淡笑意。上次见面她打扮得像个时尚都市白领，今天这样像一个在大学读书的学生，还是大一新生。

曹安没有下车，只推开副驾驶车门。

春寒料峭，冷风送进来一个细声细语的小护士："不好意思，是不是等了很久？"

曹安："没多久，车里开了空调，还是你喜欢开窗？"

今天同样是半个多小时的路程，江桃瞥了眼他身上的深灰色毛衫，摇摇头："开空调吧。"说着，她脱了羽绒服。

曹安接过来，反手放到后排座椅上。

江桃低头系安全带。小护士长得清纯，身材也不是特别傲人那种，只是安全带一系，胸前的曲线也变得明显起来。

曹安早移开了视线，握着方向盘解释道："小区里应该有你的熟人，我怕那些人误会，所以没下车等你。"

江桃明白，他的误会是指熟人误会她遇到了麻烦。他这是接受过多少质疑、畏惧的目光，才会形成这种尽量不给别人添麻烦的觉悟？

曹安的脸始终让江桃不敢直视，可这份礼貌很难不让她生出一丝好感。她微微朝他那边偏过脸，笑了笑："没关系的，初见或许会误会，解释一下也就好了。"

曹安看过来："既然你不介意，那下次我下车等你？"

怎么又提到下次了？

然而面对着曹安的胸口，听着他礼貌的询问，才鼓励过他的小桃护士，竟狠不下心马上用蒙混的态度泼对方一桶冷水。她说："好，好啊。"

曹安发动汽车。江桃木然地靠到椅背上，看向窗外的眼里有懊恼之色，还不自觉地咬了咬唇。

计划得挺好，怎么才见面就被打乱了节奏？

要不是曹安就坐在旁边，江桃真想拍拍自己的额头。

微信进来消息，是方蕊：上车了？

江桃发了一个爆哭的表情过去。

方蕊：啊，怎么了？吓哭了？

江桃心情复杂地解释情况。

方蕊：你完了，你遇到高手了，无形间挖了一个大坑等你自己傻傻地跳进去。

江桃：我真的没想到会这样。

方蕊：你太心软了。

江桃：他那么礼貌，我总不能不回应吧？

方蕊：所以你是典型的吃软不吃硬。

江桃偷偷瞥向曹安握着方向盘的手，他的毛衫袖子往上卷了一段，露出一截结实的小臂，都快跟她脚踝一般粗了。

人礼貌，但这身材不要太硬！江桃自认接受不了这种。

"在跟朋友聊天？"曹安往她这边看了一眼，"还是医院有事？听表姨说你们平时挺忙的。"

江桃机械地回应："朋友，她约我吃饭，我说今天没空。"

曹安："你要是不习惯跟我独处，可以叫你的朋友一起来，我不介意。"

江桃干笑："我问问她。"她真问了方蕊。

方蕊：我待你不薄，你不能拉我跳火坑。

江桃收起手机，对曹安道："她说不麻烦了。"

曹安："以前的高中同学，还是医院同事？"

话题由此发散，不知不觉间，江桃提到了自己的小学、初中、高中，还有大学几个舍友现在的就业情况。其中很巧的是，两人的高中竟然都是桐市一中，只是中间隔了五届，江桃入学时，曹安早在京市读大学了。

曹安的声音与他的人一样自带气场，不过用词、语气始终给人一种礼貌感，就像他的微信消息，很容易让人将他想象成一个清瘦儒雅的人。

在不看他的脸的前提下，江桃竟然也渐渐放松了下来："王老师说你读书时都没有人敢跟你同桌，是真的吗？"

曹安："是，初中开始我基本是单独一桌。"

江桃的脑海里出现一幅画面，明亮拥挤的教室内，在靠窗的最后一排角落，坐着一个周围同学都不敢直视的高壮男同学。

"大学呢？"

"大学我自己租房住校外，上课吃饭都是独来独往，老师也不会点我名回答问题。"

江桃："你没有试着交过朋友？大学生应该更容易明白你只是长得凶了点。"成年人各方面都比较成熟了，就像她，虽然第一次见面很怕曹安，却也能够保持继续与他吃饭的理智。

曹安："习惯一个人了，而且一个人做什么都更高效。"

江桃忽然想到了自己。她性格内向，大学时除了与三个舍友关系近些，跟班里其他同学都是点头之交。舍友们喜欢看剧、逛街，只有临近考试才会去图书馆，江桃平时去图书馆自习几乎也是独来独往。她偶尔会觉得寂寞，但这样的效率确实很高，按照自己的计划、喜好随时出发，不用迁就任何人。

黑色越野车开进了商场的地下车库。

曹安从后座拿出江桃的羽绒服，他自己也穿上一件休闲风的黑色外套，只是因为他的身高与气场，穿什么都像老大。

绕过黑色越野车，两人自然而然地走到了一起。江桃双手插进羽绒服口袋，这时她发现了身高差的好处，只要她不抬头，就不用担心意外看到曹安的脸。

前面一辆车上走下来一对儿年轻的情侣，女人一边整理长发一边随意地朝这边看来。江桃在对方眼中看到了震惊，对方见鬼似的匆忙避开了视线。再看看走在身边的曹安，江桃莫名有些替他难受。

这算不算也是一种容貌歧视？根本不了解他的人，只因为他长得凶就把他当坏人防备，从小到大他连一个朋友都没有。包括江桃自己，也曾同样害怕他，他看出来了，所以发消息安慰她可以先行离开。

曹安早已习惯周围人畏惧他的态度，他更在意身边的小护士会不会因为与他同行而产生心理负担。他前几年相亲的时候，相亲对象会下意识地离他远一点，试图借距离避免被路人特殊关注。

在两人与年轻情侣的车擦肩而过时，曹安忽然发现，小护士往他身边靠了靠，将之前能够再塞一个人的距离，缩短到了只剩十几厘米，她的羽绒服袖子甚至会轻轻擦过他的胳膊。

曹安垂眸，看见她比坐在空调车里还红的脸，长长的睫毛不安地眨着，努力装成一切正常的样子。

前面就是商场电梯厅，不大的空间内站了很多人。

曹安："今天是周末，等会儿可能要排队等号。"

江桃："你饿了吗？我还好。"

曹安："拿了号后，我们可以先去别的地方逛逛。"

江桃点点头。

跨进电梯厅，周围人一多，总算化解了她刚刚刻意靠近他的窘迫。两台电梯，一台还在往上走，一台刚刚下来，就被守在前面的人挤满了。曹安带着江桃往前站了站。

电梯门还没关上，江桃将里面众人面对曹安时的紧张神色看得清清楚楚。当电梯门终于缓缓地往中间合拢时，江桃甚至听见有人夸张地松了口气。她忽然就有些想笑。

等了几分钟，电梯下来了。没人敢在曹安前面往里冲，曹安让江桃先进，他按了"4"，再走到江桃身边。

每次人多挤电梯，江桃都习惯占据一个角落。她还担心她会不会与曹安挤到一起，发生一些不可避免的身体接触，然而事实是，附近的人都自觉地与他们保持着距离。

江桃看向前方，合拢的电梯门上，倒映出曹安鹤立鸡群的身影，他那双狭长的眼……是在看她吗？

江桃秒速垂下睫毛。

第7章

江桃在店员那里拿了号，被提醒还要等半小时左右。

用餐高峰期，等半小时都算短的了。

店外摆着两排小板凳，塑料材质，江桃很怀疑这种小板凳能否承受曹安的体重。

曹安站在四楼的护栏边，视线在三楼扫了一圈，发现一家连锁零售店，橱窗前摆放着可爱造型的小玩偶，看起来很吸引年青一代。

"去那儿逛逛吧。"

"嗯。"

搭乘旁边的扶梯，两人很快就进了那家零售店。江桃走在前面，曹安跟在她身后，高大挺拔的身形，完全将江桃笼罩。

江桃努力找话："你有没有想买的东西？"

曹安："这里好像都不是我的风格。"

江桃看向一侧的货架，上面是几排可爱风的发卡，粉粉嫩嫩的，在店内灯光下反射出亮晶晶的光芒。又走了几步，江桃发现一个摆着吉祥物的货架，上面有各式各样的招财猫。江桃一只一只地看过去，发现一个写着"出入平安"的招财猫汽车挂件。

她不想曹安只是陪她逛，试着建议："这个怎么样？"

早在她将招财猫放进手心的时候，曹安就已经看过来了，那是一只头白身红的招财猫，红亮的底色显得她手心似牛奶一样白，她的手很小，手指纤长，指甲呈现出干净粉嫩的光泽。

"你送我？"曹安在她头顶问。低低沉沉却又平静无波的语气，竟让江桃听出一丝暧昧。

江桃心里一突。

这又是她意料之外的问题。以前江桃跟别人相亲，都是那些男方殷勤地要送她礼物，曹安还是第一个跟她讨礼物的。可这么一个小玩意，她拒绝的话，是不是显得太小气了？

她耳垂泛红，对着招财猫保持微笑："好啊。"

曹安将手里的小购物篮提到她面前，江桃心情复杂地将招财猫放进去。

有了这次的教训，她再也不建议曹安买东西了。她给自己挑了一个虽然可能用不上，但十分漂亮可爱的笔记本。路过餐具货架时，江桃又挑了两只可爱风的碗。她伸手拿第二只碗时，头顶再次响起曹安的声音，带着一丝诧异："送我的？"

江桃已经被他讨了一次礼物，这回说什么都不要再跳坑了，小声解释："我跟外婆一人一只。"

曹安"嗯"了声，在江桃放好两只碗即将转身的瞬间，给自己也拿了一只。

江桃的脸"唰"地红了。

与曹安成为微信好友已经快一周了，这期间除了见面前的简短联系，曹安一次都没有主动找话题闲聊。作为一个刚刚接触的相亲对象，曹安的态度可以算得上冷淡，仿佛他对江桃也没有太大兴趣。因为江桃怕他，已经在心里决定要尽快明确拒绝了，所以曹安越冷淡她越放心。

可如果说曹安开口讨要招财猫作为小礼物只是一点点试探，刚刚他挑选相同碗的行为便十分明显了。

"送我表妹，你们护士长的女儿，今年读高一。"曹安放好碗，不经意地解释道，"她应该也喜欢这种风格。"

江桃：……原来只是一场误会。

曹安还在闲聊："表姨跟你们提过她女儿吗？"

江桃摇摇头："王老师很忙的，见面基本只聊工作。"

曹安："嗯，有机会叫她出来一起玩，保证你不会无聊。"

江桃在心里嘀咕，她并不需要这样的机会。

走向收银台时，曹安提着购物篮站到了江桃前面，也早把手机的付款界面准备好了。

江桃拉住购物篮边缘："我来吧。"

曹安："等会儿点餐我可不会跟你客气。"

江桃：……

曹安让店员拿了两个购物袋，一个装他的招财猫与碗，一个装江桃的几样东西。

两人回了四楼，前面还有两桌，快了。曹安坐在了一个塑料小板凳上，江桃只好坐他旁边，都面朝外侧，曹安的膝盖超过她很长一截。

不知道该说什么，江桃低头摆弄新买的小用品。商场里温度高，她还穿着羽绒服，侧脸红扑扑的，更像蜜桃桃尖那一抹红。江桃必须给自己找事做，才能勉强忽略身边人的气场。她一只手托着一只碗，另一只手拍照，再发个朋友圈。

发完没多久，她刷出很多条评论与点赞。

第一条评论是方蕊：曹老大送的礼物？

方蕊怎么这么快就给曹安起了绰号？关键是此刻曹安就在她旁边坐着！

江桃秒速退出朋友圈界面，用余光偷偷往曹安那边瞄。幸好，曹安也在看手机。只是他人高，手的位置也高，江桃看不到他的屏幕内容。

终于轮到他们的号了。点餐时，曹安果然没有客气，同样点了六份肉，江桃补充几样蔬菜就行了。

服务员离开后，曹安看着对面的小护士问："会不会介意我吃得太多？"

江桃礼貌微笑："不会啊，男的饭量本来就比较大，何况你长这么高。"

这么壮！

江桃身边没有健身达人，只能比照电影里见过的角色。曹安的强壮程度很像美国队长，穿着衣服确实显得身材很好，卷起衣袖时露出的手臂虽然结实，却也没有暴起的青筋。如果有，江桃真的会受不了，看一眼都要起鸡皮疙瘩那种。

曹安："遗传吧，我爷爷、我爸都是一米八以上的身高，我妈只有一米六，我奶奶还要更矮一点。"

江桃想到了曹安给她看过的那张照片。虽然没有见过面，但江桃已经开始钦佩曹安妈妈、奶奶的勇气了。

曹安翻了翻手机，让江桃看。又是一张照片，旧时候的黑白照，一个五官与曹安很像的男人，旁边依偎着一个清秀娇小的女人。男人一脸严肃，女人笑得很甜。

江桃一眼就被女人的笑容打动了，仿佛能感到对方的喜悦。

她由衷地道："你奶奶真好看。"

曹安："嗯，我爷爷那边还有很多她的生活照，我奶奶走后，他天天都要翻一遍。"

江桃："……不好意思，我不知道。"

曹安："没什么，都十几年前的事了。"

江桃的脑海依然被那张黑白合照占据，她隐隐有种感觉，曹安的爷爷和奶奶之间肯定有一段特别又浪漫的故事。

可惜她与曹安不熟，不好继续打听。

他们稍微熟悉了一些，这顿火锅竟然吃了一个小时。

商场外面的阳光很好，曹安问江桃要不要去翡翠湖走走。

翡翠湖位于桐市市区，也是外地人来本市旅游必去的一个景点，虽然在国内没有名气，但本市市民平时休闲都喜欢去那边。

说起来，江桃每次跟男方相亲，饭后都会去翡翠湖逛一圈。吃饭、散步、看电影，这似乎是所有相亲都必须经过的流程。江桃哪怕没看上男方，也会礼貌地走完这个流程，再在一天的流程结束后客气地表明态度。她同样接受了曹安的邀请。

开车来到翡翠湖，岸边果然都是人，约会的情侣，大手牵小手的一家人，还有写生、拍照的专业或业余人士。江桃权当自己是来活动身体的，跟着曹安穿过公园，再沿着景区平整的柏油路走来走去。

吃东西成了江桃化解尴尬的主要方式，曹安陆续在小吃摊给她买了一串草莓糖葫芦、一杯果茶。

"这里粘了糖。"曹安忽然停下来，指着她左边嘴角说。

她想擦掉，然而一手糖葫芦一手果茶，实在腾不出手来。她刚要把果茶递给曹安帮她拿着，唇角忽然有什么东西擦过，快得像蜻蜓点水。

"好了。"曹安放下手，若无其事地道。

江桃僵硬地道谢，耳垂都红透了。等曹安又落后半步跟在她身后，江桃看着手里的糖葫芦，心中无比后悔，要不是她对小吃摊的其他东西都没有兴趣，又迫切地想吃点什么转移注意力，她才不会选这串糖葫芦。

轧了一个小时的马路，曹安开车送江桃回家。

午后的阳光正好照到江桃半张脸，她系好安全带，对着阳光眯起眼睛："真舒服，想睡觉了。"

曹安看她一眼，低声道："睡吧，到了我叫你。"说完，他倾身过来，帮江桃放低座椅。

江桃能感觉到他的动作。屏气凝神，直到眼前的黑影离开了，她才悄悄地换了几次气。其实她也没想睡，主要是一直沉默太尴尬了。

曹安设置好导航，选了几首轻音乐。

黑色越野车平稳前行，江桃听着舒缓的音乐，竟然真的睡着了。

半小时后，黑色越野车停在了和平小区外。曹安关掉音乐。

江桃醒了，迷迷糊糊的表情在对上曹安转过来的冷硬脸庞时出现片刻凝固，人也彻底清醒过来。曹安帮她恢复了座椅位置。

江桃看看窗外，不好意思地道："我竟然睡了这么久。"

曹安："今天天气确实好，下周好像要转暖了。"

江桃看看放在后座的羽绒服："是啊，暖气马上也要停了。"

曹安帮她拿过羽绒服，等江桃穿好，他说："明早我要去趟医院，早上顺路过来接你？"

江桃用关心掩饰犹豫："你去医院做什么？"

曹安："老爷子的体检报告出来了，有几项要问问医生。"

江桃点点头："你挂的几点的号？"

曹安："8 点，你平时几点出发？"

江桃："7 点左右，反正很早的，还是不麻烦你了。"

曹安："没关系，我也没什么事，当然，如果你介意就算了。"

江桃："……我只是怕麻烦你。"

曹安："那就明早见？"

江桃裹着羽绒服下车，关好车门，透过降下的车窗朝他微笑，僵硬挥手："明早见。"

曹安点头，开车离去。

后视镜里，小护士提着购物袋望着这边，脸上的表情好像要哭了。

曹安只是笑笑。

第 8 章

早上 7 点，小区外面的人不算多。

江桃一出来就看到了站在黑色越野车旁边的曹安，背靠着副驾驶这边的车窗，懒散的姿势却被他靠出一种黑色气场。

他举着手机在讲电话，瞥见江桃，人站直了，手机也很快放进口袋，视线投注在江桃身上。

江桃走着走着，都快同手同脚了。曹安帮她打开门，再绕到驾驶位。

"你吃过早饭了吗？"江桃挑起话题，视线扫过车内新挂上的"出入平安"招财猫。

曹安："吃了，我通常 5 点半起床。"

"这么早？"

"睡得也早，不会超过 11 点。"

江桃很佩服曹安的自律。

一辆公交车缓缓停在了和平小区旁边的站点。

曹安问："你平时怎么去医院？"

江桃就指指那辆公交车："只有七站，挺方便的。"

这样的距离，有的同事会骑电动车，江桃属于那种骑自行车都不敢往人多的地方挤的，她更喜欢坐公交。

曹安："下夜班还有车吗？"

江桃："还好，我们的夜班都是晚8点到早8点，接下来连休两天。"

不同医院排班的规律也不一样，各有优劣。

"你呢？听王老师说你现在在忙一个郊区的工程，从市区赶过去会不会很久？"

"开车一小时，不过我时间灵活，有时候不去也行。"

江桃想起曹家是开公司的，曹安也算是老板，当然可以自由安排时间。这也就是他长得凶，不然女朋友肯定一大把。

医院到了，曹安将车停在住院部附近的地面停车位，下车后对江桃道："我就不送你进去了。"

江桃忙道："不用不用，你快去门诊部吧。"

曹安："对了，你今天几点下班？"

江桃笑容微僵："有，有什么事吗？"

曹安："我6点左右回市区，如果来得及，我来接你。"

江桃松口气："不用麻烦了，我今天下班早，5点出头就可以回去了。"

曹安："行，那下次再约。"

他要回车里拿老爷子的体检报告，江桃就先走了。

从曹安这个位置，能看到住院部一楼大厅，包括电梯厅。他看着江桃快步走进去，与路上遇到的几个医护人员打招呼，再顺顺利利地进了电梯。

江桃换好护士服走出更衣室，交完班后收到方蕊的消息：早上姓张的没去堵你吧？

江桃：放心，他没来。

方蕊：曹老大那边怎么样了？

江桃一言难尽：我找机会跟护士长说说。

曹安明显准备继续追求她，江桃虽然知道他是个很有礼貌的人，却真的不想再继续浪费他的时间。在一起时出于各种各样的原因，她没能明确表达自己的态度，可曹安都想车接车送她上班了，这件事不能再拖下去。

中午短暂休息时，江桃试图找护士长谈谈。可今天王海燕忙得像个陀螺，一直到傍晚江桃交接完毕，才逮到从一间病房里走出来的护士长。

她小跑过去："王老师，您现在有空吗？"

王海燕身后跟着两个护士，她上下打量江桃一眼："工作上的事马上说，其他事没空。"

这是护士长典型的工作态度，一句废话都没有。

江桃马上让开了路。

王海燕带着人走了，隔了好几米，王海燕忽然想起什么似的转过来，对江桃道："那谁的事？那你吃完晚饭给我打电话。"说完还朝江桃笑笑，与刚刚严肃的护士长判若两人。

周围经过的同事们都暧昧地看向江桃："那谁是谁？老王给你介绍相亲对象了？"

江桃匆匆逃离了同事们的包围圈，结果一出门，就看到了站在电梯厅那边的张阳。

以前张阳来堵她，都是带着奶茶或餐点外卖的，今天他竟然捧着一束玫瑰花，看得江桃又烦又尴尬，恨不得立即撇清那束玫瑰花与自己的关系。

值守护士递给她一个同情的眼神。可是张阳没有对江桃动手动脚，甚至恶言相向都没有，叫保安过来都没有用。

江桃也不想在医院闹大这件事，严重了可能会耽误医护救治病人。她掏出随身携带的口罩，戴好，再目不斜视地走向电梯。

张阳凑到她身边，旁若无人地看着江桃："等你一回真不容易，幸好我提前半小时下班赶过来了，不然今天又要扑空。"

江桃只当听不见，跨进电梯。张阳跟了进来。

电梯里还有别人，至少江桃不用担心张阳做什么过分的事。张阳把玫瑰花往江桃怀里塞，江桃推开，换个位置站着。张阳依然紧跟过来。

一楼很快到了，江桃板着脸走出电梯，一抬头，却见电梯厅对面站着一个早上刚刚见过的人。

张阳全部心思都在江桃身上，之前的几次扑空已经耗光了张阳的耐心，这次他打定主意要一路跟着江桃去她住的小区。

大厅空旷，少了碍手碍脚的人，张阳直接挡在江桃面前，手捧玫瑰花倒退着走，笑着逗弄小护士："你又没有男朋友，给我个机会试试呗？住院时都跟你交代了，我也是本市人，有车、有房、有稳定的工作，你看我长得也不差，哪里配不上你？"

江桃的注意力却不在他身上。哪怕大部分视线被张阳挡住了，她也能看见曹安走向他们的高大身影。

江桃的脚步越来越慢。张阳以为她动摇了，心里一激动，再次把玫瑰花塞过来。江桃没有接，一只大手突然从一侧探过来，拿走了张阳的花。

张阳下意识地往旁边看。曹安没什么表情地看着他，像一座山，突兀地出现在张阳面前。张阳后退两步，脸都白了，眼睛不明状况地乱眨几下，再看向江桃。

江桃没想过要利用曹安以毒攻毒，但亲眼看到张阳这副欺软怕硬的窝囊样，她也无法否认自己的愉悦。

"他是谁？"曹安抬起手中的玫瑰花，犀利的视线在小护士与陌生男人脸上来回打量着。

张阳的冷汗都下来了，江桃才微微张开嘴，他像生怕小护士告状一样，急中生智地道："大哥别误会！我，我是上周刚出院的病人，之前都是江护士照顾我，我特别感激她，所以买了一束花来表示感谢！真的，大哥你别误会。"

张阳一手擦汗，一手乱拍口袋，拍到烟盒，连忙掏出来，倒出一根烟就要递给曹安。曹安没接烟，径直握住张阳的手腕。

张阳猛地咬住牙，豆大的汗珠从他额头滚落。两三秒后，那根烟从他的指间脱落。疼痛还在加剧，张阳终于忍不住了，上半身缩低，仰着头吸着气替自己求情："大哥我错了，我不知道她是哎哎哎，大哥！"

曹安松手，将那捧玫瑰花塞进张阳的毛衣领口："滚。"

玫瑰花茎带刺，张阳却不敢浪费时间，一手捂着胸口的花束扭头就跑。

江桃目瞪口呆。

曹安看向她的小挎包："有纸巾吗？"

江桃终于回了魂，心怦怦直跳，像机器人服从命令般低头翻包，再把一小包面巾纸都递给曹安。曹安抽出一张。

江桃微低着头，恰好看见他仔仔细细擦拭手指的动作，擦去了玫瑰花上掉落的水珠，也可能擦掉了从张阳手腕、衣领上沾染的汗气。地上还掉了几片玫瑰花瓣，曹安单膝蹲下，垂眸捡起那些花瓣。

江桃怔怔地看着终于比自己矮了的曹安，这个人，前一分钟还在提着张阳的衣领将一捧玫瑰花塞进去，这一分钟竟然变成了爱护公共环境的良好市民。

捡完花瓣，曹安站了起来，走向垃圾桶。三个垃圾桶，左边的是医疗废物，中间的是可回收垃圾，右边的是其他垃圾。江桃看见曹安将攥着纸巾的手伸向可回收垃圾桶，却又停顿一两秒，改投了其他垃圾桶。

他还知道纸巾是不可回收的！不是这件事有多鲜为人知，而是曹安的五官与气质，很容易让人觉得他不可能在乎这种小细节。

丢完垃圾，曹安转身朝江桃走来。

江桃很庆幸自己戴着口罩，能掩饰大部分表情。

"那人纠缠你多久了？"曹安带着她往外走，问。

江桃闷闷地道："快一周了。"

曹安："怎么不跟我说？"

江桃："不想给你添麻烦。"

曹安："露个脸就能解决，不算麻烦。"

这话带着一点自我调侃，江桃悄悄看向他的脸。曹安冷硬的脸上不带一点笑意，江桃试着回忆，他这人似乎不爱笑，可能是从小到大孤僻久了，早不习惯笑了吧？

不知不觉间，江桃又坐到了黑色越野车的副驾驶位。

直到这时，江桃才反应过来，问他："不是说要6点左右才回市区吗？"

曹安看她一眼，提醒道："我还说过，我的工作时间比较自由。"

江桃：……所以，她又不小心掉进他挖的坑了？

曹安没有急着开车，见小护士垂着睫毛，他低声问："生气了？"

江桃摇摇头："你帮了我一个大忙，我还要谢谢你。"

曹安："怎么谢？"

江桃沉默了。

请客吃饭是最常见的感谢方式，可再吃下去，这段早该结束的相亲关系会越来越麻烦。可能是脸上的口罩隔绝了一些压力，江桃硬着头皮道："我真的很感谢你，你也挺好的，只是我觉得，我们真的不合适。"

终于说出这句话，江桃仿佛卸下了一个大包袱，人变得无比轻松。她不想因为自己的拖泥带水让曹安误会，早点说清楚，对大家都好。

曹安用指腹敲了敲方向盘，用肯定的语气道："你怕我。"

江桃没有否认。

曹安："如果我换一种长相，你会不会试着与我多接触几次？"

江桃缓慢地点点头。他的礼貌，的确很容易讨女孩子的好感。

曹安没再说话，开车了。

十几分钟后，黑色越野车停在了和平小区东门路边。

江桃看向始终沉默的曹安，再次抱歉："其实我该早点说清楚，白白浪费你这么多的时间。"

曹安："算不上浪费，这一周我心情都很好，你不用有任何负担。"

江桃：……更内疚了怎么办？

曹安："帮忙帮到底，我再接送你一周吧，免得那个人又找回来。我吓了他一次，如果他认为你只是临时找个人来威胁他，下次他可能会变本加厉。"

江桃犹豫。

曹安："放心，除了接送，我不会打扰你。"

江桃："不是，我是怕太麻烦你了。"

曹安："早晚二十几分钟，不算麻烦。"

江桃："嗯，那就谢谢你了。"

第9章

江桃盘腿坐在沙发上，拿着手机的手靠着沙发一头的扶手，用这种姿势跟方蕊视频通话，聊天内容自然是"曹老大"。

方蕊："把玫瑰花塞进张阳领子，曹老大也太帅了吧！好想去你们医院拷贝这段监控！"

江桃："监控室不会理你的。"

方蕊："说正经的，你不觉得有个曹老大这样的男朋友，会特别有安全感吗？"

江桃："那得看什么情况，吓唬外人当然安心，可如果他生气的对象是你，你还有多少安全感？"

方蕊想象那画面，忍不住打了个哆嗦，也很能理解江桃的心情了：

"是个问题，我爸我妈感情那么好，还经常吵两句。你真跟曹老大成了，就你那小胆子，恐怕什么都得听人家的。可他好像挺喜欢你哎，被你拒绝了还要接送你一周，说是帮忙帮到底，根本就是还没死心。"

江桃："随便吧，反正我已经表明我的态度了，过完这一周，我跟他就再也没有任何关系了。"说清楚了，至少她不用再背什么包袱。

方蕊："我看悬，他好像挺会下套的，像是腹黑款。"

江桃还在回忆曹安的表现，护士长突然来了电话，视频通话被迫中断。江桃拿起手机。

王海燕："小桃，下班那会儿你找我，有什么事吗？"

江桃："就是相亲的事，不过我已经跟曹安说清楚了，不用再麻烦您转达了。"

王海燕："没戏是吧？你还挺胆大的，居然敢直接跟他说，以前的女方都是让介绍人传话。"

江桃小声问："您觉得，曹安会生气吗？"

王海燕："不会不会，他脾气好着呢，人家女方说了没感觉，他多余的理由问都不问，也从来不会跑过去继续纠缠。"

江桃一怔：曹安对她好像不太一样？

不过他那么有礼貌，提议再接送她一周，可能真的只是出于彻底帮她解决张阳这个麻烦的考虑，事情一过他便会像对待以前的相亲对象那样，正式断了联系。

王海燕跟江桃聊完，马上拨了曹安的电话。

曹安在陪老爷子饭后散步，接电话也没有特意避开。

王海燕："你傍晚去接小桃，遇到张阳没？"

曹安："嗯，已经解决了，不过他也可能没死心，我再接送她一周。"

王海燕奇怪："你帮了小桃一个大忙，她一点都没领情？"那么软乎乎的一个小护士，不说为了一场英雄救美就对曹安动心吧，也不该挑在今晚拒绝，实在让人意外。

曹安："挺好的，我也不想她因为觉得欠我一个人情，勉强自己继续跟我见面。"

王海燕："行吧，你们年轻人都有自己的想法，我就不操心了，反正我把小桃介绍给你了，我这个表姨就没白当，成不成看你自己的本事。"

曹安："知道，哪天您有空，我请您吃饭。"

"我又不差一顿饭，下次苗苗开家长会你替我们去，掐灭班里男生的念头。"

曹安接了这个任务。

老爷子等孙子收起手机才看过来，慢悠悠地问："又给你安排相亲了？"

曹安默认。

老爷子："又没戏了？"

曹安继续沉默。

老爷子瞅瞅孙子，安慰道："不用着急，有缘分总会遇到，没缘分就打光棍，也不是啥丢人的事。"

他是没急，可老爷子这么一说，怎么感觉有点凄凉，好像他真的只能单身一辈子。

老爷子："总之你要记住，就算咱们长得吓人，也不能随便娶一个凑合，宁缺毋滥。你要是带个你自己都不喜欢的女人回来，我绝不会认，逢年过节也不用来我这边吃饭。"

想象出不开心的画面，老爷子灰白却依然挺拔的眉皱了起来，脸上也一片阴沉。

所以，"长得吓人"确实在曹家爷孙三代上体现得淋漓尽致。

第二天 7 点，曹安如约来和平小区接江桃。

客客气气地打过招呼，曹安专心开车，没有试图聊什么。江桃靠着椅背，发现他昨天才挂上的招财猫挂件已经不见了，不知道是他自己不开心看见招财猫，还是不想她尴尬。

一直到黑色越野车停在住院部外的停车场，曹安才开口："晚上几点下班？"

江桃："今天晚一点，可能 8 点半才下来。"

曹安解开安全带："我送你到电梯厅。"没等江桃开口，他已经下车了。

江桃与他并肩往住院部大楼走。

早上的阳光从东方洒过来，迎面吹来的风不再寒冷，终于有了春天的气息。江桃看看胸前垂着的围巾，觉得明天可以不用戴了。

走在身边的男人忽然开口："昨晚我跟护士长解释清楚了，她不会再跟你提到我，你安心上班。"

江桃点点头："王老师也跟我说过了。"

说话间，两人走到了昨天曹安教训张阳的地方。曹安看看垃圾桶，解释道："我没有打过架，昨天那样只是为了吓唬对方，对付他这种人，讲理很难起到作用。"

江桃心里一惊。

那么熟练、一气呵成地攥手腕、塞玫瑰花，居然都是临时演戏？话说回来，有这样的外表与气场，没人敢招惹曹安吧。

她笨拙地接话："幸亏有你，不然他继续纠缠，我只能报警了。"

曹安："不用抵触报警。"

江桃还是点头。

电梯厅到了。曹安帮她按了电梯，电梯从二楼下来，眨眼就到。

江桃努力笑得自然，朝他挥挥手："我进去了，你也快去忙吧。"

曹安站在电梯外，看着她说："晚上见。"

护士的工作很忙，还要经常面对一些突发状况，不过习惯了也都能跟上节奏。

趁空暇时间，江桃看了看手机。她微信里的好友主要是亲戚、高中同学、大学同学，以及两家医院的医护同事，人多，每天看到的朋友圈内容也还算丰富。看着看着，她竟然看到了曹安的朋友圈。

他应该是在前往工地的路上，郊区的路边都是田地，也有果园。曹安拍的就是一片桃园，长得最好的桃树已经开了粉红的花。他应该是坐在车上拍的，像是远景模式，主景观还是北方刚刚经历完一场寒冬的萧瑟，只有那几抹桃粉带来了一点鲜艳色彩。

两人唯一的共同好友王海燕护士长给他留言：桃花开了啊？又该去踏青了。

曹安回复：开得还不多。

王海燕：你这个年纪拍什么花，你爸拍还差不多。

江桃也想象不出曹安开着开着车忽然停在路边，降下车窗特意拍花的画面。可也没有人规定他这样的男人就不能拍花，就像外表甜美的女孩子照样可以从事一些长期被男人占据的职业。

鉴于两人现在的尴尬关系，江桃没有在这条内容下留下任何足迹，指腹一滑，继续看别的。

晚上 8 点，江桃交接完毕，换好衣服下了电梯。

一楼大厅摆了一张长椅，曹安单独坐在上面，大概是听到了电梯到达的声音，他偏头看来，手里还拿着手机。

江桃："你到多久了，怎么没联系我？"

曹安："也才到，怕打扰你工作。"

江桃看向别处，小声问："有看见张阳吗？"

曹安："找过了，应该没来。"

余光就是他挺拔结实的身躯，江桃想，张阳怕是没胆再来了，比她好看的女孩子很多，张阳没必要为了她得罪一个"老大"。

两人走向曹安的车。

江桃一进车就发现了放在车上的一小筐草莓，个个都有鸡蛋那么大，鲜红鲜红的，有的还带着叶子。

曹安一边系安全带一边道："我回来会路过一家草莓园，傍晚刚摘的，家里表姨那边都送了两盒，这盒你拿回去给外婆尝尝。"

江桃："好啊，我外婆还挺喜欢吃草莓的，不过我得转钱给你。"

曹安："给我五十吧，一起付的，差不多这个价。"

江桃瞬间放松下来，给他发了一个红包。

到了小区，曹安问她："明天什么班？"

江桃知道自己客气不过他，没有再绕弯子，直接道："晚 8 点的夜班，他应该不会在我上班的时候来，你周四早 8 点来医院接我好了。"

曹安："继续送吧，还是提前一小时出发，7 点见？"

江桃："也行，麻烦你了。"

曹安没说什么，看着她推门下车，便拿起那盒草莓递了过去。

江桃看着他开走，然后慢慢进了小区。

外婆今晚没有出门，坐在客厅看电视剧，瞧见江桃手里的草莓，惊喜道："这么新鲜？"

江桃："是啊，本来都没想买的，路过水果店就走不动了。"

外婆："锅里给你留了饭，你先吃，我来洗。"

说是这么说，饭菜也是外婆端到桌子上的，就差直接拿勺子喂江桃了。房子很老了，可灯光是暖的，外婆走来走去的身影也让江桃觉得温馨。

最后，外婆洗好一碟子草莓，端过来陪江桃一起吃。江桃先尝了一颗，酸酸甜甜的，跟看起来一样好吃。

外婆还在嘀咕："是东门左边那家水果店吗？我白天也去过，怎么没发现他家草莓这么好？"

江桃心虚："可能刚送过来的吧。"

只是她再看那一颗颗草莓，脑海里就不可避免地浮现出曹安的脸，还有他发的桃花照片，就还挺接地气的。

第10章

夜晚的住院部要比白天安静，不过病房里也时常响起一些动静，有人咳嗽，有人在卫生间冲水。

七号病房 02 床的病人按铃。

江桃才进病房，陪护家属已经迎了过来，神色紧张："护士，我爸说他伤口痒得难受，睡不着。"

江桃："您别急，我看看。"

她虽然年轻，神色却从容冷静，仿佛什么意外状况都能解决。陪护家属有了主心骨，也不再多说，紧紧跟在她身后。

来到病床前，江桃已经戴上口罩，一边询问病征，一边打开病人伤口处的纱布。病人白天刚做过胃部手术，现在伤口处有些积液。

"护士，我没事吧？"六十岁的男患者很是紧张。

江桃简单解释情况，声音温和："问题不大，用碘伏清洗一下就舒服了。"

陪护家属哄哄老爷子，凑过来看江桃操作，见小护士动作利落，长长的睫毛低垂，眼睛都不带眨的，没一会儿就处理好了。收拾好医用物品，江桃又低声给家属做了一下这种症状的科普，确定两人都没有问题了，她转身往外走。

隔壁 03 床拉了挡帘，但里面有手机灯光。江桃拉开挡帘。

03 床是一个十六岁的高中男生，戴着一副细框眼镜，看起来很文静。

江桃："明天 8 点你是第一台手术，快睡吧，要休息好。"

男生看见江桃，整张脸都红了，立即放下手机，拉起被子蒙住脑袋。

江桃想笑，这孩子明天要做痔疮切除手术，三小时前她给他备的皮，脸皮太薄了。

可医护这行业，直接面对患者的身体，江桃这种毕业不久的都已经见过不少了，更何况那些有资历的？

病人完全不必想太多，因为绝大多数医护看到的都只是待诊疗部位，而不会趁机窥探别人的隐私。又有什么好窥探的？至少在江桃这里，她真不觉得那些部位有什么美感，无论男女。

8 点左右，护士们聚在一起交班。

有同事朝江桃眨眼睛："我刚刚上来时看见一楼大厅坐着一个人，是不是来接你的？前天就看到他送你上班了。"

医护这行业自有特殊性，但大家喜欢听故事的心与其他行业的人完全一样。

江桃还没说话，护士长王海燕严肃道："少说闲话，你那边今天要收两个病人……"

有王海燕帮忙，江桃成功脱离了风暴中心，忙完自己的任务就去了更衣室。

离开更衣室前，江桃照了照镜子。

同事们都羡慕她皮肤好，上夜班也没出现暗沉、长痘这些问题，可一个夜班熬下来，江桃眼圈发黑，眼里多了些血丝，怎么看怎么憔悴。

江桃的包里放了些简单的化妆品，以前为了不让外婆担心，她都会化化妆提升气色。可今天楼下有个对她有兴趣的相亲对象，江桃便什么都没做，顶着这张憔悴的脸下去了。

走出电梯，玻璃窗外阳光耀眼，春天正式到了，最近都是晴空万里的好天气。刚结束夜班的江桃不太适应这样的光线，眯了眯眼睛，再睁开的时候，看见曹安站在那条长椅前。

江桃微微加快脚步走到他身边。

曹安："吃过早饭吗？"

江桃："6点多食堂就送了早餐盒饭，你不会还没吃吧？"

曹安："我也是6点多吃的。"

江桃点点头，就怕曹安还想请她吃早饭。

上了车，曹安递过来一个还没有拆外层塑料袋的眼罩，是那种可爱的卡通兔子款，纯白底色，只有两个小耳朵，脸是粉的。

"去年愚人节表妹送我的，我身边没谁会用这种，送你吧。"

江桃有点好奇护士长的女儿了，小丫头胆子真大，敢送曹安这种礼物。

考虑到这眼罩曹安留着确实没用，也不是多贵的东西，江桃没有再客气："挺可爱的，谢谢啊。"

曹安："外面有点堵车，你先睡会儿，到了我叫你。"

他们要往东边开，正好是阳光照过来的方向，既然曹安主动劝她休息，江桃便配合地取出眼罩，戴上，靠进座椅。

曹安提醒她："可以调低座椅，就在你右手边上。"

这一次，他没有再帮她调。

江桃更喜欢这样的距离，戴着眼罩的脸朝他那边歪了歪："没关系，一会儿就到了。"

曹安的视线，在她脸上停留了几秒。

眼罩挡住了小护士眼部的憔悴，只剩半张白皙的脸露在外面。她的唇小巧而饱满，呈现自然润泽的粉嫩颜色。睁着眼睛的小护士怕他，现在更像掩耳盗铃，自以为安全了，放松地朝他露出这一面。

他发动汽车。车身一震，掩饰了江桃过于剧烈的心跳。她虽然看不见，可就在刚刚那几秒，她明显感觉到曹安在看她，如果不是曹安马上就开车了，她都要忍不住摘下眼罩。也许她就不该戴上眼罩。

幸好今天已经是星期四了，明天她也休息，只要再熬过这个周末，她与曹安就再也没有关系了。

周五傍晚，江桃与方蕊约了吃饭，吃完再一起去挑选春装。

"翡翠湖那边的桃花都开了，朋友圈里好多人都在秀美图，可惜你这周末要上班，不然咱们也去打卡。"方蕊一边翻着货架上的衣服，一边惋惜道。

江桃："你约别人去吧，我这边排班乱，也不知什么时候能凑到一起。"

方蕊撞撞她的胳膊，暧昧道："这两天曹老大有没有出新招？"

江桃："没有，就是接我送我，路上也不怎么说话。"

方蕊奇怪："就剩两天了，他真准备放弃了啊？"

江桃："正常吧，我也没好看到值得人家死缠烂打的地步，他好歹也是名校毕业生，家里又有钱。"

普通人觉得娶个护士当老婆好，小毛病可以找护士咨询，大毛病还可以托护士在医院联系专家或病房。其实这都是误会，护士工作忙得团团转，真没多少时间照顾家人；联系病房就更不靠谱了，大医院一床难求，医生都不敢保证随时能弄个床位，更何况护士。

以曹安的学历与眼界，他肯定明白这些，他先前看上的应该是她的脸，偏偏江桃又不是那种万里挑一的大美女。

生活不像电视剧，电视剧里经常有人一见钟情，然后死缠烂打、花招百出，真正的生活更注重实际，成年人都很忙，追你一两次试试，追不到也就算了。

方蕊盯着江桃看了一会儿，突然抱住江桃，深深地惋惜："我要是男人就好了，我就喜欢你这样的乖软美人、小家碧玉，回到家里想怎么欺负就怎么欺负！"

江桃：……她怀疑方蕊最近又看了什么奇怪的小说！

周日这晚，江桃 8 点下班。今晚也将是曹安最后一次接她。

对两人来说，今晚算是比较特殊了，曹安的话也多了点，在等红灯的时候问她："你以前相亲的对象，拒绝后会删除好友吗？"

江桃维持之前的谎言："他们觉得我不合适，打声招呼就删了。这样也好，毕竟以后还会见新的人，万一被女朋友看见好友列表，不好解释。你那边呢？"

曹安："我频繁相亲那几年都是给个电话号码发短信，确定不会见面，我会删了号码，不是怕未来女友看见，是我性格原因，不想通信录有无关人士。"

江桃理解，就像有的人有囤物癖，有的人喜欢断舍离。

曹安突然看了她一眼："你会不会删除我？"

这个问题叫人怎么回答？肯定的回答好像太不给他面子了，否定的回答又有点暧昧。

她反问："你要删除我吗？"

曹安目视前方，侧脸冷硬自带气场，却低声说了一句与这气场严重不符的话："不太想，除了亲戚，你算是最不怕我的人。"

他从小到大接触过那么多人，她竟然成了最胆大的一个？她也没有做什么胆大的事啊，只是出于社交礼节跟他吃了两顿饭，只是简单鼓励过他两句，再因为张阳同意他接送一周。

为了今晚这最后一面不再出差错，江桃已经做好了曹安说什么她都不会心软的准备，可是现在，感受着曹安散发出来的孤寂，"最不怕他"的小桃护士实在无法狠心插刀。

想到张阳的事她确确实实欠了曹安一个人情，江桃攘了攘手，接话道："那咱们就都别删了？你帮了我一个大忙，如果以后有什么身体上的小问题，你可以问我，我懂的也都会告诉你。"

曹安："好，如果再有人纠缠你，你也可以联系我。"

江桃尴尬地笑了笑。

和平小区到了。

江桃解开安全带，下车后回头，对上曹安似乎一直在看着她的目光。江桃不知道该说什么，笑着挥挥手。

曹安点头，开走了。

江桃目送那辆黑色越野车离开，虽然也有点同情曹安的经历吧，但更多的还是轻松，她的勇气真的不足以让她接受曹安。就像动物园里的无毒蟒蛇，哪怕知道它无毒，知道那层厚厚的玻璃能够困住蟒蛇，江桃也不敢凑过去欣赏。

包里忽然响起来新消息的提示音。江桃翻出手机。

曹安：你应该看得出来，我还挺喜欢你的。

江桃愣住。

曹安：在你找到男朋友之前，我会继续保持你的追求者身份，放心，我不会学张阳，我只会在你同意的前提下约你见面。

江桃咬唇。

曹安：不高兴了？

江桃就是不高兴，反正见不到人，她也敢说：不是已经说清楚了吗？我们不合适，你也答应了只再接送我一周。

曹安：我没有答应再也不跟你见面。

江桃越不高兴，胆子越大：我不想再见你。

曹安：讨厌我，还是怕我？如果是前者，那我尊重你的选择。

江桃仍然一脸不高兴地看着手机屏幕，可明明只需要三个字就能彻底拒绝曹安，她却很难打出"讨厌你"。

她就对着手机摇摇摆摆，连旁边缓缓停了一辆车都没发觉。

车子熄火，车门打开。一道过于高大挺拔的身影站在了江桃面前。

第11章

收到曹安的第一条消息时，江桃正好走到一盏路灯下。

她也是站在这盏路灯下，迟迟难以回复曹安，彻底断了他继续追求她的念头。比外表，如果说张阳只是一条村里常见的狼狗，那么曹安便是一匹货真价实的狼，还是动漫里体形巨大的狼王。

江桃有勇气驱赶一条狼狗，但真遇到狼王，她可能恐惧到连逃跑的念头都生不出来。也就是说，如果曹安采取张阳那样的追求手段，只需一两周，江桃可能就崩溃了。但曹安没有那么做，他一直在保持着礼貌，一直在给她选择权。他还帮了她一个大忙。

江桃怕他，却真的没有讨厌他。

她低头看着屏幕，视野里忽然跨过来一双长腿，几步便停在了她面前。几分钟前江桃还见过这双腿。她的视线沿着那双腿缓慢上移，经过他劲瘦的腰线，最终停在他的胸口。

单纯这过于挺拔且强壮的体形就让她很有压力，更何况他还长了那么凌厉的五官。坐在餐桌对面一动不动沉默看过来的他像一匹狼，当他逐步靠近，那就是狼靠近了，狼的呼吸落在她头顶，散发着幽光的狼眸审视着猎物，随时都有可能露出锋利的狼牙。

江桃可以直面病人鲜血淋漓的伤口，但她的胆子真的不大。她会在走夜路时提防附近出现的男人身影，也会在餐厅里还不知道曹安的身份时，只是一次无意的目光相撞，就担心这位严重疑似黑老大的男人会不会突然找她的麻烦。

　　或许她过于自恋了，想象的太多，可江桃就是这样的性格。

　　每一次与曹安见面，她的理智都分成了两部分：一部分告诉自己他很有礼貌，他是护士长介绍的，人品值得信赖；一部分则在默默地虚构出一些让她慌乱的画面，譬如曹安会不会一直将车开到郊外，再……

　　所以她说两人不合适是真心话，曹安更适合一个心理强大的女朋友，一个完全不畏惧他的外表而坦然欣赏他绅士一面的女人。

　　"很难回答？"头顶响起他平和的声音。

　　江桃僵硬地抬起头。路灯打亮她的脸，她却只能看见曹安的脸部轮廓。

　　"讨厌吗？"曹安抬起左手帮她挡住灯光，既能解除小护士眼睛的不适，也能让她看清楚自己。

　　夜色背景增强了他的气场，如果他换成冷白的皮肤、清瘦的体形，会像吸血鬼。但他是强壮的，有着充满野性的麦色皮肤，所以他在江桃眼里还是那头巨大的凶狼。

　　夜晚的狼更加危险。

　　江桃连一秒的对视都维持不住，迅速别开脸，人也往后退了两步。小护士紧张地攥着挎包与手机，好像在被人欺负。

　　远处有些视线投了过来。

　　曹安靠到黑色越野车的车身上，双手插在口袋里，一条腿斜伸，这是一个随意放松的姿势，至少在路人眼中，只有半个背影的他看起来是在跟女孩子聊天，而不是拦路抢劫。

　　江桃也因为距离的拉开放松一些，走到路灯杆子这边，僵硬地靠着，背对着他问："你刚刚一边开车一边打字？"

　　曹安："不是，第一条消息提前编辑好了，你拿手机时我停在前面的一个车位，从后视镜能看到你。"

　　江桃懂了，怪不得他会知道她不高兴了。

　　她攥着手机，回答他刚刚的问题："我不讨厌你，可我真的怕你，我知道这样不对，可我控制不住。"就像高空作业，安全措施做得再好，人都要克服心理障碍。

曹安："理解，就像我知道你怕我，正确做法是主动与你保持距离，可真那样，我会遗憾。"

江桃："王老师说，你以前都不这样的，现在，是着急结婚了吗？"

曹安："没有合适的，一直单身也没关系，遇到合眼缘的，就想试试。"

这还怪她了，怪她合了他的眼缘？

曹安看着小护士的侧脸，沉默几秒，道："我是认真的，如果你讨厌我，那我绝不会再联系你，也会马上删除好友。如果你不讨厌，说明我们还有继续培养感情的可能，我第一次看到这种可能，希望江护士给我一个机会。"

江桃往后瞥了眼。

第一次看到这种可能？难道曹安之前的相亲对象，除了不合他眼缘的，还有神色或动作表现出厌恶他的？他好像有点可怜。

"不早了，外婆还在等你，你先回去吧，考虑清楚了再答复我，实在不愿勉强，那也没关系。"

隔着路灯杆子，曹安轻轻摸了下小护士的头。江桃身体一僵。

身后传来脚步声，车门被打开，没多久，黑色越野车再次开走了。这回没有消息再发过来。

江桃回了小区。平时她都是坐公交车回家，所以今天外婆并没有觉得她回来得迟。江桃才洗完手，外婆已经把她的夜宵端出来了。

"怎么好像不太高兴？今天上班不顺利？"外婆坐在对面，探究地观察外孙女，小丫头并不擅长隐瞒心事。

江桃在路上就想过了，大多数的相亲都是奔着结婚去的，与谈恋爱不一样，所以相亲很多都是通过长辈安排。也就是说，即便她决定给曹安机会，曹安最终也要通过外婆这一关才行。

这么一个一米五左右的小老太太，胆子恐怕比她还小吧？如果外婆不认可曹安，那她也就不必体谅曹安的心情了。她可以看在曹安的礼貌上，勉强自己试着克服恐惧，却不会委屈外婆一点点。

江桃一边吃饭，一边说了护士长给她介绍相亲对象的事，包括曹安的各种条件。外婆对曹安的学历、性格、家庭条件都很满意，只剩"长得凶"这条过于抽象。

"有照片吗？给我看看。"

江桃还真没有。

外婆："那你现在就跟他要，反正他都得过我这一关。"这么大的事，今晚她要是看不到照片，觉也不用睡了，她倒要看看，曹安能长得多凶。

江桃只好给曹安发消息：我跟外婆商量，她想看看你的照片。

发完她咬咬牙，补充一句：不要十年前的那张。

曹安：外婆平时几点睡？

江桃：不确定，为什么问这个？

曹安：我想去拜访她老人家，照片过于片面。

江桃心想，他该不会觉得他的照片太吓人，所以准备面对面接触，用礼貌挽回几分吧？那他实在是对他的气场没有自知之明。

江桃让外婆选。

外婆笑了："他想来就来，几点我都等着。"

曹安：直接去你们家，还是在外面挑个地方？

外婆："就来咱们家，咱们一老一小，他真是坏的，跟踪你也能找过来。"

江桃临时充当了两人的中间人。

曹安：好，我大概半小时后到。

江桃把自家的具体地址发了过去。

家里要来客人，应该收拾收拾的，可外婆是个爱干净的人，总是将这老房子打扫得干干净净，除了等会儿要刷下江桃吃夜宵用的碗筷，今晚不用再为招待曹安做任何多余的准备。

江桃去刷碗，外婆打开电视机，倒了一碟子瓜子，再叫江桃洗盘水果，好歹意思意思。江桃有些担心，怕外婆被曹安吓到，七十岁的人了，心脏没年轻人强大。

外婆："当我是你？我敢看鬼片，你敢吗？"

江桃不敢。她也没心情看电视，隔一会儿看看手机。

9点5分，曹安发来消息：我到了。

江桃站了起来，外婆暂停电视，跟着外孙女一块儿去开门。

门口空空荡荡，江桃疑惑地往外走，打开单元门，看见黑色越野车就挨着她们家厨房的窗户停着。后备厢车盖一关，曹安双手拎满东西朝她走来。

江桃印象中的曹安好像就没笑过，至少她没见过，可此时曹安竟然扯出了一个笑容。曹安对着外婆道："这么晚过来，打扰您休息了。"

虽然他的语气很有礼貌，但她还是觉得曹安不笑更好，不笑只是一匹狼沉默地盯着你，他笑起来便多了几分"你已经成功冒犯到我，想跑都跑不掉"的势在必得的意味。

江桃看向外婆。只有一米五身高的外婆呆呆地看着曹安越走越近，曹安越近，外婆的脑袋就要仰得越高。

江桃体贴地想挡在外婆面前。结果她才挡住一半，外婆就把她拨开了，人也恢复如常，客气地招呼曹安："大晚上的，还是突然被我们叫过来，你来就成了，带这些做什么。"

曹安保持着笑容："第一次来拜访您，总不能空着手。"

江桃看向他手里，发现他左手拿着一箱牛奶一箱酸奶，右手拿着三个看起来就很贵的礼品袋，有茶叶、有人参，中间的不知道是什么。

三十分钟买齐这些，他刚刚难道就在大商场？

愣神的工夫，外婆已经把曹安带到楼里了，还是曹安回头看了她一眼，仿佛在催她跟上。江桃心情复杂地走过去。

江桃还有个小姨，嫁到外市去了，逢年过节才回来，但家里也给小姨夫预备了拖鞋。外婆拿了双新的给曹安换。

江桃站在门外看着，曹安的身体完全将外婆挡住了，只有老太太的声音不停地传过来，听起来不但没有害怕曹安，反而还挺满意？

第 12 章

外婆家这套房子建于八十年代初，放在当下属于典型的老破小，也就带着一个好学区，还算值点钱。值钱又有什么用，江桃刚工作不久，外婆也没有多少积蓄，祖孙俩没条件换房，这套无法变现的学区房便只是一套普普通通的老房子。

江桃从记事起就生活在这里，她喜欢总是神采奕奕的外婆，喜欢那些温馨珍贵的回忆，一点都不曾嫌弃。

可现在家里来了一个外人，一个经济条件非常好的相亲对象，江桃尴尬地坐在沙发上，视线便不由自主地扫过电视机后面的墙壁，那里开裂了一条缝隙，从连接天花板的地方一直延续到中间。重新装修太麻烦，外婆聪明地挂了一大张小姨和小姨夫补拍的婚纱照，但相框上下还是能看到一小段裂缝。

客厅南边是厨房，推拉门处于合拢的状态，那门与房子几乎一个年龄，玻璃上贴着一些碎花，只是已经剥落了很多。据外婆说，那些剥落有九成都是她与表弟的杰作，一开始是三四岁的小江桃手欠，等江桃懂事不玩这个了，表弟马上接了她的班。

铺满客厅的瓷砖大部分完整无损，只是仔细观察也能看见一些细小的破损。茶几、沙发都是红色实木的，有掉漆的地方，小姨一直想给这边换一套皮沙发，外婆不要，就喜欢这些老木头。

电视柜上摆满了小相框，有祖孙俩的合照，也有很多江桃的单人照。江桃后知后觉地注意到，其中一张照片是她在帝都拍的，七岁的小学生，扎着马尾辫、戴着红领巾，笑容灿烂，如果没有少一颗门牙就更好了。尴尬在发现这张照片时达到了顶点，江桃恨不得用自己的身体替外婆堵住那条长长的墙壁裂缝。

曹安坐在沙发中间，一直歪着头与另一边的外婆聊着。

此时此刻，江桃只是一个听众。

"小伙子长得挺帅的嘛，怎么会一直没有交女朋友？"

"那是您胆子大，别人都怕我。"

"有什么好怕的，五官都是天生的，有漂亮的就有丑的，有面目和善的，那肯定也有你这种凶相的。年轻人见识少才怕，我这把岁数见得多了。"

"您不介意就行，来的路上我一直担心会不会吓到您。"

"那你跟小桃想到一块儿去了。"

曹安这才往江桃这边看了一眼。

"……我去给你倒杯水。"她动作僵硬地离开沙发，偷偷瞪了眼外婆，再去橱柜里拿了一个一次性纸杯，从饮水机里接水。

接了大半杯，江桃垂着眼将水递给曹安。

曹安："谢谢。"

江桃继续在一边当听众。

外婆笑眯眯地打量曹安："你这个头儿怎么长的，匀我十厘米多好。"

曹安笑："遗传吧，您也不矮，跟我奶奶差不多。"

"是吗，你奶奶多大了，身体怎么样？"

"她三八年生的，不如您硬朗，走了十几年了。"

"唉，那跟小桃外公一般大，只是她外公走得更早，小桃都没见过。"

"他老人家生病还是意外？"

"倒霉吧，喝醉了骑自行车，自己摔没的，算了，不提这些。"

"嗯，听江桃说她是您一手带大的，这么多年您也不容易。"

"还行，小桃挺乖的，读书考试从来不用我操心，还会主动帮我做家务，七八岁就会做……"

江桃听到这里，急忙插话，假装不太高兴地道："您别总提我小时候的事。"她可是在曹安面前撒过谎，说自己不会做饭，还因此被一些相亲对象嫌弃。

外婆不明真相，只当外孙女脸皮薄害羞了。

曹安则直接转移话题："之前我跟江桃聊过一些，我们读的一个高中，我比她大五届。"

外婆："说明你们俩学习成绩都很好。"

江桃脸都红了："您别乱说，他的大学比我的好多了。"

曹安："我高考发挥得好，按照平时成绩也考不上。"

外婆："行了，你们俩都别谦虚了，这里数我文凭最低，高中都没读过。"

曹安："您那时候不一样。"

外婆是社交达人，见到曹安后话就几乎没有停过，不知不觉聊到了快10点。

江桃上了一天的班，困了。

曹安瞥见她悄悄打哈欠，对外婆道："咱们加个微信吧，以后您有什么事随时联系我。"

江桃：……

外婆已经拿出了手机，是江桃小姨用退休的手机，在一群老头老太太里面算时髦的，而且老太太用得也很熟练，包括最近几年的各种新电器，老太太上手都特别快。

外婆的微信昵称叫"王母娘娘"。她凑在曹安身边看他输备注，笑着解释自己的昵称寓意："王母娘娘喜欢种蟠桃，正好我也养了一只小桃子，用这个刚刚好，还气派。"

"是个好名字，您用着也合适，都这么晚了，您快休息吧，有机会我再过来陪您说话。"曹安收起手机，站了起来，瞬间比外婆高了一大截。

外婆捏了捏他的胳膊，惊讶道："你平时是不是健身？"

曹安："也没有特意去健身房，平时起得早，会在家里晨练。"

外婆点头："是要锻炼，我们家小桃就是太懒了，一休息就宅家里，细胳膊细腿的。"

江桃迫不及待地走在前面，帮曹安打开门。曹安看她一眼，垂眸换鞋。

外婆没往玄关这边走，指挥江桃："你送送曹安，我去洗脸了。"再朝曹安挥挥手，外婆真去了卫生间。

江桃只好换了鞋，跟在曹安后面。

他的车就停在楼下，黑漆漆的越野车大块儿头，像他这个人。江桃站在单元门外，不打算再往前走了，总不至于要把他送到车门前。

曹安手里拎着车钥匙，低头看她："你外婆挺胆大的，人也幽默，我过来时还担心她会跟你一样。"

江桃不知道该说什么。

曹安："那我走了，你考虑好了再回我。"

江桃点点头。

曹安给车解锁，车灯亮起，刺得江桃偏过头。曹安系好安全带，再看一眼前面的小护士，倒车、掉头。

江桃完成送客任务，回家。她站在卫生间门口，郁闷地问已经刷完牙正在擦脸的外婆："聊得那么热闹，您挺喜欢他？"

外婆："喜欢啊，这是我老了，让我年轻四五十岁，你不要我要。"

江桃无话可说，曹安各方面条件确实很好，换个不怕他的女方，的确没有理由抗拒。

擦完脸上的水，外婆给自己敷了一张面膜，敷好了还给外孙女推荐："你小姨选的这个牌子不错，你也用用，别仗着自己年轻就不爱惜皮肤。"

说完，外婆去沙发上靠着，继续看电视。

江桃快速搞定面部清理，先接一盆洗脚水给外婆端过去，再端着自己的盆坐到外婆身边。她一来，外婆反倒关掉电视，专心聊天："小曹长相是凶了点，你怕他我能理解，但我真觉得他挺好的。家里条件不说，学历与你相当，性格也好，再想想你之前的相亲对象，一个大学比你好的都没有，名牌大学毕业的都留在大城市打拼了。当然，学历不能说明一切，可就我接触过的年轻男的，明明没啥本事还一副谁都看不起的德行，喜欢你的就只喜欢你的脸。"

江桃："我也看脸，脸都不能让我满意，还接触什么？"

外婆："男人看脸和女人看脸那是两回事，女人先喜欢脸，再喜欢人，有感情那就认真了。男人，哼，喜欢你的脸不等于认真，一旦你遇到什么麻烦，人家躲得远远的。"

江桃："您就知道曹安不是这种？"

"他要只图你的脸，不会那么有耐心陪我聊天。"她只是老了，人没糊涂，年轻人是真把她当回事，还是随便敷衍，她分得清楚。

江桃低头洗脚。

外婆打量一圈自家的小客厅，叹气道："外婆也是个大俗人，希望你找个条件好点的，不说占他多大便宜，至少不用陪着他一起吃苦。就说你爸妈，当年穷到生了你也只能托我养。我跟你说，这是他们出车祸了，不然他们俩早晚得离婚。"

江桃的记忆里根本没有父母，只有少得可怜的几张照片。

妈妈跟小姨一样漂亮，爸爸也高大帅气。但照片照不出他们的性格，江桃只能从外婆、小姨的话里了解一二。外婆和小姨当然不会说妈妈的坏话，最多恨铁不成钢，嫌弃妈妈被爱情冲昏了头脑。至于爸爸，是福利院长大的孤儿，在妈妈上班的公司做保安。

江桃不想评价父母的感情，她只知道，她是外婆养大的，外婆为她操了二十多年的心，外婆比谁都盼望她方方面面都过得好。

"我试着再跟他接触接触。"

外婆取下面膜，盯着她道："你是真想接触，还是因为我说的那些？唉，这是你找对象，归根结底还是你说了算，曹安条件再好，只要你没感觉，外婆也不会逼你。结婚结婚，光看条件也不行，还得心里喜欢，不然也过不下去。"

江桃笑了笑："我本来就拿不定主意要不要彻底拒绝他，既然您满意，我再试试。"

她找外婆商量，是希望找个人推自己一把，往哪边推都行，做出决定，就比一个人左右为难强。

回了卧室，江桃给曹安发消息：你到家了吗？

曹安：刚进车库。

江桃：外婆挺喜欢你的，那咱们再试试吧，继续以相亲的关系接触。

曹安好像在回复，可是江桃等了一会儿都没有消息发过来。

大概两分钟后，曹安才回：希望你没有太勉强。

江桃：没有，我本来就不讨厌你，可我也不保证一定会接受你做男朋友，就怕浪费了你的时间。

曹安：我从不浪费时间。

江桃一怔，这是什么意思？

第13章

得到长辈认可的相亲对象做事比没得到之前少了一些顾忌，譬如以前曹安接送江桃都是在小区东门，隔了一晚，今天他来接江桃去上夜班，就直接把车停在五栋楼的楼下。傍晚7点，小区里走动的人还很多，他们经过那辆大块儿头的黑色越野车时，都要看上两眼。

外婆要去广场了，穿着一身红与江桃一起出发。

祖孙俩推开门，发现对门102的邻居也出来了，李奶奶牵着三岁的孙子走在前面，李老头跟在后面锁门。

大家是二三十年的老邻居了，江桃笑着打招呼。

李奶奶笑眯眯地道："小桃要陪你外婆去跳广场舞？"

江桃："不是，今晚要上夜班。"

李奶奶眉头一皱，一副替江桃着想的关心模样："你这护士什么都好，就是上夜班太累了，现在年纪轻还能熬，年纪大了哪还受得了。要我说啊，你当年分数那么高，就不该报护理专业，考个教师、会计、律师什么的，都比在医院上班轻松多了。"

外婆："都照你这么想，医院干脆关门算了。"

李奶奶："你看你，又不爱听了，我还不是为了小桃好，大学改不了了，趁年轻考个公务员吧。"

外婆："轻松还把小硕丢给你们俩？"

李老头笑得满脸开花："这不是怀二胎了嘛，年轻人又要赚钱又要养孩子，咱们老的还不得帮忙分担分担。走嘞，爷爷奶奶带小硕去广场玩！"

李家人走在了前面，外婆似笑非笑的。

江桃只觉得无聊，自从她回来，经常能听见李家二老跟外婆炫耀他们家儿子、儿媳妇甚至孙子，话里话外都是显摆。幸亏外婆没嫉妒什么，不然就要疯狂催她结婚了，指望外孙女帮自己扳回一局。

"哎哟，吓我一跳！"最先出门的李奶奶往右看时不知看到什么，一手捂着胸口，一手拉着孙子逃跑似的往旁边避开一大截。

外婆幸灾乐祸地递给江桃一个眼神。江桃看向别处。

出了单元门，江桃看向右侧，果然看到曹安站在越野车旁边。他高高壮壮的，穿着一身黑，面无表情地站在那儿，一看就不好惹。

他的面无表情在看到外婆时多了变化，露出他更加不好惹的"狞笑"。

李老头、李奶奶牵着孙子站在不远处，既害怕曹安，又纳闷儿这个站在他们楼下的人是什么来头。整个五栋楼大家都熟得不能再熟，二老是好奇曹安的身份呢。

"小曹吃过饭没？"外婆毫无压力地走向曹安，笑着打招呼。

曹安垂眸看着老太太："在家吃完才过来的。"

外婆："从你们家过来远不远？这么接送小桃会不会太麻烦了？"

曹安："还行，自己开车，去哪儿都方便。"

外婆："行，那你们赶紧上车吧。"

曹安："您也上车，我把您送到广场那边？这里走过去也要几分钟。"

外婆："不用不用，出门就是要锻炼的，多走走才好呢。"

曹安点头，看看江桃，帮她拉开副驾驶的门。江桃上车后，曹安再跟外婆打声招呼，然后绕到了驾驶位这边。

黑色越野车缓缓地开走了。

李奶奶这才回神，把孙子丢给老伴牵着，她凑到外婆身边打听："这人谁啊，小桃对象？"

外婆一边往前走一边笑着澄清："小桃她护士长给介绍的相亲对象，刚接触不久，不定成不成呢。"

李奶奶："他做什么的啊，看着不太像正经人。"

外婆也不生气，只慢悠悠地说着："我第一眼看到他也跟你这么想，但有句话怎么说的，人不可貌相，他可是 A 大毕业生，学的土木专业，现在自家建筑公司做事。广安商场你去过吧，整栋大楼都是他们家的。方方面面都打听清楚了，不然我也不敢让小桃跟他接触。"

光 A 大这名头就够证明曹安的个人能力了，广安商场则表明了他的经济条件。真是社会上的小混混，可考不上 A 大。

李老头情商更低一些，不太服气地哼了声："看他也不小了，真这么好的条件，还能轮到你们家小桃？"

外婆："眼光高呗，其他人都看不上。"

李老头、李奶奶：……见过狂的，却没见过江桃外婆这么狂的，男人死得早，没儿子没孙子，家里就一套老破小，牛气什么！

越野车上，曹安注意着路上的居民，出了小区后才问江桃："刚刚那一家，是你们邻居？"

江桃："嗯，就住我们对门。你听见我们说话了？"

曹安："听见了，这种老人挺常见的，也没有恶意，就是想显摆自家，我周围也有。"

江桃："你们家亲戚多吗？过年的时候会不会催你结婚？"

曹安："亲戚不少，不过没人催我，也没人会跟我爸、我爷显摆。"

江桃的脑海里立即出现一幅画面，挤满老少亲戚的客厅里，曹家爷仨排成一排坐在沙发上，没一个亲戚想跟他们套近乎。

车窗映出小护士的脸，她的嘴角有一点点上扬。

医院到了。下车前，江桃往曹安那边看了看："你不会以后都要送我吧？"

曹安："有这个计划，可以吗？"

他狭长的眼看过来，江桃秒速避开。都答应继续接触了，好像也没有理由拒绝，她只是好奇一件事："你的工作不忙吗？"

曹安："还好，早上送完你正好去上班，晚上 6 点通常我也回市区了，桐市不大，各行各业也都没有大城市那么卷。"

大城市有大城市的繁华便利，小城市有小城市的舒适安逸。

以曹安的学历，完全可以留在大城市，但他更喜欢回来，建设自己的故土另有一种成就感。

第二天 8 点多，江桃下班时曹安已经在一楼大厅等着了。

上了车，曹安问她："带眼罩了吗？"

江桃摇摇头："上次你送我的放在家里了，平时也用不上。"不说挤公交很少有能打盹儿的机会，就是坐他的车，十几分钟的路程也没困到必须马上睡觉的地步。

曹安打开储物盒，从里面拿出一个一模一样的萌兔眼罩，拆开包装递给江桃："这个就留车上吧，用起来方便。"

江桃接过眼罩，耳根有点热："你新买的？"

曹安："跟上次那个一起买的，因为便宜，多买了几个。"

也就是说，并没有什么表妹送的愚人节礼物，从一开始就是他特意买来送她的。

江桃心里有些乱，好在可以戴眼罩掩饰情绪。她靠在舒适的椅背上，眼前一片黑暗，只听见他发动汽车的声音。

只是相个亲，怎么这么会照顾人，甚至他第一次送的时候她已经给他发了好人卡。江桃以前的相亲对象，有个被她拒绝后还想尝试挽回的，手段是送她玫瑰花。江桃看见玫瑰花只觉得尴尬，曹安送的眼罩却低调又实用，非要挑缺点，就是过于可爱了，当着他的面戴有一点点羞耻感。

很快，越野车又停在了她家门口。江桃摘下眼罩，放进储物盒。

两人下了车，外婆已经听到动静出来了。

外婆拍拍江桃的胳膊："快去睡觉吧，我来招待小曹。"

阳光灿烂，江桃微微眯着眼睛，实在不舒服，朝曹安点点头就进去了。

厨房的玻璃窗开着，有食物的香气飘出来，曹安往里面看了眼，正好看见小护士穿过客厅，去了卧室那边。

外婆："我做了蛋饼，你拿去路上吃。"

曹安想叫外婆不用客气，外婆已经快步走进去了。

新鲜出锅的蛋饼被外婆放在保鲜袋中，表皮的鸡蛋金黄金黄的，里面卷着青菜、里脊。

"你这么大的个子，就当零食了。"

"行，谢谢外婆。"

"客气啥，快去上班吧，路上慢点开车。"

蛋饼有点烫，曹安一路开出市区，才停在路边，下车吃。

空气新鲜，地面野草返青，不远处一家农院里种了一棵桃树，桃花开了一半。桐市有个植物园，不大，里面开辟了几处观赏类树种的园子，如今梅树、桃树、樱树都在花季，吸引了很多市民，本市宣传公众号也专门发了一篇文章，图文并茂。

吃完蛋饼，曹安用纸巾擦擦手，坐在驾驶位给外婆发语音："外婆，最近天气不错，我陪您去植物园逛逛？"

自家老爷子也会打字，但平时喜欢发语音，没耐心操作手机的小键盘。

外婆："这么好啊，会不会耽误你上班？"

曹安："工地最近不忙，我隔两天去看看都行。"

外婆："我都方便的，你哪天合适？"

曹安："明天怎么样？我看天气预报说明天没风。"

外婆："行啊，我好久没去植物园了。"

曹安："那明早 9 点我过去接您？开车半个多小时，到植物园阳光也暖了。"

外婆："OK！"

江桃一觉睡到下午 4 点，睡醒了也蔫蔫的，赖在被窝里玩手机。厨房里响起切菜声，江桃终于起床，脸也没洗就去帮忙。

外婆心情似乎很好，一边切菜一边哼着小调。

江桃："明天我休息，咱们出去逛逛？"

外婆："你说晚了，我已经有约了。"

江桃看过去："跟谁啊？"

外婆："小曹，他说带我去植物园看花。"

江桃愣住了，手里的番茄差点脱手掉进水槽："他，他怎么突然约您？"

外婆："买一送一呗，我都去了，你好意思把自己外婆完全交给人家照顾？"

江桃：……

外婆笑得很开心："小曹这人，长得凶，其实挺会来事的。"

对她都如此，在工作上肯定也擅长待人接物。

一个成熟、礼貌的年轻人，哪家长辈都会喜欢。

第14章

早上7点，江桃睡到自然醒。透过窗帘缝隙能看出外面阳光灿烂。麻雀喳喳叫着，夹杂着远处小孩子们的笑闹声、长辈们的喊叫声。

休息日总是美好的，江桃捞起手机，查看今天的天气预报。白日最高气温竟然有17摄氏度，而且今天确实是最近一段时间最暖和的一天，明天就要降温了，周六居然还有雨夹雪！

江桃打开衣柜，选了一件白色毛衫，外面再套一件浅蓝色的厚外套，热的时候方便脱下来。换好衣服，江桃走出卧室，去卫生间洗漱。

外婆人在厨房，听到声音探头望过来，上下打量江桃一眼："不是新买了一条裙子，怎么没穿？"

江桃瞅瞅腿上的休闲裤，理直气壮："这个舒服。"裙子好看，但她要照顾外婆，有些动作可能不方便。

外婆摇摇头，自言自语："每次跟小蕊出门都打扮得漂漂亮亮的，一相亲就不重视，现在的女孩子真是不一样了。"

吃完饭祖孙俩去1公里外的超市逛了逛，除了置办日用品、未来两三天的食材，还选了几样水果，另买了几瓶饮料。运菜的小推车装得满满当当，8点多祖孙俩返回小区，又碰上李老头、李奶奶要去遛娃。

李奶奶："天气这么好，你们不去哪里玩玩？"

外婆："去呀，放好东西就去植物园了。"

李老头："那么远，你们坐公交车去？真不怕颠簸。"

外婆笑："小曹来接我们。"

李奶奶看向江桃，惊讶道："小曹是你那个相亲对象？今天周三，他不用上班？"

外婆把话接了过去："他是总经理，又不用自己下场干活，不忙的时候也不用天天去工地。"

李老头笑她："人家年轻人相亲，你去凑什么热闹？"

外婆为难脸："我也不想啊，我这老胳膊老腿的，去了就是给他们添麻烦，可小曹太客气了，非要叫我一起去，我说不过他，去就去吧。对了，上周末志勇他们也去植物园了吧，那边花开得多不多？别还没开全，那有什么看头。"

李老头、李奶奶的笑容都有点绷不住了。上周末儿子、儿媳妇要去植物园玩，来这边只接了孙子过去，提都没提要带上他们。

"你自己去看吧，这两天暖和可能又开了一拨。"在外婆这里没有讨到任何便宜，两口子带上孙子快步走出了单元门。

外婆扬起下巴，掏钥匙开门。

进了门江桃才尴尬道："您跟他们提曹安干什么？"

外婆："显摆啊，怎么，只许他们阴阳怪气咱们家没车只能挤公交，就不许我显摆你有个好相亲对象？"

江桃："您也知道是相亲对象，以后不一定能成，现在显摆，哪天黄了，人家还要挖苦回来。"

外婆："以后再说以后的，今天能显摆我就必须痛快痛快。再说了，我这把年纪，活一天少一天，兴许你跟小曹还没黄，我先……"

江桃一手拉推车，一手捂住小老太太的嘴。外婆笑眯眯地弯着眼睛。

江桃拿她没辙，把出游要带的水果拿出来让外婆洗，自己则收拾推车、冰箱。看着冰箱渐渐装满，江桃背对着外婆道："我这里也攒了十三万，要不咱们也去买辆车？"

李老头调侃外婆出行只能挤公交那句，她听了很不舒服。

外婆小时候家里穷，年轻时艰苦奋斗，好不容易买了房子有了城市户口，外公、爸爸、妈妈先后走了。外婆一个人将她拉扯长大，供她读书一路到大学毕业，如今她终于有了一份稳定的工作，而外婆的确到了晚年，江桃想让外婆尽可能地多享受享受。她有驾照，存款也够买辆普通的车。

外婆："想啥呢？我一年才出几次远门，买车纯粹是浪费，不如留着买房，车到手就贬值了，别以为我不懂。"

江桃有点赌气的意味："我也想让您显摆显摆。"

拿她显摆，而不是借她的相亲对象。

外婆："我拿你显摆的时候还少啊？小时候你经常考班里第一甚至年级第一，隔壁志勇就少有及格的时候，你考上高中，他去读了技校，他爸妈见到我都躲着走，就怕我跟他们显摆。还有房子，以你现在的工资，再攒两三年就够首付了，志勇的房子几乎都是他爸妈掏钱。我可不傻，我要显摆也要显摆大的，等你买了房，我请他们一家吃饭！"

江桃总算笑了出来。

外婆虽然看着手里的水果，眼里却满满都是慈爱："我们家小桃有本事，能自己养活自己，外婆最怕你在外面被人欺负，催你结婚也是希望能找个靠谱的照顾你。但外婆还是那句话，结婚也得你喜欢对方才行，没必要为了我随随便便找一个嫁了，我可舍不得你受委屈。"

江桃："您专心洗水果，别说了。"

再说她就要哭了。

外婆切了菠萝、橙子，与车厘子一起摆了满满一个保鲜盒，再往帆布包里放三瓶水、两包零食，出游准备就做好了。

9点钟，曹安准时将车停在五栋楼楼下。

外婆直接在厨房这边朝他挥挥手，带着江桃出门了。

曹安站在车前，穿了一件浅灰色的毛衫，黑色休闲外套敞开，下面是一条黑色的休闲长裤。他那件毛衫属于薄款，比较贴身，上面隐隐能勾勒出结实胸肌的轮廓。当他走起来时，修长挺拔的双腿充满了力量感。

跟外婆打完招呼，他看向江桃手里的帆布包。

江桃笑笑："带了点水果、零食。"

曹安接过颇有分量的帆布包，打开后面车门，对江桃道："你陪外婆坐后面。"

江桃莫名想到了隔壁的李志勇夫妻，过年那一大家子出门，李志勇安排座位时跟他老婆说话也是这种语气。曹安的语气就仿佛两个人已经熟稔了，又仿佛外婆是曹安的外婆，她才是新加入的。

外婆已经在里面坐好了，笑着看两个年轻人说话。

江桃选择不与曹安客气，坐到了外婆旁边。

曹安关上车门，把祖孙俩的帆布包放在副驾驶位。他系好安全带，确认祖孙俩也坐好并系好安全带了，开车出发。

离开小区后，车会经过外婆经常跳广场舞的小公园。曹安往公园边上扫了眼，放慢车速，问外婆："那是不是你们对门的邻居？"

江桃、外婆一起往窗外看。曹安已经帮忙降下了车窗。

江桃果然发现了李老头、李奶奶，两人守在儿童滑梯旁边，面对面说着话。

外婆笑着朝那边挥挥手。

李老头、李奶奶：……

曹安也朝对方点点头，礼貌地打过招呼，提速离去。

江桃：……其实也不用这么礼貌的。

植物园到了，因为是工作日，停车场还有一些空位，否则这么好的天气，恐怕只能在外面找个地方停。

江桃下车，四处打量一圈，发现很多游人都只穿着毛衫或单衣，灿烂的阳光照在身上，确实暖融融的。

曹安就直接把外套放车上了，毛衫袖子卷到肘部以上，露出一对儿强壮结实的小臂。他反手关车门时，胸口、肩膀处的肌肉线条也变得十分明显。江桃迅速移开视线。

外婆："哎，这阳光太刺眼了，我得戴上墨镜。"

一分钟后，小老太太装备好下车了，上面一件明黄色的短外套，敞开，系一条撞色围巾，配着染成栗色的卷发与墨镜，江桃都没她老人家洋气。

曹安欣赏地笑了："外婆会打扮。"

他左手拎着帆布包、相机，朝老太太伸出右臂。外婆自然而然地挽过去，看着远处感慨道："年轻的时候没这么多好看的衣服，现在有条件了，当然要打扮起来。"

曹安："都是您自己挑的？"

外婆："是啊，小桃的眼光太土了。"

默默走在两人身后的江桃：……

外婆脚步慢，曹安照顾她的速度走，江桃不擅长聊天，进入植物园后就分出大半心思欣赏景色，有时候会与他们二人拉开一点距离。曹安始终耐心地陪着外婆，仿佛他并没有想利用这次机会接近漂亮的小护士。

最先到的是樱花园区，粉粉嫩嫩的樱花，底下全是照相的游客。

"我给您拍一张。"曹安选了一棵樱花树，扶着外婆站到树下。

江桃站在一旁，看着外婆游刃有余地摆了几个造型，曹安竟然也会变换角度拍摄，俨然一个专业的摄影师。江桃当然也没有闲着，她拿自己的手机给外婆拍。

"再拍几张你跟外婆的合照吧。"曹安忽然看过来，半是提议半是指挥地说。

江桃抿了下唇，最终还是站到了外婆旁边。照相就要看向镜头，一想到藏在镜头后的是曹安狭长的双眼，江桃就很难放松。

外婆拍拍她的手。江桃低头时，看到了外婆发根处新长出来的白发，她该珍惜还能与外婆拍合照的机会。

想明白了，江桃从后面抱住外婆，下巴搭在外婆一边肩头，歪着脑袋，笑容灿烂地看向镜头。小护士的脸比白瓣樱花还要鲜嫩，装满笑意的眼睛乌润似水。

曹安第三次按下快门时，才终于将外婆也纳入取景框。

这个画面一共拍了六张。外婆凑过来看，都很满意。

"该你了，让小桃帮你拍一张。"外婆把相机塞给江桃，指挥道。

江桃尴尬得脸发热。

曹安笑了笑："我就不拍了，不习惯。"

外婆："那咱们俩一起拍一张，我留着当纪念。"

这次曹安没有反对。两人站回树下，曹安一手揽着外婆的肩膀。

江桃不会用这么复杂的相机，只简单按了几次快门。

曹安看照片时，外婆拉着江桃走远几步，兴奋地说悄悄话："哎，刚刚我脑袋好像蹭到小曹的胸肌了！"

江桃：……

第15章

现在的植物园主要就樱、梅、桃三个园子值得一逛，两个年轻人陪着外婆，一个小时就走完了。

植物园里还有一片湖，湖中有小岛，站在岸边能看到岛上也有红红粉粉的花开了，游客可以坐船过去，也可以走一条吊桥。

曹安扶着外婆："咱们坐船过去？到岛上再找个地方休息一会儿。"

外婆摆摆手，指着不远处一座凉亭道："你跟小桃去逛吧，我在那边等你们。"

曹安有耐心照顾她，这点很不错，可她做长辈的也得识趣，该给年轻人单独相处的机会了。

江桃："您自己能行吗？"

外婆："你上班的时候我都是自己待着，怎么不行了？我还没老到身边离不开人的地步。"

江桃只好跟着曹安，先把外婆送到凉亭。

一条石阶小路从主路通向凉亭，外婆就在这里把江桃、曹安撵走了，让他们尽管去玩，玩完再来接她。

曹安看看腕表，推测道："岛不大，半小时应该能回来。"

外婆一边往里走一边笑："难得你们休息，多逛逛，不用着急。"

凉亭里坐着两组游客，一组是夫妻俩带着两个孩子，一组是三个五十多岁的阿姨。江桃看着外婆进了亭子，直接坐到三个阿姨那边，转眼间聊了起来，而且是三个阿姨包围外婆的热情姿态，并非外婆强行社交。

曹安："外婆人缘肯定特别好。"

江桃最后看了眼外婆，开始往乘船点那边走，笑着道："是挺好的，去菜市场买菜人家都给她低价，小区保安也跟她特别熟，经常帮忙拿快递。"

曹安："你真不擅长社交，还是只在我面前拘束？"

江桃干笑："真不擅长，我小姨的性格倒是跟我外婆一模一样，我可能随了我妈。"外婆口中的妈妈，就是一个平时像甜柿子的小棉袄，结果在嫁给爸爸这件事上变成了硬石头。

曹安："像谁都没关系，不同性格，各有各的好。"

江桃往他那边看一眼："我还以为你是那种高冷性格，没想到还能跟外婆聊到一块儿去。"

曹安："我跟谁都能聊，聊多深就看眼缘了，外婆挺可爱的，很有自己的想法。"

江桃点点头。

曹安："当然，外婆是长辈，找女朋友，我更喜欢你这种性格。"

明明该是很暧昧的话，他却一边走着一边随意地说出来，仿佛只是在陈述一件事实，只是一句闲聊，并不需要江桃回应什么。但江桃的脸却被他这句炸红了，突如其来，没有一点点心理准备。

余光能察觉他微低头，脸对着她这边。江桃飞快看向右侧的湖，湖面波光粼粼，晃得她直眯眼。

"我是怕你误会我更欣赏外婆那样的年轻女性，如果你介意，我以后不会再说类似的话。"曹安仍然慢慢配合她的步伐，语气比刚刚认真了些。

江桃摇摇头，一手摸脸，并不掩饰自己的尴尬："没事，我就是不太习惯。"

她真不习惯，毕竟她一点谈恋爱，甚至被人正经追求的经验都没有，相亲那种近似公式化的吃饭、送花才不算。

江桃幻想中的追求，是像偶像剧里演的那样，会有一个她已经有些心动的男人出现，或是言语撩拨，或是来点暧昧的动作，但总归都不是曹安这样毫无氛围、毫无预兆地说出来。最关键的是，她幻想中的男人可能温柔，可能高冷，但他们的脸肯定都是符合大众审美的帅气，绝不是曹安这种老大脸。哪怕跟曹安相亲了，江桃也想象不出曹安对她深情款款、温柔撩拨的画面。

"好，我会注意。"曹安语气如常，走到她前面去问船夫乘船价格。

"等满座的话一人二十，包船八十。"皮肤晒得黝黑的船夫看看曹安，报价的底气没有平时那么足。

曹安从钱包里拿出一张百元钞票。船夫找了他二十块，收完钱站到岸边，蹲着按牢船尾。

曹安先上船，再朝江桃伸出手。手划船轻轻晃动着，江桃只能把手递过去，被曹安握住的瞬间，他的力量也同时传来，江桃都没反应过来，人已经被他半拉半扶地带到船上。船晃得更厉害了，江桃紧张地抓着曹安的小臂，温热的皮肤、绷起的肌肉，比摇摇晃晃的船还让她心慌。

坐下来后，两人都松开了手。江桃拨拨耳边的发丝，顺势欣赏水景。

曹安坐到了她对面，看着歪头回避他的小护士解释道："你我体重差得太多，都坐在中轴线上更容易保持船身平衡。"

江桃胡乱点点头。

船夫来了兴趣，回头看了眼曹安结实的背影，打听道："小伙子多高多重啊？我拉客这么多年，还没见过你这种好身材的，要么比你瘦要么比你矮，都没你这块儿头好看。"

黑老大又如何，说好听的肯定不得罪人。

江桃也有点好奇曹安的体重。

曹安朝着船夫那边道："身高 190，上次称体重是 180 斤。"

船夫夸张地吸了口气。

江桃瞄着曹安曲着的大长腿，180 斤，两个她坐在跷跷板这一头才能把他压起来！

她就说不合适，哪儿哪儿都不合适！

可能是在医院工作的关系，江桃幻想最多的是穿白大褂的医生，就算高个子，也是清瘦的体形，没有曹安那么大的压迫感！

船缓缓划到了湖中心。曹安举起相机，对着岸边拍了好儿张。

江桃顺着他的镜头看，突然，曹安问她："这里景色还可以，给你拍一张？回头我整理好一起发你。"

拒绝就显得太小气了，江桃努力保持微笑，大脑还没想出什么矜持又好看的摆拍姿势，右手已经变成剪刀手挨在脸边了。

江桃：……好傻啊！

曹安按了几次快门。一结束，江桃立即看向别处。

曹安低头翻看照片，语气平常地提出一个建议："下次我抓拍吧，自然点。"

江桃想跳湖了。

上了岛，曹安让江桃走在前面，随便她驻足在哪个景点，或是一棵桃树，或是一棵几百年的老树，他则像个专业摄影师一样随时抓拍着。

在岛上的二十分钟，两人几乎没有说一句话。江桃怪不好意思的，挑曹安摆弄相机时靠近，站在他身边说："你这趟光陪我跟外婆了，自己都没怎么玩。"

曹安："我经常在户外活动，看这些没什么新鲜的，就是带你们来透透气。"

江桃想到了他的工作。提到工程，她想到的都是一处处还没竣工的建筑工地，盖高楼、盖商场，很少会想到公园，尽管公园随处可见。

"矿山那边要盖什么样的公园？"江桃好奇地问，"离市区太远的话，平时会有人去吗？"

像桐市的翡翠湖，在市中心，政府修得漂漂亮亮的，既有助于提升市容，也真正地惠及了市民。江桃很难想象那些废弃的矿坑要如何重新利用，周围环境与风景优美也毫不沾边。

曹安看她一眼，放下相机取出手机。

江桃看着他在相册里点开一个叫"明湖公园"的相簿。

最上面全都是她看不懂的线条图纸，曹安修长的手指滑动几下，出现了一张构想图，中间好大一片湖水，湖上分布着几座岛屿，岸边杨柳成荫，围绕湖水一圈的陆地上还分布着丛林区、花圃、跑道、游乐场、博物馆、地下迷宫、动物园等。

江桃震惊极了，这种大型公园，她只在大城市里见过。

曹安再翻出一张工地现在的照片，处处都是深浅不一的废弃矿坑，有些地方堆满了建筑垃圾，没有矿的山是秃的，正常人谁也不会来这个地方走动。

江桃："这要多久才能建好？"

曹安："计划三年，今年是第一年。"

江桃接过手机，往回翻了些细节图，笑着问："咱们市这么有钱啊？"

城市环境好了，能玩的地方多了，最终还是城市及其周围乡镇居民受惠，江桃作为桐市人，很高兴有这么个好地方可以玩。

曹安："还行，矿业是主要财政来源，有钱了开始反哺环境建设。"

江桃："你们公司能拿到这个工程，是不是也挺厉害的？"

曹安笑了下，不知道是谦虚还是默认，江桃还不习惯多看那张脸。

游完岛，两人是从吊桥这边回去的。

吊桥比较稳，江桃扶着一侧的绳索，曹安走在她身后，马上中午了，阳光从后面照过来，江桃的影子完全被曹安的身影覆盖。

说来奇怪，江桃早就知道他是名校毕业生，早就知道他从事正经行业，可直到刚刚亲眼看到了他正在做的事情，江桃心里才彻底踏实，不再担心他是不是还有什么"灰色"副业。很没有道理的观感变化，但就是悄悄地发生了。

凉亭里只剩外婆，小老太太舒舒服服地靠着亭柱。

江桃走在前面，笑着朝外婆挥挥手。

外婆用一根手指顶起墨镜，细细打量了外孙女一会儿，只觉得小丫头身上好像有什么变了，比刚出发的时候要松弛一些。外婆很高兴。

年轻人相亲，除了一见钟情或一见生厌的，剩下的就是要多多接触嘛，接触了才能了解彼此，才能发现到底合不合适。曹安亏就亏在他这张脸上，但只要习惯了、不怕了，就会发觉曹安多好啊，高高壮壮的，看起来就特别可靠、有安全感！

"外婆还要逛吗？不逛了咱们回市区吃饭。"

曹安熟练地拎起帆布包，请外婆拿主意。

外婆："回去吧，去我们家吃，菜我都买好了。"

江桃偷瞄曹安。

曹安："还是去餐厅吧，方便，昨晚我也订了位子。"

外婆笑道："也行，下次再来家里吃。"说着，她悄悄递给外孙女一个眼神。

江桃只当不懂，心里对曹安的好感却又加了一点。

第16章

下午2点半，婉拒了外婆请他进屋喝茶的邀请，曹安开车离去。

"逛了这么久，您累不累？"江桃换好拖鞋，有点担心自家的小老太太。

外婆："还行，不过我得睡会儿了，等我醒了再跟你聊小曹。"

江桃嘀咕："我又没想聊他。"

外婆笑着去了卫生间，出来后直接回卧室睡觉。

江桃没觉得困，脱掉外套，开始打扫家里的卫生，她多做一点，外婆就可以少忙活一点。擦擦桌柜，拖拖地板，不知不觉一个小时过去了。

江桃靠到床上，刚放松几分钟，手机收到新消息。

曹安开始给她发今天拍的照片了，一张连着一张。江桃翻身趴着，手机放在一旁，直到屏幕上不再跳出来新照片，她才好奇地翻到最前面，从头开始看。

前面都是外婆的单人照，小老太太很会摆造型，再加上天生的自信从容，每一张的感觉都特别自然、舒服。

江桃记得自己还在读小学时，经常会有一些老头来外婆面前献殷勤，无一例外地都被外婆拒绝了。小学生江桃被电视剧里的情节启发，很是愧疚地问外婆："您是不是因为要照顾我才不想再结婚？"

外婆靠在沙发上给她织毛衣，用看小傻瓜的眼神看着她，笑道："想得挺美，我不结婚跟你一点关系都没有，以前养你或许还有点辛苦，现在你这么懂事了，还会帮外婆做事，外婆多清闲多逍遥啊，再找个老头，他是会给我做饭还是会给我洗衣服？八成还得我反过来伺候他，傻子才上当。"

如今想起这些，江桃觉得外婆真的很有生活智慧。

注意力回到照片上，江桃渐渐发现，曹安拍的每一张都特别有感觉。她特意打开自己的手机相册，同样角度拍的外婆，曹安拍出来像付费的写真，她的就是普普通通的手机照，质感差太多了。

中间是她与外婆的合照。后面二十多张都是江桃的单人照，江桃越看越怀疑曹安可能学过摄影。她好像有点自恋了，照片里的自己怎么这么好看？

照片发完后，还有一条曹安的文字消息：还有一张船上的，要发你吗？

江桃想起了自己的剪刀手，虽然能猜到肯定特别傻，但还是想看看究竟傻到了什么地步。

江桃：发来看看。

等了几十秒，一张照片传了过来。

在木制的手划船上，以碧蓝天空、清澈湖水为背景，江桃神色极其不自然地看着镜头，笑容僵硬得仿佛对面有人拿枪指着她。

江桃：你可以撤回了。

很快，照片消失。

曹安：其他的怎么样？

江桃：挺好看的，外婆在睡觉，等她醒了再给她看。对了，你学过摄影？

曹安：业余爱好。以前经常会拍一些工程图，拍多了也掌握了一点技巧。

江桃：谢谢啦，今天外婆玩得很高兴，一直夸你会照顾人。

曹安：我小时候跟爷爷奶奶住得更久，所以有与老人相处的经验，稍等，我去接个电话。

江桃松了口气，再聊她也不知道能聊什么了。她选了一张与外婆的合照，发到朋友圈。

上班时间"摸鱼"的方蕊：都好看！路人帮忙拍的？技术不错啊，外婆看起来身高有 160！

江桃想了想，打开与方蕊的聊天框，发了一张自己的单人照。

方蕊发语音："外婆没这技术，老实交代，谁给你拍的！"

江桃就把最近发生的事都告诉她了。

方蕊："曹老大够厉害啊，该直球的时候直球，现在连外婆都给拉过去了，我看你这次要成！"

江桃："不知道，反正心情挺复杂的，一方面觉得他人好，一方面又不习惯他的脸。"

方蕊："人好就行，脸多看一段时间就习惯了，重要的还是人品，真的，光凭他对外婆的态度，我都想支持他。等等，有他照片没？上次我没有看清楚，还想再看看。"

江桃还真拍了几张，曹安陪外婆时，她走在后面偷偷拍的，当时的想法就是坦白后方蕊肯定好奇，同时她也想让方蕊看清楚曹安的五官，听听她的准确反馈，算是一个参考。

江桃先发了一张背影照。

方蕊："我天，这大长腿，这宽肩，这窄腰，小桃护士你有福了！"

江桃再发一张正面照，那是曹安帮外婆选好位置往回走的画面，修长挺拔的男人垂眸摆弄着相机，颇有些体积的单反相机在他修长的手里变成了一个小玩具。

方蕊："我不管！光这身材就足够征服我了，脸凶就凶吧，男人最重要的是身材！"

方蕊："……哎，领导来了，晚上聊！"

江桃继续看手机。

曹安打完电话，重新联系她：下周三到周五，咱们省建筑行业协会要举办企业总工程师培训，市里推荐我参加，我可能周二就得过去，有几天不能送你了。

江桃：没关系啊，其实我们家离医院这么近，平时你也不用特意送我，怪麻烦的。

曹安：我更喜欢面对面接触。

江桃：那也可以一周见一两次，天天接送，你不嫌麻烦，我挺不好意思的。

曹安：顺路而已，明早见。

早上7点，曹安准时来接江桃。

稍微熟点了，江桃问他那个总工程师培训都会培训什么，也算是个话题。

曹安："我以前参加过一次，会介绍最近几年建筑行业的新材料、新技术，做些案例研究，也会安排参观龙头企业、实验楼，能学到一些东西。"

"咱们市有几个工程师参加？"

"算我三个，不过我主要是学历吃香，另外两位都是老师傅。"

这种谦虚的话并不影响江桃对他的佩服，各行各业都会有自己的翘楚，也许曹安在全国排不上号，但至少在本市已经名列前茅了。

黑色越野车开进医院，江桃要下车时，曹安看过来："咱们继续相亲的事，要告诉表姨吗？"

江桃攥了攥挎包，小声问："你很想告诉她？"

曹安："主要是想托她照顾你，不是以权谋私，是其他方面的，比如遇到不讲理的病人，你自己应付可能困难。"她年纪轻，长得也很好欺负，病人或家属一旦哪里出问题，可能会挑她这个软柿子找碴儿。

江桃一听，态度反而坚定起来，笑道："不用，护士长挺忙的，大多数问题我都能自己解决，真遇到大麻烦，就算咱们没关系，护士长也会出面。"

曹安："好，我这边会保密。"

晚上方蕊又来打听两人的新进展。

江桃："还是老样子，他接我上下班，接完就回去了。"

方蕊："他没约你出去吃吃饭、看看电影？也没有发点暧昧消息？"

江桃："没，可能知道我晚上得早点回家陪外婆吧，最初两次吃饭我都定的中午。发消息就算了，他说他喜欢见面接触，我也觉得没话找话怪无聊的。"

方蕊分析："他可能比较注重实际，不喜欢玩虚的，话说回来，他这样接送你，比光会说好听的靠谱多了。我好像跟你吐槽过，有一回，我终于相到一个看着顺眼点的男的，故意跟他说下雨了我没带伞，结果人家明明在家休息，非跟我装糊涂！

"真的，但凡他那天来接我，我可能就答应他了，可他提都没提，回头还想聊，气得我直接把人拉进黑名单了！

"你想想这种男人，追求阶段都嫌接送麻烦，真在一起了，态度肯定更敷衍。唉，越比较越觉得曹老大好，除了脸哪儿哪儿都是优点。"

江桃赶紧安慰好姐妹将来肯定会遇到一个完美无缺的男朋友。

周六有雨，江桃要上夜班。

曹安来接她，撑着一把黑色大伞站在单元门外，江桃一出来，他便把伞移了过来。黑色越野车停得很近，江桃捏捏手里合拢的折叠伞，配合地挤到他的伞下，免得弄湿雨伞等会儿上车还要收拾。

为了不让她淋到雨，曹安站得近了些。他并没有刻意碰触江桃，但走动间江桃的肩膀难以避免地撞了他几次，隔着单薄的毛衫与外套，确实能感受到他结实的胸肌。

黑色越野车往前开，尚未提速阶段，江桃看到了前面的公交车站点，有人在上车的前一瞬收起伞，密集的雨点砸到肩膀上，多少有些狼狈。

如果没有曹安，她也会去搭公交。她以前搭公交的时候没觉得辛苦，现在坐在舒适安静的车上，怎么就觉得别人不容易了？果然由俭入奢易，由奢入俭难，她得时时刻刻提醒自己，不要被这种隐形的糖衣炮弹腐蚀。

"平时坐公交，会不会很挤？"注意到那辆公交车，曹安随口问。

江桃笑道："高峰期时跟大城市的地铁差不多吧。"

曹安："理解，我大学兼职时也挤过地铁。"

江桃很好奇地问他会找什么兼职。

曹安："都是工程方面的，有时候会住在工地，有时候坐地铁回在学校附近租的房子住。"

江桃能想象出建筑工地的住宿条件，只是意外曹安居然这么能吃苦。

前面是个路口，还有两秒绿灯结束，旁边一辆车飞快地冲了过去。

曹安已经停了下来。

路口很静，无人穿梭于马路之间，只有雨水持续地落在车玻璃上，雨刷规律地摇摇摆摆。车窗映照出曹安的侧脸，他沉默地等着绿灯重新亮起。

江桃后知后觉地意识到，他开车一直都挺稳的，是那种让人不用担心会出交通事故的稳。

第17章

"明天休息，有什么安排吗？"黑色越野车停在五栋楼前，江桃摘眼罩的时候，曹安问。

江桃摇摇头，明天是工作日，她的朋友们都要上班。

曹安："那中午咱们出去吃？"

江桃已经没有第二次被他约饭时的忐忑了，笑道："好啊。"

曹安："叫上外婆一起吧。"

江桃："不用不用，她平时都跟舞蹈团的阿姨们待在一起，还挺充实的。"

两人说着话，外婆从里面出来了，手里提着一份她给曹安准备的自制早餐"零食"——保鲜袋里的两个卤鸡蛋。

曹安再当面邀请外婆。

外婆笑容灿烂："你们俩去吃吧，我可不想当电灯泡。"

江桃瞋了眼外婆，先进屋睡觉去了。

外婆站在外面跟曹安聊天："听小桃说，周二你要去省会参加一个培训班？"

曹安："是啊，我到时候给您带点特产回来。"

外婆："说得好像我在惦记礼物似的，哪天回来？"

曹安："周五下午还有个会，晚上能到家。"

外婆："赶来赶去还挺辛苦的，除了这种培训会，平时出差多吗？"

曹安笑了笑："还行，我们家接的都是咱们市附近的工程，就算去工地，当天也能开车回来。"

外婆："那就好，我听说做你们这行的要经常出差。"

曹安："确实存在这种情况，不过咱们市就这么大，我又是本地人，您放心。"

外婆满意地拍拍他的胳膊，眼神里透出几分心照不宣。

傍晚江桃睡醒，祖孙俩一边吃饭一边聊天。

外婆："我都打听清楚了，小曹说他不怎么出差的。"

江桃："您想得够远的。"

外婆："那当然了，我就你一个外孙女，小曹家里有钱，再经常出差的话，很容易出问题。"

江桃想了想，道："男人学不学坏，跟有钱没钱、出不出差没关系。就说医院里的医生，工作够忙吧，有经常换恋爱对象的，也有专心工作到点就回家的，说到底还是要看这个人想不想老老实实过日子。"

外婆："那你觉得小曹是哪种？"

江桃低头吃饭，外婆连催好几次，她才无奈道："他，应该还挺自律的吧。"

如果一个会严格遵守垃圾分类、交通秩序，明明长了老大脸却一直礼貌待人的男人都靠不住，那她也不知道该怎么判断一个男人的人品了。

今天曹安带江桃去吃的是牛排，周末出门吃饭的人多，每家餐厅都要排队，还好他们来得比较早。

依然会有路人被曹安的气势吓到，有的人自己震惊过后，还要偷偷示意身边的朋友、家人去看曹安。

江桃与他约了几次，已经比较习惯这种视线了，心里也更加佩服曹安。换成她长了一张凶巴巴的脸，从小到大一个朋友都没有，陌生人都因怕她指指点点，江桃可能会丧失出门的勇气。

反观曹安，他什么都知道，也会刻意避免影响别人的生活，但他并没有因为外界的看法耽误自己的学业、事业与生活。江桃觉得，他的内心与他的身材一样强大。

　　"喜欢看电影吗？"快吃完了，曹安问。

　　江桃："还行，最近有什么新片子上映吗？"

　　曹安打开手机上的电影院购票界面，递过来让她浏览。这其实也表达了他想约她看电影的意思。

　　没什么好片子，江桃挑得比较艰难，一场电影至少九十分钟，怎么也得选一个有点兴趣的，不然太无聊了。

　　曹安："如果没有喜欢的，不用勉强，可以下次有好片子时再约。"

　　江桃干笑："还是下次好了，这些感觉都一般。"

　　曹安："确实一般，主要是想找点事情做。"

　　毕竟电影院似乎是男女约会的常去地点。

　　江桃好奇地问："你平时休息日都会做什么？"

　　曹安："陪老爷子下棋、钓鱼、爬山、看书、健身这类，有时候也会洗车。"

　　江桃想到了他那辆黑色越野车，确实每次看到都挺干净的，那么大的块儿头，曹安自己洗不知道要洗多久。

　　不过他那些爱好，除了看书，江桃还真没有一样与他符合的。

　　"你会做什么？"曹安问。

　　江桃笑："主要是跟朋友逛街、吃饭、看电影，要么就是陪外婆。"

　　曹安："我也会看电影，不过通常是在网上看，有人约才去电影院。"

　　江桃又好奇了："有，有人约过你吗？"

　　他大学都是自己租房住，独来独往的，普通男同学不会约他吧，或许有过敢追求他的女生？

　　曹安："没有，我的意思是，如果你有喜欢的电影，我很高兴陪你去电影院看。"

　　江桃：……

　　她拿起玻璃杯子，低头喝果汁。

　　曹安："或者，等会儿去爬爬山？今天天气也还可以。"

　　江桃："哪个山？"

曹安："松山，上面有尊大佛那个。"

江桃："哦，那里啊，我上次去还是高中毕业那年呢，好久没去了。"

曹安："这几年市里又把那边修了修，增加了一些游乐设施，也算是咱们市的一个旅游景点。"

江桃来了兴趣："那就去看看吧，我也好久没运动了。"

桐市就这么大，从市中心出发，一个小时的车程足够抵达周围任意一个景点。1点半，曹安便将越野车停在了松山景区外的停车场里。

松山主峰有八百米高，是桐市这一带的最高峰，半山腰修了一座大佛像，在山脚也看得清清楚楚。虽然景区里面增加了很多好玩的项目，但在这个大多数树木都还光秃秃的季节，景区内游客并不多，来的也都是为了爬山。

两人穿的都是休闲装和运动鞋，曹安从后备厢拿出两瓶水放在袋子里拎着，另一手拎相机，这就出发了。

江桃的身体素质还行，做护士的，平均每天步数至少上万，也算是另一种健身方式了。一路爬到佛像这里，江桃终于累了，坐在椅子上休息。

曹安拧松瓶盖，递水给她。江桃笑笑，人还在喘。

小护士的脸颊一片通红，眼睛清澈明亮，微仰着脖子喝水，颈线纤长。

曹安看向一侧。

江桃喝完了。曹安再把她手里的瓶子拿过来放进袋子，方便她等会儿走动。

因为她不敢直视他，曹安有很多机会观察自己的相亲对象，譬如现在，她刚喝过水的嘴唇比平时要红上几分，饱满湿润。

"我去那边看看。"江桃指着前面的护栏说。

曹安点头，拿出相机。

江桃心里微慌，不过她走向护栏时，发现曹安并没有跟上来，装作不经意地回头，瞥见他在对着远景拍摄，江桃顿时放松下来。只是没过多久，江桃就发现她并没有理解错，曹安果然又在抓拍她了。

围着佛像绕了一圈，江桃回到曹安身边。

曹安："还要继续往上爬吗？"

江桃："我有点不行了，怕影响明天工作，你要爬的话，我可以坐在这儿等你。"

曹安："不用，一起下去吧。"

三四百米高的半山腰，有的地方平缓，有的地方陡峭，江桃不得不一手扶着旁边的护栏。曹安抬起手臂道："不放心的话，左手可以抓着我。"

江桃主要是上山时累到了，这会儿小腿有点抖，完全靠自己就只能慢吞吞地往下挪，速度太慢。她接受了曹安的建议，握住他的小臂。事实证明，他的小臂很粗，她要完全环住，还得先分一部分力气过来。

"还是我扶你吧。"曹安反手攥住她的手腕，隔着袖子，力量恰到好处，既稳稳地帮江桃平衡了身体，又不会弄疼她。

江桃莫名有种感觉，也许右边的护栏塌了，曹安也能及时把她拉回到安全地带。

到了平缓地段，曹安马上松开了她，递来水瓶，一切都很自然。

江桃回家时已经4点多了。

外婆笑眯眯地打听："你们去看电影了？"

江桃瘫在沙发上："去松山爬山了。"

爬山的时候她没觉得累，在车上坐了那么久，再下车的时候反而觉得双腿又酸又重，不过她心里觉得很充实，并不后悔。

外婆："我看你们俩处得挺好。"

江桃："在一起的时候还是没什么话说。"

外婆："有感觉就行，话多话少没关系，你在我面前也没有一直叨叨。"

江桃不置可否，怎么说呢，与那种强行找话的相亲对象比，曹安这种内敛型的确实让她更舒服一些。

歇够了，江桃去洗澡，等她吹干头发，收到了曹安今天拍的照片。

祖孙俩靠在一起看。

江桃是及肩长发，山上有点风，吹得她发丝扬起，反而更添了氛围。总之，曹安镜头里的江桃每张都特别好看。

外婆："就你这样，小曹肯放弃才怪。"

江桃一边回曹安消息一边哼哼："您是老王卖瓜。"

外婆撞撞她肩膀："小曹人还老实不？有没有趁机牵手什么的？"

江桃："他不是那种人。"有机会扶她都只是攥手腕，还隔了三层袖子。

外婆更满意了，去厨房看炖汤的锅。江桃继续与曹安聊天。

曹安：我明早7点的火车，不能去送你了。

江桃：放心去培训吧，我又不是非得你送。

曹安：嗯，随时联系。

江桃很久没有坐公交车了，早7点随着一群人挤上公交，感受着身前身后的推推搡搡，闻着车里复杂的气味，竟然很不习惯。

在医院的站点下车，江桃拿出手机，发现曹安发来了两张照片，一张是车站检票台的，一张是他的座位照，还配上一条文字：出发了。

江桃：多久能到？

曹安：五个小时，你到医院了？

江桃顺手也拍了一张医院照片发过去。

曹安：进去吧，晚上视频通话。

一边低头看消息一边往前走的小桃护士忽然停下脚步。

视频通话？

第18章

曹安问江桃晚上什么时间方便视频通话，江桃回的7点。早了外婆还没出发，晚了外婆就回来了。其实她更想说：别视频通话了，发消息挺好的。

小桃护士对着天花板叹气。现实里她还能凭借两人的身高差避免直视曹安的脸，手机屏幕那么小，只能面对面。

江桃隐隐感觉到，曹安的礼貌下藏着一点强势，他在一步步引导两人的关系往深一层发展。这也正常，他在追求她，在江桃没感觉的前提下，他只能如此。

相亲就是这样，两个陌生的男女一边接触一边增加了解，获得的正面情绪多，那就继续；相反，便可以提出结束了。江桃既然答应了曹安要试试，就不能一味地回避某些问题，所以她没把心里话说出来。她也想知道，她会渐渐抗拒曹安的缓慢攻势，还是会渐渐接受他这个人。

时间快到了，江桃最终选择在客厅沙发上跟他视频，茶几上放着她提前摆好的水果，等会儿接通视频后，她会把手机放在茶几上，拉开距离，减少压迫感，然后一边抱着果盘吃水果一边聊，自然而然地分散一些注意力。

7点3分，曹安发来消息：现在方便吗？

江桃：方便的，我在看电视。

几秒后，曹安的视频通话拨来了。

因为客厅太过安静，视频的提示音显得十分突兀，震得江桃的心也一跳一跳的，仿佛高中最严厉的老师突然点名，让她回答一个她也不会做的难题。

江桃咬咬牙，把手机靠着纸巾盒摆正，面带微笑，蹲在茶几前按下确认键。

通了，屏幕上出现曹安的上半身。他一头利落短发，穿着一件黑色毛衫，可能是灯光问题，今晚的他稍微显白了一点，但这点变化丝毫没有影响他强势的气场。他狭长的眼看过来，江桃便又有了那种作为猎物被凶狼锁定的危险感，或许不是危险，只是过于刺激，所以慌到想逃。

她迅速看向他身后："你在酒店？"

曹安："嗯，协会安排的，两人一间。"

镜头晃动，变成了后置视野，不大不小的客房里摆着两张单人床，一张空着，一张旁边蹲着一个胖大叔，正在收拾行李箱。

曹安的声音传过来："这是跟我同住的孙叔，也是咱们市的。"

孙叔抬头，笑着朝这边挥挥手："小曹对象是吧？放心，这几天我会替你盯着小曹的！"

江桃：……

曹安调回镜头，看着尴尬脸红的江桃道："先挂了，我去外面找个地方，等会儿再打过来。"

江桃胡乱点点头。

相亲对象和对象，完全是两个意思！

她还在为刚刚短暂的视频通话别扭，曹安又打了过来。江桃接通。

这次曹安站在酒店迎宾厅外面的水景前，周围灯光不够亮，他的气势倒是更强了，毛衫外面加了一件外套。

"孙叔开玩笑的，你别介意，我联系你之前跟他解释过咱们的关系。"

江桃接受了这个解释，这很符合曹安的性格。她只是有点奇怪："你一开始怎么没出来？"

曹安："想给你介绍一下我在这边的舍友。"

江桃："我又不需要认识他。"

别说只是三四天的舍友了，就是曹安的好朋友，两人现在也没到那个地步。

曹安笑了下："真不懂？"

虽然是个问句，却是轻松随意的语气，仿佛只是一个小小的提醒，不需要回答。

江桃心头一跳，想起了外婆说的话，关于男人出差的隐患。她尴尬极了："你该不会是因为外婆跟你打听出差多不多，才什么都跟我报备吧？其实真不用，老人家就是喜欢想太多。"

曹安："与外婆没关系，跟我爸学的，他每次出差都会跟我妈报备。"

江桃："……他们感情挺好的。"

水果可以上场了，江桃端过果盘抱在怀里，里面是一颗颗鲜红的草莓，虽然个头儿很小，却熟透了，特别好吃，一口一个刚刚好。

吃过一个后，意识到曹安一直在看着她吃，江桃只好找话说："那边是不是要暖和一点？"

省会在桐市南面。

曹安："差不多，你爱吃草莓？"

江桃："都还行，每个季节都有喜欢的水果。"

曹安："我奶奶以前喜欢种菜，还在家里种了几种果树，苹果、樱桃、柿子都有，以后熟了可以送你们尝尝，比水果店买的好吃。"

江桃："你们家肯定很大。"外婆也有种菜梦，可惜家里没地。

曹安笑了，明明是被小护士逗笑的，却因为五官、气场，在夜色的衬托下显得不怀好意。

"我爷爷的家很大，我自己住小区楼房，同样没地。"

江桃觉得这个话题有点不对劲儿，好像她想知道他们家的老底似的。

她往别的话题拐："你去培训，明湖公园那边的工程怎么办？"

曹安："都安排好了，这几天我不在也没关系。"

江桃："是挺自由的。"

曹安："也有忙的时候。外婆不在？"

江桃："她出去跳舞了，8点左右才回来。你明天几点培训，要不要早点睡？"

曹安："行，明晚见。"

江桃如释重负，挂断视频通话。她看曹安的最后一眼，发现他目光偏下，不知道是在看她哪里，还是随机卡在了这一瞬。江桃还是检查了一下，确定自己的毛衫、外套都很保守，绝对没有露什么不该露的，哪怕只是个形状轮廓。

曹安又发来一张照片。照片里，一个看起来与外婆差不多高的老太太在摘樱桃，发现被人偷拍，她笑着看过来，很是慈爱。

江桃见过曹安爷爷奶奶年轻时的老照片，知道这个老太太就是他奶奶。

曹安：跟外婆是不是有点像？

江桃：都很爱笑，不过外婆更奔放，你奶奶更文静。

曹安：是，奶奶性格像你，据说当初也很怕老爷子。

江桃迟迟没有回复。

曹安：晚安。

第二天，江桃晚上8点多走出医院，不想回家让外婆听见，她在路边等公交时联系的曹安。

曹安坐在酒店房间的书桌前，竟然只穿了一件白衬衫，上面两颗扣子松着，露出锁骨与一小片胸口。这画面对江桃冲击力还挺大的。

江桃朝旁边做了个看公交车的动作。

曹安："刚下班？"

江桃："是啊，你……"

他那边突然传来一阵呕吐的背景音。曹安看了眼卫生间，解释道："晚上聚餐，孙叔喝多了，我刚把人扶上来，现在有点热。"

江桃不太习惯这样的他，撒谎道："也没什么事，我的车来了，下次再聊？"

曹安："好，路上小心。"

江桃笑笑。车还没来，她坐在长椅上玩手机。微信跳出新消息。

曹安：我不喜欢喝酒，聚餐最多喝杯啤酒应付一下，别人也不会一直劝我。

江桃：正常，理解的。

曹安：我去看看孙叔。

江桃没再回复。

公交车到了，里面有空座位，江桃挑了一个位子坐好。她快到站时，曹安发来一张照片，孙叔躺在他隔壁的床上，脸庞通红，睡得很死。

她一点都不想看醉酒的中年胖大叔。

曹安撤回照片，回复：证明刚刚卫生间里的人是孙叔。

江桃：我又没有怀疑什么。

曹安：总觉得你好像不太高兴。

江桃顿了顿：跟你没关系，呕吐声有点影响心情。

曹安：明天我去外面。

江桃默认了，她也不想被一个陌生人旁听两人聊天。

晚上外婆睡下后，江桃跟方蕊讨论相亲进展："他好像很喜欢视频通话。"

方蕊："那是因为你长得好看，如果我的梦中老公愿意每天跟我视频通话，哪怕只看一眼，只说一句话，我的心情都能好上一整天。"

江桃："哪个老公？"

方蕊："去你的。继续说曹老大，你讨不讨厌他这样？"

江桃："谈不上讨厌，就是不如发消息轻松。"

方蕊："我懂了，曹老大知道你怕他，越怕越得多创造见面机会，不然你永远都不习惯。"

江桃：……

中午，江桃还是等外婆出门了再跟曹安视频通话。

这次曹安竟然穿了一身黑色西装，里面是白衬衫。

江桃又被冲击了一下，视线偏移，观察他身后："你在酒店？"

曹安："对，上午去一家公司参观，刚回来。"

江桃："其他人呢？"

曹安："他们去聚餐了，我没兴趣，等会儿去酒店餐厅吃。"

江桃明白，他是专门为了找个清静的地方跟她视频通话，免得再有坏心情的声音传过来。

江桃瞄了眼他的脸，不知道是真的看惯了，还是心软，她居然觉得曹安的五官没有刚见面时那么唬人了，再加上这身西装，她甚至抓到一分曹安那份另类的帅。

"明晚回来？"她对着他的领口问。

曹安："嗯，10点到站，要不要出来吃个夜宵？"

江桃再瞄他一眼。她真在晚上10点跑出去陪他吃夜宵，他就可以直接转正了。

曹安笑笑："不吃夜宵也行，我给外婆买了点特产，送到你们单元门口？"

江桃："非要明晚送？"

曹安没有说话，只是看着她。

江桃飞快换成了后置镜头，让他那双凶狼的眼睛去看自家的电视机。

屏幕里响起一声低沉短促的笑。

江桃看向屏幕。

曹安可能觉得她不敢看他的脸，放低了手机，导致江桃这边正好看见他被黑色西装束缚的胸口。束缚得再紧些，会影响画面的美感；松了，则彰显不出他结实的肌肉。

谁都看得出这个男人体内拥有蓬勃的力量，却被理智束缚住了，如那件黑色西装束缚住他的身体。

第19章

晚上9点，外婆看完两集连续剧睡觉去了。江桃关掉客厅的灯，回到卧室。

年轻人都喜欢熬夜，每晚11点左右睡觉的江桃都算睡得早的。

从书架上拿了一本专业书，江桃靠在小小的懒人沙发里复习，翻几页就看看墙壁上的挂钟。看到10点，江桃有些困了，旁边就是舒适的床，她禁不住诱惑，准备先睡一会儿。结果真的躺下来她反倒精神了，干脆把笔记本电脑抱过来，靠在床头看剧。

曹安：我下车了。

江桃瞥了眼时间，问：有人接吗？还是打车过来？

曹安：老爷子安排了司机。你在做什么？

江桃：看电视。

曹安：也就是说，你现在还不困。

江桃：有什么关系吗？

曹安：困了今晚就不见了，明天我再把特产送过去。

江桃正犹豫要不要改口，曹安又发了一条：我回家换身衣服，11点应该能到。

江桃呆住了！他已经坐了五个小时的火车，大半夜的非要来送特产就够有"诚意"了，居然还要回家换衣服，是不是太讲究了？

江桃回忆了一下，忽然发现每次见面，曹安身上都挺干净的，与她想象的天天跑工地的工程师形象毫不沾边。

她继续看剧，阳台那边的窗帘早就打开了五厘米左右的缝隙。这个时间的小区挺安静的，外面也基本没有车辆经过。10点50分左右，窗外突然亮起明亮的车灯光，江桃不由得盯着那道窗帘缝隙。

一辆黑色越野车挨着自家窗户停稳了，旋即灭了车灯。

江桃以最快的速度，趁曹安发现她这边的缝隙前，拉严窗帘。

江桃惊魂未定，曹安发来消息：我到了，外婆睡了吗？

江桃：睡了，你稍等。

收起手机，江桃经过穿衣镜时随手理理头发，脸上干干净净的，并没有为了今晚的见面化妆。她悄悄经过外婆的房间门口，只打开玄关这边的灯，换好鞋再轻轻推开门，保持一条缝隙虚掩，尽量不发出多余的声音。

晚上的气温只有两三摄氏度，江桃裹紧外套，一点一点打开单元门。曹安站在门口的斜对面，左手拎着两个扁扁的礼品袋，右手拎着一个长方体的礼盒，黑漆漆的，看不清包装。

"什么特产？这么多。"

江桃走过去，感谢身高差，不用直视曹安脸部的她还是比较放松的，只是为这些礼物感到一点别扭。关系还没定，她不希望曹安总是破费。

曹安分别介绍："这边是一条丝巾和一盒零食，这边是一台户外音响，给外婆跳广场舞用。"

江桃："你不说只买特产吗？"

曹安："这个更实用，咱们省的特产你也了解。"

江桃了解，本省的特产就是说出去好像没什么特别的一些产物，要么其他地方也有，要么就是不够特别、价格普通，实惠是实惠，送礼显得差了点诚意。

"音响多少钱？"江桃觉得曹安不会送太便宜的东西。

曹安："我跟外婆有缘，这是我孝敬她老人家的，你不用有任何负担，也不贵，功能太复杂的我怕外婆学不会。"

他这么说，江桃也不好再拒绝："行吧，以后别买这么多了。"

曹安："好。"

好像忽然就没有其他话可以说了，江桃下意识地看向他的车。

曹安得低头才能看清楚小护士的脸。她小小的个子，穿着一件宽松的厚外套，因为冷，拉链一直拉到最上面，遮住一点下巴，显得脸更小了，白皙圆润，真的很像刚考上大学的学生。

"你自己开车来的？"在这种越来越让人尴尬的沉默中，江桃找到一句话。

曹安："嗯，司机把我送回小区，我让他先走了。"

江桃松了口气，这样曹家老爷子就不会知道他的孙子大半夜跑去给相亲对象送特产了。

"明天休息？"曹安问她。

江桃目光微闪："是啊，难得这次我们都周末休息，跟朋友约好了去逛街。"

前面半个多月，她几乎每天都要与曹安见面，不见面也会视频通话，江桃觉得有点紧了，她需要放松一下。

"你呢？"她的紧张写在脸上，仿佛担心他会因为这个回答生气一样。

曹安笑笑，道："我去趟工地，再陪老爷子去钓鱼，一天也就过去了。"

江桃："好像还挺忙的，那你快点回去吧，早点休息。"

曹安："你也早点睡。"说完，他走过来，将三份礼物递给她。

江桃接礼物时，闻到了他身上的洗发水气息，干净清爽。想到他为了这次见面竟然还特意洗了头，甚至洗了澡，结果没见几分钟就要回去了，江桃又有一点点心软。

"对了，你吃过晚饭没？"

鬼使神差地，她想起了他的晚饭问题。根据他之前透露的几个时间，他应该是下午开完会马上去了火车站，也许在车上吃了，但火车上的饮食，江桃实在无法恭维。

曹安看着已经满手礼物的小护士，说了实话："车上点了盒饭，不过没吃饱。"

江桃已经很了解他的食量了，吃得多，还喜欢吃肉。

"我们小区外面有家烧烤店，现在应该还开着。"

曹安："一起去？"

江桃："……我先把东西送进去。"

她转过身，脸上立即露出懊恼的神情，人却只能快速把礼物放到门厅，轻轻带上门。双手插进口袋，江桃垂着眼走回曹安身边。

曹安："走过去？吃完我顺便送你回来。"

江桃点点头。

几分钟后，两人站在了烧烤店门外，店面不大，里面坐了一桌客人，有男有女，点了很多啤酒。

曹安先走进去。那桌客人看过来，刚刚还在红着脸劝酒的一个光头男突然哑巴了，逃避似的低下头。中年男老板心里也犯怵，见过小流氓、小混混，这位明显不是一个级别的。

这时，江桃也进来了，她本来就是很乖的长相，被曹安一衬，简直就像被黑老大掳来的小白花。

"这边？"曹安指着挨着窗的一张四人桌问。

江桃点头。

曹安瞥了眼桌子下面。

这种老小区旁边的店铺也都有些年头了，客源杂，素质也不一样，有人会把纸巾丢进垃圾桶，有的人则直接往地面一丢，店里老板、服务员也没有太在意这方面。但在曹安这一眼之后，老板马上叫了一个服务员过来。服务员刚把地面打扫干净，老板就过来了，先用抹布擦干净桌面，再铺上一次性的塑料桌布。这还没完，老板还用开水把这一桌的餐具都洗了一遍，尽可能地提供了本店能提供的最好服务。

"这是菜单，大哥想吃点啥？"老板态度殷勤。

江桃瞅了一眼曹安，再看看店老板，虽然曹安的气场很强，但明显老板年纪更大。

曹安并没有介意这个称呼，点了三样肉，再把菜单递给江桃。

江桃不饿，点了两样素的，总不能干看着曹安吃。

老板："大哥要不要来点酒？我们这啤的、白的都有。"

曹安："橙汁就行。"

老板终于走了。不远处的那桌食客还在偷偷往这边瞄。

江桃努力忽视那些视线，小声对曹安道："这边的店差不多都是这种环境，不知道你习不习惯？"

曹安："工地食堂还不如这里，我也经常在那边吃。"

江桃看向他的衣服："你的衣服好像一直都很干净。"

曹安："我随车带着一套换洗的衣服，每次离开工地都会洗澡。"

江桃："那你还挺讲究的。"

曹安："主要是不想弄得车里都是土。"

江桃懂了，男人似乎对自己的车都有一种别样的感情，曹安还说他经常自己洗车呢，可见这份感情更深。

菜陆续上来。曹安脱了外套，里面是一件黑色毛衫，肩膀宽阔，手臂强壮。江桃没有多看，慢慢地啃着自己的素菜。

曹安给她倒了一杯橙汁。

江桃想摸手机，发现口袋里空空的，才想起出门的时候忘了拿。

曹安："要不要给外婆发条消息？她醒了发现你不在可能会着急。"

江桃笑："这个不用担心，外婆睡眠质量挺好的，能一觉睡到早上5点多。"

曹安："据说这样的老人都很长寿。"

这话江桃喜欢听。

曹安点的夜宵并不多，菜上齐后十几分钟就吃完了。

从温暖的烧烤店出来，外面似乎更冷了。江桃缩缩脖子，再看眼一旁穿得比她少的曹安："你不冷？"

曹安："不冷，甚至可以把外套借给你。"

江桃立即躲远几步："不用不用，我就是随便问问。"

曹安看着她快要缩成一团的背影，笑了笑。

他一直把江桃送到五栋楼的单元门外。

江桃推门进来，站在里面朝他挥挥手，催促道："快回去吧。"

曹安最后看她一眼，走开了。

江桃关上门回家，透过厨房那边的窗户，看到外面依然黑着，知道曹安还没有上车。

江桃暂且没有处理他带来的礼物，关上玄关的灯，摸黑儿回了卧室。她坐在床上，等了一会儿，外面终于传来汽车发动的声音。直到车开走了，江桃才长长地松了口气。

第二天，江桃一出卧室，就被外婆堵住了："昨晚小曹来过？几点来的？"

江桃神色如常："快 11 点了，非要给您送礼物。"

外婆："那你怎么不跟我说？我好当面谢谢人家。"

江桃："您的睡眠比几句客套话重要。"

关键是，曹安根本就不是为了外婆来的，江桃才不想让外婆为了他的小心机白白熬夜。

外婆比她多吃了几十年的盐，心里明白是怎么回事，对着外孙女眯眼笑："他来你就等，这么听话做什么？"

江桃：……

外婆笑得更暧昧了。

男人下的套再多，那也得女人愿意接才行，不然只会起反作用。

第 20 章

"不是要跟小蕊去逛街，怎么还没出发？" 10 点多，外婆从广场遛弯回来，发现江桃还在家，奇怪地问。

江桃无奈："她刚起床，等会儿我们俩直接就去吃午饭了。"

外婆笑着摇摇头。

每个孩子都有自己的习惯，自家小桃懒觉最多睡到9点，方蕊要夸张一点。不过今天是休息日，睡多久也没关系。

半个小时后，方蕊到了，她上面穿着白色修身毛衫，搭一件豆沙绿小外套，下面是一条大红裙，五官并不是特别出彩，但皮肤很白，再化化妆，突然出现也会让人觉得眼前一亮。

外婆："哎哟，这是哪家的大明星啊？"

方蕊跑过来抱住小老太太："就喜欢听外婆说话，我妈只会嫌弃我。"

外婆："嫌弃你啥？"

方蕊："睡懒觉、不吃早饭、没有男朋友，就连我化妆时间太长，她也要唠叨两句，早知道她这样，我就不该回来找工作。"

外婆："我不信，你才舍不得你爸妈。"

方蕊："跟舍不得没关系，我是向现实低头了。我学历一般，在大城市加班加点也就挣五六千块的工资，光房租就得两三千块，还得跟人合租，再加上吃饭、水电费，根本攒不下钱，回桐市至少有自家舒服的房子住，还能天天吃我妈做的饭……唉，有得必有失啊，我妈要像您这么开明就完美了！"

外婆点她的脑袋："少得了便宜还卖乖！"

方蕊看看江桃，搂着外婆问："小桃说您见过曹安了，好像还挺满意？"

外婆意味深长地道："我满意没有用，你得问她喜不喜欢。"

江桃趁两人联合对付她之前，拉着方蕊跑了。

到了车上，方蕊一边系安全带一边好奇地问："曹老大那么黏人，出差也要天天视频通话，今天没约你？"

江桃："我说了今天要跟你逛街。"

方蕊夸张地吸了口气："你居然拿我当挡箭牌！完了完了，我肯定要被曹老大当成眼中钉了！"

江桃笑道："少闹，专心开车！"

路上有点堵，到了商场餐厅还要排队，两人一人一杯奶茶，边喝边聊。

方蕊："说真的，我感觉你跟曹老大能成。"

江桃用眼神表达询问。

方蕊："你也是相过好几次亲的人，是不是第一次约见面就能发现对方身上的一些缺点？或者也不是缺点，反正会让你看了不顺眼，心里硌硬。"

一个人的性格是很难改变的，有些别人看不顺眼的小细节，本人可能并不觉得有问题，甚至引以为傲，所以也不会特意隐藏。

打个比方，有的男人喜欢吹牛，平时也没有亲友告诉他这样不好，他跟女方相亲时，可能就会吹自己的学历、身高、家境等，实在没有可吹的甚至还会吹自己认识的一些大佬。有的男人习惯斤斤计较，餐厅服务员的态度让他不高兴了，他都会跟相亲对象吐槽。这都算普通的，更奇葩的相亲男也有，譬如见面就关心女方工资、恋爱史、生育观等。

江桃、方蕊作为好姐妹，都有过跟对方吐槽相亲对象的经验。

"我就没听你吐槽过曹老大，除了他长得凶，喜欢视频通话也算一个吧，但他情况特殊，视频通话这点可以理解。"

江桃："这，主要是他确实没什么可被吐槽的。"

方蕊："所以啊，这种男人在相亲市场上已经算是可遇不可求的珍宝了，只要你不讨厌，后面就一切皆有可能。

"以前我比较看脸，现在我觉得性格合得来更重要。当然，脸也不能太丑了，怎么也得在平均线之上。

"你们家曹老大长得凶归凶，但五官细看都挺好看的，还有那身材！"

方蕊连着抛过来好几个暧昧的眼神。

江桃不得不提醒她："周围都是人，你收敛点。"

方蕊："嘿嘿，昨晚我看一本小说时都忍不住代入你跟曹老大。"

江桃直接来捂她的嘴。

小桃不在家，外婆看看电视、睡睡午觉，醒来时才下午3点多，发现曹安在五分钟前发了一条语音："外婆，那个户外音响您会用了吗？多少还是有点复杂，我怕您用不习惯。"

外婆："我得等小桃教我，她上午没看完说明书就出门了，说晚上再仔细研究研究。"外婆有点老花眼，哪怕配了老花镜，让她对着说明书上密密麻麻的字看，她也脑袋疼。

曹安："我刚钓鱼回来，给您送条鱼，顺便教教您？"

外婆："哎哟，你也太客气了，那多不好意思。"

曹安："没事，我们钓了挺多的，自家吃不完。"

外婆："行，那你过来吧。"

聊完天，外婆把家里又简单地收拾了一遍。电视柜上摆着一排小相框，外孙女那张七岁掉牙的照片在上次曹安登门之后，就被小丫头收走了，不知藏到了哪里。

外婆笑着摇摇头。

外面传来停车的动静，外婆走出单元门，看见曹安从后备厢拎了一个黑色的长方形钓鱼桶走过来，敞着盖子。

外婆凑过来，低头一看，清凌凌的水里游着一条三四斤的大草鱼，生龙活虎的。

"厉害啊，你们在哪边钓的？"

"白河那边的垂钓区，人挺多的，您去过吗？"

"没有，我没那么好的耐性，跳跳广场舞还行。"

两人一边说着话一边进了门。

外婆："我问问小桃什么时候回来。"

曹安："不用，我专门为了您来的，待一会儿就回去了，晚上一家人还要聚餐。"

外婆这才收起手机。

户外音响就放在客厅，两人坐在沙发上，曹安一个功能一个功能地给老太太讲，讲完再让老太太亲手操作一遍。外婆学得挺快。

曹安："您多熟悉几遍，我去帮您把那条鱼杀了，力气挺大的，怕您按不住。"

外婆惊讶道："你还会杀鱼啊？"

曹安："我读大学时在外租房住，平时吃学校食堂，周末、暑假都是自己做饭，外卖总是吃不惯。"

外婆："是啊，自己做饭又健康又省钱，现在你这样的年轻人可不多了。"

曹安笑笑，脱掉外套搭在沙发边上，一边卷袖口一边走向厨房。很多高个子的人难免会有点驼背的问题，但他腰板挺直，腿又长，这种比例的身形，穿什么衣服都好看。

外婆越看越满意。

曹安在正对着南面窗户的水槽边收拾鱼。

天气好，外婆打开了玻璃窗，曹安与外面相当于只隔了几根防盗栏。

102的李老头回来了，经过窗前时听到"嘭"的一声，下意识往这边看，结果就见窗户里面站着一个凶脸大高个儿，垂着眼，手里拿着一把刀，刀身上沾着血。

李老头腿一软，差点瘫在地上。

这时，曹安朝外看来。李老头冷汗淋淋的，好歹记起这人是谁了，结结巴巴地打招呼："小曹啊，来找小桃？"

曹安："来看外婆，顺便给她送条鱼，自己钓的。"

鱼？

李老头挪动脚步，凑到了窗边，往里一看，水槽里可不就是一条血淋淋的鱼。

曹安打开水龙头，冲完血水，熟练地刮起鱼鳞来。

熟悉无比的日常画面，让李老头刚刚几乎冰冷凝固的血液迅速恢复了流动。而且这时外婆也过来了，看看曹安的动作，再隔着窗户跟李老头显摆："看小曹多好，大老远特意送鱼过来，居然还要帮我收拾了，弄得我怪不好意思的。"

李老头心里直哼哼：不好意思？他可一点都没看出来！但他嘴上还是夸了夸曹安："真好，你算是跟着你们家小桃享福了。"说完赶紧走了，不然他会嫉妒！

外婆看着他的身影消失，跟曹安嘀咕："这人天天跟我显摆他儿子、儿媳妇多好，刚刚我故意也显摆一回，你别介意啊。"

曹安笑："听得出来，我就怕人家觉得您眼光不好。"

外婆："哪能啊！你这孩子，少胡思乱想，小桃怕你，那是她胆小，在我这里，整个桐市都没有比你更好的年轻人了。"

曹安："不瞒您说，我看您也投缘，总会想起我奶奶。"

外婆在旁边准备红烧鱼的配料，嘴上问："我看你还挺会说话的，在小桃面前也这样？女孩子嘛，肯定都喜欢甜言蜜语。"

曹安垂眸刮另一侧的鱼鳞，没有正面回答："我跟您相处更自在，想什么就说什么了。"

外婆："怎么，你在小桃面前还会紧张啊？"

曹安："她比较怕我。"

她越胆小，他越要把握好分寸。

江桃这个下午过得太充实了，5点钟才被方蕊送回来。

"进来坐会儿吧？"

"不了，再不回去我妈又要叨叨。"

看着好姐妹的车开远，江桃才进门，然后就发现曹安送外婆的户外音响摆在电视机旁边，正在放着相声。

"您自己弄好的？"江桃无比佩服地看着从卫生间走出来的小老太太。

外婆："我有那么厉害就好了。人家小曹知道我不会用，特意过来教我的，还送了咱们一条鱼呢。回来得正好，我去把鱼下锅了。"

江桃跟到厨房，看到了那条据说是曹安亲手帮忙料理干净的大草鱼。

"他弄好就走了，一点也没有要等你回来的意思。

"你们俩要是不成，我都想认他当干孙子，可惜我又给不了他啥好处，不好开口啊。"

江桃这个亲外孙女赶紧表现自己："您快去休息，我给您做鱼吃。"

祖孙俩闹了一会儿，江桃系好围裙，接过掌厨大任。

家里人少，一道红烧鱼就够祖孙两吃饱饱的了，就没有再做别的菜。

把鱼盘端到餐桌上，江桃想了想，拿起手机拍张照片，发给曹安：谢谢，我回家后一直在听外婆夸你。

曹安：你不介意就好。

江桃想到了方蕊的话。换成一个她讨厌的相亲对象，不打招呼就跑到她家讨好外婆，她可能会气到扔了这条鱼。再换成一个只是不讨厌的相亲对象这样做，她也会觉得对方过界了，肯定是想通过外婆给她施压。现在，她并没有那些负面情绪。

这是不是说明，她对曹安有了一点点好感？

外婆端着两碗米饭过来了，笑眯眯的。

江桃好奇地问："外婆，如果我前面那些相亲对象，也像曹安这样讨好您，您会帮着他们追我吗？"

外婆："怎么可能，你都跟我说他们不行了，我哪里还会让他们进门，送我金条我都不收。"

江桃看向音响。

外婆马上道："你可从来没有跟我说过小曹的坏话，再说我自己也挺喜欢他的。当然，只要你说你们俩肯定没戏，我马上把他那些礼物退回去。"

江桃：……

第21章

"今天周末，阳光这么好，曹老大没约你？"在翡翠湖公园里，方蕊挽着江桃的胳膊，暧昧地眨眼睛。

江桃："他都是挑我休一整天的时候叫我，今晚我有夜班。"

"真够体贴的，那这周你们有什么进展没？"

"跟以前差不多，一天接送两回，路上随便聊几句。"

方蕊："不能吧？上周末他都去帮外婆杀鱼了，我还以为这周你们俩会有大进展，好歹牵牵手什么的。"

江桃："哪有那么快。"

方蕊："快什么啊！不算你们俩第一次吃饭，就从你第二次答应跟他试试算起，你们俩也接触一个月了吧，有的相亲男连吃三顿饭就敢上嘴，曹老大攻势这么强，连外婆都搞定了，我还以为他对你这种软桃子会更大胆……"

江桃被她说得心慌，幸好……

"他不是那种人。"

除了曹安凶狼气质的脸，他的言谈与行动都十分礼貌，不会说些哪怕稍微擦边的话，也不会故意接触她的身体。甚至，如果不是曹安始终坚持车接车送她，光看上一周两人的聊天记录，全篇只有"我到了""好，等会儿见"这种没什么营养的对话，他们的关系更像出租车司机与乘客，而非已经比较熟悉的相亲对象。

方蕊坏笑两声，拉着她往人少的地方走，方便说悄悄话："曹老大不是那种人，那如果今晚他突然亲你，你会不会反感？"

江桃脸更热了，嫌弃地要甩开好姐妹的胳膊："你怎么总想这些！"

方蕊像创可贴似的黏着她："我是在帮你剖析感情。"

江桃捂住耳朵逃避。

方蕊："虽然你不肯说，但我通过你的态度已经明白了，嘿嘿！"

江桃跑到湖边看水鸟。

方蕊："唉，有对象的人才看鸳鸯，我这种单身的可受不了这个。"

江桃：……那不就是一对儿野鸭吗，哪里是鸳鸯了！

下午江桃睡了四个多小时，5点半起床，陪外婆吃晚饭。

7点钟曹安的车准时停在了窗外，这时外婆已经出门了，天气转暖，老头老太太们跳广场舞的热情更加高涨。

江桃锁好门。曹安站在黑色越野车前面，看到她，绕过去拉开副驾驶的门。

他经常这样，只是今晚江桃一步步地走过来，脑海里却莫名想起了方蕊的调侃。别说，曹安这车的车顶与他同高，摆在江桃面前跟墙也差不多了。

江桃自认她并没有将这些乱七八糟的情绪表现在脸上。可曹安眼中的小护士，依然像每次刚见面的时候那样僵硬，黑亮水润的眼睛左看右看下看，就是不敢往他脸上看。

靠近了，看着她才到自己脖子的头顶，曹安能理解她的紧张。身高再加上他的脸，她肯答应与他接触，已经够勇敢了。

"今天我遇到表姨了，她问我是不是还在追你，我说是。"

上车后，曹安挑起话题。

江桃并不意外："好多同事都撞见过你送我，王老师肯定也听说了。"

曹安："她有没有找你问什么？"

江桃笑了下，对着车窗道："她问你是不是还在纠缠我，是的话她会帮忙解决。"

曹安没有问她是怎么回答的，聊起花来："我妈那边养了两盆牡丹，已经开了两朵，植物园那边的牡丹应该开得更多，后天要不要去看看？带上外婆。"

桃花、梅花败了，牡丹、芍药这些即将迎来花季，再加上大多数树木都已经返绿，植物园吸引的游客只会更多。

江桃："行啊，回头我问问外婆。"

送完江桃，曹安开车去了老爷子那边。

刚晚上8点，老爷子还在花园里遛弯，一条黑白毛的边境牧羊犬跟在旁边，看到曹安马上跑了过来。曹安揉揉狗狗脑袋。

老爷子："大晚上的，怎么突然过来了？"

曹安："白天忙，早晚陪您说说话。"

老爷子："忙着追女朋友呢吧？那你尽管忙，我这儿不需要你。"哪怕孙子不爱说话，上周突然带走一条鱼，老爷子多少也猜到了。

曹安也没有否认。

老爷子："咱们家都是正经人，你也正正经经地追，少学那些不正经的。你爸就是个例子，一开始把你妈得罪狠了，追了两年才追上。"

曹安："知道。"

第二天，老爷子6点多睡醒，站在阳台上，正好看到孙子从外面的马路上跑过来，穿着一身黑色运动装，长胳膊长腿的，年轻结实的身躯让他想起自己年轻的时候。

老爷子正感慨着，突然见孙子停下来，一手捂着右边小腹，脸上看不出多大痛苦，最后却放弃跑步，走了回来。

"没事吧？"老爷子下楼问。

曹安："没事，一会儿就好了。"等他洗完澡出来，腹痛的症状果然消失了。

8点多他在医院接了江桃下夜班，约好明天出发的时间，然后开车前往工地。肚子又隐隐疼了两次，不严重，曹安也没有当回事。

植物园里，江桃、曹安将外婆夹在中间，慢慢地逛着。

有外婆在，江桃放松不少，曹安则主要充当祖孙俩的摄影师。

由于身高的关系，曹安不是弯腰就是蹲着拍，这次蹲下时，那种腹痛的感觉又出现了。曹安面不改色，甚至还带祖孙俩去商场吃了午饭。只是一把人送回和平小区，曹安再也没有耽搁，直接去了医院。

一系列检查做下来，医生有了结论："慢性阑尾炎，看你的病例，去年10月有次急性阑尾炎，当时选择了保守治疗，现在又这样，我建议最好是切除。"

通常病人都会犹豫一下，但曹安只沉默了几秒，就问："哪天可以手术？"

医生敲了几下键盘，答："明天过来住院，做些检查，周四安排手术。"

曹安拿着住院单回了老爷子那边，再在家族群里发了条信息。

曹爸的态度跟老爷子的差不多：小手术，切了更好，永绝后患。

曹妈：要妈回来给你陪床吗？

曹爸：他都三十了，不是三岁，我住院的时候你怎么没给我陪床？

曹妈：人贵有自知之明。

夫妻俩闹完了，曹安才发言：不用，最多刚做完手术当天需要人帮忙，王叔会陪我。

王叔就是老爷子的专职司机，四十岁了，方方面面都很靠谱。

曹妈@曹爸：我在外地，你多去医院看看小安。

曹爸：小安，也亏你还叫得出口。

夫妻俩又旁若无人地斗了起来。曹安收起手机。

一夜过去，天又亮了。

江桃坐在客厅，听见外面停车的动静，拎着外婆准备好的早餐"零食"直接出门了。还是熟悉的黑色越野车，曹安也站在车前，只是驾驶位上竟然有个陌生大叔。

曹安瞥了眼厨房，低声解释："这是王叔，今天他送我。"

江桃不是很懂，朝和蔼微笑的王叔点点头。她跟着曹安坐到后排，这才好奇地问："你要去哪儿吗？"

曹安看着她道："阑尾炎，昨天下午确诊的，我今天住院，明天手术。"

江桃愣住了，目光落到他右腹部："那，那你这两天是不是都不舒服？"

他竟然忍着阑尾炎的疼陪她们去逛植物园？今天都要住院了，他还要过来接她？

曹安："还好，当时没那么疼。"

江桃都不知道该说什么好了。

医院很快就到，江桃要去住院部交接，曹安还要走流程，有王叔陪着，不需要江桃帮什么忙。

五楼住院部。

护士长王海燕单独又快速地跟江桃聊了聊:"曹安今天住院,你那边正好有床空出来,安排给你?"

江桃还没想那么多,答应得很快:"可以,没关系的。"

在外面曹安是她的相亲对象,到了医院他也只是一个病人罢了,江桃不会给他什么特殊对待。

王海燕挑眉:"真没关系?"

这个重复问句,让江桃突然想到一件事,脸也紧跟着变得通红:"要不,还是换……"

王海燕却没有给她说完的机会,鼓励地拍拍她的肩膀:"很好,我就知道你够稳,正好给那几个实习护士做个榜样。"

在江桃如被雷劈的表情中,王海燕迈着干练的步伐迅速走开了,继续统领今天的工作。

江桃也很忙,在给病人打点滴、注射、检查伤口恢复状态、跟着医生查房等常规忙碌中,暂且把曹安抛到了脑后。直到她负责的八号病房01床的病人办好出院手续,曹安作为新的病人来办住院手续,她才想起来这件事。

江桃提前戴上了口罩。

在普外科住院部非易感科室,无论是医生还是护士,查房都可以不戴口罩,只有在进行一些操作时才必须戴口罩,这样做除了出于医护自身面部舒适的考虑,也是为了安抚病人、家属的情绪。很多病人、家属都关心自己的病情,提问时他们会紧紧地注视着护士的表情,护士神色轻松,病人也会放心很多。

相亲约会时,江桃已经能比较自在地与曹安相处,至少能承受曹安注视她的目光,她不看他就行。可一想到今天她注定要替曹安做手术前备皮,再面对他时,江桃无法控制脸颊发烫,只能用口罩掩饰。

护士站。

曹安一出现,几乎吸引了所有护士、遛弯病人的视线,认出曹安的护士立即开始了讨论。黑老大固然可怕,但当这位黑老大能提供一个超级有趣的谈资时,大家也就不怕了。

同事们好奇又热情的视线,让江桃的耳垂都红了,她近乎麻木地递给曹安一张单子,让他填写。

曹安看了一眼她的耳垂，低声问："是不是给你添麻烦了？"

桐市是小城市，桐市第一医院也是本地唯一的三甲医院，作为病人，曹安下意识地选择了在这边看诊。

江桃摇摇头。

跟他没关系，这是对她专业精神的考验！

第22章

走完住院流程，江桃带曹安前往病房。

这是曹安有记忆以来第一次住院，去年那次急性阑尾炎算是他经历过的最严重的病，但他根据医生建议采取了药物治疗的方式。

陆续有护士从附近的病房走出来，个个走路带风。江桃的脚步也很快，她穿着一身护士服，长发清清爽爽地绑在脑后，露出白皙的脖颈。

"这边。"走到八号病房门前，江桃终于回头看了眼曹安，泛红的耳垂已经恢复正常，眉眼平静，仿佛曹安只是一个陌生的病人。

曹安继续沉默地跟着。

病房里已经入住两位病人。02床是一位三十多岁的小老板，下午被安排做胆结石手术，由妻子陪护。03床是一位五十多岁的精瘦老人，昨天做的腹外疝手术，也是老伴陪床。

四人都醒着，看到高高壮壮的曹安时，两位老人还算稳得住，但那对儿中年夫妻脸色都出现了明显变化，是不敢看又偷偷留意的那种模样。

江桃已经习惯了，站在01床尾给曹安介绍："这是你的病床，对应这边01号储物柜，衣物、杂物尽量都放储物柜，保持床面整洁。

"这里可以控制病床升降。"

曹安点了几次头。

江桃："等会儿会有人送病号服过来。明天手术，有陪护吗？"

曹安："有。"

江桃："行，陪护床白天锁着，只能当椅子用，晚上会有人过来开锁。你先休息，该做什么准备时我们会过来操作，有事按呼叫铃。"

曹安："好。"

江桃不再管他，去02床边询问小老板有没有吃东西。

小老板："没吃，只喝了点水。"

江桃看看时间："术前四小时禁水，接下来也不要喝水了，都是为了手术安全，忍着点。"

"放心，我们都记着呢。"

江桃走了。曹安收回视线。

病床是标准大小，对普通病人来说都算狭窄，曹安看了一眼，把陪护椅拎过来，宁可坐着。

隔壁的小老板强颜欢笑，试着打招呼："兄弟要做啥手术？"

曹安看过去，解释道："阑尾炎。"

小老板："小毛病啊，割了就没事了，我这胆结石，疼得要命，实在忍不住了。"

曹安陪着聊了两句。

小老板老婆："兄弟做哪行的？看着真有气势，来，吃点水果，我们家自己开店卖的。"

曹安："承包工程，水果就不用了，我也带了。"

小老板："工程好，这几年咱们市到处都在盖楼，都说接工程最赚钱了。"

只要有人爱说，病房也会变成一个小小的社交场所。

护士站。江桃一回来，就被好奇的同事们围住了。

"你们俩现在到底啥关系，相亲还是转正了？"

"还在接触阶段。"

"哈哈，那你们俩也太逗了，人家相亲都是从牵手开始，你们直接坦诚相见！"

江桃取下口罩，一脸淡定地整理桌面上的单据。

听到大家的谈论，她想象给曹安备皮的画面，觉得很尴尬，但做护士的，真不怕这方面的调侃，她都工作三年了，早已见惯不怪。

大家都很忙，笑过一阵就放过了江桃。

中午江桃吃完盒饭，去自己负责的两个病房逛了一圈。

曹安已经换上了病号服，他这套已经是最大号了，但他穿起来只是略显宽松，不像别人那么臃肿。

这次过来江桃没有再戴口罩，用公事公办的语气问他："肚子疼不疼？"

曹安："还好。"

江桃点点头，转身往外走，快到门口时，外面突然闪过来一道比曹安还要魁梧一些的身影，那人麦黄皮肤、凶眉凶眼，把毫无准备的小桃护士吓得连退两步，人差点贴在柜子上。

到处都是护士，来人根本没有过多在意江桃，走进来直接往里望，看到曹安，他露出一个似笑非笑但其他人看了都觉得来者不善的狰狞笑容："你这阑尾炎没多严重啊，看起来还挺精神的。"

曹安看着仿佛毫无存在感、低头匆匆离去的江桃，只觉得自己辛苦一个月才勉强赚来的一点好感，可能都要毁在亲爸身上了。

他面无表情就很像沉着脸："你怎么来了？"

曹正君："我也不想来，这不是得给你妈演一场父慈子孝。"

说完，曹正君也没有管其他两床病人，掏出手机，围着儿子的病床拍了一圈，最后还半蹲在坐在椅子上的儿子身后，没正经地拍了一张合照。拍完照片他往床上一坐，忽视病床发出的不堪重负的异样声响，旁若无人地给老婆发照片，证明自己来看儿子了。

曹安看向窗外。

曹正君发完消息，瞟了儿子一眼，放低声音问："听老爷子说你最近在相亲，还是这家医院的护士，叫过来给我瞧瞧？"

曹安抿唇，沉默几秒才道："没必要。"

曹正君："已经黄了？那确实没必要。"

曹安也不解释。

曹正君："你该不会故意装病，追人追到医院来了吧？"

曹安："你当医院是酒店，随便谁都可以住？"

曹正君："这倒也是。哪天手术？"

"明天。"

"具体什么时候？"

"不清楚。"

"那等你弄清楚了告诉我一声，我提前过来帮你签字。"

曹安不置可否。

曹正君也不知道该说什么了，如果儿子还小，他还能哄哄儿子、讲个故事什么的。如今儿子已经是一个一米九的大高个儿了，带出去谁见谁害怕，再让曹正君说些安慰话，他自己都要起鸡皮疙瘩。

硬撑了几分钟，曹正君走了。

江桃在护士站看得清清楚楚，别说她了，连同事们都一眼猜出了那人是曹安亲爸，亲到亲子鉴定说两人不是父子关系都不会有人信的那种。

"遗传真是太强大了，小桃你们俩真要成了，生女儿或许会像你，生儿子肯定又是个小老大。"

"别说，带一个老大对象、一个老大儿子去逛街，想想就有气势，走哪儿都所向披靡！"

江桃拿出手机。

曹安：那是我爸，是不是吓到你了？

江桃：还好，就是出现得太突然了，我没做好准备。

她第一次见曹安也没有吓到往后退，这次真的纯属意外。

江桃：对了，你没跟他说咱们俩的关系吧？

手术后曹安的亲属可能都会过来探望，江桃可不想以相亲对象的身份被众人围观。

曹安：没有，不想给你添麻烦，以后有机会再正式介绍。

这样的机会，那必然是两人已经确定了恋爱关系。

江桃心跳微微加快。

隔着屏幕聊天会让人比面对面谈话放得更开，以前的相亲对象就有不善言辞，但发消息直接夸她漂亮的。曹安不会这样，可他会时不时地表明一下他从未放弃转正的立场，强势隐藏在简单礼貌的文字下。

下午2点，02床的小老板去做手术了。

江桃忙完一阵，给曹安发了一段复制过来的阑尾炎手术备皮范围以及备皮的必要性说明。她补充：通常护士都会直接跟病人面谈，咱们是熟人，我怕你没有心理准备，先发你了解一下。

"备皮"这种专业术语，很多人都没有机会了解，自己或陪护的家属要接受手术，才会知道。

清晰易懂的文字，曹安很快就看完了，他既对"上至左右肋缘下水平连线，下至大腿中上三分之一处"这个范围感到意外，又诧异于这份提示隐含的消息。

他问：你来操作？

江桃：对，七、八号病房里所有病人的术前准备、术后护理都由我负责。

曹安删删改改多次，才找到最合适的问法：表姨故意安排我住这边的？如果是这样，我跟她说。

江桃：不用想太多，进了住院部，你在我眼里就只是一个普通病人。

她能理解护士长的安排。安排曹安来她这边，她会尴尬一下，可安排曹安去其他同事那边，同事知道她与曹安在相亲，江桃避免不了另一种形式的尴尬。所以，江桃来操作最合适，只要她与曹安不尴尬，就没事。

小桃护士摆出专业态度，普通病人曹先生自然要听从专业安排：好，你过来前提前五分钟通知我。

下午 4 点半，江桃要出发了。

王海燕果然把三个实习护士都叫过来了，倒没有让人跟去八号病房的意思，只是留在护士站临时讲课："你们三个到现在给男病人备皮还会不好意思，扭扭捏捏浪费时间，今天就让你们看看江桃的专业表现。江桃你说，几分钟搞定。"

三个小护士好奇又佩服地看着江桃。

江桃神色如常："时间长短会因病人而异，顺利的话两分钟足够了。"

王海燕："行，去吧，我会从你进入病房开始计时。"

江桃拿起一次性备皮包走了，口罩还放在口袋里，进门时也没有戴。

病房里其他病人都在休息，江桃看了眼靠在床上的曹安，将备皮包放在置物台面上，戴起口罩，一边拉上挡帘一边道："准备好了就开始吧，裤子褪到膝盖，上衣扣子完全解开。"

蓝色的挡帘将病床围得严严实实的，江桃拿过备皮包，低着头拆开，径自做起准备工作。

她要专业，曹安配合。

江桃闻到了清新的沐浴露味，抬头。曹安竟然准备了纱布，提前把自己缠了几圈。

江桃足足愣了十几秒才强迫自己压下心中的惊涛骇浪，低头给他涂滑石粉。一开始她的手是颤的，好在涂完人也彻底冷静了下来。

曹安始终偏头看向一旁。

全部结束，江桃整理好自己该负责的部分，垂眸道："自己收拾一下。"

曹安拉过被子："好。"

江桃挑开挡帘出去了。当她的身影走出八号病房，护士长王海燕也按下了秒表暂停，三个小护士齐齐凑过来，发现上面显示"1：48"。

"哇，小桃姐太快了！"

"这是一点闲话都没说吧？"

江桃的镇定一直维持到她跨进洗手间之前，进去之后，她便立即扯下口罩，背靠门板手脚发软。

第23章

以前到了下班时间，江桃都会在住院部逗留一会儿才慢慢悠悠地离开，今天她交接完毕立即走人，脚步飞快。一直走出住院部大楼，江桃才深深地松了口气。

太尴尬了，为什么这么尴尬的事情要发生在她身上！

操作时她足够专业，面对同事们的调侃她也可以云淡风轻，可曹安到底是她的相亲对象，接下来他们该怎么相处？本来江桃就不敢与他对视，现在更不可能了！

她胡思乱想地走到了医院外的公交站点。几分钟后，江桃挤上公交车，站在车门旁边，身体随着车身轻度摇晃，脑海里还是那些画面。

任何一种情绪积攒得太满都会激起倾诉欲，江桃不能跟外婆聊这个，只能找自己的好姐妹，哪怕明知道会换来对方一阵爆笑。

外婆出门后，江桃给方蕊发消息：今天，我跟曹安有了大发展。

方蕊直接打了视频通话过来，背景是她的卧室，她手里拿着一个烤鸡腿："我还在吃晚饭，一收到你的消息立即跑房间来了。快跟我说说，曹老大怎么着你了？可千万别告诉我只是牵牵小手，不然对不起我这一手的油！"

江桃看着兴致勃勃等着听故事的好姐妹，一脸生无可恋。

方蕊凑近镜头："你这是什么表情？他亲你了，你没感觉？"

江桃："不是，他得阑尾炎住院了，病床归我管。"

方蕊愣住了，相亲相到一半，男方住了院，这发展实在出人意料。

确定曹安的病不严重后，方蕊再联想江桃透露过的一些工作内容，脑海里顿时炸开一个大火花："天啊，你不会给他插尿管了吧？！"

江桃："那是手术室的事，而且明天才做手术，还没到那一步。你小点声，别让叔叔阿姨听见。"

方蕊降低声音，表情更加亢奋："插在手术室，拔肯定归你管，哈哈，这发展果然够大！"

江桃："……手术前还要备皮，我已经帮他完成了。"

因为有个护士闺密而非常清楚备皮是什么意思的方蕊愣了两秒，突然发出几声尖叫。

早做好准备的江桃无动于衷。

视频里传来方蕊妈妈的拍门声："不好好吃饭，你又发什么疯！"

方蕊打发了亲妈，再躲到卫生间热情地采访小桃护士："备哪儿了？"

江桃："咱们还是发消息吧。"

方蕊："不，你等着，二十分钟后我肯定到！"

这种爆炸性的新闻，发消息、打视频电话都无法发泄她满心的激动，必须见面聊！

她们两家住的小区离得不算远，7点半方蕊就到了江桃的小区门口，还打包了两杯从她自己家小区外面买的奶茶。外婆不在，方蕊更加肆无忌惮，进了门就开始继续采访。

江桃无法口述当时的尴尬，姐妹俩移步到她的卧室，江桃详细描述了一遍当时的情景。

方蕊一脸难以置信。江桃趴在床上，脑袋埋在被子里。

方蕊推她："别装死，他喜欢你，这是方方面面都无法掩饰的事实，你呢？"

江桃头发凌乱地坐起来："不说这个了，明天怎么办啊，见面肯定特别尴尬。"

方蕊："最尴尬的都挺过来了，见面还怕啥？"

"你说得容易，当时我是什么都没想，可自始至终我都没敢看他的脸。"

"反正我建议你放松，毕竟要尴尬也该是曹老大尴尬。你可是护士啊，拿出你见多识广的架势来，不能太害羞，也不能太冷漠，免得曹老大胡思乱想，影响他的心理健康。"

江桃：……

方蕊在这边待了很久，外婆回来她才带着一脸神秘莫测的笑容开心离去。

昨晚江桃并没有失眠，甚至因为提前躺到床上，10点左右就睡着了，只是早上醒得太早，才5点。她拿出手机，并没有收到曹安的消息。

只要当天见过面，曹安确实不喜欢硬找话题发信息聊天。而且昨天还发生了那样的事，他大概也很尴尬。

事实证明，跟好姐妹插科打诨一场还是有效果的。7点40分到了医院，江桃谨记"要为曹安的心理健康着想"，换好衣服做好交接，从七号病房出来后直接去了八号病房。

小老板、精瘦老人都变成了术后休养状态，尤其是昨天才做过手术的小老板，人比较娇气，翻个身都要"哎哟"几声。江桃先去观察两位术后病人的伤口情况，以防发生感染。

她背对着曹安站在02病床前。曹安朝她那边看了两眼。

曹正君刚到不久，坐在陪护椅上，一边剥橘子一边没有目的地东看西看，注意到了儿子偷窥小护士的眼神。当小护士转到父子俩这边时，曹正君终于正式打量了一眼小护士的脸。

白白净净、乖乖巧巧，很像刚来实习的毕业生。

曹正君再看向儿子，儿子垂着眼。

江桃第一眼看到了床头置物台上的塑料垃圾袋，里面摆着一个剥完的橘子皮。她瞥了一眼正在吃橘子的曹安爸爸，皱眉问曹安："昨晚10点后，吃过东西吗？"

曹安摇摇头。

曹正君指着垃圾袋里的橘子皮道："他没吃，这是我刚吃的。"

江桃明白了，拿出血压仪："等会儿你是第一台手术，量下血压。"

她弯腰站到曹安旁边，曹安伸出右臂，目光落到她脸上。江桃本来很专业的，察觉到他的注视，离得还这么近，脸一下子就红了。

有些时候，人确实很难掌控自己的身体。作为护士，江桃更能理解昨天的曹安。只是曹安的喜欢过于内敛克制，江桃真的没想到会出现那种情况。

血压仪上出现一个数字。江桃愣了愣，下意识地看向他的脸。

没等曹安回避，江桃先避开了，语气还算冷静："有点高，我等会儿再来测一遍，小手术，不用太紧张。"

曹安："……好。"

江桃收拾好设备，匆匆离去。

曹正君挨着窗边坐，刚刚视线被小护士的身体挡住，没看到两人的眼神交流，可他察觉到微妙的不对。

"这种小手术，你还害怕了？"曹正君盯着儿子问。

曹安沉默。

曹正君看了一眼病房门口："还是因为别的事紧张？"

曹安不想老爸猜到她的身份，冷声道："被你烦的。"

曹正君挑眉："我怎么烦你了？"

曹安："吃橘子的声音烦。"

曹正君刚要发作，曹安接到了亲妈的电话，他毫不客气地告了亲爸一状："做完手术你就叫他走吧，看着烦。"

本来就够乱的，再加上一个长成这样的爸，只会更乱。

手机被人抢走，曹安漠然提醒亲爸去走廊里讲电话，别打扰其他病人休息。

亲爸骂骂咧咧地离开后，曹安看向窗外，脑海里全是她悄然红透的脸。

曹安抿唇。

如果可以，他并不想太早地让她发现他的心思。

第24章

五分钟后，江桃又来给曹安量了一次血压和心率，这次都正常了。

人马上要送往手术室，小手术也是手术，作为相亲对象，江桃觉得自己有必要表达一下关心。

负责送曹安去手术室的是一位五十多岁的男性护工，此类护工上岗前都接受过专业培训，从事一些不需要多少技巧的纯体力劳动。工作单调工资又低，年轻人不爱做这个，正适合一些尚有余力的年龄大的人，当然，身体状况特殊的病人会安排专业护士负责。

护工推来轮椅，曹安坐下。

曹正君关心儿子："我跟你一起去？"病人做手术，家属忧心忡忡地在手术室外等着，电视剧都是这么演的。

曹安面无表情："不用。"

江桃对曹爸爸解释道："那边也分等待区、手术室，您去了只能在最外面的大厅等着，靠近不了手术室，留在病房等也是一样的。"

并不是非要坚持去的曹正君听了，重新坐到窗边的陪护椅上。

护工推着曹安往外走。

江桃出来后，顺手把病房门关上了。江桃再次跟护工交代了一些事情，说完，她看向坐在轮椅上的曹安。

曹安一直在看着她，宽松的病号服遮掩了他强壮的身体，凶狠气质的脸沉默威严，再没有任何破绽。江桃甚至觉得自己提前准备好的安慰都失去了必要，和曹安目光相撞再错开。赶在一无所知的护工出发之前，她还是小声道："为你操刀的是吕主任，他很厉害的，你不用担心。"

曹安点点头。

护工推着他出发了。轮椅离开病区门禁，转向电梯厅时，曹安偏头，隔着玻璃门看到她还站在七、八号病房中间的走廊上，微怔之后，她笑起来，挥挥手，灿烂明媚。

就是不知这个笑容是江桃给他的，还是小桃护士对手下每个病人都有春风般的关怀。

曹安的手术很顺利，一个小时就完成了，观察一段时间便被推出了手术室。

江桃在病房门口接应。

曹正君、王叔都在，两个强壮的男人协助将曹安移到病床上，麻醉残留效果让曹安的意识并不是特别清醒，视线却一直追随着江桃。

江桃很忙，此时只是一个专业的护士，等曹安这边彻底稳定下来，她交代了一些术后注意事项，便去照看其他病人了。

再见面时是江桃给曹安换输液用的药。

曹安已经彻底恢复意识，沉默地躺在病床上。病房明亮，他罕见地从低视角注视江桃，人白，一身护士服也白，她周围仿佛笼罩着一圈柔光。

病人凝视医护操作属于正常现象，曹正君竟然分辨不出儿子对这个小护士究竟有没有别的意思。小护士的表现也很正常，一个多余的眼神都没给他，如果跟儿子相亲的是这个小护士，怎么也该跟长辈打声招呼吧？

如此思索一番，曹正君打消了对江桃的怀疑。

护士长王海燕抽空过来探望表外甥。

曹正君问她："你给他介绍的是哪个护士？"

王海燕一听就明白了，她当然站在年轻人这边，笑道："成了早晚都会见面，现在还没成呢，你着什么急，虎头虎脑的，别吓到人家。"

曹正君："她都敢跟大安相亲了，还能怕我？不是我说，我好歹爱笑，比大安和善多了。"

王海燕看着表姐夫"和善"的笑脸，一时不知道该不该说出心里话。

她走后，曹安把亲爸也打发走了，只留王叔陪护。王叔心细话少，也知道曹安与江桃的关系，最合适留下。

下午5点多，住院医师宋医生来查房，身后跟着两个实习医生，再就是江桃了。

宋医生今年三十岁，属于院里的年轻医生，个子不高，很爱笑，从来不会严肃批评护士们，住院部这边的年轻护士都很喜欢与他打交道。

挡帘一拉，宋医生查看曹安的伤口情况，江桃在后面站着就行。

"尿管可以拔了。"宋医生说完，笑着看向江桃，"要我帮忙吗？"显而易见，宋医生也听说了江桃与相亲对象的事。

被当众调侃的江桃现场给大家表演了一个"水煮虾红"。

幸好，宋医生虽然嘴上不饶人，但还是伸出了善意之手，帮江桃与暂时没有力气再缠一次纱布的曹安避免了一个更大的尴尬场面。

江桃今天下晚8点的班，去换衣服前，她真正意义上地来探望了曹安，之前都只是公事公办。

02、03床都拉上了挡帘，曹安这边也拉了一半，只有面对窗户这边敞开着。陪护椅还是椅子的状态，摆在最初的位置。

江桃绕过来，发现曹安左手放在胸口上，手里拿着手机，垂着眼不知在想什么。

发现她后，曹安放下手机，视线自然而然地落在她脸上。

江桃走到病床中间的位置，看着他半盖的被子道："我要下班了，过来看看你，王叔呢？"

曹安："我现在能下地走动，让他回去了。"

他做的是微创手术，伤口不大，卫生间能够自己去，只是脚步慢一些，没什么需要陪护帮忙的。

江桃觉得他太逞强了："有人陪着，好歹能帮忙递个水。"

曹安看向旁边的置物台，那里摆着两瓶饮用水，触手可及。

江桃无话可说，刚想结束这场短暂的探视，就看曹安瞥了一眼离得很远的、沉重的陪护椅，他竟然撑着身体往病床另一侧挪了挪，再拍拍腾出来的空地，看着旁边的小护士道："站了一天，坐着说吧。"

江桃顿了顿，侧对着他坐了下去，垂着头，攥着手，被他注视的那边脸颊要比另一边烫。小桃护士是专业的，但跟曹安相亲的江桃不行。

曹安看着她红扑扑的脸，问："这两天我没去接你，外婆有没有问什么？"

有话可聊会轻松很多，江桃摇摇头，解释道："我怕她担心，没说你住院的事，只说工地这几天特别忙。"

曹安："我之前一直接你，突然忙起来，外婆可能不会信。"工地就在本市郊区，再忙也能抽出时间给正在追求的相亲对象，突然变冷淡，更像放弃了。

江桃回想起外婆的眼神，也觉得小老太太可能产生了其他联想："那怎么办，我说你出差去了？"

他去参加培训外婆都要试探呢，出差一周，更容易让老太太多虑。

曹安："明天我跟外婆说，已经做完手术了，她也能放心。"

江桃点点头。

两人停止交谈后，病房变得极其安静，明明刚刚江桃过来时隔壁两床还有些谈话声。

人都有好奇心，也许那两床在留意他们这边的动静。尽管他们刻意压低了声音，但在这种环境下，也很难确保人家听不见。

江桃看向曹安投在玻璃窗上的身影："早点睡吧，我也回家了。"

曹安："到家发消息。"

江桃应了一声，快步离开了。

二十多分钟后，江桃下了公交，边走边给曹安发消息：到了。

曹安：外婆那边先瞒着，明天我说。

江桃：嗯，你快睡吧，这几天别熬夜。

曹安：好。

没有再多的消息了，江桃加快脚步。她打开家门时，发现外婆坐在客厅，祖孙俩对视一眼，外婆扫了一眼厨房那边的窗户，什么也没问。

年轻人谈恋爱不可能一帆风顺，吵架啊、冷战啊都正常，该告诉她的时候年轻人自然会说。不过看小丫头的状态，倒不像受了什么委屈，所以外婆更不急了。

第二天江桃上夜班，上午打扫厨房卫生时，听见卧室那边有人给外婆打视频电话。

会是曹安吗？

江桃竖起耳朵。外婆去接听，卧室里面传出小老太太情绪明显的声音。

"哎哟，你这是在医院？怎么了啊？"

"还好还好，你这孩子，怎么不提前跟我说一声，小桃也瞒着我，我还以为你们俩在冷战。"

江桃：……恋爱都没正式谈，哪儿来的冷战。

"行吧，我不去医院给你们添麻烦。那你现在能喝鸡汤不？我给你炖好，让小桃带过去。"

江桃再次无语，为什么不管什么手术，大众都觉得鸡汤有用？曹安昨天上午才做的手术，这两天最好不要吃油腻的东西。

镇压住外婆炖鸡汤的热情，晚上江桃一身轻松地去了医院。

才隔了一天，再见面时，江桃发现曹安的精神状态明显比昨天上了一个大台阶，几乎就要与平时没什么差别了。他恢复得越好，越不需要江桃挖空心思想慰问什么。

周末两天江桃休息，周一早上再来医院，就要给曹安办理出院手续了。

已经是 4 月下旬，今日最高气温有 19 摄氏度，曹安只穿了一件薄外套。他坐在病床上，江桃给他讲解出院须知。曹安作为病人，有些问题。

"多久伤口可以沾水？"

"拆线前尽量以擦拭为主，避免感染，如果出现红肿，及时来医院看诊。"

"什么时候可以拆线？"

"六天之后，可以来这边挂号，也可以去小诊所，拆线简单的。"

曹安忽然看了她一眼。

江桃在他狭长内敛的眼睛里看到了三个字：你会吗？

江桃会拆线，但她非常满意曹安没有问出来。

"多久可以正常上班、晨跑？"

"你的情况，出院一周后就可以做些简单工作了，避免重体力劳动，两周后适度运动。"

曹安暂且没有其他要问的。

江桃办好手续，请他签字，人就可以出院了。

走出病房，曹安忽然在她身后问："晚上我来接你？"

这时的她只是一个护士，不赞成地瞥了他一眼："好好休息，少乱跑。"

没有医护高兴看见已经治好的病人因为自己瞎折腾又被送回医院。

小桃护士批评完，头也不回地走了。

曹安注意到护士站那边有她的同事还在关注自己，便收回视线，拿着出院单走向门禁。

第 25 章

江桃不允许曹安来接她下班的代价，就是晚上外婆出门后，江桃坐在客厅接通了曹安的视频通话。

备皮的尴尬已经在曹安住院期间化解得差不多了，这要归功于两人都默契地不提那茬儿，江桃又有"专业"二字做掩护。至于视频通话，只要江桃刻意避开曹安的眼睛，就不会像第一次视频通话时那么紧张。

"你在家里？"发现他靠坐在床头，江桃问。

曹安："在老爷子这边，一日三餐有阿姨帮忙做，等我能自由行动了再回去。"

江桃知道他自己有房子，这样的年纪但凡有条件，也不适合再跟爸爸妈妈住一起："难道你平时都自己做饭？"

曹安："早饭我自己做，午饭在工地或公司吃，晚上多半会陪老爷子。"

江桃猜测："你陪爷爷的时间是不是比陪你爸妈的时间长？"

曹安："他们俩已经够热闹了，不需要我陪。"

这是实话。

江桃想到了他的爸爸。她去病房给病人换药的时候，短短几次旁听父子对话，已经足够让她了解父子俩的相处模式。

"你爸还挺爱笑的。"

"不如不笑。"

曹安自认性格更像老爷子，祖孙俩都很有自知之明，除非必要的社交应酬，否则绝不会笑，中间那位就没有这份觉悟了，还自以为很和善。

他没什么表情地对亲爸发表客观评价，江桃却被父子俩的反差戳到了笑点。屏幕中的她歪着脑袋，笑起来露出几颗小白牙，比不笑的时候要显出几分明媚活泼。

外表凶冷的男人只是默默地看着。

江桃察觉到他的注视，笑容慢慢消失了，又变成了有点紧张的模样。她白皙的面颊，长长的睫毛忽闪忽闪，很乖，很好欺负，单薄到只要他想，凭一只手就能让她逃无可逃。

他有这样的力量，她第一次见面就畏惧的除了他的脸，也包含这种几乎会给所有女人带来威胁感的力量，那是动物趋避危险的本能。

"你似乎不怕我爸。"在越来越让她不安的沉默中，曹安继续刚刚的话题。

江桃疑惑地问："为什么这么说？"

曹安："你在他面前很镇定，这也是他知道我在跟普外科护士相亲却没有怀疑你的原因。"

江桃当时也是没办法，她不想多添尴尬，只能装作与曹安没有医患以外的其他关系，对曹正君自然就要像对普通病人家属一样，礼貌又保持距离。

对比曹安对外婆的照顾，江桃有点担心："等他知道了，会不会怪我不礼貌？"

曹安的声音没有任何变化，始终如一地低沉平和："他怎么会知道？"

江桃刚要开口，感谢大脑思索的速度更快，让她迅速反应过来，他又在给她挖坑。脸上热得不行，江桃及时转换手机镜头，先让曹安欣赏自家的木制茶几，再对着他那张"老奸巨猾"的凶狼脸咬牙切齿："是啊，他没有机会知道，挺好的。"

镜头里的凶狼自知兔子跑了，不再伪装，狭长的狼眸里泄出一丝笑意："生气了？"

江桃："你根本没有你表现得那么老实。"

曹安始终看着她的方向，仿佛能看见她的脸，平静反问："哪方面？"

江桃：……

脑海里轰地烧起一把火，江桃快速又凶狠地按下"挂断"，结束了今晚的视频通话。

手机留在茶几上，江桃揣着无限懊恼悔恨的心情回到卧室，一头扑进被子里。

谁能想到，那个两人都默契回避的话题，竟然由她先抛出一个漏洞，再被他乘虚而入，最后清算又好像还要怪她意有所指。

小桃护士又是拍被子又是拍床，滚了好几圈，身上的热度都迟迟不退。不知道过了多久，江桃披头散发一副自作自受认命的样子，回到客厅捞起手机。聊天界面停留在"视频结束"的系统提示上，曹安并没有发什么试图挽回形象的辩解消息。

江桃非常感谢他！

感谢完了，江桃马上去找好姐妹吐槽他下的套，没提"不老实"那段，只说他利用亲爸的事。

方蕊："我早看出曹老大心机深沉了，又是搞土木工程的，坑挖得又快又隐秘，你根本不是对手。不过曹老大也太狠了，连亲爸都可以拿来当刺探你心意的工具，我甚至要怀疑他得阑尾炎是不是假的了！"

江桃："不至于，医院能看到过往病历的，他去年确实有一次急性阑尾炎，这次不根除，以后很容易复发。"

方蕊："那就是老天爷也要帮他追你了，用最光明正大的理由向你展示他健美的胸肌、腹肌以及……"

江桃用尖叫打断她的胡说八道。

挂断跟好姐妹的视频，江桃收到了曹安的消息：早点睡，明晚去医院接你。

江桃现在一点都不想见他：不用，好好养你的伤吧。

曹安：明晚见。

江桃咬唇，瞧瞧，被她看穿本质后，这人连绅士都不装了！

晚上 8 点多，交接完毕，江桃去更衣室换衣服。

昨晚发生了那样的谈话，她不可能特意打扮，普普通通的白色卫衣、牛仔裤的搭配，只把扎了一天的长发放了下来，再化个简简单单的淡妆。

"曹安刚出院，就来接你下班了？"一个同事走进来，看见她站在镜子前，一下猜到了真相，毕竟累了一天了，如果晚上没有特殊情况，谁还有心情化妆。

江桃被闹了个红脸，潦潦草草收起口红，拎着包出去了。

电梯一层层下降，快到一楼时，江桃还是从包里拿出一个口罩，戴好，挡住自己才化过淡妆的脸。

曹安果然坐在大厅，长得本来就够凶了，还特别喜欢穿黑色外套。

江桃硬着头皮走过去。曹安看着她的口罩。

江桃垂眸解释道："有点感冒，别传染给你，刚做完手术还是小心点。"

曹安似乎接受了这个说法，对着外面的黑色越野车道："怕牵扯伤口，让王叔送我过来的。"

江桃是有些怪他乱跑的，跟着他往外走时嘀咕："你就不该麻烦王叔。"

曹安看她一眼："明晚我自己开车？"

江桃：……

王叔做司机，两人都坐在了后排。

摆脱尴尬的最好办法就是避免沉默，当然不能给曹安再提昨晚的机会。一上车，江桃就扶着前面副驾驶的椅背，跟王叔聊天："我都说了不用他来接，他还非要麻烦您，耽误您休息了吧？"

曹安靠着椅背，看着她在王叔面前变成社交达人。

王叔一边缓缓开出停车位一边笑："没事，我平时挺闲的，拿着那么高的工资，就盼着小曹能多叫我几回，我心里才踏实。"

曹老爷子一周才出几次门，与其他专职司机比，王叔的工作非常清闲，多少人羡慕呢。

江桃沉默几秒，问："他伤口还没养好，这么跑出来，你们怎么不劝劝？"

王叔："不用劝，这么大人了，知道轻重。再说小曹难得遇到你这么好的女孩子，别说老爷子，我也支持他。"

江桃：……

放在左腿上的手突然被人握住了，江桃浑身一僵。

那只手的主人低沉开口："让王叔专心开车，别分他的心。"

江桃心跳快得超速，无法反驳，她僵硬地靠回椅背，同时试图挣脱他的手。曹安右手轻轻攥着她的手，在她施加力气的时候，他抬起左手，放在了手术伤口的部位。

瞥见这一幕的江桃立即不敢再乱动。

男人修长的手掌完完全全地包住她的手，没有什么多余的举动，只有独属于他的温热体温沿着接触的肌肤一点一点地透过来。

江桃歪头盯着窗外，车窗映照出她通红的脸。

不应该，不应该，碰碰手有什么好悸动的？

夜晚道路通畅，黑色越野车很快停到了五栋楼楼下。熟悉的车灯光亮在阳台窗外扫过，外婆诧异地离开沙发，快速出门，正好看见曹安推开车门。

外婆难以置信："不是刚出院吗，怎么不在家好好休息？"

江桃替外婆介绍了王叔，丢下寒暄的老少自己进去了，且一路回了卧室。

曹安被外婆热情地请进了客厅。

外婆想喊外孙女出来招待相亲对象，曹安劝住了："小桃才下班，让她休息吧，您也不用太客气，我陪您说说话就走。"

外婆挑眉："你什么时候改口叫'小桃'了？"

曹安笑了笑："今晚刚改的。"

聪明人说话不用解释太多，外婆已经明白了，也明白外孙女是因为刚被曹安追到手害羞了，所以躲起来。

"谈恋爱有的是时间，还是要注意身体，把伤养好再说。"

"嗯，我是怕她反悔，才急着把关系定下来。"

在卧室偷听的江桃咬紧了牙，这人在外婆面前还真是什么都好意思说啊！

几分钟后，黑色越野车开走了。

外婆推开外孙女的房门，靠在门口朝坐在椅子上假装看书的江桃笑："相了这么多次亲，可算成了一回。"

江桃："别这么说，谈恋爱才是第一步，以后随时可能分的。"

外婆："行，外婆继续替你留意别的人选，等你跟小曹分了，我马上安排替补选手。"

江桃：……

外婆笑眯眯离开后，曹安的消息也到了：抱歉，未经你同意，我跟外婆说，咱们现在是男女朋友的关系。

江桃不想他太得意：没关系，我已经跟外婆解释清楚了，我还没答应你。

曹安：我以为，这种问题不需要问出来。

在车里被他握了一路手的回忆瞬间清清楚楚地涌上来，江桃再度心慌意乱。

曹安：我更倾向于用行动确认。

曹安：要改口吗？

江桃装傻：什么改口？

曹安：晚安，女朋友。

卷二

甜桃

第 1 章

早上，江桃睡得迷迷糊糊的，听到一声有新消息的提示音。她翻个身，拿起放在床头柜上的手机，屏幕上显示才 7 点半。

对于今晚要上夜班的江桃来说，这个时间真的很早。

消息是曹安发来的：伤口没什么感觉了，我今天可以自己开车。

江桃咬牙：昨晚不是还疼了？

当时他突然握住她的手，江桃只是轻轻挣扎，他就赶紧捂伤口，一副被牵扯到伤口的样子！

曹安：想听实话？

江桃：不想。

也没有必要，因为她已经非常明白了，他岂止擅长挖坑，演起戏来也炉火纯青！这人就不该长一张凶狼脸，狐狸面相更适合他。

曹安：吃过早饭了？

江桃看看自己依然紧闭的窗帘，撒谎：吃过了。

曹安：上午去看场电影？动画片，口碑还可以。

江桃还在为昨晚突然定下来的恋爱关系微微别扭，没有急着答应，靠在床头敲字：你还爱看动画片？

曹安：重点不是电影。

江桃就被这一句话弄红了脸。随着关系的改变，他的文字也褪去了先前礼貌到有些冷淡的风格。

曹安：10 点有一场，看完正好吃午饭，可以吗？

江桃犹豫一会儿，回了个"嗯"。

曹安：那我 9 点去接你？

江桃：可以。

起床洗漱，吃完外婆做的爱心早饭也才8点钟。

外婆："你还没跟我讲呢，怎么被小曹追到的？"

江桃把要洗的衣服塞进洗衣机，弯着腰设置洗涤模式，跟外婆告曹安的状："他话里给我下套，故意夸我在他爸爸面前很镇定，那我想起他对您的好，肯定要客气一下，就说等他爸知道我的身份后会不会觉得我不够礼貌，连声招呼都不打……"

外婆懂了："都考虑见家长的问题了，可见你在心里已经接受了小曹，小曹外粗心细，立即抓住机会一鼓作气，是不是？"

江桃转过来，表情郁闷。

外婆笑："别郁闷，我倒是觉得小曹挺靠谱的。外婆跟你说，相亲的男人都很精的，很容易看出女方对他有没有感觉，都有感觉那就马上敲定关系，这是正常恋爱。就怕遇到那种男人，明明看出女方喜欢他却故意不挑明，一直搞暧昧占便宜，搞着搞着发现有个更好的，立即丢下旧的去追新的，女方去怪他，人家反问一句'我说过喜欢你吗'，这种滑头才最讨厌。"

江桃心中一动。

她知道外婆说的是对的，因为她上大学时，班里的一个女同学就遇到过这种不负责的男同学。据说他们都接吻了，在护理专业十分稀少而显得吃香的男同学居然又跟别的女生吃饭看电影，女同学去质问，男同学理直气壮："一直都是你在追我，我可没有答应跟你谈恋爱。"

女同学又气又委屈，哭闹起来，消息传开，也传到了江桃宿舍。该男同学被她们整个宿舍深深地唾弃，都说对方但凡换个男多女少的专业，都是单身命。

再说到她与曹安，江桃不能否认，她的确对曹安有了超过相亲关系的好感。曹安则过于敏锐，挖坑设套一气呵成。这说明至少他们这对儿相亲男女的发展基本还是正常的，谁也没想吊着谁。

相过那么多次亲了，江桃并不幻想遇到电视剧里那样浪漫的感情，男人靠谱，能生出喜欢的感觉，就已经很不错了。

9点钟，曹安的车停在了窗外。

外婆早去了小广场，江桃锁上门，提着一个装手机的小包。

阳光过于明媚，象征着酷热的夏天即将来临，曹安站在车前，上面竟然只穿了一件薄薄的黑色衬衫。他站得笔直，衬衫只是微松状态，不动都能隐隐勾勒出他结实的胸肌、腹肌，动起来就更明显了，特别是两条修长的手臂。

昨晚江桃好歹戴着口罩，今天没有借口了，只是被他看了一眼，她感觉自己就要蒸发了。江桃别开脸，后悔答应陪他去看这场电影。她今天穿了一条白裙子，从上到下都很清新，只是红红的脸破坏了那份和谐自然。

曹安诧异于小桃护士的薄脸皮，又不想她紧张过头，问："感冒加重了？"

江桃如此紧张的另一个原因，是怕他见面后的态度也会像文字里那样变得"撩"起来，文字她还能应付，他再来牵手或做些别的亲密举动，一下子推进太快，她会很慌。

听他的语气还跟以前一样低沉礼貌，江桃顺水推舟地点点头，回头看向单元门："我再去拿个口罩吧。"

曹安："去吧。"

江桃如释重负，回家后先在玄关这边的镜子前照了照，看见自己的脸快红成草莓了，暗恼自己的不争气。口罩挡住脸后，江桃还算自然地坐到了副驾驶位上。

曹安系上安全带。江桃往他伤口的位置瞥了眼，不太放心："真没关系？"

曹安："在市区慢慢开，放心。"

江桃看向窗外，说起最近的天气："好像一下子就到夏天了。"

曹安看她一眼："是挺快的。"

车窗降下，开车时舒爽的风吹进来，吹得江桃耳边的碎发贴着白皙的脸颊晃动，也将那堆满的热度吹散。半路，江桃取下口罩，没那么窘迫了。

到了商场，两人并肩走路，偏头只能看到曹安肩膀的感觉不要太放松。他们在靠近商场入口的奶茶店买了一杯奶茶，走到电影院前正好取票。

工作日的上午场，巨幕厅十分空旷，江桃与曹安在最佳观影区坐好，之后直到开始播放，前后加起来也只有十个人左右。坐在他们前排的是一对儿情侣，男的抱着一桶爆米花，女的亲昵地靠着对方肩膀，断断续续地吃着。

与他们相比，江桃、曹安都不怎么动地坐在自己的椅子上。江桃一开始还担心曹安会不会趁黑又来牵她的手，防了很久他都没动作，江桃也就忘了，投入剧情中了。

这是一部有关家庭与爱情的动画片，情节简单有趣，持续了一个小时四十分钟。灯光亮起，江桃还有些意犹未尽。

曹安："还可以？"

江桃："我觉得挺好看的。"

这时，前排的情侣站起来了，走的时候，男的在前，女的在后，两人手拉着手。江桃迅速收回视线。

曹安先走，高高大大的身影，一手提着被她喝光的奶茶袋子，一手自然而然地垂在一侧。江桃默默地跟在他后面。

餐厅在影院同楼，江桃去了一趟洗手间，回来时发现曹安在跟人打电话。等她坐在对面，曹安的电话也打完了，看着她解释道："我妈之前出差，今天提前回来了。"

江桃："你做手术，她肯定挺着急看你的，要不今天的午饭就算了？"

曹安："已经解释过了，她叫我好好陪你。"

曹安居然一点都不带掩饰的，但很多女孩子谈恋爱都不着急让家长知道，个人性格还是男女想法的普遍差异？

服务员端了两杯饮料过来，都是橙汁。

江桃看了眼曹安，摸着玻璃杯道："下次别点橙汁了，我不是特别爱喝。"

第一次见面是因为烤肉店可选的果汁不多，她随便挑了橙汁。烧烤店那次他以为她爱喝橙汁，直接替她点了，江桃出于客气没有反对。但现在关系定下来了，以后还会有很多次约会，江桃不想继续喝橙汁。

曹安马上把菜单递过来："你再挑一个，这两杯我喝。"

江桃握住面前这杯："不用，下次再换吧。"

曹安不再坚持。

江桃顺着他妈妈的话题聊："阿姨做什么工作的？"

曹安："戏曲，京剧。"

江桃面露惊叹，脑海里已经浮现出一位古典优雅的美人。

曹安似乎看出她在想什么，打开手机，递给她。

江桃看到一张比较老的照片，上面是一个妆容明艳、打扮在那个时代相当前卫的漂亮女人。

曹安："她只是工作比较特殊，但性格跟普通人差不多，不用有距离感。"

江桃看看照片，再看看曹安，垂眸笑："你们不太像。"

曹安："是，我像我爸。"

遗传真是奇怪，两代美人也没能改变曹家男人的凶脸传承。

江桃突然想到了同事们的调侃，如果她嫁给曹安，会不会再生一个小老大？更甚者，生一个凶巴巴的小女孩？

她迅速掐断了这个不太美妙的联想。

"你手机里家人照片还挺多的。"江桃还他手机。

曹安解释道："去年过年，家里人整理照片，我随手拍了几张，还要看吗？"

江桃干笑："好像都见过了。"

曹安绝对是她相过的最特别的男方，早早就把家人照片摆了出来，大概是想证明他的家庭成员很正常？他天生凶脸，只能想办法尽快打消女方对他背景的误会。

江桃忽然想到一个问题，对着橙汁杯子问："以前你跟别人相亲，也会给对方看你家里人的照片？"

曹安看着她道："不会，只是普通吃饭，照片只给你看过。"

江桃睫毛一颤，强装镇定："也许你让她们多了解了解你，早就脱单了。"

曹安："没有必要，我只会争取我想继续了解的女方。"

江桃：……

周围的空气又开始升温，直到被上菜的服务员打断。

他们几乎没怎么说话地用完午餐，今天的约会也要结束了，曹安要回家见母亲，江桃要午睡备战夜班。

黑色越野车停到五栋楼下，曹安没有等江桃，解开安全带自己先下了车。江桃动作慢一点，下车后发现曹安从后备厢那边绕了过来，手里……

"第一次约会，正式一点。"

曹安举起那捧在车里放了一上午依然鲜艳欲滴的玫瑰花束。

路上人不多，但也有几个，全部朝他们这里看来，包括隔壁的李奶奶，她刚好牵着孙子走出单元门，夸张地"哎"了一声。

江桃的脸快要跟玫瑰同色了，曹安又递了一下，她才笨拙地接过来。

好重一捧。

头顶忽然传来他低沉的声音："女朋友？"

江桃抱着花跑了，跑进单元门，拿出钥匙打开房门，不顾在客厅里偷偷张望窗外的外婆，一路跑进卧室。以最快的速度拉上南面的窗帘，江桃才坐到床上，心怦怦怦地乱跳。

窗外，曹安朝屋里面的外婆打声招呼，回到车上，开出小区后停在路边，给她发消息：这回算是答应了？

江桃脸还烫着，没回。

三分钟后，曹安：我还在等。

江桃：嗯。

第2章

"真羡慕你，我年轻的时候，你外公连根草都没送过我。"外婆来到江桃房间，欣赏那一大捧玫瑰花。

这年头一提玫瑰花都觉得俗，可如果是喜欢的人送的，再俗的花看着也喜欢，更何况玫瑰本来就好看。

江桃："以前都不流行送花吧。"

外婆："怎么不流行，你外公天生就没长浪漫那根筋。"

江桃笑："那您怎么偏偏跟外公在一起了？"

外婆："傻呗，没谈过恋爱，听他说几句甜言蜜语就被哄住了。看着挺体面的一个人，结婚住在一起后才发现他一身毛病，又是抽烟又是喝酒的，别提了，反正你外公留我的生活经验就是找男人不能光看脸，说话、做事、性格、习惯，这些才是最重要的，毕竟得打一辈子交道。"

江桃听懂了："您又在替曹安说话。"

外婆："那倒没有，你们俩才接触多久，外婆能了解的也不多，他这个人到底怎么样，还得靠你慢慢观察。"

江桃看向那一大捧花。

外婆："你快拍几张照片吧，拍完我给拆了，插到几个花瓶里，多看几天，不然太浪费了。"

江桃想到以前走在小区里，偶尔会看见女孩子抱着一捧花下来，与生活垃圾一起丢进垃圾桶。

趁外婆出去准备花瓶，江桃在房间里选了一个最适合拍照的位置，再把第一次谈恋爱收到的花摆过去，从不同角度拍了几张。拍好了，祖孙俩一起整理花束，客厅里放两个花瓶，她的两个床头柜上分别放一瓶，外婆房间、卫生间里再分别摆一瓶，即便如此，每个花瓶里也都插得满满的。

窗外的阳光照进来，为朝南床头柜上的这一束玫瑰增添了午后温馨的氛围感。江桃再拍一张，这才拉上窗帘午睡。

晚饭后曹安准时来接她。

刚刚日落，遥远的西边天空还飘浮着羽毛状的霞云，光线的昏暗减轻了白天面对他的紧张，江桃出门时还朝他笑了笑，再比较自然地移开视线，坐到车上。

"你伤口还没养好就出来开车，阿姨有没有说什么？"江桃始终觉得，曹安现在的身体状况不适合出门。

曹安看过来："表姨有没有告诉你我的年龄？"

自动屏蔽他那张凶狼脸的江桃只听到了他一如既往的礼貌语气，以为他是认真问的，点点头："说了，三十。"

曹安："从我读初中开始，他们已经不会再干涉我去哪儿了。"

江桃：……没干涉就没干涉，直接说啊，干什么还要拐个弯。

她偷偷地瞪了他一眼。

曹安转过头，瞥了一眼她立即转过去的脸，然后拉起安全带系好，开车。

还是那条熟悉的路，车上两人的关系却变了，曹安专心开车，江桃安静地靠着椅背，一会儿看看窗外，一会儿偷瞄他的侧脸。

等红灯时，曹安终于开口，问她："你会不会觉得我很闷？"

江桃："还，还好，我也不擅长社交。"

曹安："我朋友不多，谈恋爱更是没有经验，如果你觉得我哪里做得不足，可以直接告诉我。"

江桃攥着手机，脸红了："一点都不像，你挺会挖坑的。"

曹安："挖坑简单，重点是能不能让你一直在我这个坑里待着，如果我让你不舒服了，你随时都可以跳出去。"

江桃第一次听见这种比方，被他逗笑了，对着车窗道："谁都不想一直在坑里待着吧？"

曹安："所有的房子，都是从坑开始建的。"

江桃一愣。

曹安："再介绍一下，我是工程师。"

江桃：……

绿灯亮了，曹安继续开车。

一直到了医院，江桃的脑海里还反复响起他的那些坑与房子的话。

第二天下夜班，曹安照旧来接她。

江桃很困，回家就睡了，曹安被外婆请进了客厅。

"伤口好了没？我炖了鸡汤，一个熟人从乡下带回来的老母鸡，给你盛一碗。"

曹安："好多了，您不用麻烦。"

外婆："也不是专门给你炖的，小桃醒了也能喝，上夜班辛苦，平时我多给她补补。"

曹安不再客气。

外婆端了一个大碗出来，里面还有个鸡腿，见曹安注意到了电视柜上的插花，外婆笑着道："我看别的女孩子收到花放一天就扔了，觉得可惜，插上多好看。"

曹安："是挺好看的，还是您懂生活。"

外婆坐到他对面，刚要劝曹安赶紧喝汤，忽然吸了口气，手都抬起来了，反应过来马上又放了下去。

曹安抬头，直接看向外婆的嘴："是不是牙疼？"

外婆："没事，就是上火，等会儿泡点金银花喝。"

曹安："牙上的病不能耽误，正好今天我有空，等会儿陪您去医院看看。"

外婆连说不用。

曹安低头喝汤，喝完去厨房刷了碗，擦干手后扶着外婆的肩膀往外推："您别说话，小桃听见该睡不踏实了。"

一米五的小老太太哪里犟得过一米九的大高个儿，不得不带上证件、病历本什么的，乖乖上了曹安的车。

医院牙科这边人挺多的，两人排到10点才轮到外婆。曹安跟到诊间，医生给外婆照了照，马上有了诊断："牙根已经烂了，要拔掉。"

外婆脸色一变，她平时身体硬朗，一口牙也保护得很好，陪了她几十年的牙，这就不行了？

曹安："今天能拔吗？"

医生："可以，马上去验血，拿到结果过来。"

曹安再扶着外婆去验血。

小老太太怕拔牙，验血时还没事，重新回到牙科这边，听着诊间里面传来的各种让人头皮发麻的声音，人就开始抖。

曹安："医生会打麻药，不疼的，我读大学时四颗智齿都拔了。"

外婆上下打量一眼他强壮的身体："你这年纪轻轻的，经历倒挺多。"

曹安：……

中午12点，曹安扶着外婆离开医院，麻药效果还在，外婆没觉得疼，只是看曹安特别不好意思："你自己还带伤呢。"

曹安："不做体力活，跟平时也差不多，您真不用担心，回家您先睡会儿，我给您煮点粥，醒了再吃。"

外婆："不用不用，我能自己做饭，你快回家休息吧。"

曹安："我回家也是躺着，照顾您还有点意义。"

两人客气了一路，回到家，曹安熟悉过厨房后，把外婆推进了房间。

外婆到底是年纪大了，又在医院折腾了一上午，一个午觉竟然睡到了下午3点。外面没什么动静，外婆穿好衣服走出来，看客厅没人，再看厨房那边，曹安竟然把水槽的水龙头拆了。外婆走过去，忽略放在柜台上的几个购物袋，先看曹安手里崭新的水龙头："你买的？"

曹安："我看原来的有点漏水，刚刚去超市买菜，顺手买了个新的。"

外婆："这么麻烦做什么，旧的也能用，拧拧就行。"

曹安："也不贵，锅里有粥，温的，您快吃吧。"

外婆是饿了，一边盛粥一边打量那些新食材："怎么还买这么多菜？"

曹安："您刚拔完牙，多休息会儿，晚上我做饭吧，我顺便在这边吃了，咱们谁也别客气。"

外婆："不客气，不过你也是病人，别忙了，小桃醒了让她做。"

曹安："刚认识的时候，她说她不会做菜，平时都是您忙。"

外婆：……外孙女为什么要撒谎？

虽然不知道理由，这会儿外婆却不好拆外孙女的台，端着碗去外面喝粥了，才一顿没吃，居然就饿得手脚发软。

江桃是被一阵规律的切菜声弄醒的，看看挂钟，快5点了，本来也到了睡醒的时间。

身体仍然犯懒，就在江桃还想赖会儿床的时候，外婆的声音传了进来："我们小桃真是捡到宝了，交到你这么会做饭的男朋友。"

身上不累了，人也不困了，江桃以最快的速度爬起来，穿好衣服，梳梳头发，拉开门冲向客厅。

厨房里，听到动静的曹安、外婆同时回头。

江桃愣愣地看着系着围裙的曹安，以及他手里拿着的菜刀。

曹安眼中的她，脸颊睡得红扑扑的，左脸还残留着压痕，双眼虽然充满震惊，却也带着刚刚睡醒的慵懒茫然。

解释的事交给外婆，用目光打过招呼，曹安继续切肉馅儿，等会儿要做一道水煮丸子。

"牙疼您怎么不跟我说？要拔牙也不叫我。"

卧室那边，知悉一切的江桃眼眶都红了，外婆天天乐呵呵的，牙疼这件事居然还是曹安先发现的。

外婆："我真以为是普通上火，上火有什么好说的。"

江桃："我不管，以后您有什么不舒服都得告诉我，再瞒我一次，我就回京市，再也不回来了，反正回来也没什么用，只会给您添麻烦！"

小丫头真生气了，外婆连忙投降："行行行，我知道了，你快去洗洗脸吧，洗完赶紧去给小曹帮忙。"

江桃气鼓鼓地去了卫生间。洗完脸，她来到厨房，见外婆还在客厅探头探脑，她一把拉上了这边的印花玻璃门。

曹安在搓丸子，回头看她。

江桃也瞪了他一眼："那是我外婆，以后有什么事你都要跟我说。"

曹安："好。"说完他又转了过去，若无其事地搓丸子。

江桃更别扭了，知道他是好心，她气的只是自己疏忽，反而麻烦了他。她发脾气，是想冷冷曹安的热情，冷了，下次再有这种事情，曹安可能就不会再把照顾外婆的事全部揽过去了。

"一个牙疼，一个肚子疼，都去客厅休息吧。"江桃撸起袖子，在后面指挥道，准备自己动手。

曹安低着头搓丸子："你不会做饭。"

江桃咬牙："骗你的。"

曹安回头："谈过三次恋爱？"

谎言一一被他挑明，江桃没了刚刚的气势，耳朵都红了，低头避开他的视线。

曹安让开位置。江桃立即走过去，接替他的工作，一边红着脸搓丸子，一边盼着他洗完手快点出去。

曹安确实去水槽那边洗手了，只是洗完手又走了过来，停在江桃身后。江桃不敢歪头，余光也瞥不到什么，偏偏那种压迫感强得仿佛身后真的站了一匹凶狼。

因为不想被外婆听见而越发低沉的声音一句句传过来："其实当时我就知道你在撒谎。

"不过我对你有感觉，那些是真的还是假的都不重要。"

江桃脑袋里不停地蹿着火苗。

曹安还在继续："照顾外婆的事，你不用有任何负担，我想摘走外婆养了这么久的桃子，肯定也要付出对等的回报。"

江桃：……

第3章

今晚的食材都是曹安买的，他预备做四个菜。

海带排骨汤已经快炖好了，水煮丸子还在搓丸子的步骤，剩下的红烧豆腐鱼、蒜薹炒肉的食材也都切好了，整整齐齐地摆在盘子里，只等江桃醒了再下锅。

所以，洗完手、说完悄悄话的曹安并没有如江桃期待的那般离开厨房，而是走到炒锅那边，点火倒油，动作是经常下厨才有的熟练自然。

江桃看看这些菜，问："外婆吃什么？"

曹安："蒸了蛋羹、馒头，馒头可以泡排骨汤吃，豆腐鱼很软，外婆也能吃。"

江桃收回视线。

有主食蛋羹，有鱼肉炖汤，让她自己买菜，大概也想不到这么齐全。她当然知道天底下没有无缘无故的好，曹安要追求她才会那么照顾外婆，可照顾也分敷衍、周到，曹安能做到这种地步，说明他本质上就是个细心、敬老的人。

丸子搓好了，两个灶台一个炖汤、一个炒菜，江桃看看曹安手里的锅铲，道："我来吧，你去休息。"

曹安："我想让外婆尝尝我的厨艺。"

江桃无法拒绝这样的理由。

曹安一手拿锅铲，一手拉开旁边的玻璃门："里面油烟重，你去陪外婆吧。"

他是客人，江桃哪好意思把事情全部丢给他？

曹安看过来："那就关上门，咱们再说说话？"

白色的水蒸气争抢着从炖锅锅盖上的气孔冒出来，江桃仿佛也被冲击到了，秒速跨出厨房。

曹安看了一眼她的背影，笑了笑，继续掌勺。

外婆坐在沙发上，朝江桃挤眉弄眼。

江桃还在生外婆瞒她的气，走过去，不客气地道："张开嘴，我瞧瞧。"

外婆："有什么好瞧的，你也不嫌恶心。"

江桃："我是做护士的，什么伤口没见过？"说完拿出手机，打开手电筒功能。

外婆只好仰起头，张开嘴。

江桃一边检查一边道："以后我定期给您查牙，一年两次体检也不能再落下。"

外婆含混不清地说道："浪费钱。"

江桃一点都不觉得浪费，外婆除了是外婆，还兼任她的爸爸妈妈，她希望外婆健健康康的，活到一百岁才好。

几个菜都做好了，将餐桌摆了半满，曹安还给外婆倒了一杯冰冰凉凉的酸奶。

外婆："跟家里打过电话了吗？你一个病号晚上不回家吃饭，用的什么理由？"

曹安："打过了，他们知道我跟小桃在一起了，也没有多问。"

外婆笑眯眯地看向江桃。

江桃低着头吃饭，被曹安那声"小桃"刺激得全身的汗毛都竖起来了，好不习惯。

有了一起拔牙的经历，外婆已经不把曹安当外人了，态度亲昵，想什么问什么："明天小桃休息，你们俩准备去哪里约会？"

江桃抢着道："他伤口还没养好，今天都够折腾了，明天再乱跑，还想住院是不是？"

外婆："可以看电影嘛。"

江桃："昨天才看过，电影院也没有那么多好看的片子。"

外婆端起酸奶，做了一个给嘴巴拉拉链的手势。

曹安："最近天气挺好的，我们可以自驾游。"

他早有准备，拿出手机，给外婆展示他安排的自驾游路线："这里可以摘草莓，摘完开到湖边，可以放风筝也可以钓鱼，附近还有个花圃，走走逛逛也不累。周末人很多，明天周五，人流量应该还好，外婆跟我们一起去吧？"

江桃偷偷瞥了他一眼，明明还没有邀请她，竟然一副已经商量好了的样子。

外婆："太远了，坐车我都嫌累，还是你们年轻人去吧。"

曹安劝了一次仍然被外婆拒绝，这才问江桃："要去吗？"

江桃："开那么久的车，你的伤口真没关系？"

曹安："我不可能拿身体冒险。"

外婆："这么不放心，要不你帮小曹检查检查？你是护士，我们都没你懂。"

这明显是在开玩笑了，成功把江桃闹了个大红脸。

吃完晚饭，曹安坚持帮忙将碗筷都刷了。外婆因为拔了牙，今晚不会再去小广场跳舞，这个时候睡觉又太早，就问曹安会不会打牌。

江桃："他都站了一天了，早点回家休息吧。"

曹安："我回家也是 10 点多才睡。"

江桃："你又不用上班，干什么忙到那么晚？"

曹安："看施工进度表、看书，而且太早睡我也睡不着。"

外婆做主："行了，咱们打牌吧，就玩'抽王八'，每轮当'王八'的人必须回答一个问题，由第一个抽光牌的人提问。"

江桃觉得外婆这个玩法有坑，瞥了眼曹安，补充道："不许问太过分的问题。"

曹安："觉得过分的可以不回答。"

外婆："对，不想回答的时候就按照老规矩，往脸上贴纸条。"

客厅没有地毯，外婆搬了两张瑜伽垫出来："小桃刚从京市回来的时候买的，说要带着我一起健身，结果用了两次就卷起来接灰了，懒得不行。"

江桃：……

曹安："只为了健身的话，每天晨跑半小时就够了。"

外婆："是啊，我看小广场上经常有年轻人绕着跑圈，你这身材都是跑出来的？"

江桃：怎么觉得这话题越来越危险了？

瑜伽垫、扑克牌都拿出来了，外婆还拿了便笺过来。一张巴掌大的便笺便可以剪成六张小长条，外婆在每张小长条上都画了一只简笔小乌龟，画完看着江桃说："这里就属你脸皮薄，我看这些都要贴到你脸上。"

江桃幽幽地拿眼神控诉外婆。

三人围成一圈坐好。抓牌时，江桃不可避免地注意到了曹安的脚。他穿了一双黑袜子，人高，脚也大，她穿的是小白袜，对比起来十分明显。

在医院的时候，她连曹安的隐私部位都看了百分之六七十，可当时气氛不一样，时间短也没有工夫胡思乱想。现在是在她的家里，他是她男朋友的身份，再这么近地挨着，哪怕只是瞥到了他的脚与袜子，江桃都清晰地感受到了生活的变化：有一个男人，将要越来越多地融入她的世界，与她的接触也会越来越亲密。

第一轮江桃运气好，先走了。曹安没什么表情地拿着两张牌，一张大王，一张黑桃七。外婆那边是一张红桃八，一张方片七，只要她把曹安的黑桃七抽过来，曹安再抽时，就只能抽到外婆的红桃八，与手里的大王凑成"王八"。

很幼稚的游戏，外婆却像小孩子似的兴致高昂，看看曹安，手在曹安的两张牌上面换来换去："这张，还是这张？"

不管小老太太怎么试探，曹安都不动如山。

江桃歪头看着他的牌，也没有给外婆一点暗示。

"哈哈，我赢了！"外婆大笑一声，把手里的一对儿七甩到瑜伽垫上。

抽了"王八"的曹安默默看向江桃。

接下来是江桃的提问环节。外婆小声地出主意，江桃想到一个："上午陪外婆去拔牙，一共花了多少钱？"

照顾归照顾，拔牙费用还是得她出。

曹安垂眸，然后拿起提前画好的一个便签条，贴在左脸上。他凶狼似的脸，贴上"王八"也没有半点滑稽效果。

不配合是吧，江桃拿出手机，毫不客气地对着他拍了一张，留下他滑稽的一面。

外婆："小桃你太过分了！"

江桃："那您还笑成这样？"

第二轮还是江桃赢，外婆抽到了"王八"。

江桃提问："说出您对曹安最不满意的一点。"

曹安微微笑了下。

外婆戳了一下江桃的额头，再看看曹安，哼道："最不满意的啊，身高吧，太高了，跟他说话我还得仰着脑袋。"

第三轮，外婆提问曹安："你觉得我们小桃哪里长得最好看？"

江桃脸颊通红，一边咬着唇低着头，一边拿手拧外婆的腿。

曹安垂眸道："都挺好看的。"

外婆："哟哟哟，真会说话！"

江桃觉得自己的脸都可以拿去烙饼了，跳起来道："不玩了！"

她穿着拖鞋跑了。曹安看着她的背影。

外婆取下他脸上的便笺，笑道："那就不玩了，我叫她送送你，回去早点睡，工作的事以后再说。"

曹安点点头，主动帮忙卷起瑜伽垫。

三分钟后，江桃慢吞吞地出来送他。两人前后脚走出单元门，再往旁边走十来步就是曹安的车。

以前都是他自己走过去，江桃站在门口。这次江桃也准备如此。不承想，刚走出两步的高大身影忽然回头，低声提议："多送几步？"

江桃瞥他一眼，垂着眼跟上，一直把他送到驾驶位的车门前。不知道他会不会说什么，江桃小声催他："你把拔牙的费用发给我，就算是男女朋友，有的事也要算清。"

曹安："我不想跟我的女朋友算得太清，显得见外。"

江桃看着他的胸口，威胁道："你不发我，明天我不去了。"

曹安："不去也没关系，我看外婆挺喜欢打牌的，只要能见面，在哪儿都算约会。"

江桃：……

曹安摸摸她的头："进去吧，我要开车了，别碰到你。"说完，他拉开车门，真的坐进去了，然后降下车窗再看过来，"明早几点出发？"

江桃瞪了他一眼，迅速跑进单元门。

窗外的黑色越野车并没有着急发动，江桃回到卧室，正好收到曹安的消息：9点来接你？

江桃把刚刚拍下来的他脸上贴"王八"的照片发了过去。

曹安：这样很可爱。

看到回复的江桃蒙了，有这么自夸的男人吗，尤其是他的凶狼脸哪里跟可爱沾边了？

曹安：我是说你。

江桃……默默地红了脸。

第4章

曹安选择的自驾游目的地位于桐市最北边的一个镇上，镇子旁边有一个水库，因为水域面积大，周围景色也好，这几年镇政府开始往旅游景点开发打造，在桐市本地还是有点名气的。

祖国地大物博，旅游胜地不胜枚举，但总有一些居民因为时间安排、经济条件等，无法进行长途旅行。好在小县城、小村庄也有山水，大自然的美不分高低，只要身体放松了，暂且逃离了繁忙的工作，谁又能说去一处默默无闻的景点便不算是旅游？

"我准备了帐篷、烧烤架，中午吃烧烤？"坐到车上，曹安问江桃，"还是去镇上的饭店吃？"

他连烧烤架都带上了，江桃当然选了烧烤。

曹安："那先去烧烤店买点吃的。"

车子开出小区，拐两个弯就到了上次两人吃夜宵的那家烧烤店。

烧烤店的高峰时间在下午到晚上，不过上午也开门了，江桃跟着曹安走进来，发现里面只有店老板与店员，一个客人都没有。

店老板背着手在跟厨房那边的店员聊天，听到动静，想瞧瞧什么客人一大早来吃烧烤，然后他就看到了曹安。

脸上各种情绪一闪而过，下一秒，店老板满面堆笑："大哥啊，今天想吃点啥？"

江桃都替他尴尬，年纪至少比曹安大十岁，乱喊什么大哥。

曹安看向左手边的冷藏柜："我们自己烤，有今天新穿好的串儿吗？"

普通的客人这么问，绝对会被店老板忽悠过去，说冷藏柜里的都新鲜，但曹安长了那么一张脸，尽管语气礼貌，可他天生低沉显冷的声音轻而易举地掩盖了那份礼貌，只让店老板、店员们觉得，如果他们敢忽悠这位老大，老大一定会不客气。

店老板："有有有，大哥稍等！"

店老板跑去厨房，很快端了两个托盘出来，一个装荤一个装素，包括了烧烤店常见食材。另一个店员送来大号保鲜袋。

曹安打开一个保鲜袋，看向江桃："你先选。"

两人一起吃过好几次饭了，江桃不会在这方面客气，五花肉、牛肉、鱿鱼分别两串，三样素菜各两串。等曹安选完，那个保鲜袋都快被装满了，然后他在店里又选了酱料。付完款，曹安让江桃先上车，他把各种烤串放进后备厢的保温箱里。

店老板把他们送到门口，看到停在外面的黑色越野车，眼睛一眯。

车开走了，躲在店老板身后的一个店员"啧"了声："长那样，就开越野车？"

店老板："你懂什么，真正的大哥都低调。"

店员："他这车大概多少钱？"

店老板："顶配。"

店员：……他也想要这样的低调。

除了烤串，曹安还带江桃去超市买了些饮料、零食，黑色越野车开出市区时，都快 10 点了。

最高气温 23 摄氏度的晴天，阳光灿烂，风也舒服，江桃靠着敞开的车窗，欣赏路边的景色。北方常见的农作物是小麦，此时麦苗已经返青，绿油油的一片连着一片，远处的山脉主体是威严的褐色，不过也点缀着一簇簇树林青绿。修了没几年的柏油马路宽敞笔直，仿佛没有尽头地往前延伸，路面车辆不算多，空气清新。

江桃看看头顶的蓝天，心情很好。

曹安："你喜欢听什么歌？"

江桃想了想，有点尴尬："我都是随便听听，一下子也想不起来歌名。"

她想起来的都是她上初高中那个年代的流行曲，感觉很土。

曹安："那就按照流行歌单自动播放？"

江桃："好啊。"

第一首歌的歌词、旋律都像是悲的，武侠背景，听到高潮部分江桃才忽然想起来歌名：《半城烟沙》，我朋友很喜欢听。"

曹安："你朋友多吗？"

江桃："还行吧，大多数都是高中同学，会在群里聊天，只有一个经常见面，再有就是同事了。"

曹安："现在你的休息时间几乎都被我占了，你朋友会不会不高兴？"

江桃转向窗外，有点脸热："她才没有，一心想听咱俩的故事呢。不过咱们也不能天天都在一起吧？有时候我也想跟朋友聚聚。"

曹安："嗯，你自由安排，我有时候也会忙工作。"

一段闲聊结束，歌曲继续。

第一首放完了，第二首竟然是《因为爱情》。

"再唱不出那样的歌曲，听到都会红着脸躲避……"

江桃的心忽地颤了下，热意清清楚楚地爬到脸上。她掩饰地将整张脸全部面对窗外。

太奇怪了，为什么最近跟曹安在一起，她总是会动不动就脸红？

难道恋爱刚开始时都是这样？

"坐好了，我关下车窗。"曹安忽然开口。

江桃下意识地靠回椅背。

四面车窗都升起来了，紧接着，江桃注意到了迎面开来的一辆大卡车。大卡车擦肩而过时，江桃看见车后面拉了满满一车小猪佩奇，白白胖胖的，都挤在一起。

曹安："去郊区的路上经常看到这种车。"

江桃忍着笑。

歌词里的爱情很美好，现实里的爱情很生活。

10 点半，路边出现几排大棚，是曹安提过的草莓园。

曹安将车停到路边，下车时他脱掉了外套，上面只穿一件黑色短袖，结实的手臂肌肉一览无余。

江桃从右边下车，之前吹着风还没感觉，现在被头顶耀眼的阳光一照，她便也把外套脱了，里面是件百搭的白色短袖。阳光下，她露在外面的脖子、手臂白得发光。

曹安："要撑伞吗？车里有伞。"

江桃摇摇头："一会儿就回来了。"

曹安便带着她走向草莓园。

问清楚价格，曹安把蓝色的小筐递给江桃："你摘？我弯腰不太方便。"

江桃接过小筐，先进了大棚。

天气暖和，大棚上面的塑料膜被卷了起来，两面通风还算凉快，曹安也不用担心头顶撞到什么。

江桃蹲下去摘草莓时，听到了按快门的声音，抬头一看，曹安竟然站在斜前方一条走道上，手里拿着他的单反相机。

她低着头问："你怎么去哪儿都带着相机？"

曹安："外婆没来，拍给她看。"

江桃很小声："摘草莓有什么好拍的。"

曹安似乎没有听见，继续往前走。

在他的几次劝说下，江桃摘了满满一小筐草莓，快三斤了。

草莓园有水，曹安提着一个干净的保鲜袋蹲在水龙头旁边，江桃也蹲着，她来洗草莓。清澈的水流源源不断，白皙的手小心翼翼地转动草莓，上上下下都清洗干净。水珠晶莹，一两滴飞溅到她白里透红的脸上。

曹安单手举起相机。江桃忍不住瞪过来。

快门声响，仿佛他等的就是这一幕。

重新回到车上，江桃抱起单反相机，翻看他在草莓园拍的照片。相机屏幕上的照片小小的，远没有他发到手机上的清楚，也看不出什么氛围。

江桃很快失去了兴趣，举起单反相机，对着窗外拍了几张，最后镜头落在开车的司机脸上。他侧脸凶凶的、冷冷的，不像开车去自驾游的游客，倒像是要去解决哪个目标的冷酷杀手。

毕竟比较熟悉了，又有相机掩饰，江桃悄悄地观察着这位虽然已经成了她的男朋友，她却没有正式打量过几次容貌的男人。

他的眉毛很黑，眉峰挺拔；眼睛并不小，只是眼形狭长，显得很犀利；脸庞瘦削，嘴唇偏薄，整合起来就很沉默威严，像是耸立天边的险峰。

"拍窗外吧。"凶脸男人突然偏头，随即继续目视前方，只给她一句简单的提醒。

江桃抿抿唇，什么人啊，他拍她就可以，被她拍就不高兴了。

念头刚起，就听他补充道："我在开车，你这样我很容易分心。"

江桃：……

11 点，目的地到了。

水库很大，一面临山，山对面的岸边被开发出来，游客可以在柔软的草地上露营。天气好，情侣、朋友、一家三口都往这边来了，虽然是工作日，草地竟然也被占得满满的，所剩空地不多。

曹安停好车，指着目之所及的一片空地道："你先去占位置，我去拿东西。"

资源有限，先到先得，这时候就不要再讲究什么绅士了，总不能白来一趟。江桃也是这么想的，这里山清水秀，她要舒舒服服地玩一下午。

穿过停车场，跨过一条石阶小路，江桃以还算正常的步行速度来到指定的露营地点。她把挎包、外套、相机放到草地上，看了一会儿风景，再回头眺望停车场。

后备厢旁多了一辆拖车，曹安正在把东西一样一样地放进去。

"那里有空位！"

一道惊喜的声音传过来，江桃向左看，看到一对儿男女，女人打扮得很时尚，墨镜推到头顶，一手挽着拉着拖车的强壮男人，一手指着江桃脚下。

江桃还往后看了一眼，确定她后面没有其他空地。

五十米的距离很快就消失了，两人站在旁边的马路上，女人开口，对江桃道："不好意思，我们要搭帐篷，能请你换个地方休息吗？"

江桃微笑："不好意思，我们也要搭帐篷。"

墨镜女人不高兴地绷起脸，看向她的男朋友。

这位男朋友拥有至少一米八的身高，属于偏胖的强壮，平头，脖子上还戴着一条金链子，长得普通，气势很横。

"哪有你这么占位子的，连个帐篷都没有，赶紧让开。"

江桃："图书馆放个水杯都能占位，我人都来了，怎么就不行了？"

金链子男："少耍嘴皮子，识相点自己让开，不然别怪我不客气。"说完，他看了眼江桃的小细胳膊，再活动活动自己的手腕。

江桃下意识往停车场看。曹安明显还没有装完东西，但已经提着一个半米来长的圆柱形包装袋朝这边走来。

墨镜女人、金链子男察觉到江桃的视线，同时转身。

停车场与这边只隔了一条绿化带，曹安走得又快，在江桃看来，他现在只是正常不笑的表情，可在那对情侣看来，这位大哥黑着脸，手里拎着的仿佛是一把冲锋枪，随时都有可能举起来对着他们一阵扫射。

雄性野兽会为了争夺地盘而角斗。实力相当的野兽才会打起来，如果体型悬殊，弱小者会自动让出地盘。

金链子男人可以在江桃面前横，但面对越来越近、眼神似乎越来越冷的曹安，他迅速判断出了形势，最后的挣扎是问江桃："你们一起的？"

江桃突然代入了狐假虎威里的那只狐狸，笑了笑："是啊。"

金链子男人哼了声，一手拉着拖车，一手拉着墨镜女往前走了。

曹安踏过他们刚刚停留的马路，提着野营垫来到江桃面前："没事吧？"

江桃看着他结实宽阔的胸口，笑着摇摇头。

第5章

曹安铺好野营垫，正式占了位置，再去停车场拿其他东西。

帐篷、烧烤架、食物、水等，装了满满一拖车，拉到露营地点，被曹安分门别类地整理出来。

江桃走过来帮忙，瞥了一眼他的右下腹："你不能摘草莓，现在就可以搭帐篷了？"

曹安："摘草莓弯得太低，这个还好。"

江桃只能嘱咐一句"别逞强"。

两人合作，感谢曹安的熟练度，只用十五分钟就搭好了，左边一个十平方米左右的帐篷，右边连着帐篷延伸出一片遮阳幕布，幕布下面摆着一个长条小桌、两把靠椅，均可折叠。

大功告成，江桃额头出了一层细汗，她面朝湖水坐到椅子上，清爽的风吹过来，是劳累过后的充实、舒适。曹安坐到她旁边，与江桃身下一模一样的木制折叠椅发出令人担心的声响，还好质量可靠，坚强地承受了他的体重。

"伤口没事吧？"江桃递过去一瓶水。

曹安："没事，明天我也要开始上班了。"

江桃算了下日子，提醒他："别忘了去拆线。"

"记着的。"曹安拧开瓶盖，仰头喝水。

江桃移开视线，水润清澈的眼底难以掩盖一些小心思。她会拆线，如果曹安请她帮忙，江桃虽然要面对以恋人身份注视、接触他腹肌的紧张，但也会答应的。可曹安不提这茬儿，江桃也做不来主动开口，伤在手臂上还行，在右下腹真的太暧昧了。

江桃想，也许到了明天，曹安就要提了，毕竟出院那天她讲到拆线时，曹安曾意味明显地看了她一眼。

"现在烧烤，还是去湖边逛逛？"休息了几分钟，曹安问。

江桃："先走走吧，我还没饿。"

曹安就去拿桌子上他从车里带过来的黑色雨伞。

江桃垂眸笑，打开自己的挎包，取出一把橘黄色可爱风的遮阳伞。

曹安见了，重新把黑伞放到桌子上。江桃便明白，他自己不在意晒太阳，备伞只是怕她晒着。

两人走出帐篷，江桃第一时间打伞，阳光明晃晃的，尽管曹安不在乎，江桃还是想回报他刚刚的体贴，于是把手里的遮阳伞递给他："一起撑吧？"

曹安低头，她看着别的方向，出门时披散的长发在摘草莓时就绑起来了，额头、耳边有些毛茸茸的碎发，随着初夏的风微微拂动，显得调皮、可爱。

她是乖巧甜美的长相，白皙光洁的脸蛋还带着点婴儿肥，散着发稍微显成熟些，扎起来更叫人觉得稚气。她穿护士服时的效果跟现在差不多，病房里的氛围多少都带着些沉重，只有她，每次进门都面带微笑，如清晨的朝气振奋精神。

曹安接过伞，将她完全笼罩在阴影下，他半个肩膀都晒着太阳，不过他本来也不在乎。

这边岸上密密麻麻地搭满了帐篷，一直走到狭长不平的这段，帐篷与游客才都少了。头顶的天蓝莹莹的，对面的群山连绵起伏，湖里的水清澈如镜。

江桃真心感慨："没想到咱们市还有这么漂亮的地方。"

曹安："拍张照片？"

江桃点点头。

湖边有块儿长条状的大石头，应该是故意弄到这里方便游客拍照的。江桃坐到石头上，又觉得临水那一端拍照效果更好，便站起来往前走。

曹安："小心。"说着，人也拿着相机快步靠近，生怕她落水一样。

江桃笑笑："我会游泳，而且这边的水也不深。"

曹安仍然站在伸手就能够得到她的位置，直到她稳稳当当地坐下。

现在让他拍照，江桃已经没有那么僵硬了，再加上这边风景好，江桃尽情地换了几个姿势。

"我也给你拍一张吧？"跳下石头，江桃提议。

曹安看着她："一起拍？"

江桃微怔，脸颊变红的同时点了点头。

还是这块儿石头，曹安先坐下，设定延迟快门。江桃慢吞吞地坐到他旁边，尽量靠近了，两人中间只隔了一个拳头的距离。

"第一次用自拍模式，可能要多拍几次。"曹安左手举起单反相机，试了试镜头距离。

江桃佩服地看着他的动作，这个单反相机又大又重，让她单手举起来，胳膊肯定要抖，曹安却跟玩玩具似的，轻松无比。

第一张照片拍得非常失败，镜头低了，只拍到曹安半个下巴，江桃的表情也过于僵硬。效果倒是有点搞笑。

第二次拍，江桃主动往曹安肩膀那边靠，脑袋里想着他的半截下巴，眼睛都在笑。再看照片，江桃对自己很满意，只是曹安……

她小声抱怨："你就不能笑一下吗？"

明明是他邀请自己，结果拍得好像她自作多情。

曹安顿了顿，解释道："我不太习惯笑。"

江桃："你在外婆面前不经常笑？"

曹安："那不一样。"

外婆本身就是活泼爱笑的性格，再加上曹安敬重老人，笑起来很自然。可他很少拍照，尤其是与江桃合照……

江桃："再试一次，这次你不笑，以后就不拍合照了。"

曹安：……从来没有想过，人生会有这么一天，她的一个要求居然比最苛刻的甲方还要让他难办。

短暂的调整后，曹安第三次举起相机。知道他比自己更尴尬，江桃反而越发进入了状态，笑得比刚刚还灿烂。

第三张照片，曹安上半张脸表情保持不变，只有唇角微微上扬，既僵硬，又有点黑老大皮笑肉不笑的阴狠气场。

江桃一手捂着肚子，歪着脑袋掩饰即将压制不住的笑意："今天的照片，你每一张都要发我，不许自己删了。"

曹安看着她一抖一抖的肩膀，想到了家中爷爷奶奶、亲爸亲妈的合照。

爷爷在大部分照片里都不笑，少数几张笑得还不如不笑。亲爸对自己的脸没有自知之明，反而引以为傲，导致每一张合照都拍得像他强掳了一个老婆，得意又猖狂。

再看手里的相机，曹安眼底掠过一抹无奈。

没有朋友不算什么，如何与她拍出一张理想状态的合照才是第一难题。

逛到 12 点，两人回到露营地。

事实证明，除了自拍困难，曹安做其他事都游刃有余，几分钟便将烧烤用具准备好了。江桃看着他摆了五根烤串儿上去，烟雾升起，被风吹走。

等待肉熟的时候，江桃拿起手机，围着帐篷拍了一圈，顺便把专心烧烤的男人也拍了进去。

"背包里有笔记本电脑，我下了几部电影，你挑喜欢的看。"曹安提醒她。

江桃打开他的登山包，里面东西不多，很容易发现笔记本电脑。她抱着笔记本电脑坐到曹安身边，在他的口头引导下打开软件里的"离线下载"，一眼看去有十几部电影，都是高口碑之作。

江桃选了一部早有耳闻但还没机会看的灾难片。

接下来，曹安按照她的口味一样一样地把烤串儿递过来，江桃只需负责吃。她看到一半，曹安又递了一串牛肉。

江桃刚要咬，忽然反应过来："我吃饱了。"

她把牛肉串还给曹安，用小手指按了暂停键，抽出两张湿纸巾擦拭嘴角与双手。

等她忙完，曹安也把最后两串吃光了，他的手更脏，江桃拿着水瓶帮他倒水，再一起收拾烧烤用具。

这边整理完，曹安指指帐篷："去里面看？垫子坐着更舒服。"

江桃没有拒绝的理由。她抱着笔记本电脑进了帐篷，曹安提着草莓走在后面。

帐篷两面开窗，空气对流一点都不觉得闷，里面除了有铺得满满的野营垫，还有一张单人充气床垫，看电影的时候可以当靠背。笔记本电脑放在折叠桌上，曹安、江桃并肩靠着床垫，中间是一保鲜袋的草莓。

江桃一个草莓接一个草莓地吃着，口中的烧烤味儿已经完全被草莓的酸甜取代。电影很精彩，她却再难保持注意力，余光偷偷往曹安那边瞄，总觉得他会在这隐秘的帐篷里做什么。

电影结束时，快两点了。

曹安看看腕表，问江桃："休息半小时？"

江桃低头，怎么休息啊，那个床垫睡一个人有余，睡两个又会挤。

似乎看出她在想什么，曹安紧接着说："你睡上面，我睡下面，平时我都不用床垫，特意为你准备的。"言外之意，他并没有"做点什么"的特别打算。

这样的解释反而加深了暧昧，江桃胡乱点点头，展开床垫上的薄毯，背对他躺上去。曹安移开折叠桌，与她平行地躺在野营垫上，定了半小时的闹钟。

江桃根本睡不着，不累也不困，对着米色的帐篷布发呆。下面男人的呼吸规律均匀，帐篷里弥漫着草莓的气息。

心跳在几分钟后归于平稳，听着远处孩子们欢快的叫声，江桃竟然睡着了，直到被闹钟叫醒。她揉着眼睛坐了起来。

曹安坐在床边，问："要不再睡会儿？"

他凶冷的脸上不见一丝困倦，仿佛过去的半小时他根本没有睡觉，始终保持着清醒。江桃清楚地感觉到，他的视线在她脸上转了一圈，每一秒的停留都带着灼人的热度。

"不了，我想去花圃看看。"

曹安先出去了。江桃打开挎包，取出湿巾擦脸，再简单地补补妆。

花圃在1公里以外，两人都选择了步行。

抄近路过去要爬上一个缓坡，曹安一手撑伞，一手伸过来，明显是想牵着江桃，但还是给了她拒绝的自由。江桃只犹豫了一两秒，便把手送了过去。

拿单反相机都跟玩玩具似的修长手掌瞬间包裹住了她的手，体温与力量同时传过来，帮江桃毫不费力地爬上了缓坡。

前面全是平整的马路，没有再牵手的必要，曹安却没有松开她。江桃也没想挣脱，脸上热热的，心跳也很快，在陌生、不习惯中，仿佛有颗小草莓苗悄悄发了芽，尽管还没有结出果子，但那嫩嫩的芽也散发着清甜的味道。

花圃到了。

刚开发没多久的不成熟景点，花圃都显得简陋，缺少精致的人工造景，全靠牡丹、芍药、紫丁香、郁金香本身的美吸引游客。有的孩子摘了满手的花，身边的长辈也不干涉；有的成年男女随手摘了一两朵，自得其乐地拍着照片。

江桃看见了，却又好像没看见，全身的感触都集中在被曹安握着的手上。

花圃旁边，有个公共卫生间。很久没说话的男朋友终于开口了："要去吗？"

江桃：……还真想去。

牵着的手分开，江桃红着脸，头也不回地去了女卫生间那边。

等她出来，曹安就在附近站着。

江桃一靠近，他便重新拉起了她的手，自然而然，天经地义。

第6章

从花圃回来，岸边的帐篷消失了一半，游客们已陆续离开。可阳光依旧灿烂，湖面水波粼粼。

曹安看看腕表，问江桃："再玩半小时？我们4点再收拾。"

江桃确实有些意犹未尽。

曹安把充气床垫搬到帐篷外面，让江桃坐在上面休息，他去水边固定钓鱼竿。

视线从他修长挺拔的背影上收回，江桃双手放在腰后支撑，在徐徐的微风中远望。湛蓝纯粹的天空无边无际，就这么看上一天好像都不会腻。水边突然有了动静，江桃偏头，看见曹安收竿，钓了一条巴掌大的小鱼。

江桃凑到他身边。

曹安："要试试吗？"

江桃摇摇头，看着他重新把钓钩甩进水里。

鱼竿暂时没有动静，曹安去帐篷那边的背包里拿了一盒扑克牌，坐到床垫上，招呼江桃："一边玩一边等？"

江桃："两个人玩什么？"

曹安："还玩'抽王八'，输了的回答问题。"

江桃有些摇摆，记起了上次被他与外婆联合捉弄的画面。

曹安："放心，我不会问太过分的。"

江桃瞪他，到底还是坐过来了。两人先把大王、红桃八拿出来，剩下的牌只用一半，缩短每轮抽牌的时间。

第一轮的决战时刻，眼看曹安要抽走她这边的梅花九只给她剩一个红桃八，江桃不由得手指用力，紧紧地夹住梅花九。曹安看她一眼，放水了，改成抽走旁边的红桃八。这回，该江桃从他的三张牌里抽了，抽到大王、红桃八、另一张九的概率都是三分之一。

江桃试探着摸到一张牌，再去看曹安的脸色。那张凶狠脸稳得跟面具似的，一点破绽也不露。江桃随便抽了一张，居然抽到了九。她笑得眼睛弯弯，放下两张九，一脸的幸灾乐祸。

曹安依然很稳："问吧。"

江桃想了想，问："认识这么久，你觉得我有哪些缺点？至少要说一样。"

她很好奇曹安眼中的自己是什么形象。

曹安："这个我无法回答，因为我确实还没发现你有什么缺点。"

江桃不信。

曹安努力了一下："脸皮薄？可这个不算缺点，我还挺喜……"

"闭嘴。"江桃闷闷地打断他，低头洗牌。

曹安看着女朋友红扑扑的脸："换成说我自己的缺点？"

江桃心里还慌着："也行。"

曹安："长得不像好人。"

江桃不知该笑他的自嘲还是同情："面相又不是你自己能决定的，这个不算，说性格上的。"

曹安沉默几秒，道："没有你想的那么老实？"

江桃：……

她脸上才退下去的热度瞬间以燎原之势烧了回来。

在"没那么老实"既能指代他喜欢挖坑，又能指代他"身体不老实"的彼此心知肚明的前情背景下，曹安这句话其实很暧昧。如果他长得普通一点，这句十分撩人，偏偏曹安脸长得凶，是气场极强的那种凶，这就给人一种他只是在坦诚剖析自己的效果。

可江桃又知道，他应该就是在逗弄她，很坏，却连坏都是沉稳威严的坏，叫人怀疑是不是自己想太多，误会了他。

周围全是他的气息，哪怕不用抬头，江桃也知道曹安肯定在看她，像黑老大打量一个完全可以任凭其处置的普通女人，像凶狼居高临下地观察面前的弱小猎物。

天生的凶脸、强壮的体格带来的危险感无时不在，有时候江桃觉得自己该理智远离，但她又能清晰地感受到曹安绅士克制地给他自己缠了数条锁链，那是他无意伤害她的证明，是他想要认真与她相亲、恋爱的诚意。这份诚意让她不再害怕，他也敏锐地察觉到了，于是他开始解开锁链，一根一根地解，一步一步地试探她对他真实面目的接受度。

胆小也好，脸皮薄也好，江桃被他此刻的试探刺激到了，丢下扑克牌跑到湖边，背对着他"欣赏风景"。

曹安没有动，尽管他具备随时都可以把她带进帐篷的天时地利甚至人和。散开的扑克牌被修长的手合拢成完美的长方体，收入盒子。这个过程中，五十四张牌组成的长方体出现一些不规矩，边缘的几张牌翘立着，似乎不想被束缚在暗无天日的狭小空间中。

曹安垂眸，一张一张地将那些牌按下去，直到长方体的一面重新恢复完美，被合上的盖子封印。

鱼竿的下沉打破了湖边情侣间的暧昧。曹安收竿，这次运气不错，是条两斤左右的鲤鱼。

"跟外婆说一声，晚上加道红烧鱼？"曹安把大鱼放进钓鱼桶，小的捞出丢回湖里，抬头对江桃道。

他神色如常，江桃默契地配合，打电话通知外婆。

车子开到和平小区，已经快5点半了，外婆备好了菜，叫曹安在这边吃晚饭。曹安没有客气，拎着鱼去厨房收拾，江桃拿着他的相机去电脑上整理照片。

吃完饭曹安就走了。外婆去了小广场，江桃坐在沙发上跟好闺密分享恋爱进展，发了一张她与曹安的合照过去。

方蕊打来视频通话，激动道："曹老大终于转正啦？"

江桃："他这样都算快的了吧，怎么叫终于？"

方蕊："主要是他的气场，让人感觉他拿下你是分分秒秒的事，结果他居然追了一个多月。"

打听完曹安转正的过程，方蕊朝江桃眨眨眼睛，人凑近镜头，悄悄问："都去露营了，亲了没？"

江桃被闺密的语气弄得脸热，幸亏现实情况让她很好回答："没有，就牵了会儿手。"

方蕊一脸好奇："不能吧，帐篷都搭好了，多么适合接吻的地点，曹老大居然没有行动？你这么软，曹老大又那么霸道……"

江桃："他只是长得霸道，人挺绅士的。"

虽然偶尔会有点不老实，但他说那些更像逗逗她，而不是真的要付诸行动。

方蕊："我不信，咱们打赌吧，接下来的一个月，曹老大最少也会夺去你的初吻，最多就……"

在好闺密不正经的笑声中，江桃结束了视频通话。

短暂的假期结束，第二天继续上班。

下午4点多，江桃趁空暇看了下手机，没想到曹安竟发了一张照片过来，是普外科的候诊室。

江桃：你在医院了？

曹安：嗯，挂号拆线，拆完正好等你。

拆线？

江桃一时竟然不知道该说什么，正好病房有患者呼叫，她收起手机匆匆过去了。

5点20分，江桃在大厅与曹安会合。

"医生怎么说？"

"说我恢复得不错，只要不做重体力劳动，开车上班基本没有问题。"

两人聊了几句挂号的事就上车了。

曹安还要去趟公司，拒绝了热情留他吃饭的外婆。

两人昨天的约会有点浪漫，而今天就只有加起来半个小时左右的车上通勤时间能延续那份浪漫。不过这也正常，大家都有自己的工作、家庭，不可能像学生时代的情侣经常黏在一起。

难得周六休息的方蕊得知江桃今晚没有约会，过来找江桃玩。

"曹老大居然没让你帮他拆线？"

准备听故事的方蕊非常失望且难以相信："他住院的时候你都帮他护理过伤口，现在关系更进一步，他怎么……不应该啊！"

江桃："可能他也不想尴尬吧，毕竟刚在一起就要女朋友帮他处理下腹部伤口，是我我也开不了口。"

方蕊："说明你完全低估了男人的厚脸皮，我之前有个相亲对象，健完身还特意给我发照片，被我拉进黑名单了。"

江桃："……曹安不是那种性格。"

去除外貌的因素，曹安的言行举止真的很绅士。

方蕊想起曹安备个皮还要缠纱布的操作，"扑哧"笑出声来："可能你家曹老大比较纯情吧，想想这种反差还挺可爱的！"

聊完感情聊工作、聊最近遇到的趣事，外婆跳完广场舞回来，方蕊才笑着回家。

江桃洗个澡，出来发现曹安发了消息，是一张照片——一块在阳光下闪闪发光的黑色石头，旁边地上还开了一朵嫩黄色的蒲公英。

江桃：这是什么？

曹安：今天工地那边挖出一些铁矿石。

江桃知道，那边原来都是矿山，铁矿都被开采走了，留下一个个矿坑，那肯定也有没被开采的少量残余。

江桃：还挺好看的。

曹安：就这一块好看，看到就想起你了。

刚刚还在纳闷男朋友为什么要拍张石头发给自己的江桃，突然就被这句毫无准备的甜言蜜语砸红了脸。

冷静了一会儿，江桃主动问起拆线的事：怎么没去小诊所拆？医院挂号还得排队。

曹安：本来也要接你，顺路。

江桃咬唇，还是不好意思问最关键的疑惑。

新的消息跳了出来。

曹安：你会拆线吗？

江桃慢慢地组织语言：会，不过肯定没有医生专业。

曹安：猜到了，想过让你帮忙。

江桃看完这行字，也看到了屏幕里反射的自己，脸红红的，眼睛仿佛也比平时水润。她默默注视着自己发过去的消息：那你怎么没问我？不然我还能帮你省点钱。

曹安：有的事比省钱更有意义。

江桃：什么事？

曹安：证明一下，我也没有你想得那么不老实。

江桃放下手机，钻到了被子里。

早上7点，曹安站在黑色越野车前，透过厨房玻璃看着女朋友走向玄关，再过一会儿，女朋友从单元门里出来了，脸上多了一个白色口罩。

"又感冒了？"当她眼神躲闪地靠近时，曹安低声问。

女朋友瞪了他一眼，丢下他先去了车上。

曹安转身上车，要拉安全带时，他看看副驾驶位上闭目养神的女朋友，手继续往前伸，握住她放在挎包上的左手。江桃睫毛一颤，迅速用右手拍开了他。

什么老实，薛定谔的老实！

第7章

炎炎夏日，地下停车场里又热又闷，一下车方蕊就牵着江桃跑起来，一直到进了吹着凉风的商场电梯厅才停下。

"好热，等会儿咱们先去买杯冰奶茶。"

"你不是说要减肥吗？"江桃笑着戳好闺密的痛点，不过她觉得方蕊一点都不胖，只是比较丰满，脸蛋也是圆圆的苹果脸。

方蕊作势要掐她。姐妹俩挤进电梯，挽着胳膊去了三楼的奶茶店。

坐在店里等奶茶时，方蕊提起曹安："他是不是该回来了？"

曹家要竞标邻市的一座跨湖大桥承建工程，最近几天他都在忙这个。曹爸放了话，曹安要是拿不到这个项目，就不用回来了。

当然，曹爸说的肯定不算。

方蕊挤眉弄眼："你们家曹老大的事业版图越来越大了，以后我得叫你一声'曹太太'。"

江桃："别，我们才开始，以后说不定会怎么样呢。"

方蕊："得了吧，但凡他在桐市，哪一天对你不是车接车送？我要约你都得挑他出差的时候。要我说啊，他的一颗心已经黏在你身上了，你这个曹太太当定了。"

江桃回想刚刚过去的 5 月，她与曹安确实几乎天天都会见面。

方蕊凑到她耳边："怎么样，初吻还在吗？"

江桃只觉得好笑："你都问多少次了？"

方蕊："怪谁？谁让你们家曹老大磨磨蹭蹭的。"

江桃笑着看向吧台后面的奶茶小哥们。

方蕊："不会吧，曹老大还没下手？"

江桃真的奇怪了，认真地与好姐妹讨论："这样应该也正常吧？毕竟我们确认关系才一个多月。"

方蕊眨眨眼睛，白净的脸突然变得通红，一看就有故事！

在江桃的追问下，方蕊不得不老实交代："其实吧，上个月我也脱单了。"

终于轮到江桃审她了："上个月！你居然都不告诉我！"

方蕊示意她小点声，半是甜蜜半是无赖地道："我这不是不好意思嘛，对方要是陌生人我早告诉你了，关键是那人你也认识。"

江桃脑筋转得飞快："谁？高中校友？"

大学时她们两人在不同城市读书，共同认识的本市男生基本是高中校友。

方蕊早为今日的坦白做了准备，打开一张高三的毕业照，让江桃从那两排青涩的高中男生里猜一个。

江桃觉得好姐妹的眼光不会太低，把颜值能排前五的男生都说了一遍。方蕊一一否认，再把手指移到最后一排的某个板寸头男生上。

江桃的眼睛都快贴到手机屏幕上了。几年前的照片，像素不高，经过江桃的仔细辨认，终于确定这个男生的五官也都还可以，只是发型显得很土。

江桃想起一些："他好像是总坐在最后一排的一个体育特长生吧？叫赵岳？"

方蕊："是啊，当时他瘦得跟竹竿似的，上课就睡觉，下课也不爱跟谁说笑，除了运动会跑得快有点存在感，平时咱们根本都不会注意他。"

"那你们怎么联系上的？"

"就上个月，我的车被人剐了，送去汽车修理店修理。我是那家店的老客户，认识的修理小哥在跟一个大高个儿聊天，大高个儿穿着一件黑衬衫，两颗扣子都没系，露着锁骨特别带感。唉，都怪你，最近被你跟曹老大刺激了，我忍不住多看了他几眼，结果被人家抓包了，他痞子似的问我看什么。

"我肯定不服输啊，就说看两眼怎么了，敢露还不敢让人看吗？他就往我身边走，绷着脸可横了！

"你知道我的，有心没胆，当时都快被吓死了，还以为他要抓我领子，结果他低下头来，问我真不记得他了……"

江桃：……这描述确实挺惊心动魄的。

"然后你们就这么联系上了？"

方蕊："是啊，我也不怕告诉你，他大概看上我身材好，我也看上他身材好……"

江桃抓住了关键字，难以置信地问："你们……"

方蕊点头，反过来鄙夷曹安："所以我觉得你们家曹老大真是白长了那张脸，连你这种软桃子都不敢下手。"

江桃："别说我，现在的重点在你，就算赵岳是咱们高中同学，可你现在了解他吗，知道他的工作、家里都什么情况吗？"

方蕊："肯定知道啊，我又不傻，一开始他自己就说了，他大学读的体校，现在在咱们一中当体育老师，那家汽车修理店是他爸开的，他有时候会过去看看。我跟你说，他脸皮可厚了，现在我爸我妈都被他搞定了，尤其是我妈，恨不得天天叫他去我们家吃饭。

"等曹老大回来，咱们四个一起吃顿饭吧，赵岳一直想会会你们家曹老大呢。"

江桃：……

晚上，江桃跟曹安视频通话，得知曹家拿到了跨湖大桥的项目，江桃送上了恭喜。

曹安："别人说可以，你说有点见外。"

江桃假装听不懂这话的意思，提到方蕊谈恋爱的事。

曹安经常听她提到方蕊，见她眼睛亮亮的，很替好姐妹高兴的样子，问："会不会羡慕他们那种自由恋爱？"

对于年轻男女来说，"相亲"这个词听起来就有种被长辈安排的无奈感，少了一层浪漫。

江桃："没有，就是觉得缘分挺奇怪的，高三在一个班都没什么交集，六年后见几面就有了感觉。"

曹安："其实很正常，高中大家都在忙学业，身体和心理也还在发育阶段，大部分人都不会特别关注关系远的异性同学。上班后各方面都比较成熟了，身体和外貌优势也完全发挥出来，这时候再遇到有感觉的人，性格主动的人都会把握住机会。"

江桃下意识点点头。

方蕊性格外向，她描述中的赵岳也很奔放，当然最关键的，还是两人互相看对了眼。至于方蕊与赵岳那火箭般的亲密度进展，江桃肯定不会告诉自己的男朋友。

有些小秘密独属于好姐妹之间，男人只配充当她们的话题。

曹安回桐市的那天，正好赶上江桃下班早，她与方蕊提前约好了餐厅地点。

曹安先来医院接江桃。他出差了四五天，但两人每天晚上都会视频通话，按理说不该产生什么久别重逢的紧张感。然而当江桃走出电梯，看到住院部一楼明亮宽阔的大厅中间站着的那道挺拔身影时，江桃的心还是不争气地扑通乱跳。

曹安今天穿得很正式，下面是黑色长裤，上面是一件蓝灰色的衬衫。

两件衣服的质感都非常好，再被他一米九的身高一撑，商场里的人形模特都不如他。

衬衫通常会突显男人的精英气质，可当那件衬衫的胸口完全被主人的胸肌撑平，双袖也被结实的手臂肌肉充满时，这样的男人即便努力扮成绅士，依然让人觉得危险。

周围经过的路人，无一例外地都被曹安的好身材吸引了视线，再在触及他的脸时匆匆避开。

江桃头皮发麻，她好像理解了方蕊为什么会被赵岳的锁骨吸引。

为了掩饰紧张，江桃先发制人，故作寻常地上下打量曹安："吃个饭而已，干什么穿成这样？"

蜜桃色的脸颊泄露了她的不镇定，但曹安并没有拆穿，只把胳膊伸过去，在女朋友挽过来的时候解释道："第一次见你的朋友，正式一点比较好。"

江桃发现他还挺讲究仪式感的。

下班高峰时间，路上有点堵车，江桃与曹安竟然是先到的，提前去包厢等着。

包厢里空调太足，江桃摸了摸手臂。曹安去重新设置了空调温度。

现在也算孤男寡女独处一室了，江桃翻阅菜单掩饰心里的悸动。曹安坐在她旁边，视线沿着女朋友捏着菜单页的手移到她脸上。小桃护士依旧敏感，他只是这么无声地看了一眼，她脸上的红晕就加深了。

曹安收回视线，单手解开衬衫最上面的那颗纽扣。

江桃放在桌子上的手机跳出消息，方蕊、赵岳已经进了商场。

她朝曹安那边笑了笑："他们马上到了。"

曹安点点头。

三分钟后，包厢门被人推开。

江桃最先关注的当然是曾经的高三同学、如今好姐妹的男朋友的五官。只是她才抬头，一旁的曹安先站了起来，声音低沉又客气礼貌地打招呼。

他的气场太强，已经提前做好心理准备的方蕊还是愣住了，紧跟在她身后的赵岳也僵了几秒，然后才绕过方蕊，走上前与曹安握手："你好，我是赵岳。"

曹安回握："曹安。"

方蕊僵硬地看向江桃，用眼神示意好姐妹暖场。江桃比她还僵，以前高中校友聚会，她都是方蕊身边小鸟依人的角色，由方蕊负责社交。

曹安笑了笑："坐吧，听小桃说你们都是老同学，应该很熟悉了。"

他率先坐回了江桃身边。

赵岳能那么快追到方蕊，在社交这块儿也算强的，一边帮女朋友拉开椅子，一边看着江桃笑："你好像一点都没变，还跟高三那会儿一样，不像小蕊，刚见面那天我差点没敢认。"

方蕊重新活了过来，瞪男朋友："什么意思？"

赵岳对着她笑："就是江桃一直都很好看，你是越来越好看的意思。"

方蕊："滚。"

赵岳顺势跟曹安说话："闻名不如见面，曹哥你比小蕊夸得还要有气场。"

曹安："你们不介意就好。"

赵岳："介意什么啊，小蕊听江桃说了，说你特别好，是真正的绅士。"

突然被点名的江桃脸颊爆红。曹安笑了笑，对赵岳道："她脸皮薄，还是别开这种玩笑了。"

方蕊也朝赵岳的胳膊来了一拳。

赵岳挨了一下，揉着胳膊朝江桃寻求安慰："小蕊有没有在你面前夸过我？"

方蕊猛地朝江桃使眼色。

江桃毫不添油加醋地道："夸了，她夸你锁骨好看。"

赵岳嘿嘿笑。

方蕊大叫一声"江桃"，离开座椅就要绕过来收拾她。

江桃躲到曹安这边，提醒好姐妹反思自己："谁让你把我的话告诉他？咱们现在算是扯平了。"

方蕊瞅瞅拦在她前面的曹安，哼了声："行，曹安在这儿，你先狐假虎威吧，下次我再收拾你。"

两个女孩子先后回到各自的位置上，点菜时又变成了好姐妹，脑袋凑在一起商量。

曹安瞥向对面的赵岳。

赵岳穿了一件白色短袖，圆领领口微松，露出一截锁骨。曹安没看出有什么特别，但显而易见，女孩子们的闺密时间会讨论彼此男友的身材。

那么截至目前，他在江桃那里，是不是只有"绅士"这一点可取？

第8章

老同学见面，肯定要聊一聊当年的高三生活。

方蕊对赵岳道："这样，我跟小桃分别说一件我们对你印象最深的事，然后换成你回忆我们。"

赵岳："可以是可以，但万一我说的你不喜欢听，可不许生气。"

方蕊丢了他一个"自己体会"的眼神，带头道："我记得你跑八百米特别快，风把运动服吹得往后飞，跟瘦猴子似的，因为我这么跟小桃吐槽过，所以印象深刻。"

江桃点头做证。其实很多高三同学她都叫不上名字了，她记得赵岳，跟他体育特长生的身份也有关系。

赵岳抬起一条胳膊，夸张地展示了一下自己的肱二头肌："请你们删掉回忆中的瘦猴子，只记得现在的我。"

他是一米八二的高个子，高中时期像瘦竹竿，如今已经蜕变成穿衣显瘦、脱衣有肉的好身材。

方蕊打掉他的胳膊："少在这里班门弄斧。"

赵岳看向曹安，露出笑脸："失敬失敬，在曹哥面前我只配当小弟。"

曹安："其实你这样刚刚好，更符合大众审美。"

方蕊半诌媚半小心翼翼："那你怎么把自己练得这么强壮的？"

曹安笑了下："遗传关系？我除了晨跑也没有特别锻炼，自然而然就长这样了。"

方蕊朝江桃使眼色："这就叫男人中的天生丽质。"

江桃飞过去一个眼刀。

赵岳催她："该你了，希望我给你留下的是好印象。"

江桃想了想，未语人先笑，对着好姐妹道："算是好印象吧。有一次上体育课，你走在我们前面，方蕊指着你的腿让我看，说如果她有你那么细长的小腿就好了。"

赵岳恍然大悟："原来她早就觊觎我的色相了！"

方蕊一拳捶过来："做梦吧，我羡慕男人的瘦腿没有一万次也有一千次了，你只是其中之一！"

赵岳跳起来，保持距离伸着一条腿让方蕊看，十分嘚瑟。

方蕊做呕吐状，瞅瞅江桃再看看曹安，鉴于小桃护士脸皮太薄，她没有用"曹安的秘密"报复回去。

闹够了，赵岳坐回来，讲述他对这对儿好姐妹的回忆。

"江桃的事情我记得太多了，不是说我对你有意思哈，主要是你是咱们班的班花，后排男生们经常提到你，还有其他班的体育生也会找我打听你的事，甚至让我帮忙传字条。"

方蕊："有这事？我怎么没见你传过？"

赵岳："因为我没答应啊。江桃一看就是那种专心读书的好学生，我才不想找麻烦，他们想追自己追，我懒得掺和。虽然当时的我没有现在成熟，可也知道要尊重女生的意愿，要绅士。江桃真有这想法，当时咱们班也有个帅的追她，哪轮得到外人。"

这话里有事实，也有他自捧的成分，逗得方蕊又是笑又是捶他。

曹安默默看了女朋友一眼。

方蕊嘿嘿笑："你该庆幸小桃大学选的是护理专业，换个男生多点的，她不可能单身到现在。"

曹安点头配合。

江桃："哪有你们说得那么夸张。好了，赵岳你快说说，你对小蕊最深的印象。"

赵岳上下打量一眼方蕊，眼睛里都是笑："也跟你有关。有一回下晚自习，有个男生在走廊里和你开玩笑，方蕊老母鸡似的挡在你前面，连珠炮般把对方骂了一顿，从那以后，哪怕我趴在桌子上睡觉，只要她一开口，我就能认出那个声音，她每天都要咋呼几回，特别吵。"

第一次听说这件事的方蕊愣住了。

江桃替好姐妹觉得甜："所以那时候小蕊在你心里就有点特别了。"

赵岳："一点点吧，足够我在她偷窥我的时候认出她来了。"

方蕊不服："你要是没偷窥我，怎么知道我在偷窥你？"

赵岳："对，咱们互相偷窥，行了吧？"

方蕊："闭嘴吧，说得咱们俩好像一对儿变态。"

江桃的笑容就没有断过。

方蕊瞪她一眼，问曹安："你第一次见小桃时，是什么印象？"

江桃立即笑不出来了，低头吃东西。

曹安的声音低沉而平和，仿佛只是客观点评，坦荡无须遮掩："人如其名。"

四个字传到耳中，江桃睫毛一颤。

方蕊长长地"哦"了声，总结道："你最爱吃的水果，肯定是桃子。"

曹安笑了笑，没有否认。

用餐结束，曹安以他年长为理由买了单。

赵岳："行，咱们以后肯定要经常聚的，这次你们请，下次我们请，咱们轮流来。"

曹安笑着说"好"。

方蕊一手挽着江桃，一手拿出手机看看："才7点半，咱们去湖边逛逛？"

四人用饭的餐厅就在本市市中心人气景点翡翠湖的对面，只隔了一条马路。盛夏的夜晚，也是湖边广场最热闹的时间段。

方蕊的提议得到了大家的一致赞同。

车子都暂且停在商场的地下车库，四人穿过马路，最先抵达的是湖边广场。有年轻人组成的乐团在唱歌，旋律动感刺激，连江桃这种文静性格的人都在心里跟起了节奏，自然也有一些年轻男女结伴进入舞池圈，面带笑容、旁若无人地跳动、摇摆。

方蕊要拉江桃进去。江桃连连拒绝，方蕊拿她没办法，拉着赵岳进去了。

江桃目不转睛地看着自己的好姐妹。

方蕊就像一个小太阳，永远都充满了能量，她不是一眼就让人注意到的漂亮，可她特别爱笑，笑得热情自信，就算她只是随着节奏乱跳，也会让人觉得她跳得很好看，仿佛真有这样的舞蹈。

赵岳的舞姿没有方蕊的那么自然，但他显然很喜欢陪着女朋友，两人站在一起，和谐又甜蜜。现在江桃是一点都不惊讶两人的亲密度进展了。

左手突然被人握住，江桃看了眼曹安，再看看方蕊，越发觉得自己的性格无趣："我要是男的，我就喜欢小蕊那样的。"

她说的是真心话。

曹安并不怀疑："能做闺密，你们肯定互相喜欢，她应该也对你说过类似的话。"

江桃笑了，方蕊确实说过。

曹安微微攥了一下她的手："问题是，如果有一个男版方蕊追求你，你会选他，还是选我？"

江桃想象了一下。

她能接受好闺密叽叽喳喳找她聊各种事情，换成同样性格的男人，江桃大概无法产生男女之情。但她没有直接回答曹安的问题，很认真地道："想象不出来那样的男的。"

曹安："你也很会挖坑。"

江桃面露困惑："什么意思？"

曹安："你先跟朋友夸我是绅士，那么作为绅士，明知道你在模糊重点，我也不能拆穿你。"

江桃偏头笑。

乐团换了新的曲子，新曲舒缓悠扬，意犹未尽的舞蹈青年们停顿片刻，然后双双结对跳起了交谊舞。

江桃看见方蕊从赵岳怀里探出头，朝他们起哄："你们也来啊！"

可江桃连这种交谊舞都没有跳过，大学里她几乎不参加任何社团活动，班级活动她也都作为看客。

曹安看看她，道："这种简单，上面摆个姿势，下面慢慢走就好。"

江桃："你跳过？"怎么看怎么不像。

曹安："没有，也没关系，大家都是随便跳的。"

江桃心中一动，再看前面，广场里有姿势看起来非常专业的，有男女抱在一起随便晃动，还有爸爸妈妈牵着孩子一起跳。

她还没拿定主意，曹安忽然将她拉了进去。江桃不小心撞到了他的胸口，一只手下意识地撑过去，她好像感受到了他有力的心跳。下一秒，曹安握住她的手，朝一侧伸开，另一只手则贴上了她的腰。

江桃全身都僵掉了，任由曹安调整姿势，最后被他带着移动脚步。

面前就是他的胸口，这人不知道什么时候解开了第二颗衬衫纽扣，江桃的视线正好对着衬衫敞开的部分。他十分强壮，锁骨并不明显，可锁骨下方的胸肌更叫人心跳如擂鼓。还有贴着她后腰的手，明明只是微微贴着，江桃仍能感受到他掌心的温度——似烫非烫，让人似痒非痒。

江桃觉得自己快要冒烟了。她听不到音乐，看不到别人，眼睛刻意躲避他的领口，低头注意两人的脚步。可越是注意，越是容易出错，一旦绊住，江桃就会扑到他身上。

炎热的夏天，他的衬衫很薄，江桃的纯棉短袖也不厚，身体相撞的那瞬间，因为男女差异带来的缓冲感也十分明显。她腰间的大手有明显的收紧动作，很快又放开，体贴地将她扶正。

绊了不知多少次后，江桃再也受不了了。什么交谊舞，分明是碰碰车！

"我想吃冰激凌。"视线掠过广场旁边的流动冰激凌车，江桃闷闷地道。

曹安松开她的腰，只牵着手："走吧。"

两人刚走出舞池圈，方蕊、赵岳也追了上来。方蕊看着江桃的脸，心照不宣地笑。

两个女孩子分别买了一支冰激凌，四人继续往湖边走，慢慢地逛着。

江桃听见赵岳、曹安聊了彼此的工作，曹安只是长得凶，社交起来比她成熟多了，赵岳虽然是体育老师，可他家里也有汽车修理厂的生意，两个人居然越聊越有生意人的范儿。

逛到 9 点，四人终于散了。

坐到车上，曹安将衬衫两边袖子都卷了起来，扯了扯领口，但并没有再多解一颗纽扣。江桃靠着椅背，下意识地翻出手机。

曹安看过来："跟外婆说一声？咱们大概半小时后到家。"

江桃点点头，发了一条语音。

外婆很快回复，同样是语音："又不是小孩子了，不用跟我汇报，我睡我的，你自己有钥匙。"

言外之意，外孙女多晚回家她都不会管的。这样，就又有了点别的意思。

江桃很后悔选择了外放模式。

一侧传来曹安的声音："外婆不等的话，咱们再去看一场电影？"

江桃意外道："有什么电影吗？"

曹安握着方向盘，一边发动汽车一边随口道："没注意，算了，早点回去吧。"

江桃莫名觉得哪里不对，狐疑地看了他一会儿。

曹安只是专心开车。

方蕊给江桃发来消息：曹老大今晚的扮相真帅，身材绝了。

江桃：赵岳也不差啊，实话说我更容易接受他那样的体形。

方蕊：那咱们俩换？

江桃一呆。

方蕊：如果刚刚你的第一反应是抗拒，说明你更满意你们家曹老大，口是心非的女人。

江桃：……

方蕊：好好珍惜吧，别浪费大好的光阴，拜拜！

江桃按黑屏幕，看向窗外。

黑色越野车一路畅通，几乎没有遇到红灯，只用二十分钟就到了和平小区。曹安将车停在了东门路边的空置车位上。

江桃疑惑地看过去。

曹安解开安全带，道："陪你走走。"

江桃忽然反应过来，他才出过几天差，今晚是两人的小别重逢。

车子熄火，曹安绕过来，牵起她的手。晚上凉快了些，只是一丝风也没有，江桃觉得自己的手心出了汗，想挣脱出来，但曹安不肯松。

进了小区，道路两边的榆树枝繁叶茂，树荫让路灯灯光都变得暗淡。

江桃隐隐觉得，曹安会在今晚做点什么。可他只是牵着她，慢慢地陪她走到了五栋楼的单元门外。

江桃推开门，曹安跟着她走进来。

昏暗狭窄的楼道，江桃拿钥匙开门时，他高大宽阔的身影完全将她笼罩。江桃几乎能感受到他散发出来的体热，他的视线也化成了实质落在她脸上、唇上。

她推开门，客厅黑着灯，外婆不在外面。她走进去，转身，有些结巴地问停在门外的男朋友："你要，要进来坐会儿吗？"

曹安看着她低垂的睫毛："不了，早点睡。"

江桃点点头，对着门槛道："那我关门了，你慢点开车。"

"好。"

颇有年代感的红色实木门轻轻闭合，夹断了情侣间隐晦却胶着在彼此不同部位的视线。

门内，江桃心跳渐渐恢复平稳，却有一丝怅然若失。

门外，曹安眼帘低垂，喉结滚动。

并没有什么绅士，不过是怕吓到她，他刻意隐忍罢了。

第9章

盛夏有艳阳，也有雨。

江桃从卧室出来，看见外婆正从玄关柜上层拿雨伞出来，浅蓝色的，是她的那一把。

明明她都已经工作这么久了，小老太太还是把她当小学生照顾，连伞也要帮她提前准备好。与无奈相比，江桃更觉得幸福。她一个人在大城市读书觉得孤单了，给外婆打个电话听听那些家常唠叨就会好；在医院被病人无理迁怒了，想到家里还有个小老太太把她当宝贝疙瘩，那些委屈也会很快就消散。

就像大树新生的细枝，第一次经历艳阳会怕晒，第一次经历狂风会怕被折断，可那一路从地底延伸出来的主干却牢牢地抓着它，直到细枝渐渐变成茁壮的、能独当一面的分干，直到分干上长出许许多多的新枝，粗细交织难分彼此，共同组成一棵树，一个家。

"看天气预报，这次雨还挺大的，傍晚外面肯定又要积水，你还是穿短裤吧。"外婆瞅着江桃身上的长裤说。

和平小区所在的复兴路一带，都存在大雨天路面容易积水的问题，可能是因为这边整体地势较低，也可能是这一带的排水系统太老旧了。总之，这里年年积水，居民年年都会往上面反映，城管局组织过几次疏通，但也没有从根本上解决问题，积水现象始终存在。

好在积水只是在通行上给居民带来一些麻烦，没有出现过大问题。这一带的居民通常都是抱怨几句，等天晴积水也退了，该怎么生活继续怎么生活。

江桃想起去年的下雨天，老老实实地去换了条高腰短裤。

吃完饭，她站在厨房陪外婆说话时，窗外缓缓停过来一辆黑色越野车，车窗是降着的，曹安歪头朝外婆打招呼。

外婆笑着跟他说话，江桃洗洗手，离开厨房，带上包，出门了。

曹安已经撑着伞等在单元门外，女朋友一出来，他先注意到了她的腿。他见过江桃穿裙子露出一截小腿，这种连大腿都只挡一半的短裤还是第一次见她穿。

个子太高的人有个缺点，那就是当他低头看哪里时，动作会比别人更显眼。江桃本来没觉得什么的，女孩子夏天穿短裤不要太常见。可察觉了曹安的注视，再感受自己在雨天里微微觉得冷的双腿，江桃就有点不自在了。

"走吧。"曹安若无其事地将宽阔的大伞移到她头上。

江桃点点头，跨出单元门，左手熟练地挽住他撑伞的右臂。

距离两人正式确定恋爱关系已经过了五十多天，虽然还没有进展到接吻的那一步，牵手、挽胳膊却早已达成。有时候江桃会纳闷，明明他看起来就是很想做点什么的样子，为何却迟迟没有行动，有时候她也会为此庆幸。

她作为一个在此之前没有过任何恋爱经验的女生，想象起接吻这件事来，常常在浪漫与不浪漫之间变化想法。尤其江桃还是个医护工作者，她更加注重口腔卫生。如果曹安亲她，有文字描述中的那种美妙感觉当然很好，就怕真实体验相反，给迄今为止都不错的恋爱感受减分。

她上了车曹安才绕到驾驶位，他收伞时瞥见旁边膝盖轻轻贴在一起的两条腿，白皙莹润，纤细又带着点肉感。

"车里开了空调，会不会冷？"他一边调整空调出风口，一边随意地问。

江桃选择说实话："有点。"

曹安忽然朝她转过身，在江桃心头一跳不知道他要做什么时朝后伸长手臂，从后排座椅拿了他的一件黑色衬衫过来，交给她。之后他就坐正开车了，视线并没有在她身上过多停留。

男女朋友没必要为这么一件小事说"谢谢"，江桃展开那件衬衫铺在腿上，想了想还是解释道："本来穿长裤的，外婆说晚上小区里面可能积水，我就换成短裤了。"

曹安："我好像有印象，以前夏天开车从这边走过。"

话题自然而然落到了积水一事上。

曹安："这边是老城区，底下的排水系统该升级了。"

江桃："那是大工程吧？肯定不好办。"

曹安："也好，施工期能控制在两个月以内，不过对路面交通肯定有影响，再加上其他因素，要考量的很多。"

江桃感觉他挺懂的，问："什么因素？"

曹安笑了下："城市整体规划。工程队就那么多，要忙其他建设，这种问题不是特别严重的排水改造就得往后排了。还有资金的问题。"

作为生活受影响的居民之一，江桃小声吐槽："市里有钱把那些矿坑改造成大公园，就没钱改善老小区的民生，是吧？"

曹安："矿坑改造关系到整体城市形象，好比一个男的要去相亲，你说他是着急解决秃头问题，还是着急解决偶尔发作的智齿发炎？"

江桃：……好形象的比喻！

曹安："放心吧，咱们市进取心还挺大的，大小问题肯定都会解决，一样一样来。"

江桃看他一眼，真心道："你刚刚的语气，很世故。"

她与曹安单独在一起时，曹安主要给她两种感受，一是恋爱初期的紧张悸动，一是他言行举止的礼貌绅士。上次四人约会，听曹安与赵岳闲聊，江桃才发现曹安也有世故的一面。这里的"世故"不是贬义，而是令江桃羡慕的那种见到什么人社交起来都能圆滑周到、游刃有余。

曹安明白她的意思，也并不介意让女朋友多了解自己一点："我在生活里没什么朋友，一是因为大多数人见到我都会害怕，不敢或是不想太过深交；二是因为我个人没有太强烈的交友欲望，觉得没有必要去浪费时间找人做朋友。如果我想，多花些心思和时间，总能找到几个，包括找女朋友。"

江桃：……前面说得那么正经，最后扯到她做什么？

她攥了攥搭在腿上的黑色衬衫的领子。

前面红灯，曹安停好车，看着她道："工作不一样，有些人必须去打交道，上到政府官员，下到包工头、建筑工人，跟不同人沟通也要讲究技巧，我在这方面的能力还可以。"

江桃懂了，总结就是，不要看他长得凶就把他当成靠武力服人的人，其实人精明着呢！仔细想想，曹家能把生意做那么大，祖孙三代哪个又只是徒有其表？至少曹安下的套她都切身领教了不少。

医院到了。曹安撑伞绕到副驾驶位这边，一直将江桃送进住院部大厅。

"你也快回去吧。"江桃朝他挥挥手，快步朝电梯走去。

等她进了电梯，见曹安还在对面入口处站着，面朝她的方向，黑色大伞下一身黑衣，修长挺拔，鹤立鸡群。

没等她多看，电梯门关上了。

江桃有点奇怪，发消息问他：今天怎么停了那么久？

以前在门口道别后，两人也就各自走了，没这么黏糊。

曹安：说出来会显得不够绅士。

江桃刚看完这行字，前面忽然传来一个同事充满羡慕的声音："哇，小桃你的腿好白好直，太好看了！"

后知后觉的小桃护士，脸颊瞬间变得滚烫。

黑色越野车里，曹安坐在驾驶位，一手搭着方向盘，一手拿着手机。女朋友迟迟没有回复。曹安能想象出她反应过来后脸红的模样。

他还没有不会吓跑她的完全把握。

但偶尔他也要有所表示，让她一点一点地做好心理准备。

下午 4 点多，江桃替 01 床的病人结束打点滴，收拾东西时，身后突然传来一阵大雨砸窗的声音。不光是她，病房里的所有人都朝窗外看了过去。

早上还是普通小雨，随着时间的流逝，雨越来越大，茫茫雨雾导致可见度只剩百米左右，都看不清医院对面的建筑物了。

"听说这是咱们市五十年来最大的一场暴雨。"

"看着挺吓人的。"

"我是农村来的，希望只是下雨吧，千万别刮风，不然地里的玉米秆全得倒了，唉……"

病人们聊起天来，江桃带着医疗废弃物走了。护士站的同事们也在讨论这场雨，更多是担心下班赶车、开车不方便。

外婆给江桃发了一张照片，小区里面有的地段积水居然已经淹到半截小腿，往年最严重差不多也就这样。问题是，这场暴雨根本没有要停甚至减弱的迹象。

江桃的心便也阴沉沉的。幸好今天医院不是特别忙，交班结束后，江桃立即去更衣室换了衣服，匆匆下楼。

曹安已经在大厅入口外等她了，他也换了一条黑色运动短裤，垂在一旁的伞滴滴答答地淌着水。

因为暴雨预警，工地昨天就开始放假了，他应该是从家里过来的。也就是说，只是从停车位到门口这点路，大雨就把他的伞、鞋子浇成了这样。

江桃情不自禁地加快了脚步。

曹安看看她脚上的白色小凉鞋，没有任何心思地提议道："雨太大了，凉鞋容易打滑，我抱你过去。"

江桃看向其他直接撑伞冲进雨里的同事、病人家属，摇摇头："总要湿的，一起走吧。"

曹安没有再劝，伸出手臂给她挽着，两人并肩跨入雨中。

暴雨哗哗地冲刷着雨伞，吵得听不到其他声音。江桃已经快要贴着曹安走了，依然有雨打到了她的胳膊，而曹安都快把整张伞移到她这边了。

终于上了车，江桃两条腿湿漉漉的，曹安半边衣服、短裤更是湿了个透。

曹安拿出两条提前准备好的毛巾，一人一条，擦完他马上开车。

医院附近路面情况还好，开到复兴路这边，整条马路上的水位都很高，一辆辆轿车开过去，溅起两排水浪。曹安这辆是越野车，底盘高，比轿车更安全，保持慢速度开进了和平小区。

五栋楼这边的积水比外婆拍照时更深了，这次曹安没有给江桃拒绝的机会，直接绕过来，不背不抱，顺着江桃探身的姿势将人夹到胳膊下面，几个大步进了单元门。

外婆站在门外，见两人都湿得差不多了，忙叫两人去里面换衣服。

江桃好说，外婆拿了一套江桃小姨夫留在这边的夏装给曹安。曹安换好衣服，站在厨房窗边往外看，皱眉告诉外婆："今晚雨势更大，你们这边一楼可能都会进水。"

江桃正好出来，听见这句心里一慌。

外婆经历得多，笑道："不至于，往年也有下暴雨的时候，最多外面不好走。"

曹安很严肃："这场雨已经破了咱们市五十年的纪录。"

外婆一愣。

曹安扫视一圈客厅，对祖孙俩道："先收拾一下吧，怕潮的东西放到高处，要紧的东西都带走，今晚去我那边住。"

第 10 章

换成谁，突然被邀请去别人家里住肯定都要犹豫一下，在祖孙俩彼此用眼神询问、商量时，曹安继续道。

"现在收拾，是以防万一。

"等半夜真进水了，抢救东西手忙脚乱，小桃还好，外婆磕了碰了怎么办？

"反正只是今晚，明天看情况，没事再搬回来，不算麻烦。"

江桃被他的第二句话说服了。

七十岁的小老太太，身体再硬朗也失去了曾经的灵活敏捷，与外婆的安全比，给谈恋爱不足两个月的男朋友添麻烦的那点尴尬又算什么。

她替外婆做了决定："就这么办吧。"

外婆看向曹安："你家里方便吗？不方便我们找个旅馆住一晚也简单的。"

江桃也看了过来，虽然她知道曹安自己有套房子，却也不排除他爸爸妈妈会过去住几晚的可能。

曹安："方便的，我那里正好有两间卧室空着，床、床垫、枕头都有，你们一人带一套床单、被子，衣服多带几套。"

外婆："行，那就给你添麻烦了。"毕竟是外孙女的男朋友，人家热情邀请，她再坚持去住酒店，客气来客气去的，显得矫情。

既然决定搬了，接下来就不必再浪费时间，曹安让江桃去收拾她的东西，他跟在外婆身边帮忙。

持续不断的雨声浇得江桃心慌意乱，莫名有种要逃难的紧迫与不安，万一真的进水把房子淹了，会给房子造成多大的损坏？她不怕退水后的卫生清理，就怕房子哪里坏得严重，无法再住人。

担心归担心，现在想那些也没有用，江桃暂且压住纷杂的念头，进了卧室。

说起来简单，真的要动手了，才发现任务有多琐碎。除了要收拾一个带去曹安家里的行李箱，她还要把那些不值钱却也不能随意放在原位的日用品搬到高处，譬如床头柜里面的小物件，床底下的杂物，包括衣帽间下层的衣物鞋子也要往上层转移。

茫然地站了几十秒，江桃呼口气，走向房间中间的床。她先叠起被子、床单。幸好是夏天，被子很薄，与床单一起只占了行李箱底部一层。

刚将东西放进行李箱，门口传来两下敲门声，江桃抬头，对上曹安打量她卧室的神情。这种时候，曹安自然无意窥探女朋友的房中隐私，看了一圈道："你收拾行李箱、贵重物品就行，忙完去整理客厅，剩下的我来弄。"

江桃点点头。

曹安又去了外婆那边。

外婆平时收藏了很多大包装袋，譬如买四件套、棉被留下来的那种，包括江桃从大学带回来的一些袋子。卧室所有不能带走的被子和衣物，都被塞进了这些包装袋。曹安再负责把这些大袋子放到衣柜最上层以及柜顶。三张沉重的木板床也被他侧立起来，能淹一半就不淹一整张。剩下小电器、相框、书本、抱枕这些杂物都被放到了实木餐桌上，大型电器无法移动，全部拔了插头。

他一个人能顶四个江桃用，在各个房间转来转去，从傍晚 6 点忙到晚上 8 点半，总算忙完了。曹安去外面开车了，尽量把车停在单元门口。

江桃、外婆并肩站在玄关，看着白天还温馨无比的小家变得处处凌乱，仿佛被水淹的结局已经无法避免，向来乐观的外婆都叹了口气。

江桃捏捏外婆的肩膀："没关系，只要咱们都好好的，大不了雨停了再回来收拾。"

外婆回头，看到外孙女苍白的脸，明明自己也难受，还要故作轻松地安慰她。

对面102的门突然打开了，李老头皱着眉头走出来，瞧见101敞开的大门、祖孙俩身后的两个行李箱、几个大包小包，以及凌乱的客厅，疑惑地问："怎么弄成这样了？你们要搬家？"

这时，曹安把车停在了单元门外，中间留了一米左右的距离。

外婆解释道："小曹担心晚上家里会进水，劝我们去他那边住一晚。我看这雨也挺悬的，你们给志勇打个电话，让他来接你们吧。预备着，没事最好，有事人安全就什么都不慌。"三十年的老邻居，这时候外婆没有半点显摆的意思，纯粹是希望李老头夫妻也谨慎点。

李老头欲言又止。李奶奶凑了过来，本来觉得没那么严重，发现江桃祖孙俩把家里收拾成那样，不禁动摇了："算了，我也打个电话吧，就咱们这破小区，上面楼层的人只需担心出行麻烦，咱们住一楼的真得防着进水。"然后两口子就关门准备去了。

曹安下车，撑着伞站在车与单元门中间，让江桃她们先上车。外婆坐副驾驶位，江桃坐在后排，旁边的座椅上下摆了三个包。

曹安完全放弃雨伞了，将两个行李箱、两个大包放进后备厢。等他回到车上，浑身都在滴水，他拿着毛巾随便擦擦头发再擦擦脸。

大雨瓢泼，车里光线昏黄，平时总是衣服整洁的男人顶着一头乱糟糟的湿发，侧脸仿佛变得更凶更狠了。

他先关心外婆，再歪头看向斜后座的江桃："身上没打湿吧？"

凶脸让他的眼神也带着危险，这一刻江桃却只觉得安心。如果没有曹安，晚上真的出了事，就算她与外婆能够平安搬到一家酒店，过程也一定无比狼狈。

都说恋爱应该浪漫纯粹，不该考虑太多现实的因素，可今晚曹安为她带来的安全感，比他说过的话、送过的花带来的悸动都更深刻。那些更像是生活里的调剂，锦上添花，浪漫却显得虚浮。今晚曹安的忙来忙去才是真实的，比那些更能证明他心里装着她。

"没有，你怎么办？"江桃担心地看着他。

曹安："没事，我夏天都是用冷水洗澡的。"说完，他再检查一遍前后的路况，开始掉头。

江桃看向窗外，随着车轮的转动，两边推出一层层水浪，有的顺着单元门的缝隙涌了进去。短短两个多小时，外面的积水又深了一截。

铃声响了，江桃取出手机，是小姨的电话。

"桃桃，我们这边下雨了，听说咱们家那边雨更大，外面是不是又积水了？"

"嗯，我跟外婆担心夜里会进水，今晚先去外面住，你们别担心。"

"好，这样好，安全第一，是住酒店吗？"

江桃看了眼专心开车的男朋友，没好意思承认，"嗯"了一声。小姨也没有怀疑，又聊了几分钟，先挂断了。她再跟外婆转述小姨的关心。

外婆刚刚只能听到江桃的声音，便问："她知道咱们今晚住小曹家？"

江桃："没，她以为咱们住酒店。"

外婆笑："那你怎么没纠正一下？小曹今晚的好人好事岂不白做了？"

曹安看了眼车内后视镜，不出所料，后排的女朋友果然脸颊通红，像颗随时会根据外部环境改变颜色的桃子。

"她脸皮薄，您别逗她了。"

"哟，我这个外婆反而成了外人，还得你护着她。"

江桃扭头看窗外，只当什么都听不见。

离开小区的路上，江桃发现好几家一楼的住户都在搬家，可见大家的防灾意识都挺强的，街道、城管那边也派了人手过来，忙中有序。

当黑色越野车开出复兴路，路面的积水也越来越浅。仿佛沉重的东西都过去了，外婆与曹安聊了起来："你家在哪个小区？离得远不远？"

曹安："翡翠湖旁边，不堵车二十分钟就能开过来。"

江桃心中一动，翡翠湖吗？两人约会也去过那边几次，曹安并没有提过他家就在附近。但江桃很快就明白了，本市最贵的房子都在翡翠湖那一圈，而曹安不是喜欢炫耀的性格。相亲之前护士长介绍过曹安的家庭条件，这点两人心知肚明，可曹安一次都没有特意彰显他有钱。

外婆在意的信息是，曹安平时车接车送外孙女，与顺路毫不沾边。

"小桃怎么想我不知道，你天天绕路送她，这份心意我是非常满意了。"外婆笑眯眯道。

曹安笑道："主要是我习惯早起了，工作时间也自由，这点真不值得您夸。"

外婆："行，我就夸你爱屋及乌，对我也特别好？"

曹安又看向后视镜。

男女朋友的视线在镜中交会，江桃迅速避开，曹安继续留意路况。

雨天车速慢，他们9点多才到曹安住的小区。车灯闪过小区外面竖立的景观石，上面刻着"翡翠嘉园"四个大字。

整个小区与旁边的景点翡翠湖，只隔了一条宽敞幽静的马路。车子开进地下车库，目光所及也充满了高档小区的气息。

江桃垂眸，看到自己湿漉漉、反光的凉鞋鞋面，还有旁边两个座位中间的地垫上，放着的塞满东西的廉价包装袋。她早知道两人的家境有巨大的差距，今晚却是第一次感受得如此明显。

车停了，曹安下车，让江桃、外婆分别推一个行李箱，他负责拎那些不规则的大包小包。他是主人，两手拎着包在前面带路。门禁都是智能的可视门禁，他们一路畅通。

外婆大大方方地参观着周围的一切："这里装修得真好，比那些大商场还豪华。"

曹安："我爷爷也这么说，他还说了，羊毛出自羊身上，装修越好，房产商从我们这里赚得越多。"

外婆被逗得直笑。

曹安看向江桃，江桃垂着眼，没有外婆那么自在。

曹安住在十六层。电梯到了，电梯厅的装修风格与下面大厅一致，低调奢华，两边分别一户。

有些东西掩饰不了，越回避越在意。曹安笑着给外婆介绍："这边小区是我大学毕业那年开始建的，同层的两套，家里都替我订下了，一套我按照自己的喜好装修了，另一套说是留着当婚房，结婚前再装修，结果一直空置到现在，也不知道什么时候能派上用场。"

说到后面，他毫不掩饰地看着江桃。

江桃的那些不自在，就在他的注视下变成了羞窘。

外婆笑呵呵地打圆场："空置也没浪费，现在的房价比那时候涨了一倍吧？还是你家里人有眼光。"

曹安默认，带着祖孙俩来到1601门前。

外婆还在开玩笑："单身时住单号，结婚成对儿了再住双号，是这个意思吧？"

曹安："对，我当初就是这么想的。"

江桃悄悄瞪了他一眼，哄起外婆来他还真是有一手。

三人陆续进门，江桃走在最后。

曹安打开总开关，黑漆漆的房间瞬间亮如白昼，光洁如镜的浅色大理石地板，从玄关一直延续到朝南的弧形落地窗，客厅两面浅棕色的背景墙被雪白的天花板与灯系照亮，既给人一种轻奢风下深邃、高雅的冲击感，又不失生活气息的宁静与温馨。

就像曹安这个人，长得凶冷，性格却绅士，初见叫人望而却步，相处起来其实很舒服。江桃都不敢多看他家，怕不小心泄露自己的喜欢、惊艳，以及别的什么。

外婆"哇"了一声，真心实意地夸曹安："你这儿装修得挺漂亮嘛，自己设计的？"

曹安："嗯，我大学学的土木工程，其实建筑工程、室内装修也都懂一点。"

外婆："你这懂的可不是一点两点，哎，不怕你笑话，我还从来没见过这么漂亮的房子。"

曹安取出一双备用拖鞋，弯腰放到外婆面前："喜欢您就去看看，我跟小桃收拾东西。"

外婆："那我就不客气了。"

小老太太化身成了刚进大观园的刘姥姥，高高兴兴地去逛了。

曹安再拿一双拖鞋，同样放到女朋友脚下。

江桃看着他被这一屋子装修衬得都没那么凶且变得更帅了的脸，尴尬自嘲："跟你这里比，我们家好像是贫民窟。"

曹安："你们那是家，精神财富满点，我这里只是一座冷冷清清的空房子，全靠钱撑着。"

明显的贫话，江桃瞪了他一眼。

曹安回头去看外婆，手揉了揉江桃的头，低声道："少胡思乱想，只要你愿意，我的都是你的。"

第 11 章

这一晚的折腾，江桃、外婆都没有淋什么雨，曹安一身还湿着。

江桃换好拖鞋后，曹安仍然低声对她道："你带外婆随便逛逛，我先去洗个澡，很快的。"

那语气，仿佛只有外婆是新来的客人，江桃也是房主之一，需要在曹安消失时承担招待客人的义务。

江桃看着他贴在腿上的湿裤子，点点头："快去吧。"

"这些等我出来再收拾。"曹安指指祖孙俩的行李，再与外婆打声招呼，大步去了主卧。

他一走，江桃的视线再次落到这套房子的装修上。

江桃没有装修经验，也没有特别留意过这些，她说不出曹安这里是什么风格，只觉得里面的家具都很简单，线条流畅柔和，显得空间非常开阔，但细节上又透着精致轻奢，一看就知道主人既有钱又有品位。

可能是只有曹安自己住，这里的生活痕迹并不明显，除了几盆被照料得鲜翠欲滴的绿植，江桃一眼扫过去，只在餐桌上发现一只水杯，白色椭圆形茶几上摆着纸巾盒、电视遥控器，L 形沙发上放了两个颜色清新的抱枕，其中一个歪倒在沙发坐垫上，证明它曾经被主人使用过。落地窗靠近沙发那一端应该是健身角，摆着一台跑步机、一架仰卧板，还有一套哑铃。

脑海里浮现出曹安几乎要将衬衫、西服撑满的胸肌，还有他说过的"平时只晨跑，身材全靠遗传"的话，江桃有种戳穿男朋友小谎言的愉悦感。

主卧这边，曹安关上门，遥控窗帘自动闭合，然后便立即脱了身上那套并不太合身的江桃小姨夫的衣服。

他修长强壮的身躯再无遮挡，带着浓重的潮气恣意暴露在空气中，腹部有三处浅色疤痕，那是阑尾炎手术的痕迹。

随手从衣柜里拿了一套衣服，曹安跨进淋浴间，洗了一个耗时三分钟的战斗澡。本来想不吹头发就出去的，路过镜子看了一眼，曹安犹豫几秒，还是插上吹风机吹干头发。头发梳顺后，他的凶气也压下三分。

吹风机的嗡嗡声传出来，江桃刚走到厨房这边，猜到曹安就快出来了，她没有多看。

外婆站在落地窗那里朝她招手。

夜晚落地窗只反射了客厅的场景，江桃一直走到窗边，才发现窗外正对着翡翠湖，只是暴雨模糊了可见度，雨中夜景也略显恐怖。

外婆感慨："晴天这边肯定特别好看。"

江桃心想，这就是典型的湖景房吧。

曹安出来了，换了一条黑色休闲长裤，一件白色短袖，清清爽爽，中和了他面容的凶冷。

江桃暗暗鄙夷自己，把曹安放在这样的背景下，就觉得他好像变得比平时帅了。还说人靠衣装，或许合适的房子比衣服更能装扮人。

曹安："都饿了吧，今晚咱们先凑合一顿，煮面吃？"本来是计划接完她下班一起在外婆那儿吃晚饭的，结果临时收拾东西一直忙到现在。

江桃："我来吧。"

曹安："我弄吧，你跟外婆先选房间，那两间平时没人住，一周打扫一次，可能有些灰尘，还得擦擦。"

祖孙俩只好先去选房间。

两间次卧都朝南，风格延续了客厅的简约轻奢，配色更温馨些。差不多的面积，外婆选了靠近客厅那一间，江桃的挨着主卧。

曹安拿了两块儿干净的抹布："你们先收拾，我去煮面。"

有事情忙，祖孙俩没有跟他客气。

卧室有些灰尘，并不严重，简单擦擦就好了，然后再去把淋湿外皮的行李箱、包装袋擦干净，提到卧室。江桃先帮外婆整理好，再去铺自己的床。

衣服她一共带了三套，收进空空荡荡只摆着衣架的衣柜。充电器、笔记本、水杯、牙刷这些今晚或明早要用的暂且放在书桌上，还有一个小首饰盒，留在了行李箱里，主要是江桃觉得她并不会在这边长住，没必要拿出来。

全部整理好，人松口气的同时，被压抑太久的饥饿感终于冒了出来。

江桃洗洗手，去了厨房。

外婆已经在帮忙了，捧着一碗刚盛好的面走了出来。纯白瓷黑边的大碗，装着雾气腾腾的青菜鸡蛋面，还铺了一排酱牛肉，闻起来很香。

江桃去厨房里面端第二碗，曹安解释道："牛肉是从我爷爷那边拿过来的，他那里的阿姨很会做饭。"

江桃："看着就很好吃。"

曹安看了眼她耳边的碎发，笑道："那是你饿了。"

江桃就是饿啊，她拿了双筷子捧着碗出去了。

很快三人就坐到了一起，没有一个不饿的，吃得都很香。

外婆个子矮胃口小，刚刚挑面时故意要得不多，因此最先吃完。

曹安看出小老太太有些精神不济，带着人去客卫逛了一圈，讲解几件智能电器的用法："马上10点了，您洗个澡先睡吧，衣服放旁边，等会儿让小桃带去洗衣房一起洗。"

外婆点点头，打个哈欠，去卧室拿换洗衣服。

曹安重新坐到餐桌旁。

江桃用筷子拨了拨还剩一半的面条，看着他的碗道："给你添麻烦了。"

曹安："主卧有卫生间，这边的我平时也不怎么用，真不算麻烦。"

江桃低头吃面。

曹安能理解她的心情。

他们是相亲认识的，各有各的工作，单独相处的时间有限，不像一些校园恋爱或是同公司的职场恋爱，是在彼此熟悉之后才确认的恋情。他能这么快追到江桃，除了他确实得到了江桃的一些好感，主要还是她脸皮薄，他在有好感的基础上更强势主动一步，她也就害羞地答应了。但答应归答应，两人的熟悉度还停留在相亲阶段，不可能一下子就亲密起来，仍需要时间磨合，包括在磨合中发现彼此的一些缺点。

脸皮薄的人通常会更敏感，就像江桃能察觉路人对他的抗拒，再为了照顾他的心情主动靠近他，她也会因为面对两人家境的差距而不自在。性格的形成与从小的生活背景有关，没有任何人是天生的乐观豁达。

曹安学生时期虽然没有朋友，可他有关系融洽的父母、爷爷奶奶，反观江桃，她从小没有爸爸妈妈，哪怕外婆对她很好，她肯定也会在放学家长去接子女、家长会以及其他需要父母参与的校园活动等场合，一边羡慕其他同学有爸爸妈妈，一边承受同学们并无恶意的好奇或同情关注。

"我帮你们收拾东西时，你可没有跟我见外，现在怎么客气起来了？"

曹安一边吃一边调侃女朋友。

江桃小声道:"那又不一样。"

曹安:"哪里不一样?都是男朋友照顾女朋友。"

江桃想了想,解释道:"男朋友帮忙做些体力活很常见,把女朋友一家人接到家里照顾属于特殊情况。"

作为被特殊照顾的女朋友,她做不到那么心安理得。

曹安:"我也不是故意搞特殊,这场雨完全是意外,我真放着家里的空房不给你们住,反而送你们去酒店,你觉得这样的男朋友合格吗?"

江桃无法反驳。

曹安:"如果我这边只是普通的三居室,你是不是会放松点?"

江桃默认。

曹安:"可惜没有如果,你交了一个在本市还算有钱的男朋友,只能慢慢习惯。"

江桃:……

尽管他依然保持着绅士的语气,那话里的强势也泄露了一丝出来。

"快吃吧,吃完还要洗澡、洗衣服。"曹安从她碗里夹走一片肉,笑着说。

江桃顿了顿,又给他夹了两片。虽然牛肉很好吃,可刚刚他给她分得也太多了。

吃饱了,厨房交给曹安收拾,江桃去客卫洗澡。

不得不说,曹安的审美真的让人很舒服,连卫生间也漂亮得让江桃恨不得马上拥有一个完全属于自己的这种空间。

洗完澡后,先用毛巾擦掉头发上的水珠,江桃换上一件短袖、一条半身裙,本来在家里洗完澡就可以直接穿睡衣了,可这里是男朋友的家,曹安应该还在客厅。

穿好衣服,江桃开始吹头发,长到胸口的黑发渐渐变得蓬松,镜子里的脸却始终保持着刚洗完澡时的红润。江桃不争气地拍了拍自己的脸。

几分钟后,江桃一手打开门,一手抱着放着待洗衣物的盆子。斜对面的餐厅没人,江桃往外走了几步,就见曹安坐在沙发上,坐姿显得他的腿更加修长。

"这边。"曹安的视线只在她脸上多停留了几秒，然后他就站起来，走到落地窗那边。

客厅很宽，落地窗右侧一角设置成了健身区，左侧这边挨着电视墙有一扇木制推拉门，进去就是一间五平方米左右大的洗衣间。晾衣架上空空的，可能衣物都被曹安收走了。

"会用洗衣机吗？"曹安站在江桃身后，语气正正经经，听不出是认真还是开玩笑。

江桃回头瞪他。

曹安笑："你说过，你很少做家务。"

江桃想起刚相亲时为了降低他的好感而撒的几个谎。

她把洗衣盆放在大理石台面上，拿起洗衣液看了看："你那两套湿衣服也拿过来吧，我一起洗。"

曹安："这么好？"又是促狭的语气。

江桃扭头道："不用帮忙就算了。"

曹安没说什么，走开了。

江桃没着急往洗衣机里放衣服，背靠台面看向窗外。暴雨丝毫没有减弱，一串串地扑打在玻璃上，远处的翡翠湖与黑暗几乎融为一体。可洗衣间这边是安静的，灯光明亮，简单舒适的装修令人心安。

伴随着一阵脚步声，曹安去而复返，手里拿着一个洗衣盆，摆到江桃那个洗衣盆旁边。江桃在盆里看见他去接自己时穿的那套衣服，以及小姨夫的那套衣服，一共两件上衣、两条长到膝盖的短裤。

"内裤就不用你帮忙了。"曹安打开洗衣机，把这四件衣服扔了进去。

江桃提议帮他洗衣服时根本没想过什么内裤。

现在听男朋友这么说，她忍不住澄清道："我也没想帮你洗内衣。"

曹安还保持着弯腰的姿势，闻言偏头，难得视线与她持平。

江桃马上别开脸。

曹安看着她蜜桃似的脸颊，抬起手，捏了捏她同样红的耳垂。

江桃如被烫一样避开几步。

曹安："别误会，刚刚有只蚊子。"

江桃信他才怪，催他："出去吧。"

曹安扫了一眼她的洗衣盆，最上面是她的短袖，下面肯定藏了女士内衣。

"我去看会儿电视。"

脚步声离去，没多久，电视机开启，声音被迅速调低，却足够江桃这边听见。

江桃关上推拉门，屏蔽掉故意坐在沙发这边角落的男朋友的视线，摸摸被他捏过的耳朵，开始洗衣服。外衣机洗，内衣手洗。

江桃仰头看晾衣架，无法想象曹安走进来，一抬头就能看见她的胸罩的画面。

"好像有人给你发消息。"

低沉的声音从沙发那边传来，江桃顿了顿，将衣物按回水中，擦擦手出去了。

曹安舒舒服服地靠在沙发上，瞥她一眼，继续看屏幕上的球赛。

江桃有些僵硬地穿过他面前的客厅，停在餐桌前，拿起手机。是有好几条消息，小姨问她们在酒店安顿好了没有，方蕊关心她小区的积水问题。

但最新的一条是曹安发的：对了，你们住在这边时，我不会去洗衣房，以后外衣都交给你了。

好像该感谢他的体贴，可刚看完这样彼此心知肚明暗示意义的话，她该怎么重新穿过客厅，从他面前走回去？甚至此时此刻，江桃都能感觉到曹安正在看着自己，用他那双狭长犀利、气场极强的眼睛。

一分钟后，曹安收到女朋友的消息：你可以回房睡觉了。

他笑了笑：怕你一个人害怕。

江桃：我没那么胆小。

曹安：好。

电视机被主人关了，脚步声朝通向卧室的走廊靠近，半路却朝餐厅拐来。江桃攥紧了手机，飞快打开好姐妹的聊天框，用语音回复。

那人停在她身后，缓缓低下头，温热的呼吸喷在她的后颈。江桃心跳快得厉害。

"晚安。"伴随着低沉暗哑的两个字，脚步声重新远去。

江桃手一松，说了一半就卡住的消息发了出去。

等她反应过来要撤回消息时，方蕊的语音消息已经跳了出来。

江桃懊恼地想跺脚，准备继续撤回前，她鬼使神差地将手机靠近耳朵，听自己刚刚发的那条。

于是，她清清楚楚地又听了一次男朋友的"晚安"，比耳边的那声更轻，更引人遐思。

第 12 章

调低音量，江桃去洗衣间听方蕊的语音消息。第一条是长达十几秒的一串尖叫。

"什么情况？什么情况！

"江护士，不要以为你撤回了我就会假装什么都没听到！

在好姐妹想象太多之前，江桃小声解释了一遍情况。

方蕊："这样啊，既然外婆也在，那你们的柏拉图式恋爱大概还会再保持一段时间，不过曹老大太靠谱了！说正经的，小桃，我真为你高兴，他有钱没钱另说，这份安全感太难得了。咱们俩相亲过的男人加起来，连曹老大的十分之一好都比不上。"

江桃看着洗衣盆里的泡沫，小声道："我也觉得他特别好。"

方蕊："嘿嘿，好就嫁了吧！"

江桃被逗笑了："你这步子跨得也太大了。"

他们谈恋爱都还不到两个月，哪儿那么快谈婚论嫁。

聊了聊感情，方蕊提醒道："这回的雨真吓人，我爸我妈去超市买了一堆东西，你们也去囤点吧，有备无患。"

江桃刚听完这条语音，曹安的消息也发过来了：我去趟超市。

江桃：一起去？

曹安：不用，晾完衣服早点睡，我买完就回来。

很快，玄关那边传来关门声。

江桃继续洗自己与外婆的内衣，拧干后晾起来，洗衣机的十五分钟快洗也结束了。清理了台面、地上的水渍，江桃关掉这边的灯。她去外婆门口听了会儿，感觉外婆应该是睡着了，再看时间，10 点半。

江桃一点都不困，关掉客厅大灯，只留玄关那边的亮着，她靠在沙发上，一边看本地新闻一边等曹安回来。

市里启动了防汛应急响应，复兴路那一带都属于重点避灾地区，正有条不紊地组织居民撤离。江桃越看越不安，心扑通扑通地跳，与拍打在玻璃窗上的雨水呼应。

外面突然传来指纹开锁提示音，江桃下意识从靠姿改成坐姿，并在曹安进门时站了起来。

"怎么还没睡？"曹安打开灯，朝里面看了一眼，一手拎着一个鼓鼓的大购物袋。

江桃走过去，低声问："外面怎么样？"

曹安："这边路面还没出现积水。"

江桃松了口气，如果发生全市范围的洪涝，复兴路那边只会更严重。

曹安提着购物袋往厨房走："应该没有大问题，这些加我这边的存货，够咱们吃上四五天。"

江桃跟在他身后："给你爸爸妈妈和爷爷打电话了吗？尤其是爷爷那边，你要不要过去看看？"

曹安："午饭我在爷爷那边吃的，他有心理准备，那边小区地势高，不用担心被淹。我刚刚在超市也跟我爸妈通了电话，都没事。"

知道他的家人都有安排，江桃放心了，帮着他一起把购物袋里的东西放到冰箱或橱柜里。

"手机关机，早点睡吧，天要下雨，担心也没有用。"

在卧室门前分别时，曹安又摸了摸她的头。

刚洗过的头发蓬松柔软，带着洗发露的清新气息。

江桃有种被他当小孩子的错觉，含混不清地"嗯"了声，然后进了旁边的次卧。

隔声玻璃降低了暴雨的噪声，反而十分助眠。江桃一觉睡到早上6点，睁开眼睛看着陌生的房间，恍惚了一会儿才想起昨晚发生了什么。她走到飘窗前，拉开窗帘。

外面还在下雨，不过已经变成了淅淅沥沥的小雨，对面的翡翠湖烟雨蒙蒙。湖边的马路上有层积水，小区里面也浮了一层，有居民撑伞经过，淹了一半小腿。

江桃的心沉了下去。

有人打开了电视，是本地电视台的新闻播报，江桃迅速换好衣服，随便理理头发去了客厅。

曹安、外婆并肩坐在沙发上，外婆目不转睛地盯着电视，眉头紧锁，曹安与江桃对视一眼，示意她看电视。江桃站到茶几旁。

屏幕上显示直播状态，户外记者穿着橙色的救生衣走在一个老小区里。

江桃一眼就认出了自家小区。

小区水位已经高达记者胯部，她走到一户人家的厨房外，画面显示，那户人家里面也进了水，沙发坐垫完全被淹，各种生活用品与杂物凌乱地在水中漂浮。画面一转，救灾人员正操作排涝车排水。

"万一"的情况还是出现了，江桃心里难受，又不能表现出来，怕给外婆增加压力。

外婆叹口气："淹就淹吧，昨晚都做好准备了，幸好小曹催着咱们搬出来，省了不少事。"

曹安关掉电视，对外婆道："现在那边都是水，咱们过去也做不了什么，您跟小桃继续在我这边住着，等房子彻底晒干了再说。"

外婆没有逞强，站起来道："粥好了，我先盛出来，再炒盘鸡蛋饼。"

曹安问江桃："是不是还得去上班？"

江桃点头，医护与普通职业不一样，不能随便请假，有的工作可以耽搁，病人不能没有护士护理。

"我先去洗脸。"

"去吧，我查查医院附近的路况。"

吃过早饭，外婆在家留守，曹安送江桃去上班。

新城区路况还好，哪怕路上有积水，也不影响越野车的通行。越靠近老城区积水越严重，司机们都小心翼翼地绕路，行人们不得不卷起裤腿蹚过水深的路段，这场持续了一天一夜的暴雨还是给全市市民造成了影响。

医院这边的水要深一些，车流堵了一路。

曹安停在路边，下车看看，绕到江桃这侧，拉开副驾驶门，道："我背你过去吧，前面都是水，有一段水位能没过膝盖。"

江桃看到了他泡在水里的双脚，水面淹过脚踝。

防着这种情况，两人都穿着短裤。江桃想，既然要让他背过水深的地方，提前背一段又有什么关系？

她探出车门，曹安把手里的伞给她，转过去，弯下腰。江桃一手撑着他那把大黑伞，姿势不太方便地爬过来，可能位置太低了，曹安站直后把她往上掂了掂。胸口擦过他宽阔结实的后背，停稳后彻底贴实，腿部也被他温热的手抓着，江桃好一阵不自在。

曹安仿佛并没有察觉或在意这些小事，绕过车跨上路边的步行区，大步朝前走去。江桃将注意力放在为两人遮雨上。

远处也有男人背着女人过马路，但好像都没有曹安这么轻松。

"家里那边，担不担心？"走了一段，曹安主动聊了起来。

江桃目光一黯："我还好，就怕外婆难受。"

读书加工作，她一个人在京市待过六年，早习惯独自面对一些问题了。江桃不怕吃苦，却怕看到外婆辛苦难受的样子。

江桃曾经无意听见两个年轻的妈妈闲聊，说感冒这种小病，他们自己得了完全不当回事，可看到孩子流鼻涕咳嗽，心里就特别揪得慌。对江桃而言，外婆也是这样的存在，她宁可承担双倍的辛苦，也不想外婆承担一点点。

曹安："我看外婆想得挺开的，倒是你，一早眉头就没怎么松开过。"

江桃愣了愣，有这么明显吗？她自己都没感觉。

曹安："其实没什么好烦的，最差的结果就是房子不能住人了，要重新装修。像那种才装修完两三年的，遇到这种事更糟心，你们家的已经有些年头了，拆了重装也不可惜，花点钱，还能让外婆住得舒舒服服的。老人只是节俭惯了，真给她新房子住，她心里肯定也开心。"

被他轻松的语气感染，江桃竟然也没那么烦恼了。

实话实说，家里真的很破了，很多地方都存在墙皮开裂的问题，全被外婆想办法用装饰品挡住了。小姨小姨夫提过好几次要帮家里重新装修，江桃工作后也提过这话，外婆舍不得钱，说什么都不肯。现在房子被淹，小老太太不答应也得答应。

男朋友是专业人士，江桃问他："你觉得，我们家重新装修，要花多少钱？"

曹安笑："那得看你的预算，装修这东西，花费没有上限，给我一个亿我也能帮你花完。"

江桃哼道："把我卖了也不值一亿。"

曹安："就怕有人肯出钱，你又反悔了。"

话题转入了暧昧的方向，江桃硬扳了回来："我只有十五万，够吗？"

因为没钱，她最多只考虑过买房要攒多少首付的问题，还没想到装修的步骤，江桃对装修开支真的没有概念。此外，男朋友太有钱，江桃自报可怜的存款也没有什么可尴尬的，毕竟再给她添两个零也赶不上曹安。

就像高中时候，第十名可能有心追赶第一名，倒数几名既没有那个进取心，也不会在学霸面前感到羞愧，早已躺平。

曹安："自己攒的，还是包括外婆的存款？"

江桃："我自己的，外婆没多少钱，我也不想动她的养老本。"

曹安："那你挺厉害的，多少大学生毕业六七年也未必能攒下这么多，你才毕业两年。"

江桃："三年了，我二十一岁毕业的，到现在整三年。"

曹安："那也厉害。"

江桃："继续说装修。"

说话的工夫，两人已经来到了深水区。

过了这段，曹安才接着道："我家那种风格怎么样？风格一致，墙漆、背景墙、地砖选你们喜欢的颜色，包括家具款式，我看外婆挺喜欢的，另外还可以加些方便老人的设计。"

江桃："会不会很贵？"

曹安："还好，我找人帮你弄，全部成本价，五万可以包全屋，拎包入住那种。"

江桃被这个价格惊到了："这么便宜？你不会打算帮我垫付一部分吧？"

曹安："想多了，咱们的关系还没进展到那一步。"

江桃脸一热，总觉得他这话透着几分暧昧的坏。

"当然，如果你想提前调用以后的关系，那你一分钱都不用出，我的卡随你用。"

曹安停下脚步，偏头看她。他头往右偏，江桃立即靠到他左边肩膀，空着的手捶了他一下，闷闷道："不需要。"

曹安猜到她会这么说，继续往前走了。

雨一直淅淅沥沥地下着，清凉的天气很快带走了江桃一身的燥热，她又问他："五万真的够？"

曹安："嗯，我们家有长期合作的建材、家具商，装修师傅随你挑。"

江桃小声道："我省下的钱，都是你的人情费。"

曹安："什么都不帮，算什么男朋友？你非要算清楚的话，等会儿把我背你这段的人力费也结一下。"

江桃笑了笑。

医院里面各处也有积水，不过靠近门诊大厅、住院大厅这边就干净多了。曹安一直把江桃背进住院大厅，才放她下来。

因为刚刚那些暧昧的话，江桃不太敢看他。

曹安："好好上班，外婆那边有我，装修的事晚上再商量细节，下午那边水能排干净的话，我也会过去看看。"

江桃点点头："我进去了，你回去吧。"

到了楼上，换工作服时想起那些玩笑，江桃给曹安发了一个十块钱的"人力车夫"红包。两分钟后，曹安发了一张截图过来，是三张摆在一起的银行卡。

曹安：我的"车夫"服务在你那里价值十元，服务过程中你给我的情绪反馈等价我的所有存款，权限已开，随时可用。

江桃忍不住笑，故意问：那我今天把你的存款取光，明天再跟你要情绪反馈费，你怎么办？

曹安：明天拿车抵，后天拿房抵，大后天拿另一套抵。

江桃：大大后天？

曹安：以身相许？

江桃顿时双颊冒火。

更衣室的门突然被人推开，江桃匆匆收起手机。

进来的是同事李文静，见江桃慌慌张张地藏手机，脸又通红，李文静暧昧一笑："放心吧，知道你在跟曹老大聊天，刚刚我就在你们后面一段，看见他背你了！啊，同样是护士，怎么没有人背我上班！"

江桃：……

下午2点左右，雨彻底停了，江桃抽空看手机，发现曹安发了一小段她家里的视频，积水已经排了一半。

曹安：我跟外婆拿了钥匙，再搬些东西过去。

江桃：麻烦你了。

曹安：我没事，关于你们家有个坏消息。

江桃心里一紧：什么坏消息？

曹安：你们家墙皮、地板裂缝很多，泡水过后肯定会发霉，必须重新装修了。

江桃反倒松了口气，毕竟这个结果早上就猜到了，她还以为又出了其他事。

曹安：装修完成之前，都在我那边住吧，外婆管饭，你管洗衣服，有你们帮忙，比我一个人住舒服。

江桃知道，他这么说只是为了让她不用有负担。昨晚都负担过了，再加上还要请他帮忙联系人装修房子，江桃不至于再钻牛角尖。如曹安所说，两人是恋爱关系，换成曹安遇到这种事，她有条件也会帮忙。

江桃：跟外婆说过了吗？

曹安：她说都听你安排，但我觉得，你不至于狠心让外婆去住酒店。

江桃笑了笑，虽然肯定会住在曹安那边，但也不想让他太势在必得：真装修的话，我小姨大概会接外婆去她那边住一段时间，我要上班不能过去，但就算不住酒店，也可以去方蕊家里跟她挤一挤。

曹安：外婆的安排我相信，你肯定不会去方蕊家。

江桃：为什么不会？我们俩可好了，她比你更欢迎我。

曹安：那是以前，现在她有男朋友，本来她可以跟男朋友过几天二人世界，你去了，她为了照顾你的心情必须夜夜回家，她可以不介意，你好意思当他们的电灯泡？

江桃撒谎：他们还没到那个地步。

曹安：你比我想象的更单纯，上次聚餐我只见了他们一面，该看出来的都能看出来。

江桃莫名有种被他当面拆穿的窘迫感，恼羞成怒，继续跟他对着干：就算这样，我可以自己住酒店。

曹安：有免费安全的地方住，非要花钱住酒店，你不会以为花自己的工资，外婆就不会心疼了吧？

江桃彻底溃败。

曹安：所以，综合各个角度分析，你住我这边最合适。

江桃继续沉默。

曹安：如果是担心某些方面的问题，我可以写保证书。

江桃：再说我把你拉进黑名单了！

曹安：好，我继续收拾东西，晚上见。

想到他现在正泡在水里替她与外婆收拾东西，江桃原谅了他刚刚的"不老实"。

晚上8点，曹安准时来接女朋友下班。

最近特别是今天，两人在微信里聊得明显比以前多了，内容也加了暧昧，不过见面后，曹安的凶冷气质自然而然地藏起了那份不老实，江桃再谨慎地避开那些话题，他默契配合，也就可以当作无事发生。

"对了，下午小姨给外婆打电话，说他们明天过来。"

江桃点点头，小姨很孝顺外婆，这边房子都淹了，明天又是周末，小姨、小姨夫肯定要来看看，帮忙收拾。

曹安："他们上午到，我让他们去我那边见外婆，没关系吧？"

江桃垂眸："只要你不嫌麻烦，我能有什么关系。"

曹安："我是怕你还没打算跟小姨介绍我，昨晚你还跟小姨撒谎说住的酒店。"

江桃：……她怎么觉得，这人在故意跟她算昨晚的账？

她悄悄瞥过去。

曹安目视前方，侧脸凶冷又沉稳正经："我这种长相，你有顾虑很正常。"

江桃居然分不清他是认真的还是在开玩笑！

就在她呆住的时候，凶狼的嘴角忽地上扬，终于露出阴险狡诈的一面。

江桃赌气地看向窗外。

曹安一手握着方向盘，一手打开车载音响。

车外的道路依然带着暴雨过后的狼狈，车里却响起了轻松欢快的旋律，迎合着男主人愉悦的心情。

第13章

江桃的小姨一家住在隔壁市，隔了100多公里，自驾过来需要两个小时。早上小姨出发时跟江桃打了招呼，大概10点到。

曹安先带江桃去超市买菜，中午就在家里吃了，比去外面的餐厅方便，小姨一家也能更好地休息。

曹安推着购物车，江桃走在旁边，一边选菜一边给他介绍自家亲戚。

"小姨是牙医，我们家有她跟小姨夫的结婚照，你应该有印象，她跟外婆挺像的。"

"跟你也有点像。"

"是啊，以前我们一起出门，有人猜我们是母女，还有猜我们是姐妹的。不过小姨个子矮，只比外婆高一点。"

说完小姨的大概情况，江桃开始讲自己的小姨夫。

"他是民警，个子挺高的，笑起来很随和，不笑的时候会显得严肃一点。"

"他跟小姨怎么认识的？"

"小姨夫的姑姑嫁到了咱们市，他姑姑牙疼去医院，正好是小姨看诊，见了几次就聊上了，当了中间人。"

"他们也是相亲认识的？"

"也不算，就相了一次，饭没吃完小姨夫被局里叫回去了。小姨本来就不太满意他在外市，觉得嫁得远将来不方便照顾外婆，又发生这种事，小姨就打电话拒绝了，不想再见第二次。可小姨夫挺喜欢小姨的，一休假就开车往这边跑，跑着跑着小姨终于答应了。"

曹安："跟咱们有点像。"

江桃捡起一个几乎完美的新鲜番茄，小声道："才不像，小姨夫靠的是诚意，你靠的是策略。"

说好接送她一周就保持距离的，结果一周过后还要继续追她，理由是"没有答应再也不跟她见面"。当然，曹安的诚意也很足，但前期真的暗暗地用了很多小策略。

曹安也拿了一个番茄，放在她脸边比了比："没办法，我长得不如小姨夫正派，只能投机取巧。"

江桃一把抢走他手里的番茄。

如果说第一次见面曹安提自己凶脸的事只是客观地陈述事实，后面几次他就开始有故意卖惨的嫌疑了，让她不忍心像拒绝其他相亲男那么果断。

拿了一堆好吃的，排队结账时江桃抢着付了款。

10 点出头，小姨到了，曹安已经跟门卫亭联系过，小姨他们直接开车到地下车库，曹安那辆越野车旁边的两个车位也都是他的。

外婆留在上面，两个年轻人去车库接人。

小姨夫孟东腾开车，绕了一圈，看到了前面车道旁的外甥女，以及外甥女的男朋友。他眯了眯眼睛，好家伙，这个曹安本人比丈母娘发来的照片更不像守法公民！

"太壮了吧！"坐在后排的江桃表弟孟睿伸着脖子，目不转睛地盯着越来越近的高大男人。

朱媛保持看到外甥女的微笑，没好气地警告父子俩："有点出息，别给桃桃丢人。"

江桃的昵称很多，外婆喜欢叫她"小桃"，小姨喜欢叫她"桃桃"，同学、同事里还有叫她"桃子"的，反正都是"桃"。

"小姨。"自从家里被淹一直都表现得还算镇定的江桃，在走向小姨时默默红了眼眶。

房子再老再破都是她的家，男朋友再好再热情，如果有选择，江桃还是更想住在自己的地盘。她不能在外婆面前表现出这种负面情绪，见到更贴近"妈妈"角色的小姨，就压抑不住了。

朱媛心疼地抱住外甥女。

她二十五岁嫁给孟东腾，那时候外甥女六岁，也就是说，她也参与了外甥女前六年的抚养照顾。在朱媛心里，江桃既是她的外甥女，也是她的女儿。

"没事没事，大不了重新装修，其实我早看那老房子不顺眼了，被水泡我一点都不心疼。"朱媛故意开玩笑。

孟睿："有本事你当着外婆的面这么说。"

朱媛瞪儿子。

江桃破涕为笑，擦擦眼睛，给小姨一家介绍曹安。

孟东腾、十七岁的孟睿都是一米八左右的高个子，跟曹安说话毫不费劲，但朱媛就得仰头看曹安了，笑道："天天听外婆夸你，这次的事真的太谢谢你了，给你添了不少麻烦吧？"

曹安："都是我应该做的，您别这么客气。"

孟东腾扯扯嘴角，主动握住曹安的右手："该客气还是要客气的，这回算我欠了你一个大人情，以后有需要帮忙的尽管说。"

孟睿："爸你不会说话就别张嘴，曹哥这么大的人了，做什么需要警察大叔帮忙？包括我妈跟表姐，你们仨的工作都不适合说这种话。"

孟东腾一指头戳中儿子的脑袋瓜："一堆歪理！"

曹安笑："咱们上去吧，外婆还在上面等着。"

他带着孟家父子走在前面，江桃亲密地挽着小姨的手。朱媛凑在外甥女耳边说悄悄话："以前没看出来，你居然这么胆大，敢交这样的男朋友。"

江桃看了眼曹安，替他澄清道："他只是长得凶，人很好。"

朱媛："我知道，你外婆说过了，可大多数人都会被他的脸吓到，根本没有机会了解他的好。"

电梯到了，曹安朝后看来。

朱媛递过去一个特别亲切的笑容，就是过于亲切而显得不是那么自然。

孟东腾作为民警，跟什么样的人都打过交道，他是不怕曹安的，进电梯后自然而然地跟曹安聊天，打听曹安的大学，平时工作做什么之类的。

孟睿在一边拆台："爸你还是闭嘴吧，越说越像在录口供。"

孟东腾：……

朱媛在后面拧了儿子一下："少扯那些用不着的，人家曹安是名校大学生，你赶紧趁机跟他讨教学习经验，趁最后一年把成绩提上来。"

孟睿捂住耳朵："表姐救命，我好不容易过个周末！"

众人说说笑笑的，十六层到了。

江桃一家人聚到一起，聊得就更热闹了。曹安切了水果端过来，坐在一边陪客。

江桃有点怕他被冷落，还是在他自己的家。幸好孟睿是个皮的，拉着曹安去了健身角，让曹安教他跑步机、仰卧板怎么用。

聊着聊着就要做饭了，外婆、小姨抢着下厨，曹安叫她们休息，他来。

江桃："一起吧。"

两个年轻人去了厨房。曹安切肉，江桃洗菜。

曹安看了一眼女朋友，低声道："你好像很紧张。"

江桃："还好吧，就是你这边平时都安安静静的，一下子来这么多人，怕你不习惯。"

曹安："我很习惯，我们家那边亲戚更多，将来总要见的，你要做好心理准备。"

江桃：……

别的男人都是不停地对女朋友说甜言蜜语，曹安不说那些，却总会突然冒出一两句暗示两人注定要结婚的话。低低沉沉的声音，不是自信的势在必得，更像在隐晦地表达他对她的喜欢。

因为喜欢，才会做长远的计划、安排。

江桃必须给他点回应，不然好像默认了似的。她垂着睫毛，用跟他对着干的语气道："也未必要见，谁知道将来会怎么样。"

曹安笑了笑，没有再逗她。

要做的菜很多，中间外婆、小姨、小姨夫替换了两个年轻人。

孟睿坐在沙发上，长辈们说话时他一边听一边玩手机，换成江桃、曹安过来，孟睿就把手机扔一边了，好奇地采访起来："曹哥，你有几块儿腹肌？六块儿还是八块儿？"

江桃还没坐稳，听到这句立即站了起来，去了卧室那边。

一直到她的身影消失，曹安才看向高中生："你也想练？"

孟睿："现在不练，大学了再试试，好练吗？"

曹安："还行，就是要一直坚持，不然练出来过阵子也会消失。"

孟睿："那你到底有几块儿？"

曹安用手势比了一个数字。孟睿眼睛一亮。

曹安提醒他："不要当着女生的面讨论这个，会显得不尊重人。"

孟睿反应过来，笑道："表姐又不把我当男生，她只把我当孩子。"

曹安指了指自己。

孟睿眨眨眼睛，笑出一口白牙："懂了，你继续努力！"

吃过午饭，朱媛一家三口要陪外婆去和平小区看看，主要是想帮忙收拾收拾。

曹安也要去，在门口拦住想要同行的江桃："你晚上有夜班，下午睡觉吧。"

孟东腾："就是，桃桃好好休息，我们好几个人呢，用不着你。"

江桃就留了下来。曹安开车带外婆四人过去。

到了地方，孟东腾、朱媛才发现家里根本没什么需要他们费事收拾的，要带走的东西已经都被曹安带走了，剩下一些老旧家具也都不会再用，只等着让装修师傅带走处理。

外婆："昨天小曹忙了一天。"

孟东腾拍了拍曹安的肩膀，外甥女男朋友能做到这个地步，真的很靠谱了。刚开始听说曹家很有钱，他还担心外甥女遇到个花花公子，今天观察下来，他发现曹安是个务实派，有担当。

朱媛陪着外婆在房子里面挑挑拣拣，看看还有没有什么落下的。单独待在小老太太的卧室时，朱媛关上门，低声商量："妈，这房子必须重新装修了，一装修，前前后后至少要忙两个月，再加上放味道，三个月入住都算早的。人家年轻人谈恋爱住在一起没关系，你老待在那儿，电灯泡似的，你自己都别扭，不如跟我们回去吧，等这边装修好了再回来。"

外婆开玩笑："我去你们那边就不是电灯泡了？"

朱媛嗔道："你女婿忙得要死，巴不得他丈母娘过去多陪陪我，免得我总挑他的刺。"

外婆也赞同女儿的想法，女婿好歹是一家人了，曹安还没转正呢，借住几晚没关系，长住不合适。

"什么时候走？"

"明天上午吧，小桃下班见个面再出发。"

看完老房子，朱媛一家又去翡翠嘉园附近的酒店订了两间房，小姨想睡午觉，叫曹安先带外婆回去，他们5点左右再登门。

回了1601，曹安劝外婆也去睡会儿，然后他去了书房。

这是一个非常安静的午后。

江桃定了5点的闹钟，睡醒了往外走，经过外婆卧室门口，发现小姨在帮外婆收拾行李箱。

朱媛笑着打招呼："桃桃醒啦，我正好跟你说个事。"

江桃看看行李箱，其实已经猜到了。虽然为即将与曹安单独住在一起而紧张，可江桃知道，外婆在小姨那边会住得更自在。

六个人坐在餐厅吃晚饭时，聊到了老房子的装修。

外婆对江桃道："我不懂这些，你怎么喜欢怎么装，不懂的跟小曹商量着来。"

曹安："我先做设计图，做好了发给您看看，还是要您喜欢才行。"

孟睿特别佩服曹安："表姐你真有眼光，曹哥简直是个全才！"

江桃从下面踢了他一脚。

孟睿委屈得想跟曹哥告状，表姐根本没有她在男朋友面前表现得那么又甜又软！

傍晚7点，小姨一家陪外婆去湖边散步，曹安去送江桃上班。

曹安看了眼坐在副驾驶位上异常安静的女朋友，开口道："其实就算外婆想去小姨那边住，也不用这么着急，等确定好最终设计方案再过去，后面还省心。"

江桃："小姨他们都来了，正好一起回去，不然还要多折腾一趟。"

曹安："这个没关系，等外婆在这边住够了，咱们再送她过去。"

江桃摸了摸手机："你这么不想让外婆走，你跟她说。"

曹安："下午劝过了，她不听我的，你再劝劝，或许管用。"

江桃瞥了他一眼："你真这么想？"

前方红灯，曹安停好车，看着女朋友道："真的，除非你有别的打算。"

江桃：……一点都没有！

第14章

曹安确实很欢迎外婆继续在他这边住，哪怕住到祖孙俩的家重新装修好都没关系。昨天下午他劝了很久，今早睡醒，趁小姨一家过来吃早饭之前，他又努力了一次。可外婆不想给年轻人添麻烦的心情也是一样的。

把锅里的粥煮上，曹安走出厨房，要抢小老太太手里的拖布："我来吧，您去沙发上歇着。"

外婆拨开他的手，一边拖地一边道："这些事情我做惯了，你不让我做我还难受，何况你这房子漂亮，我收拾着心情也好。"

曹安拗不过，拿了块儿抹布擦拭电视柜、茶几。其实平时他会叫保洁阿姨来打扫，现在就当陪外婆了。

外婆看看他弯腰忙活的身影，笑着聊了起来："按理说，你跟小桃在一起的时间还不长，我们该在外面租个房子，不该打扰你那么久，早早搬过来，倒好像急着攀上你这个金龟婿。"

曹安看了眼小老太太，笑道："小桃喜欢客气，您怎么也跟我说这种见外的话？我是小桃的男朋友，家里有空房，再让你们去外面租房住，那不成不懂事了，您还看得上我？"

外婆："知道知道，你最会照顾人了，但我们给你添麻烦也是真的，该客气还是要客气一下嘛，不然显得我们没心没肺似的。"

曹安："我就盼着您早点把我当一家人，该使唤使唤，跟对孟叔一样。"

外婆笑："别说，你们俩追求女孩子的方式倒挺像，一个不嫌远来回开车 300 公里也要来见心上人，一个一天不落地车接车送，照顾我跟照顾亲妈亲奶奶似的。就是小桃跟她小姨的性格不一样，你孟叔追求她小姨的时候，她小姨真敢把他当驴用，一点都不客气。小桃脸皮薄，都跟你好上了，瞧着还很放不开呢。"

曹安："是啊，就说这回，她还想去方蕊家住，我说方蕊有男朋友了，她跑过去当电灯泡不合适。她又说去酒店住，我只能把您搬出来，她怕您心疼住酒店的钱，才没再提换地方的事。"

外婆："她从小没爸没妈，看着柔柔弱弱的，其实心里特别要强，能自己解决的事，就不想给别人添麻烦。"

曹安："我懂，可我不能让她一直把我当外人，只得主动一点，慢慢试着让她彻底接受我。对了，您放心，我非要你们搬过来跟我住，纯粹就是想帮忙，外加住在一起能够更快地熟悉起来，绝没有趁机占小桃便宜的意思，就算您跟小姨走了，我该怎么照顾她还是怎么照顾她，跟您在时一样。"

外婆笑道："你这孩子，长得凶巴巴的，其实比谁都精，我这话外音都被你听出来了。"

曹安："说明咱们有默契，就该做一家人。"

外婆拖地拖到落地窗边，转个方向往回走，看着半蹲在电视柜旁的年轻人道："小曹啊，你别觉得我是在防着你，说实话，我要是觉得你这人不靠谱，之前就不会带着小桃搬过来，更不敢把她自己留在你这边。说来说去，我这还是见外，怕你觉得我们家小桃不够端重。"

曹安停了手里的动作，有些无奈地看着小老太太："您把我想成什么人了？我要那么想，说明我这个人从根子上就不行，再加上我长这样，小桃还能看上我？"

外婆忙道："对对对，我们家小桃眼光还是挺高的，你肯定是外貌人品都过关了，她才喜欢你的。"

曹安失笑："人品是还可以，外貌就算了，她到现在都不敢正眼看我。"

外婆："那是你太高了，她正眼看不着。"

一句玩笑，把刚刚的客气见外都化解了。

曹安再解释道："我跟小桃同住这事，您真不用想太多，大城市里，除了家里有钱的，大多数年轻人都是一起租房子住，男女混住是常事，都是条件所限，跟端重不端重没关系，您那都是老思想了。再说小桃，她要是一个月大几万的工资，她想去酒店住，那我绝不拦着，可做护士的又累又忙，一个月撑死挣上万块，咱们何必为了那些老思想浪费钱？我们家是有钱，但我也不是那种大手大脚的性格，该花的必须花，没必要的咱们犯不着浪费，您说是不是？"

外婆连连点头："对，你这么一说，我是真想通了。"

就刚刚这几段对话，曹安没一句说的叫人不舒服的，而且句句说到人心坎上，诚心实意，一点虚的都不玩。

外婆本来就信他，现在更放心了。

至于接下来的几个月，曹安会不会与外孙女发生点什么，外婆根本不在意。她年纪大，但思想真不老，年轻人谈恋爱，顺其自然就好。

曹安把江桃从医院接回来时，已经快9点了。

知道江桃需要休息，小姨一家没有再多待，说了一些"照顾好自己"

的话就准备出发了。江桃、曹安一直将人送到地下车库。

外婆隔着车窗笑眯眯地朝小情侣挥手，一点留恋都没有似的。

江桃默默在心里吐槽，自己的外婆是不是太心大了，就一点都不担心曹安迫不及待对她做点什么吗？

她的小郁闷写在脸上，曹安替小老太太解释道："早上外婆跟我聊了一堆，就差让我跪下发誓不会欺负你了。"

江桃：……

曹安："夸张了点，不过外婆真的很关心你。"

江桃的小郁闷立即变成了不舍，恨不得把小老太太追回来，不让她去小姨那边了。

"走吧。"曹安拉起她的手。

江桃慢吞吞地跟着他，到了门禁这里，本来该曹安去照脸的，结果曹安把她拉了过去。江桃疑惑地看向镜头，下一秒显示"解锁成功"。

门开了，曹安牵着她往里走："我这里有你的照片，去登记一下就行，上去再给你录个指纹，以后我不在的时候，你也可以自由进出，外婆已经设置过了。"

江桃没说什么，既然同住，这些小细节早晚都要考虑。

在门口录入指纹后，曹安没有要进去的意思，站在门外对江桃道："厨房里有给你留的早饭，你吃完睡觉也好，看电视也好，做什么都行，就当在自己家一样。我今天要去工地，下午5点左右回来做晚饭。"

江桃这才想起来，这场暴雨肯定也给工地那边造成了很大影响，曹安却一直在操心她跟外婆。

"快去吧，忙的话晚点回来也行，我来做饭。"

"不用，你做的没我做的好吃。"曹安笑了笑，从外面带上门。

江桃能听见他离开的脚步声，很快里里外外都安静下来。

明亮的阳光透过落地窗洒在房间里，对于刚熬了一个夜班的江桃来说，过于耀眼。

她去厨房看了看，大概是外婆提醒过，曹安给她留的早饭并不多，毕竟她6点多在医院吃过盒饭。洗了碗，江桃在空旷的客厅站了会儿，疲惫压过了其他情绪，她快速冲了澡就去卧室睡觉了。她这一觉直接睡到了下午5点的闹钟响。

江桃按掉闹钟，闭着眼睛又赖了会儿，才举起开了静音模式的手机。

小姨、外婆分别在一个小时前发了消息，没什么事，汇报他们早到家了，让她不用担心。五分钟前曹安也发了一条消息，说他人在车库，马上上来。

江桃放下手机凝神倾听，厨房那边果然有放水声。

她打着哈欠坐了起来，拿出小梳子梳顺头发，再用湿纸巾擦擦眼角，换上外衣出去了。她也没急着跟厨房里的男朋友打招呼，先去客卫洗脸。

江桃有个放护肤品的三层收纳盒，这两天搬了过来。江桃其实并不是太喜欢化妆，尤其是在炎热的夏天，但考虑到接下来要与曹安住两三个月，在精致麻烦与偷懒舒适之间，江桃选择了后者。所以，拍完一脸的护肤水，扎好头发的江桃就直接出去了。

厨房里面，电饭煲已经开始蒸饭，台面上摆着一条收拾干净的鲈鱼、一盘鸡块儿、一盘青菜，曹安正在准备姜葱蒜。

"这三样，还行吗？"看了眼脸蛋洗得水灵灵的女朋友，曹安问。

江桃："行，我做什么？"

曹安："看电视？"

江桃咬咬牙，不太确定地问："你该不会真觉得我做的菜难吃吧？"

曹安偏头看她："没有，只是外婆都舍不得让你做这些，总不能她一走，我就让你受苦受累。"

江桃一直都扛不住他的视线，曹安再这么说，她立即退出了厨房。

靠近落地窗的地面中间铺了一块浅色地毯，江桃脱掉拖鞋坐到上面。

窗外就是暴雨过后晴朗天气下的翡翠湖，湖水清澈、波光粼粼，湖边是新铺的步行道，还有一圈跑道。只这一眼，江桃那颗朴素的心就被有钱人的房子腐蚀了，如果她也有这么一套湖景房，每天坐在窗边都是一种享受。

厨房传来食材放入油锅的噼啪声，江桃回头，看见曹安站在锅灶前的身影。

他已经不是早上出门前的穿着了，换了一条黑色长裤、一件深灰色的短袖，左手扶着炒锅手柄，手臂肌肉线条清晰流畅。

不得不说，他的身材是真的好，尤其是离得远时，少了那种压迫感，更能纯粹地欣赏。光是个子高，但人太瘦的话，会给人一种病态感；光是有肌肉人却长得矮，则显得跟矮树桩似的。曹安的身高与肌肉就融合得十分和谐，修长挺拔。

曹安忽然朝这边看来。江桃秒速转过脑袋。

曹安喊她："冰箱里有水果，你洗一盘？"

江桃便离开了落地窗。因为要招待小姨一家，昨天两人买了很多水果。江桃打开冰箱水果层，问他想吃什么。

曹安背对着她，语气寻常："水蜜桃？"

江桃脸微热。

这种水蜜桃价格还挺高的，昨天在超市她都没想买，曹安自己拿了一盒六个。或许他就是爱吃水蜜桃吧，可因为自己名字里带个"桃"，江桃就觉得他好像有点别的意思。她只当没有，拿了一串葡萄和一颗比她拳头还大的水蜜桃，去水槽那边清洗。

这么大的桃子，啃起来大概不方便，江桃又问："要切块儿吗，还是直接吃？"

以前遇到选择题总是会给出一个准确回答的男人，这次却敷衍了："都行。"

江桃无事可做，也不怕麻烦，一点点撕掉那层薄薄的桃皮，沾了一手清甜气息的汁水。这种熟透的桃子，江桃也爱吃。她熟练地切了一盘的桃子丁，因为汁水太多，她又拿了一个盘子放葡萄，先端到餐桌上。

曹安过来洗手，看到她留下的那些桃子皮，他笑了下。

绅士？不存在的。

第15章

曹安炒好一个菜，江桃就端出来一样，等曹安洗完手坐过来，碗筷都已经摆好了。

虽然开了空调，但在里面忙了这么久的男人的额头上，还是冒出一层细汗。看了眼江桃，曹安端起水杯，仰头连喝了几口。

江桃能听见他吞咽的声响。等他放下水杯，江桃正要开口聊点什么，就见曹安拿起搭在盘子边缘的水果叉，扎了一块桃肉丁。

似乎是察觉到了她的视线，他一边吃桃子，一边看过来。再正常不过的动作，让江桃睫毛一颤，什么话都忘了，拿起筷子低头吃饭。

"单独跟我一起住，会不会害怕？"曹安挑起话题。

江桃一愣。

曹安："我的意思是，如果你有什么顾虑的话，我可以去老爷子那儿住一段时间，那边也有我的房间和衣服，不用特意收拾。"

江桃垂眸，用筷子尖拨弄着碗里的米饭："那我岂不成了鸠占鹊巢？我真有顾虑，也该我自己去外面租房住。"

曹安："懂了，既然你信任我，那咱们就谁也别跟谁客气了，正式做几个月的室友吧。"

江桃想到一件事："你爷爷知道我在这边吗？"

曹安："我没告诉他，他知道了，可能真会让我跪下发誓别欺负你。"

又开这种玩笑，江桃脸热。

曹安："你放心，我跟老爷子一样，都是正经人。"

江桃脸更热了，也恼，瞪了他一眼。

不过她心里还是很庆幸他没说，她有点不想让男朋友的长辈误会两人已经进展到了"同居"的阶段。如果这件事发生在京市，她也不会告诉外婆。

曹安又叉了一块桃丁，见她脸红红地只管吃饭，他用公筷给她夹了红烧鱼最好吃的部位，换了个话题："咱们换下，主卧给你，我住次卧？我经常在客厅待着，怕你出来洗澡会觉得不好意思，又或者你洗澡的时候，听见我在外面走动，大概还要猜疑我的人品。"

情侣之间，"洗澡"这种话题也全是暧昧点，偏偏又是同住阶段难以避免的生活细节。

江桃想象了一下那两种很有可能会发生的场景，选择接受他的提议："行吧，委屈你这个主人了。"

曹安："女主人满意就好。"

连着被他逗了这么多次，知道他就是故意的，江桃反而没那么紧张了，只当听不懂，专心吃饭。

饭后将碗筷放进洗碗机，两人各自去收拾房间。

江桃的秋冬装大部分都在行李箱里，放着不用动，剩下的夏装很好转移。曹安则在主卧的衣橱里专门为她腾出了一个空柜子，足够她用。再把洗漱用品转移一下，不知不觉就到了7点钟。

外面还有夕阳，气温也降下来了，两人决定去湖边逛逛。

路上，曹安翻出手机，递到她面前。江桃一看，屏幕上显示的是一个聊天框，有人给曹安转了六万块钱，再看聊天对象，竟然是小姨夫。

江桃呆住了。

曹安收起手机，解释道："小姨夫中午转的，让我先用，不够了再跟他说，总之让我别跟你要装修的钱。"

江桃："你再给他转回去。"

曹安："我本来都没想收，小姨夫说，我不收就不是男人，还有其他几句人身攻击。"

江桃：……是小姨夫能做出来的事。

曹安："他跟小姨肯定商量好的，知道你刚毕业没多久，手里可能紧张。"

江桃立即给小姨打了电话过去。但无论江桃怎么说，小姨都坚持由他们来出装修钱。

江桃赌气道："那我再转你六万。"

小姨："行啊，你转我六万我就转你七万，不嫌麻烦就一直转来转去吧。"

江桃：……

小姨："别争了，我出钱你出力，咱们一起孝顺你外婆。什么都让你做，我做女儿的岂不白养了？再说了，你跟我这么见外，将来我老了，遇到什么事哪还好意思跟你开口？傻桃子，快去跟小曹约会吧，挂了。"

通话结束，江桃一脸无奈。

曹安："一家人和气总比斤斤计较强，况且以你跟小姨的关系，确实不用太见外。"

钱都转过来了，退也退不回去，江桃决定等外婆回来了再跟外婆聊这个，不想影响曹安约会的心情。

夕阳映红了半边天空，来湖边散步的居民越来越多，年轻的情侣随处可见，其中不乏热情一些的，或是依偎在长椅上耳鬓厮磨，或是隐藏在树后接吻。

每当经过这样的情侣，单纯地与曹安手牵手的江桃都会感觉有点尴尬。

曹安注意到路人会对他与江桃投来异样的目光，仿佛两个完全不相配的人硬凑成了一对儿，处处违和。他看向身边的女朋友。

江桃正好想起工地的事，问他："你们工地……"

刚开口，江桃的视线就撞上了曹安那双狭长的眼睛，也不知他看了她多久。

江桃下意识地避开，被他握在掌心的手也变得更敏感了，她声音低了下去："你们工地没事吧？"

曹安："还好，耽误三天工期，都在预期当中。"

有晚间跑步的人穿着运动衣气喘吁吁地从旁边的跑道上经过。

江桃："你早上都来这边晨跑？"

曹安："差不多，明早一起？我6点出门，跑半小时回来准备早饭。"

江桃有健身的心却没有那个毅力："算了吧，我上班时间几乎都在走，再跑那么久怕腿受不了。"

曹安："那咱们回去？你可能不喜欢散步。"

江桃笑了："散步没关系，这边夜景让人很舒服，再逛会儿吧。"

路人的偷窥打量，她当然早就注意到了，可她不在乎别人怎么想，她知道曹安很好很好就够了。

等两人回到楼上，还没到8点。曹安带江桃去了书房。

书房的面积跟江桃之前住的次卧差不多，里面一侧墙边摆了一整面的书柜，中间是书桌，还摆了一张双人位的休息沙发。书桌上有两台电脑，一个台式机、一台笔记本电脑，也配了两把椅子。书房延续了客厅的装修风格，沉静不失温馨。

曹安让江桃坐，他拿了几张A4纸，再从笔筒里取出一支铅笔。

"先画个装修草图吧，你们家是三室两厅的布局，这个要改吗？"

江桃摇摇头："不改了。"

她与外婆一人一间卧室，另一间留给逢年过节的小姨一家人过来住。

曹安便先画出房屋轮廓。江桃情不自禁地往他那边靠了靠。

她惊讶地发现，曹安画的线条特别直，仿佛用直尺比着画的。他下笔也很快，握着笔的手很显修长，手指骨节分明，充满了力量。

江桃的视线，顺着男朋友的手臂悄悄移到他脸上。还是那张凶脸，但因为他在做着很文职的事，专注认真便微微冲淡了他黑老大的气质，更符合他工程师的身份。

轮廓画好，曹安指着主卧的位置道："之前是你住主卧，但我建议新装修把主卧留给外婆，毕竟你几年内可能会结婚，外婆才是长时间住在这边的人。"

江桃：……考虑得真够充分的。

曹安笑了笑："假设你的结婚对象是我，那我先声明，我肯定会在咱们的新房里给外婆留个房间，可老人家能自己照顾自己的时候，多半不愿意跟晚辈住，毕竟住哪里都不如住自己的家自在，好比我爷，今年八十了，身体还硬朗，我爸想接他过去，他把我爸骂了一顿。"

江桃避开他的假设："就这样吧，主卧给外婆。"

"那就不用放书桌了，一个衣柜、一张床、两个床头柜，多留出空间，方便外婆活动，小阳台跟卧室打通，到时候买把躺椅，春秋冬给外婆晒太阳用。"他一边说一边在图纸上简单勾勒出躺椅的样子，江桃仿佛能看见外婆坐在那里的画面。

曹安给江桃的次卧在窗户这边设计了书桌，然后又规划了床、衣柜的位置，空间看起来也还算开阔。因为小姨他们只是偶尔过来住，所以另一间卧室有床和衣柜就行了，而且这个房间最小，衣柜也不需要太大。

客厅、厨房、卫生间是剩下的重点。曹安提议了很多实用的设计，譬如外婆个子矮，之前的洗手台、厨房台面都太高了，应该按照外婆的身高降十厘米左右；又譬如卧室那边铺木地板，客厅、厨房和卫生间最好都铺防滑的地砖；还有各处的扶手设计，全屋的窗户也要改成隔音玻璃，毕竟一楼外面经常有人走动说话，隔音不好很影响睡眠。

江桃从来没有一下子听曹安说过这么多的话。这些很生活的东西，让他身上的凶冷气质更淡了。

两个小时的时间，曹安帮她完成了新装修的所有小设计。

曹安打开笔记本电脑上一个"室内装修"的文件夹："这里有一些常见风格的装修案例，你多看看，明天再问问外婆，选一种你们都喜欢的，确定好了我再带你去选瓷砖、家具这些。"

江桃看着屏幕上的装修案例，惊讶道："这么多？"

曹安："嗯，所以我真没想让外婆太早搬去小姨那边，你们俩一起挑更方便。"

江桃也没办法，小老太太是想一趟搞定，给大家省300公里的油钱呢。

"你慢慢看，我去洗澡。"曹安说着站了起来。

江桃眨眨眼睛，若无其事地点开一个装修案例。

书房的门开着，江桃的余光能看见曹安走进了对面的次卧，很快拿了一套换洗衣物走了出来，消失在走廊上。

没等她的心跳平静下来，曹安又回到书房门口，看着她道："里面卫生间有可以晾内衣的地方，以后你把要洗的外衣放到客厅，我看见了一起洗，洗衣间你就别去了。"

江桃面对屏幕，轻轻地点点头，表示知道了。

曹安看着她红红的脸，这次真的去洗澡了。

他刚把卫生间的门关上，江桃就拔掉了笔记本电脑的充电插头，去了主卧，关上房门，免得等会儿看见不该看的。坐了一会儿，江桃反锁房门，自己也去洗澡了。

曹安只洗了十分钟，出来时发现书房里没人，站在主卧外面听了听，里面有隐隐的水声。

曹安的视线落到了门把上。他当然不会进去，却很好奇女朋友有没有做什么预防措施。曹安握住门把，轻轻试了一下。

反锁的。

他笑了笑，傻桃子，如果他真想做点什么，哪里不行？

主卧浴室里，江桃站在花洒下，一边揉着头发，一边想着门锁的事。她相信曹安没那么急，锁门只是怕万一曹安不知道她在洗澡，敲门想要进来，结果不小心推开门却发现她在浴室洗澡，会不会觉得不锁门的她太心大，或是在暗示什么？想来想去，她还是觉得反锁最合适。

洗完澡，江桃吹干头发，然后快速地洗好了内衣内裤。

主卫这边，两米多长的白色浴缸就摆在窗边，侧窗可以打开，通风透气，白天这边光线也充足。曹安在浴巾架那里留了两个衣架，应该就是之前他晾晒内裤的地方。

江桃尴尬地把自己的内衣内裤挂了上去。挂好了，从来没有用过浴缸的江桃，好奇地看了看那个大浴缸，里面是清一色的白，干干净净。可是脑海里很快就浮现出曹安泡在里面的画面，江桃立即掐断浮想联翩，离开了这里。

等身体的热度降下来，江桃打开门，拿着待洗的两件衣物走了出去。

曹安在客厅看电视，他换了一套黑色的纯棉睡衣，短袖短裤，露出两条结实有力的大长腿。客厅灯光明亮，照得他全身比白天看起来白了几个度。

麦黄色皮肤的人在灯光下都显白，更不用说江桃自己了，蓬松柔软的头发垂在肩头，哪儿哪儿都白，只有双颊白里透红。

江桃清晰地感受到男朋友的视线在她身上过了一遍，从头到脚，再从脚到头。

江桃看向洗衣房那边。曹安这才站起来，走向她。江桃无法控制低头的冲动，他的身高与体形，一旦靠近，压迫感真的太强。

曹安拿走她手里的衣服，同时邀请道："要看电影吗？"

江桃瞄向客厅的挂钟，10点半了，一个不算早也不算晚的时间。可一场电影怎么也要一个半小时。

"太晚了，早点睡吧。"她小声地说。

头顶的声音中并没有任何失望的情绪，只问："那明晚看？早点开始。"

江桃这回点点头。

曹安："去吧，我洗完衣服也睡了。"

江桃转身走了。

她身上穿的并不是睡衣，纯棉短袖下有内衣肩带的形状，转身的瞬间，前面的弧度非常明显。

一直到主卧那边传来关门声，以及停顿几十秒后的轻轻反锁声，曹安才去了洗衣间。手里是她刚刚脱下来的短袖与长裤，曹安看了两眼，弯腰放进洗衣机。

第 16 章

考虑到明天休息，江桃睡前并没有设置闹钟，只是大概第一次睡在男朋友的床上的缘故，江桃居然在6点10分的时候自然醒了。

拉开窗帘，盛夏清晨明亮的阳光立即涌了进来，对面的翡翠湖边有稀稀落落的晨跑身影。江桃辨认了一会儿，并没有发现曹安，或许他还没出发，或许他已经跑到了她看不见的地方。

用几分钟解决卫生问题，江桃出了房间。次卧、书房的门都开着，里面没有人，客厅被落地窗那边的光线照亮，同样安静到仿佛无人居住。

江桃走进厨房，电饭煲里煮着粥，蒸锅里小火蒸着红薯，台面上摆着两个洗过的番茄、三个鸡蛋。做番茄炒蛋很快的，江桃决定等曹安回来洗澡的时候再开火。

客厅到处都很干净，江桃给几盆绿植浇了水，继续去卧室看装修案例。

当玄关传来开门声时，江桃看向屏幕右上角——6∶35。合上笔记本电脑，江桃走了出去，才经过书房，曹安的身影就出现在了走廊尽头。

他穿了一套黑色运动服，短裤短袖。此时他前胸后背都湿透了，薄薄的衣料紧紧地贴在身上。大概也没有料到会撞见她，曹安原地停住，导致江桃清清楚楚地看到了他被湿衣勾勒出来的宽阔胸肌，下面的腹肌也若隐若现。

江桃根本不好意思去数他有几块儿腹肌，愣了三秒后便装作"这种画面也没有什么大不了"的样子，保持正常的脚步继续往前，从他身旁经过，朝着厨房的方向道："你去洗澡吧，我去炒菜。"

曹安转身，看着她快要红透的耳垂，笑了下："今天休息，怎么起这么早？"

江桃脑海里还是他的胸肌，胡乱回答："我本来也不是天天都睡懒觉。"

人都躲进厨房了，曹安提醒道："红薯可以拿出来了，冰箱里有速冻包子，我吃两个，你看着放。"

江桃："好。"

曹安回卧室拿衣服，很快进了卫生间。

听到关门声，江桃才朝那边看了眼，心扑通扑通的，然后从冰箱拿了两个拳头大的包子放进蒸锅。

几分钟后，曹安从卫生间出来了，瞥了眼在炒菜的女朋友，他先把运动服放进洗衣机，再来到厨房。

江桃盯着锅里，用随意的语气问："跑了多远？"

曹安："绕湖一圈，八千米。"

江桃真心佩服："你上学时参加过运动会吧？"

曹安："没有，体育委员不敢动员我，我也不喜欢太出风头。"

江桃想起自己读高中时，愿意参加运动会的女生不多，体育委员就挑她这个软柿子，怂恿她报过一次八百米项目。

"我来吧。"曹安站到了她身后，仿佛随时都准备将锅铲从她手里夺过去。

江桃被他的气场裹挟，根本不用他抢，非常配合地让了位置。

粥已经好了，是香喷喷的香菇鸡肉粥，江桃盛了两碗放到餐桌上凉着，再去把已经没有那么烫的红薯切成几段，剥了皮。

"等会儿我去上班，你自己在家会不会无聊？"曹安端着一盘番茄炒蛋坐下，看着她问。

江桃："还好吧，争取今天跟外婆把装修风格选好。"

曹安夹了一截红薯。

他的头发还有点湿，线条冷硬的脸庞上看不出他刚刚跑过八千米，不过江桃发现他的皮肤状态很好，不见一颗痘痘。趁曹安低头吃东西，江桃多看了他一会儿，视线落到他嘴唇上方，那里有一圈淡淡的胡青。

江桃垂眸，想起读书时身边的男同学，初中时还没有长胡子，高中时胡子就明显冒了出来，有人会刮掉，有人选择留着。只是十六七岁的男生长着胡子也显得青涩，三十岁的曹安刮了胡子也难掩成熟内敛。

曹安去上班前，对江桃道："记得挑部电影，我晚上回来看。"

江桃自己选了五种看起来很舒服的装修风格，用手机拍照全部发给外婆。

外婆看哪一套都夸好，直到江桃把第五套原木奶油风的装修案例发过去，小老太太一下子就拍板要这个了。

江桃："这个颜色会不会太年轻了？"

外婆："什么年轻不年轻，装修跟买衣服一样，只要喜欢我就买。"

江桃："行吧，还有地板的问题，曹安说卧室铺木地板住着舒服……"

外婆："别，还是瓷砖吧，我可怕再下一次暴雨，木板没瓷砖耐用。"

江桃："好像也有仿木纹的瓷砖，那咱们选这种？"

祖孙俩热热闹闹地聊了好久。

下午江桃睡了个午觉，醒来开始选晚上要陪曹安看的电影。

她总觉得曹安不会喜欢看单纯的爱情片，动画片更是与他的气场不符，于是挑了几部科幻题材的电影。这种电影江桃也喜欢，图的是不同于现实生活的新鲜刺激，爱情题材的电影太多了，必须特别有新意才会吸引人。

曹安是5点出头回来的。

江桃略带酸味道："你上班的时间才是真正的朝九晚五吧。"

曹安站在玄关那边，一边换鞋一边道："我以前也经常加班，毕竟早早回家也没有什么事可做，现在不一样了。"

他没说哪里不一样，但他的目光落在女朋友身上，不言而喻。

江桃连他的注视都觉得烫，再加上他话里的暧昧，立即又给男朋友表演了回变脸。

曹安低笑，传说里有个田螺姑娘，他给自己找了个桃子姑娘。

暧昧过后，两人一起去准备晚饭，江桃聊聊自家的装修，曹安说说公司里的事。他的上班地点分为郊区的工地与市里的公司，有时候一天可能两个地方都要跑。

晚饭后他们仍然去了湖边散步，7点半回来，曹安要先洗个澡再来看电影。江桃也去洗了，今晚不用洗头，十几分钟她就冲好了。

曹安比她先出来，端了一盘水果放到茶几上，他穿的是白色睡衣，与昨晚那套黑色的样式相同。

"选好片子了吗？"曹安看向明明今晚都不会再出门，却还是穿了一条到小腿的浅色牛仔裤的女朋友。

江桃努力忽视他的视线，与他隔了一个位置坐下："《源代码》你看过吗？我看评分还可以。"

曹安摇摇头，打开视频网站，搜索片名。

江桃："对，就这个。"说着，她拿起左边的抱枕放到怀里，背靠沙发，一副认真看电影的样子。

"边吃边看。"曹安将茶几上的水果盘放到她右手边，他坐下来的时候，顺便离江桃近了点，这样两人都方便吃水果。江桃并没有在意这点小细节。

电影挺抓人眼球的，江桃渐渐连水果都不吃了。

曹安将果盘放到茶几上，站了起来。江桃下意识地看过去。

曹安解释道："我去关下餐厅的灯。"

一分钟都用不上的小事，江桃没有暂停播放。

很快，曹安回来了，这次，他挨着江桃坐下。

压迫感瞬间包围了江桃，她左手抱着抱枕，原本随意搭在沙发上的右手想抬起来，又觉得太刻意。这犹豫的工夫，曹安握住了她的右手。人造电流就这么传了过来，电得江桃口干舌燥，注意力也再难集中于电影剧情上。

"要不要靠着我？"曹安用拇指指腹擦了擦她的手心，"当然，我只是觉得你靠着我可能会舒服点，没有别的意思。"

这话还不如不说，江桃心跳变得更快了，脑海里浮现出大学放假回家坐火车时，有时候对面会坐着情侣或夫妻，坐累了，女方就会靠着男方的肩膀。她与曹安已经开始谈恋爱了，总要慢慢试着做一些亲密举动。江桃也并不抗拒这样的尝试，就像曹安第一次握住她的手，她一点都不反感一样，有的只是紧张悸动，陌生又强烈。

江桃慢慢地往他那边靠。

曹安松开她的手，手臂绕过江桃的肩膀搭在沙发靠背上。仿佛过了很久，其实最多只有几十秒，江桃的头终于碰到了曹安的肩头，宽阔结实。可这毕竟是人的身体，江桃有点担心会压到他。

似乎猜得到她的胡思乱想，曹安搭着沙发的左臂收拢过来，抱住她的肩膀，帮她完完全全地靠了过来。

江桃怀里的抱枕滑到了两人中间，一半压着江桃的腿，一半压着他的。她立即把抱枕抱回来，双手抱。

"舒服吗？"曹安问。

江桃胡乱点点头，身体还僵着。

曹安不再说话，也没有其他举动，继续看电影了。江桃渐渐地放松下来，过了一会儿，她自动调整成更舒服的姿势，双腿侧放在沙发上。

曹安垂眸，她的脑袋近在眼前，发丝细软，不像他的头发，又粗又硬。他左手长时间搂着她的肩膀并不舒服，更自然的姿势，应该是放下去，搂着她的腰。

曹安也这么做了。

她的身体明显又僵硬起来。曹安低声解释："这样我比较舒服。"

江桃看着屏幕："嗯。"

只是腰的位置过于特殊，江桃有些不适应。这一次，江桃用了更长的时间才确定他不会有其他举动，然后重新放松下来。

事实证明，长时间抱着东西，手臂确实会累，江桃捏了捏怀里的抱枕，视线转动，忽然将抱枕放到曹安的大腿上，她再把右胳膊搭在抱枕上。

曹安又看向她的手臂，白皙纤细，手腕那里隐隐能看见淡青色的血管。

九十分钟的电影仿佛很快就结束了，屏幕上开始播放片尾字幕，轻搭在江桃腰间的手却并没有松开。

"再看一部？"曹安右手拿起遥控器。

江桃："行啊，你挑，我去倒点水。"

曹安自然地松开了手。

江桃帮他也倒了一杯。回来时，她想了想，主动抱住了男朋友的手臂。

这也是个亲密的姿势，既能避免让他碰到自己的腰，又能避免他产生她不喜欢那样的误会。她确实没有不喜欢，只是总是悬着心，担心不小心碰到。

然而刚刚抱稳曹安的胳膊，江桃就猛地意识到，她给自己挖了一个大坑。

她红着脸推开了那条修长结实的手臂。

曹安右手还在按遥控器选片子，疑惑地看了她一眼："怎么了？"

他的语气是那么平静正常，江桃松了口气，也许压的时间太短，他根本没有察觉到。

"没事，我坐你那边去吧，老往一个方向歪着脖子怪酸的。"

曹安点点头，遥控器换到左手，等她站起来，他往左边挪了挪，保证两人都坐在最佳观影区。

只是，当江桃从他的面前经过时，曹安不着痕迹地看了眼女朋友。

第17章

老房的拆装施工选在了江桃、曹安都休息的一天。

早上出发时，曹安从玄关柜某一层拿了一条烟。

"你抽烟？"江桃好奇地问，认识这么久，她没见他抽过，也没有从他身上闻到过烟味儿。

"偶尔应酬时抽几口，平时基本不抽，这条等会儿给装修师傅们。"曹安看过来，"你会介意吗？"

江桃摇摇头，大家都工作了，谁都有难以避免的应酬。不过，她有点想知道曹安抽烟是什么样子。

她长了一双会说话的眼睛，曹安笑了笑，翻出一盒开过的，抽出一根放到口中，再看向女朋友。

拿铅笔画图会中和他凶冷的气质，显然，烟与他黑老大的气场吻合，起到了强化的作用。江桃没敢接他这个眼神，绕到了他背后。

曹安收起烟盒，一手提着那整条烟，一手揽住她的肩膀，进了电梯才松开。

这次回和平小区，江桃发现一楼住户有很多在重新装修，师傅们搬着旧家具出来，外面也摆着一袋袋的拆除废料。

曹安也注意到了："这次水灾成了全国新闻，市里肯定会尽快安排这边的排水系统改造。"

江桃巴不得如此。

黑色越野车停到了五栋楼这边。

他们出发得早，曹安联系的装修师傅们还没到，江桃先去里面看了看。里面依然脏乱，残留着消毒水的味道。

毕竟是住了二十多年的家，突然要拆了，江桃还挺不舍的。

"小桃回来啦？这几天怎么都没看见你们？"隔壁的李老头走过来，看看曹安，一脸探究。

江桃解释道："我们要重新装修了，弄好了再搬回来，今天开始施工，要给你们添麻烦了。"

后备厢里装着她给邻居们准备的小礼物，曹安把送李家的那份拿了过来。

李老头客气了客气就收下了，他将礼物放回家里的时候，江桃往102看了眼，发现李家已经打扫干净了，不过也是三十来年的老装修，被水泡过显得更旧。

"咱们这边好多装修的，你联系的哪家公司，装完大概要花多少钱？"折返的李老头热络地跟江桃打听。

李老头刚五十多岁，身体硬朗，偶尔还会去外面做些零工。他与李奶奶手里有些积蓄，以后注定要在这边养老了，闹了一回水灾，老两口也有心重新装修，只是还没想好要装成什么样的，去外面打听一圈，有人说几万块能装好，有的说要十几二十万块，没个定数。

选择困难这种病，不分年龄。

江桃看向曹安。

曹安对李老头道："我们家是做工程的，没去外面找装修公司，自己做的设计，建材家具也都从合作那边拿便宜价，全部算下来要十万块。"

江桃心中一动，表情没有任何破绽。

李老头皱眉："你们自己弄，还要这么贵？"

曹安笑笑："我们用的都是质量好的材料，同样的材料，你去找装修公司，少说也要十五六万块。"

李老头："啥好材料啊，跟坏的有什么区别？"

曹安很有耐心，给李老头科普了一遍。

李老头对材料优劣有数了，又想看看江桃家的设计图。

曹安已经画好了，两人手机里都存了一份，曹安翻出来，一张张滑给李老头看。李奶奶也凑了过来，看得眼睛发直。她嘴上没说，可心里很清楚，这种装修去外面找人弄，十万块肯定不够的。

曹安："我们找的装修师傅平时都是做新小区的装修，不接一两户的零活，咱们两家离得近，你要是想装，让他们一起弄了倒也方便，别的人家您就是给我们介绍单子，师傅们也没空接。您要是同意，咱们两家就一起弄，别再往外面宣传了，不同意就算了。"

李奶奶："行，我们考虑考虑，还得给儿子打个电话商量商量。"

曹安："应该的。"

李奶奶交代江桃："把这些照片发我一份哈！"

江桃一口答应。

两口子走了，江桃关上大门，一直带着曹安走到里面的卧室，她才小声问："到底哪个价格是真的？"

她怕曹安五万块拿不下来，还得他自己掏钱垫补。

曹安看着她道："五万块是我替女朋友拿到的专属优惠，成本价。十万块是大项目折扣价，同等质量，他们真通过我装修，确实能省好几万块。最后我再拿你们两家的十五万块去合作方那里拿两套材料，让他们赚五万块的利润，还可以少搭些人情。"

对女朋友家只有普通交情的邻居，曹安可以照顾，但没必要照顾到与女朋友同等的地步。

他观察着女朋友的表情，如果她想多照顾一下隔壁，他也不介意。

江桃并没有那么真善美，曹安搭进去的人情难道不用还吗？

"挺好的，回头我跟外婆说一声，让她对外统一说花了十万块，省着露馅儿。"

曹安笑了笑，摸她的头："像一家人。"

江桃也笑，看向窗外。

一辆电动三轮车缓缓停了过来，开车的是个五十岁左右的老师傅，后面坐着四个三十来岁的中年师傅，都穿着工服。

曹安带着江桃出去了。

老师傅姓郑，从二十多岁就在曹家的公司做施工项目，那四个年轻人都是他徒弟。

介绍过后，曹安把一整条烟递过去："这边就麻烦郑叔了。"

郑师傅看看江桃，笑眯眯道："曹总放心，咱们的手艺你是知道的，保证把里面装修得漂漂亮亮。里面的东西确定都不要了是吧？那我们马上就开工！"

江桃："不要了，您随便处理。"

郑师傅也不废话，带着徒弟们先在101外面摆上香炉，来了一次简单的开工仪式后，就进去忙了。

李老头、李奶奶又凑过来看热闹："就五个师傅啊？这要装多久？"

曹安："8月初能装好。"

现在已经是6月下旬了，也就是一个半月左右就能搞定。

"连我们家的一起呢？"

曹安："那你们这边可能要晚个十来天，还得这两天马上搬家，一起拆了。"

老两口的紧迫感一下子就上来了。

第二天老两口联系江桃，说他们要一起装，还要求瓷砖、柜子什么的完全跟江桃祖孙俩的一样。江桃也没有客气，带着曹安提前准备好的价目详单、装修承包合同去跟老两口签字，并收了三成的预付款。

李奶奶试探道："小曹这个价格真是最优惠的了啊？跟你们要的会不会更便宜？"

江桃笑："都一样的，我跟他才在一起没多久，他能争取到这个价格我已经很满足了。"

李奶奶半带酸味半羡慕道："你命好啊，交了个有钱的男朋友，可千万要抓牢！"

7月下旬，曹安要去隔壁市出差几天，为那边的跨湖大桥施工项目提供技术支持。

江桃在他来接自己下班时得知了这个消息。要说不失落是不可能的，外婆不在桐市，她已经习惯了每天都跟曹安在一起。可出差无法避免，她只能装成欣然接受的样子，问些大桥施工方面的事。

曹安一一回答，等女朋友实在找不到话题了，他才说起自己关心的："我好像听外婆说过，你有驾照？"

江桃："有，不过我拿了驾照后一直没开过车。"

曹安："从湖边来医院没有直达的公交车，转来转去也浪费时间，我还有一辆车，已经从老爷子那边开过来了，吃完饭陪你去练练，敢开了这几天自己开车上班。"

江桃刚听这话就开始发慌了，比第一次给真人注射还紧张。

曹安："早晚都要跨出这一步，早点练熟了，将来带外婆去哪里玩也方便，我未必总是有空。"

江桃被他说服了，但还是有顾虑："我不小心把你的车撞坏了怎么办？"据她的观察，曹安挺爱惜他的车的，常跑工地的人，地垫上居然没有一点土。

曹安笑："车坏了可以修，但人不能出事。"

那语气就好像江桃跟车一样，都是他的，江桃还得他来负责、爱惜。

她扭头看窗外了。

越野车开进翡翠嘉园的地下车库，江桃果然在曹安常用的车位旁边发现了一辆黑车。江桃不懂车，视觉上觉得这辆要比曹安的黑色越野车便宜些，开到医院更低调。

"什么时候买的？我都没见你开过。"她围着黑车绕了一圈，问道。

曹安："刚毕业那年，开了没多久换了现在这辆，去工地更好开。"

江桃第二次感受到了男朋友的实力。

曹安揽着她的肩膀往电梯厅那边走："旧车，你随便开，剐了蹭了都不用心疼。"

江桃回头又看了一眼黑车："看起来还挺新的。"

曹安用手转过她的头："那是因为不常用。"

被迫看向前方的江桃：……

这时，有人从电梯厅走出来。江桃还不习惯在人前被曹安搂着肩膀，特别是车库这种过于安静、人少的场合。撞上对方本能下投过来的视线，江桃垂眸，人也往曹安那边偏了偏。

曹安只是朝这位有些面熟的同幢楼住户点点头，修长的左手依然轻扣在女朋友的肩膀上。

电梯里北面是镜子，江桃一进来，就看到了自己跟番茄一样红的脸。视线一转，发现曹安也在看她，江桃立即背对镜子，至少不用与他在镜子里对视。她盯着合拢的电梯门，忽然，右脸脸颊有什么轻轻擦过。

江桃愣了几秒才反应过来，是曹安碰了她的脸。她微微低头。那手居然重新抬了起来，趁她没防备又碰了两下，只用食指指背蹭的那种。

江桃没什么威力地瞪了他一眼，然后往旁边走了几步，躲开他能摸到的范围。她余光盯着他的左手，盯了一会儿，曹安把手插进了口袋。

江桃松了口气。

十六层到了，曹安比她先跨出电梯，江桃习惯性地跟在后面，没想到他突然转身，江桃差点撞到他胸口。就在江桃疑惑他怎么这样时，曹安放在外面的右手抬起来，又蹭了一下她的脸。

他光明正大地，将她堵在这条不会再有人经过的走廊上，捉弄她。

明明该理直气壮地批评他一顿，最终她却只是红着脸绕过他，去开1601 的门，直接回了卧室。

过了一两分钟，曹安给她发消息：生气了？

江桃口是心非：嗯，不想见你了。

曹安：你这样，你的手、肩膀会觉得不公平。

江桃：它们怎么想不重要，我才是主人。

曹安：你对我这边也挺双标的。

江桃：？？？

曹安：眼睛可以看，手不能碰。

江桃：……

曹安：出来吧，一起做饭，别想偷懒。

江桃：以前你都不用我帮忙，这么快就变了？

曹安：我明天出差，今晚多看你几眼。

江桃扔了手机，双手捂脸。

厨房传来水声，她呼口气，硬着头皮出去了。

吃完饭，跟着曹安出门时，江桃心里那头乱撞的小鹿已经彻底老实了，只剩即将正式成为司机的紧张。

曹安把车钥匙给她，从用钥匙给车解锁、上锁开始教起，能用说的绝不动手帮忙。

系好安全带，江桃看向导航："去哪儿练？"

曹安："你们医院，开过去再开回来，休息几分钟再开一个来回，明早我再跟着你去一次医院，应该就熟练了。"

江桃必须承认，他这个安排真的很实用。

真正发动汽车前，江桃感觉自己的胳膊、双腿都在抖。

曹安上半身靠过来，握住她一只手道："放轻松，我又不是驾校教练，你做错了我也不会骂你。"

江桃没忍住，笑了。只是她脑海里冒出一幅画面，如果当初她的驾校教练长曹安这样，那她可能连车都不敢上吧。

以蜗牛般的车速慢慢开出了小区，到了外面的马路上，江桃正式开始了自己的"小蚂蚁误闯繁华都市"之旅。

第一个来回开完，江桃胸前背后都是汗，曹安都下车了，她还在驾驶位坐着。曹安绕过来，敲了敲窗玻璃。江桃一动不动。

曹安弯腰，叫她："出来。"

江桃瞥了眼自己，还是不想动，这样下车见他好尴尬。

曹安扫了一眼，去后备厢拿了一件长袖衬衫。

江桃披上衬衫系好扣子，挡住了上半身的狼狈，这才慢吞吞下了车，站到地上，双腿都是软的。她耳边贴着汗湿的碎发，脸颊因为一路的紧张变得潮红，再加上过长的衬衫衣摆下微微发抖的腿……

曹安走出一段距离，背对她站着。

江桃不明所以地看着他高大的背影。什么意思，受不了她这个新手司机，生气了？

过了一会儿，曹安走回来，看起来还算平静："去楼上坐会儿，还是去小区里走走？"

反正短时间是不能重新上车了。江桃刚才一直在车上坐着，现在只想走走。

曹安牵起她的手。

江桃仰头，试探着问："你是不是不高兴了？"

曹安看过来："我为什么要不高兴？"

江桃垂眸："嫌我笨。"

曹安微微握紧她的手："没有，我只是需要冷静一下。"

江桃想起考驾照的某些回忆，以为他在学教练的反讽，嘀咕道："生气才需要冷静。"

曹安顿了顿，看着前面一辆开进来的车，道："我没生气，是怕别人看见咱们站在一起，误会。"

江桃不懂："误会什么？"

曹安还在盯着那辆车，盯得车里的司机脸色都变了，他才低声道："误会我在车里对你做了什么。"

江桃看向身上的衬衫，感受着仍然发虚的身体，想起下车时在后视镜里瞥见的自己，顿时蹿起一身的火，急急甩开他的手，自己往前走了。

曹安保持十步左右的距离跟着。

小区里绿化做得很好，晚上也很安静，可江桃的心怦怦地乱跳，与开车时的紧张又不一样。

"去外面买杯奶茶？"绕到小区北门附近，曹安终于开口了。

江桃不想喝奶茶，想上卫生间："回去吧，我换下衣服。"

曹安："嗯。"

两人保持没有对话的状态回到楼下，江桃想了想，指着一楼大厅里的沙发道："我自己上去，你在这里等我。"

曹安："好。"

江桃马上进了电梯。

随着独自一人的时间变长，她的心跳总算恢复稳定。

走进主卧卫生间，江桃先看向镜子，出过一身汗的人不狼狈才怪，可思想被他带歪了。她快速地冲了一个澡，头发吹得半干就下去了。

一楼大厅，曹安双肘搭在膝盖上，面无表情地看着手机。听到脚步声，他抬眸，就看到自己的女朋友换了一条长到脚踝的裙子走了过来。

曹安收回视线，保持坐姿，仿佛要继续看完屏幕上的内容。他多少能猜到女朋友的心思，大概觉得换了裙子，等会儿练完车就能完美掩饰住她发抖的腿。

"在看什么？"江桃努力装作什么暧昧对话都没发生过的样子，站到他身边问。

曹安将手机屏幕转向女朋友，视线落在她微微晃动的裙摆上。

江桃看到了一张大桥施工图，复杂的线条设计，密密麻麻的数字备注。

再看男朋友凶冷又沉稳内敛的脸，江桃彻底放松下来。

她喜欢他如此专业学术的一面。

第18章

第二次从医院开回小区，江桃的熟练度已经从零提升到了百分之五六。她身上还是有汗，但总算没那么离谱了。

看看时间，10点5分。

"行李箱收拾了吗？"下了车，江桃问耐心陪她练了三个小时车的男朋友。

曹安："上去再收拾，带三四套衣服就行。"

江桃想到明天的分别，情绪低落下去。

回到1601，两人分别去冲澡。

江桃洗过一次了，所以这次洗得很快，出来时听到客卫那边居然还有水声。江桃有点奇怪，以前曹安洗得比她快多了。

虚掩了卧室的门，江桃坐在床边，默默地听外面的动静。等得无聊，江桃玩会儿手机，再跟方蕊聊聊天。

江桃：今晚我开车上路了。

江桃：明天曹安出差，这边离医院远，公交车不方便，他让我开他另外一辆车。

方蕊：哪种车？

江桃说了汽车品牌。

方蕊：既然是曹老大的车，是不是带字母？

江桃：什么意思？

方蕊发了一张车尾的截图给她，并用红线圈出车标下面的字母。

江桃：我没注意，这种车怎么了？

方蕊：你对车真是一点都不懂啊，带字母的贵，应该不比他那辆越野车便宜。

江桃傻了。

她对车的了解不多，所以她也没特意去辨认车的品牌。想到自己之前还觉得曹安行事低调，从来没有特意显摆过他家有钱，江桃又尴尬又好笑。

原来不是他低调，是她不识货。

趁曹安还在洗澡，江桃去了一趟车库，绕到今晚开了三个小时的车后面，果然看到了那几个字母。江桃只觉得庆幸，要是她提前知道这车的价格，今晚出的汗大概会多一倍。

江桃回了楼上。

曹安居然还没出来！算起来他已经洗了二十分钟了，远超他平时洗澡的时间，而且水声一直在继续，倒好像是里面的人晕倒了一样。

江桃有点不放心，她又等了三分钟，便不管那么多了，走到卫生间门前。她先听了听，除了水声，真的没有其他动静。

江桃敲门："你，你没事吧？"

短暂的沉默后，里面传来曹安比平时要暗哑的声音："没事，顺便洗了衣服。"

她都是洗完澡来洗面台这边洗衣服，曹安居然一直放着淋浴的水。紧跟着，她又为自己的敲门感到别扭，解释道："我还以为你晕倒了。"

她刚说完，水声停了，曹安道："我马上出来。"

江桃快速回了卧室。

她听见曹安吹头发的声音，听见他去外面挂了衣服，直到他进了次卧，发出放平行李箱的动静，江桃才慢吞吞挪到他房间门口。

次卧的门完全打开着，江桃靠在挨着主卧这一侧的墙边，正好能看到曹安从衣柜里取衣服的身影。

曹安随手将衬衫从衣架上拿下来，平静地看了女朋友一眼："有事？"

江桃垂眸，小声道："我刚刚跟方蕊聊天，提到练车的事，她问我你的车带不带字母，我下去看了。"

曹安笑了下："车贬值很快，刚买的时候贵，现在都变成八年的旧车了，哪怕保养得好，也卖不了多少钱。"

江桃心里的压力一轻。

曹安把手里的衬衫递过来："帮忙叠一下？"

江桃看看那件白衬衫，走了进去。他往外拿衣服，她站在床尾这边叠，叠好了再交给他放进行李箱。衣服裤子都收好，曹安取出一条灰色的四角短裤。

江桃马上出去了。

她身后传来男朋友的澄清："这个我自己收，没想让你帮忙。"

江桃重重地关上门。

第二天江桃 6 点就醒了，洗完脸走出去，发现曹安的行李箱放在客厅一角，他没有去晨跑，而是在厨房准备早饭。

江桃坐到沙发上，歪头看他。

这样的画面她其实已经看了一个多月，只是因为接下来好几天都要看不见了，那份赏心悦目的氛围就变成了小伤感。

吃饭的时候，江桃基本低着头。曹安沉默地看着。

吃完就要出发了，曹安一手牵着她，一手拖着行李箱。

到了车库，他将行李箱放到越野车的后备厢里，再拉开另一辆车的副驾车门。

江桃坐进车里，问："到了医院，你打车回来？"

曹安："嗯，上午到那边就行，不急。"

江桃："其实我自己慢慢开也行，还是别麻烦了。"

曹安："我怕你迷路，迟到了反倒怪我乱出主意。"

江桃笑了笑，发动汽车。

路上她的精神高度集中在开车这件事上，都没有余力与男朋友说话，终于开进住院楼外面的停车位，已经7点40分了。

车子熄火的瞬间，江桃看向旁边。曹安似乎没有注意到，推门下车了，顺手提走了她的包。江桃跟了下去。

曹安："走吧，送到电梯厅。"

住院部这边比门诊部人少，还没到开放探视的时间，往里走的基本是医护工作者，也有昨晚陪夜的病人家属往外走。

路不长，就算江桃有意放慢脚步，很快也就到了电梯厅。这里没人，曹安帮她按了上升键，再把包递给她。

江桃看着电梯上快速变化的楼层数字，在即将变成"2"的时候，她转过去，抱住了身边的男朋友。

他太高，抱起来倒是方便，江桃脸贴着他宽阔的胸口，手正好环着他的腰。她能明显感觉到他肌肉的收缩，与此同时，身后"叮"的一声，电梯到了。

江桃松开曹安，知道他在看着她，一进电梯就快速按住关门键。直到电梯真的要合上了，她才抬头，只是视线模糊，什么都看不清了。

曹安抬头，看着载着她的这架电梯逐层上升，直到五楼，停止不动。身后传来脚步声，曹安顿了顿，转身走了。

他站在医院外的马路边，等待距离这边还有两公里的网约车。

旁边不停有车经过，曹安看看手机，给她发了一条消息：哭了？

她一直低着头，他没看清楚。

江桃：没有，我要去交接了，你到了那边跟我说一声。

曹安：好。

再看一眼网约车的车牌号，曹安收起手机，望向车开来的方向。

几分钟后，一辆白色的网约车停到了路边。

司机是个年轻人，看着坐进车里的凶脸男人，司机喉头一滚，非常客气地道："大哥，是去翡翠嘉园吧？"

曹安看他一眼："是。"

年轻人专心开车，曹安仍然盯着对方的脸。一滴汗渐渐成形，从年轻司机的额头滚落，他尴尬擦掉，心虚地透过后视镜与曹安对视一眼："大哥，有什么事吗？"

曹安："没事。"说完，他靠进椅背，偏头看向窗外。

年轻司机如释重负。

晚上9点15分，江桃小心翼翼地成功将车停进了熟悉的车位。下车时，江桃看了眼旁边空置的车位，想了想，拍照，发给曹安：我回来了，一路顺利。

曹安并没有马上回复，他的上一条消息还是中午发来的午饭照片。

他可能有事在忙吧，江桃先上了楼。

跟外婆打了半小时的视频电话，又跟方蕊插科打诨了一会儿，江桃去洗澡了。

因为曹安不在，江桃洗完就换上了一套睡衣，出来后看看放在床上的手机，江桃拿起床头柜上的水杯，先去外面倒水。她站在饮水机旁，马克杯刚接了四分之一，玄关那边突然传来成功解锁的电子提示音。

那一瞬，江桃的心跳都停了，第一个念头是家里来陌生人了，随即又被"是曹安爸爸妈妈"这个念头取代。

就在她复原饮水机出水按钮的同时，大门被人推开。

站在门外的，是曹安。

江桃愣住，一手拿着杯子，呆呆地看着此时此刻明明该在隔壁市一家酒店的男朋友。曹安也在看她，只是看的不光是脸，视线明显在她身上移动了一个来回。

她这套睡衣与性感毫不沾边，购买时商品介绍是"可爱甜美风"，纯棉质地，短袖短裤，普普通通的白底印着一些浅棕色的卡通小熊。睡衣的保守程度与常见的短袖短裤差不多，问题是，因为不会再出门了，江桃里面没有穿胸罩。

离得这么远，睡衣也没有那么透，曹安应该看不出来吧？

"你，你怎么回来了？"

减轻尴尬的办法就是假装一切正常，江桃收回视线，低头继续接水，出水声掩盖了她怦怦的心跳声。

曹安跨进来，关上门，换拖鞋时目光依然落在她身上："吃完晚饭没有其他安排，我看时间还早，就回来了。你要睡了？"

江桃接好水了，对着卧室的方向道："还没，打算再看会儿书。"

曹安走向她："专业书？"

江桃点头，身体往另一个方向偏："你，要不要去洗个澡？"

曹安："在酒店洗了才过来的，车上开着空调，没出汗。"说完，他人已经站到了江桃左边，堵住了她回卧室的路。

江桃下意识往后退了一步。

曹安："书必须看吗？不是必须的话，一起看个电影？"

江桃只好去沙发上坐着了，捞起抱枕挡住胸口。

客厅两面的墙壁都是浅棕色的，明亮的灯光再一打，她故作轻松，脚踝叠搭着的两条腿白到发光。

曹安坐到她旁边，拿起遥控器。电视开机之前，光洁如镜的漆黑屏幕照出了沙发上的一对儿男女。

江桃的视线竟然在屏幕上和曹安的视线对上了。

她受不了了，丢开抱枕站了起来："空调有点冷，我去换条长裤。"

曹安搭在沙发上的左手动了动，看着她快步离开。

躲进主卧的江桃无声尖叫，她扑到床上去了。

趴了一会儿，江桃想起什么，捞起手机一看，曹安开进车库后，果然给她发了一条消息通知她，他马上上来。所以，如果她去接水前看看手机，刚刚的尴尬完全可以避免。

几分钟后，江桃换完衣服出来了，上衣没变，只在里面加了内衣，下面是一条休闲长裤。

她偷偷留意曹安的表情。他随意地看过来，下一秒继续看屏幕。

江桃并没有完全放心，知道自己容易脸红，她去关了客厅灯："省点电。"

曹安:"嗯。"

江桃坐回他身边,想捞抱枕时,才发现两个抱枕都被丢到了沙发另一头。

"接着看第二部?"曹安调出了一部海盗系列片。

江桃忽略抱枕的问题,点点头。

曹安把遥控器放到茶几上,左手绕到她背后,像以前那样搂住她的肩膀。江桃马上就热了起来,除了心理上的悸动和男朋友的体温,也有环境的因素。

环境?

她终于反应过来,作为一个比较节俭的人,回来后因为不需要长时间使用客厅,她根本没有开这边的空调。可她去换衣服前,居然找了"空调太冷"的借口!

江桃真想找条墙缝钻进去。

"还冷吗?"头顶响起曹安平静的询问声。

江桃:……

"其实我也有点冷。"说完,曹安托起女朋友的腿,将她横抱到自己腿上。

江桃恼火地捶他,捶到一块硬邦邦的胸肌。

第19章

曹安一手抱着江桃,一手垫在腿上托着她,做了一层隔离。

江桃能听见他有力的心跳声。

这种抱姿表明两个人的亲密度有了新的进展。但这发生在他连夜赶回来见她之后。虽然曹安没有明说,可江桃知道,他是想她了,才会回来,才会在明早肯定得早起的情况下,提议看电影。所以,就算他故意堵她、捉弄她,江桃也只觉得甜蜜。

身体放松下来,江桃偏头,就这么让他抱着看起了电影。

她脑顶的发丝蹭到了曹安的下巴。

身高差是客观存在的问题,会带来一些不便,就像现在,如果江桃再高一些或曹安再矮一些,两人的面部应该会有一部分重叠,那么曹安只需稍微偏转，就能亲到她的额头或侧脸。现在，他只能亲她的脑袋顶，亲她细软的发丝。

这是一个亲密却足够纯洁安全的位置。

江桃感受到了，因为没有触及心跳警戒线而保持着平静。可她身后的胸膛，包括托着她的那只大手，热度都在持续增加。

盛夏的夜晚，温度很高，随便做点什么都会出汗。

江桃不得不打破他故意配合的蹩脚谎言："热，你去开空调。"

曹安："不是要省电？"

江桃：……

想省也可以，那能不这么紧紧地抱着了吗？男朋友宽阔的怀抱简直就像贴在她后面的电热毯。

"去你房里。"曹安想到了一个既能省电又可以让两人凉快的办法，关掉电视后，抱着江桃朝主卧走去。

江桃还没有从他刚刚那句话里回过神。

去她房里，做什么？单纯地吹空调，还是？

短短几十秒，江桃的体温迅速超过了曹安的。

"我自己走。"在靠近主卧门口时，江桃终于找回了自己的声音。

曹安放了她下来。

刚刚江桃只是想去客厅接水，走的时候随手拉过门免得外面的热气跑进去，但门没有关严，留了几厘米的缝隙。一缕灯光从门缝里射出，照在江桃微低的脸上，一片通红。

曹安用指背蹭了下她的脸："明早我 5 点半出发，陪你说会儿话就睡了，电影过几天再看。"

现在已经快 10 点半了！

想到曹安今晚最多只有七个小时的睡眠时间，且他的话里也并没有别的意思，江桃心不慌了意也不乱了，只剩下对他一路奔波的心疼。

她点点头，推开房门。

曹安瞥了眼次卧，道："我去换套睡衣。"

江桃：……是要在她房间睡的意思吗？

盖着被子纯聊天的话，也不是不可以。

趁曹安不在，江桃迅速收好刚刚换下来的短裤，其他没有要特别收拾的。江桃把自己的枕头挪到大床左边，被子也收拢过来，给他腾出一大半的空间。最后，江桃关了灯，就算只是单纯地睡在一张床上，也怪叫人紧张的，看不见会自在很多。

曹安换了睡衣，还去卫生间冲冲脚，洗了手和脸，这才来了主卧。

推开门，里面一片漆黑，因为次卧的灯开着，让他辨认出她已经躺进了被窝，大半张床都给他留着。其实他并没有在她这边过夜的打算，可女朋友都给他腾出地方了，曹安就又去次卧拿了枕头与被子。

外面的灯都关了，再关上主卧的门，曹安来到床边。

放枕头、铺被子，曹安躺了下来，两人中间完全还能再睡一个人。

随着他完全躺稳，床垫不再动了，江桃才小声问："从那边开过来，要多久？"

他出差的地方是桐市南边的邻市。

曹安："跟小姨他们开过来差不多，两个小时。"

江桃："你明天回去后就先别回来了，晚上开车不安全。"

作为一个新手司机，江桃光想想晚上在高速公路上开车，都觉得危险。

曹安看向她这边："你要是没抱我，我可能不会回来。"

江桃不由得往被窝里缩了缩。

那时候她也不知道怎么想的，就觉得他对自己太好了，不想她挤公交辛苦，那么耐心地陪她练车，出差当天还坚持再送她一回。江桃其实挺舍不得他的，但这种话她说不出口，路上又因为专心开车连一些闲聊都没有，当分别的时刻真正到来，出于补偿也好，纯粹不舍也好，江桃冲动地抱了过去。

就是想让他知道，她也喜欢他的，很喜欢。

如果她为另一个人付出了那么多，肯定也希望能得到一些回应。

"你给我发消息时，我刚洗完澡，出去接水，没看手机。"沉默了一会儿，江桃觉得有必要解释一下她为什么会在他回来的时候穿着睡衣站在客厅。

曹安："猜到了，你要是知道我回来，不敢那么穿。"

江桃逞强："跟敢不敢没关系，这是礼貌问题。"

曹安："你是说，我平时穿睡衣，不够礼貌？"

江桃："咱们又不一样，这是你家，你当然可以随意点。"

曹安："我不介意你也随意点。"

江桃说不过他，背转过去："哎，睡吧，明早我起来做饭，你多睡会儿。"

曹安："我暂且还不困。"

江桃没说话。

曹安看着她模糊的影子："以后都这么睡了？"

江桃立即道："你想得美，今晚是特殊情况，以后各睡各的。"

曹安右手伸到两人中间："手给我。"

江桃："做什么？"

曹安："牵五分钟，牵完就睡了。"

江桃想到曹安在高速公路上开了两个小时车，便改成平躺，再把左手探出被子。曹安根据动静往这边摸了摸，很快就握住了她的手。身高差导致她的手在他手里也是小小的一只，掌心很软，五根指头细细的。

江桃觉得自己的手变成了玩具，被他又捏又揉的，最后他终于老实了一点，拇指指腹却一圈一圈地蹭着她的掌心。

江桃闷声制止："痒。"

曹安不动了。

没有人计时，可能过去了五分钟，又或者十分钟，曹安终于松开了她："睡吧。"

江桃睁开眼睛时，窗帘缝隙外还是黑的，身后是曹安均匀绵长的呼吸。她用最轻的动作拿起床头柜上的手机，躲在被窝里按亮屏幕，现在是4点45分。

一个很合适的时间。

缓了一分钟，江桃直起后背，不太顺手地系好了内衣扣子。

昨晚情况特殊，她快睡着时才偷偷解开扣子，并没有完全取下，包括长裤也一直穿着。去衣帽间可能会吵到曹安，江桃放弃了换其他衣服的想法，蹑手蹑脚地出去了。

她在外面的卫生间随便洗洗脸、漱漱口，用曹安的梳子梳顺头发，这就去了厨房。

冰箱里有曹安从老爷子那儿带回来的速冻水饺，江桃拿出还剩十只的半包，一边煮一边打鸡蛋，做两个蛋饼。

曹安定了5点的闹钟，闹钟才响他立即惊醒，关掉闹钟再往旁边看，才发现女朋友已经起来了。他走出房间，站到卫生间门外时，看见厨房里江桃拿着锅铲的侧影。

窗外刚刚有了亮光，过于安静的清晨，平时总是冷冷清清的开阔客厅，因为厨房里的人影多了生活气息。

曹安想到了昨晚。当他在酒店洗完澡，当他处理完手头文件工作，当他合上笔记本电脑站起来，转身的瞬间对上玻璃窗外陌生的城市夜色，看到窗上他孤零零的倒影时，明明跟以前一样，却不再习惯。所以他拿起车钥匙，开了100多公里，回来了。

等曹安洗漱完毕换了衣服，江桃也将一盘蛋饼、一盘水饺、一碟酱料摆在了餐桌上。她最后端了一盘葡萄出来，对他道："你起太早可能没有胃口，先吃点葡萄吧。"

桌上只有一个人的餐具。曹安："你不吃？"

江桃："我等会儿还要去补觉，睡醒了再吃。"

曹安："那你吃葡萄。"

江桃懂他的意思，是要她陪着他。

两人面对面坐好，曹安看看腕表，低头吃了起来。

江桃把果盘挪到自己面前，慢悠悠地剥着葡萄皮，皮放在一边，果肉放在另一边。葡萄很大颗，果汁充足，弄得江桃手指湿漉漉的。

曹安看了几眼："你平时都这么吃葡萄？"

江桃脸一热，除非皮特别厚的葡萄，否则她都是洗完直接吃的，现在不是没事做嘛，难道要她盯着曹安吃东西？

"给你剥的。"她把盘子往他那边推了推。

曹安几筷子就把剥好的葡萄都夹过去吃了。

江桃一共就洗了一小串，二十来颗，葡萄都剥完，曹安居然也把早餐吃光了！

江桃收拾碗筷，曹安去卫生间漱口。

距离他定好的出发时间还剩五分钟。两个人一个站在餐桌旁边看对方，一个刚刚从厨房出来。面面相觑两秒，江桃垂眸道："你自己下去，还是我送你到车库？"

她上面还是穿着睡衣，曹安道："送我到门口吧。"

所谓门口，距离这边也只有十几步罢了。

江桃默默地跟在他身后。到了玄关，曹安一边换鞋，一边像昨晚进门那样，歪着脑袋盯着自己的女朋友。如果他只是去上班，用这样的眼神看她，江桃肯定跑卧室去了。她绕到了曹安背后。

曹安穿好鞋，转过来看她，高高大大的身影，将江桃堵在他与门板中间。

"再抱一下。"时间有限，曹安直接提出要求。

江桃抿抿唇，张开手臂抱了过去。

跟昨天早上一样的姿势，只是这时候她的脸烫烫的。

曹安上前一步，再一步，被迫退后的江桃就被他抵在了门板上。曹安左手搂着她的肩膀，右手摸上她红红的脸，他的手是那么长，掌心覆着脸，小手指、无名指、中指都碰到了她的脖子。

江桃紧张地闭上眼睛。她能感觉曹安的头低了下来，最后他的唇却只是落在她的脑袋顶。

"太矮了，亲不到。"说着话，他的拇指指腹滑过她的嘴唇。

而他就这么放弃了，揉揉她的头，开门离去。

第20章

曹安走了，江桃也睡不着了，躺回被窝后一直翻来覆去地烙饼。

她想给曹安发消息，"人身攻击"一下他的身高，又怕他开车分心。当然这并不是重点，重点是两人的亲密度可能要更进一步了。

早上快8点的时候，无所事事正在拖地的江桃接到了男朋友的电话。

她一手扶着拖把，一手拿起手机，不等曹安开口，先咬牙切齿地道："你才矮，我165的身高一点都不矮！"

对面传来一声低笑。

江桃故作冷淡："有事吗？"

"有，解释一下，你不矮。"他的声线低沉，礼貌正经，在不用面对面的时候，绅士气质更加明显。

江桃还能生什么气呢？她原本就猜到那是他的小玩笑，更像要逗逗她。

她低下头，看着脚上鹅黄色的拖鞋，这双是她自己带过来的，鞋面分别印着一只卡通形象的柯基图案。

"到那边了？"

"嗯，我刚进酒店房间，换身衣服再去现场。"

"是工作服吗？工人师傅穿的那种？"

"不是，是正常的长裤衬衫，我是工程师，不需要我去搬砖。"

"那你要戴安全头盔吧？"

"对。"

"戴上了拍一张照片发我，我看看你接地气的样子。"

"我平时不接地气？"

"哪儿哪儿都不接。"

忽然有人敲门，江桃差点就要以为曹安又回来了。

曹安也听见了，终于提到正事："早上忘了跟你说，今天阿姨会过来打扫卫生。"

江桃看着自己拖了一半的客厅：……

"我先去现场，中午视频通话。"

通话结束，江桃也赶紧去给保洁阿姨开门。

保洁阿姨有四十多岁，长了一副很和蔼的面相。看到有些尴尬拘谨的业主女朋友，保洁阿姨笑着道："江小姐是吧，曹先生跟我说过了，您快歇着，我来就行。"

江桃让开玄关的位置。

阿姨一边套鞋套一边解释道："我替曹先生打扫卫生有三四年了，上个月我家里有事，一直没时间接单，现在总算有空了。"

江桃听曹安提过，因为有稳定的阿姨，这阵子他没有再联系新人，都是两个人一起打扫的，房子虽然大，但没有特别脏的地方，拖拖地、擦擦柜子就搞定了。

"你长得可真好看。"阿姨瞅了江桃好几眼，还是忍不住夸了一句，"以前我也跟曹先生聊过天，知道他不着急找女朋友，没想到他这么快就谈恋爱了。"

阿姨热情，江桃只好陪聊："我们是相亲认识的。"

阿姨："相亲挺好的，知根知底，靠谱。"

阿姨开始工作，江桃去几个房间看了看，把桌面的一些小物件放进抽屉，方便阿姨擦拭表面。

进进出出碰面的时候，阿姨又与她聊了几句。

"你刚开始看见曹先生的时候，怕不怕？"

江桃笑了笑。

阿姨："我也是，你都不知道，我第一次来这边的那天，曹先生一开门，我吓得真哆嗦了一下。没想到曹先生说话特别客气，中间还给我倒了一杯水，等我收工了，他还夸我打扫得干净，反正就是，听得人心里特别舒服，没有被人瞧不起的那种感觉。"

江桃想象得出那天的画面。

阿姨继续收拾，江桃坐在沙发上跟方蕊发信息聊天。

方蕊：趁曹老大不在，咱们晚上一起吃个饭？你来银行接我下班，我也坐一回豪车。

江桃：赵岳呢？

方蕊：让他一边去，今晚是咱们的闺密时间。

傍晚江桃就去银行接方蕊了。方蕊坐在副驾上，前后看看，惊讶道："曹老大这车不像开过八年的啊。"

江桃目视前方："我在开车，别跟我说话。"

菜鸟司机不容分心。

想到自己刚开车那阵子的紧张，方蕊配合地闭了嘴。

到了商场，方蕊嘴上的门立即打开了，又是聊车又是聊人的。

江桃藏不住心里的小秘密，小声跟闺密分享："早上我们差点就亲了。"

方蕊很震惊："你的初吻居然还在！你们确定关系都有三个月了吧！"

江桃尴尬地推了推好姐妹的胳膊。

方蕊嘿嘿笑，重新抱过来，打听"差点亲"的具体情况。

江桃说到曹安怪她矮时，还是有点生气。

方蕊："他那是撩你呢，真相是他急着出门，亲也亲不了多久，不然就算你矮，他那胳膊难道还抱不动你？"

说完，她特意盯着江桃的嘴唇看了会儿，眼神渐渐暧昧。

江桃学曹安那样，强行把好姐妹的脸转了过去。

两人吃饭的时候，江桃收到了一张曹安发的晚饭照片：外面的餐厅，四人位，除了曹安没有露脸，同桌三位的下巴、上衣都照到了，一看就是男人。

方蕊凑过来看了眼，感叹道："曹老大真是太守男德了！"

等江桃到了医院，换好护士服，曹安又跟她打了两分钟的视频通话，这时曹安已经回了酒店。江桃开玩笑："其实你这么报备，也证明不了什么，因为挂断视频通话后还有很多时间。"

曹安看着她，道："需要的话，我可以买一个便携监控器，入住酒店后装好，你那边可以通过监控软件实时查看。"

江桃垂眸嫌弃道："我才不要看，变态似的。"

曹安："我会一直穿着睡衣。"

江桃：……

早上8点多，江桃交接结束，换衣服时收到曹安的消息，让她上车后说一声。

到了车上，江桃照做。曹安的视频通话打过来了。

江桃设置成了外拍镜头。

她倒是看见了站在湖边的曹安，他穿了一件浅灰色的长袖衬衫，上面三颗纽扣都是解开的，但因为胸肌的存在，撑得衬衫从第三颗纽扣的位置就贴在身上了，并不会像清瘦男人那样，多解几颗扣子，衬衫就空荡荡地挂在那儿。

江桃还在盯着他衬衫的"V"领，曹安问："怎么不给我看？"

江桃："我刚下夜班，有黑眼圈。你穿长袖不热吗？"

曹安："上午有市领导过来，要穿正式点。"

江桃懂了，视线还在他脖子、胸口转圈，不得不说，男人穿衬衫真的很显身材与气质。

曹安："困不困？别疲劳驾驶。"

江桃："知道，你快去忙吧，我也开车了。"

曹安确实也没有别的事。

江桃专心开车，回小区后洗个澡，窗帘一拉，给男朋友、外婆发条消息，手机静音后就睡觉了。

无人打扰，江桃一觉睡到了黄昏。她迷迷糊糊地捞起手机，发现自己收到很多条未接电话的通知，微信消息提示框也是爆满。

江桃吓醒了，是医院出了事，还是外婆出事了？

她先看微信消息。小姨、表弟、方蕊、同事都发了她一条视频链接，那么多消息、未接电话也都跟这个视频有关。

江桃心跳剧烈，点开那条从社交网站上转过来的热点视频。

视频是路人旁拍的视角，湖边围了一群人，突然有个人跑过来，拨开人群跳入湖中，迅速游到一个落水小学生的身边，再顺利将那个看起来读三、四年级的小男生救回岸上。

救人的是曹安。

路人镜头很稳，从曹安出现起拍，一直拍到曹安确认小学生安全后大步离开。整个视频曹安的正脸镜头并不多，且在湖里的时候都是远景，直到上了岸，曹安站起来时，才清清楚楚地拍到了他的正脸。

他的头发、衬衫都湿漉漉地滴着水，平时就不喜欢高调的人，发现周围有人举着手机拍他，他只是短暂地皱了眉头，然后什么都没说，垂着眼迅速离去。镜头跟着他挺拔的背影，直到彻底被其他路人遮挡。

江桃看了两遍视频，才注意到这个热点新闻的标题——凶脸青年见义勇为跳水救人。

不知道为什么，这个标题让江桃很不舒服。说他救人就好了，为什么还特意加个"凶脸"？

江桃也猜得到，这个视频能在社交媒体上火起来，就是因为曹安那张过于与众不同的脸。她点开上万条的评论。

"我的天，这人长得好凶，可以去警匪片里演黑老大了！"

"我严重怀疑小学生落水都没有他被老大救上来的时候害怕。"

"真的吓人，特别是他皱眉的时候，隔着屏幕我都觉得自己被他盯上了！"

"拍照的人也是胆大。"

"身材让人冲动，脸让人逃命。"

"对，身材真的绝了，可惜长了那么一张脸。"

密密麻麻的评论，没有人关心小学生是怎么落水的，几乎都在讨论曹安的脸。

江桃越看胸口越热，有种难以名状的愤怒。

她不否认，她刚见曹安时也想到了黑老大，但她绝不会在曹安面前开这种玩笑。留言的人当然也没有当着曹安的面说，甚至他们根本不关心曹安是谁，只是在看见这条热点新闻时即兴评论，一两分钟后就会完全忘了这件事。可曹安是当事人啊，他会不会看见这些评论？他的亲人、同学、同事会不会看见这些评论，特意转发给他？

视频是中午上传的，江桃去浏览社交网站的首页、爆红热点页时，曹安这条新闻果然已经不见了，像其他普通人的热点新闻一样，迅速被其他内容取代，以后可能都不会再冒出来，也可能在谈到某些类似事情时，被人转发再吸引一拨人的眼球。

江桃再看自己收到的消息。

同事群里第一个提到她的人完全是开玩笑的语气：小桃快来看，你们家曹老大火了！

方蕊：快看，我听同事们讨论，才发现是曹安！

小姨：小曹人还挺热心肠的。

表弟：曹哥好样的！

这种社交网站都有一定的受众圈子，像外婆、李老头他们那样的，除非有年轻人特意转发给他们，否则他们基本发现不了。

也就是说，曹安并不会因为这条视频便变得人人皆知，走到路上谁都认识，但亲朋好友可能都会被人提醒转发，知道他"火"了一把。

曹安下午一直在忙工作，晚饭与同事吃的，回到酒店才看了看手机。

曹妈：什么湖你都敢跳，吓死我了，幸好没事。

曹爸：湖边能有多深，我看见我也跳，又不是不会游泳。

曹妈：你跳没关系，小安出事我心疼。

曹爸：谁也别拦我，现在我就去跳湖，遗产你们随便分！

夫妻俩还是跟以前一样，你来我往聊得热闹，不需要做儿子的插嘴。其他同事、老同学、合作方熟人发来的表扬、调侃等，曹安挑了几条简单回复，其余的都没理会。

至于那条视频页面下的评论，刚开始曹安扫了几眼，现在已经不会再去特意翻看，也没有必要。他能猜到网友们会说什么。类似的话、传达类似含义的眼神，他早已习惯。

　　曹安打开了与江桃的聊天框，手指敲了几个字，又删除了。

　　他靠着床头，看向窗外。

　　主卧浴室里，江桃冲了一个澡。她故意把水温调低了些，偏凉的水不停地冲刷着身体，胸口总算没有那么热了。

　　她上一次又愤怒又担心，还是被患者张阳纠缠的时候，愤怒于他的纠缠，担心自己再也甩不开这个麻烦。

　　随便吹了头发，江桃捡起手机，屏幕上显示着她与曹安的聊天框，但她并没有收到新的消息。江桃暂且也不知道该怎么安慰他，或许他并不需要，或许这种安慰只会让他的心情变得更坏。

　　她先去做饭了。胃口不佳，她做了一道青椒炒肉，一道凉拌番茄，一个人煮米饭还得刷锅有点不值得，干脆热了一个白馒头。

　　三样端上餐桌，江桃想了想，拍了张照片发给男朋友。

　　曹安：这么简单？

　　江桃：我说过，我不擅长做饭。

　　沉默了一两分钟，曹安拨了视频通话过来。

　　突兀响起的提示音让江桃的心跳加快了，她镇定几秒刚要接，忽然想起自己还穿着睡裙。这是一条苹果绿的吊带睡裙，领口的高度处于保守与不保守中间。

　　要换吗？他应该心情很不好吧？她随意一点，表现得对新闻的事毫不在意，他是不是也能轻松些？

　　江桃挂断视频通话，发消息：稍等，我睡醒就爬起来做饭了，还没洗脸。

　　曹安：好。

　　江桃快速跑回卧室，补上内衣，再穿着睡裙回到餐桌旁，手机靠着餐巾盒放好，主动拨了过去。

　　曹安坐到了书桌这边，视频通话接通的瞬间，他看见一大片白。

　　是她的肩膀，以及两条白皙纤长的胳膊。

　　江桃拨打之前是做好了准备的，但察觉到男朋友的视线，脸就又热了起来，垂下眼，夹了一小块儿番茄放进口中。

曹安："怎么不多做一个菜？肉太少了。"

江桃看看那盘青椒炒肉。感觉肉丝放得也还算多？

"晚饭嘛，本来也不用吃太多。"她肩膀很白，显得脸红很可爱。

曹安："睡裙？"

江桃："嗯。"

曹安："站起来我看看。"

江桃瞪他一眼，又把手机调成了外拍镜头，不然她都吃不好饭了。

再看屏幕，曹安伸手从旁边拿了一瓶水，拧开盖子仰头喝了几口。他脖子修长，喉结明显，随着吞咽一滚一滚的。

江桃默默地看着，反正他不会知道她在看他。

曹安放下水杯，再看镜头时，问："新闻的事，你看见了？"

江桃咬了口番茄，随口道："看见了，这种见义勇为是不是有奖金的？有没有给你发？"

她眼睛亮晶晶的，仿佛对奖金很有兴趣。

曹安笑了下："有。"

江桃认真了："多少？"

曹安："发的实物。"

江桃："什么实物？"

曹安视线下移，仿佛还能看见她："一条绿裙子。"

卷三

蜜桃

第1章

曹安一共出差了五天，周一走的，周五结束，不过周五晚上他有个饭局，吃完往桐市开的话，可能 10 点左右才到。

江桃傍晚 5 点多就下班了，她先开车去了和平小区。

这边的装修完全符合曹安计划的进度，在 8 月 2 号的今天完成了所有定制橱柜的安装，接下来电器、沙发、窗帘也会陆续送上门。

江桃慢慢停好车，才下来，李老头就从单元门那里探出了头，看到她一笑："小桃啊，我光听车响就猜到是你，白天师傅们把柜子装好了，你肯定要过来的。"

江桃："巧了，您也过来看房子？"

李奶奶带着孙子去儿子儿媳那边住了，李老头在本小区熟人那里租了一个单间，为的是每天都能过来监督师傅们施工，亲眼盯着那些材料，防着以次充好。

小县城的普通人，存款都是一点点攒起来的，二三十年才装修一回房子，自然希望一分钱一分货。江桃能够理解，自家的装修如果不是曹安找的师傅，她也不可能这么放心。

李老头想跟她进去看看柜子安装得怎么样。新门安了指纹锁，江桃打开门，从玄关柜上拿出两双鞋套，与李老头分别套好。

师傅们离开前，按照江桃的意思打开了窗户，让空气流通，所以里面并没有什么味道。各处的橱柜门、抽屉也都是打开的。李老头看看摸摸再敲敲，时不时地点头："别说，确实都是好木材。"

江桃："有曹安帮忙把关，您放心。"

李老头笑笑，露出几分过来人的精明："那可不一定，有的男人滑头着呢，嘴上说得好听，为了女朋友恨不得掏心窝子，其实也是随便弄便宜货糊弄女朋友，该赚的钱一分都没少赚，除非确定了会结婚，才会真出力。不过小曹肯定不是那种人，听他说话，看他做事，都靠谱，小桃你有福气啊。"

江桃客客气气地听着，看得没他那么细致，逛了一圈返回客厅待着。李老头也不好意思自己长时间在别人家卧室区溜达，出来打声招呼，背着手走了。

江桃关上门，暂且把橱柜、抽屉都关上，拍了好多照片发到小姨一家、外婆都在的家族群里，收获一堆夸赞。

最近都是晴天，把窗户打开继续散味儿，江桃开车回了翡翠嘉园。

这时已经6点半了。江桃先去洗澡，再简单地煮了一碗面，7点半吃完，收到曹安的消息：我回了一趟酒店，现在准备出发了。

江桃：没喝酒吧？

曹安：没喝，他们都知道我要开车。

江桃：行，那你慢点开。

曹安：好，回去见。

聊天结束，江桃放下手机，躺在沙发上发呆。他走前两人差点亲上，今晚回来，应该会继续吧？

光是想想都叫人紧张。

江桃提前去卫生间刷了牙，细致到前面二十多年加起来都没有今晚这么认真。

虽然他们是相亲认识的，但曹安是她实打实的初恋。江桃想要从他那里获得美好的亲密体验，也希望自己能给曹安同样美好的感受。

牙刷得干干净净，脸重新洗了一遍。头发柔软蓬松，散发着清新的洗发露味道。最后只剩着装问题。

穿睡衣？好像太随意了，尤其曹安还借着睡裙口头犯坏过一次。

穿外出的长裤短袖？大晚上的，又太显距离感。

那条视频带来的影响已经消失了，可江桃不确定曹安是不是真的完全不再介怀。尽管曹安看起来与脆弱毫不沾边，但她也不想男朋友有一点点误会她又开始抗拒他的凶脸。

江桃站在衣柜前，选了很久很久，终于拿出一件白色短袖、一条到膝盖上面一点的牛仔背带裙。

江桃觉得这样的搭配既居家，又可以外穿，哪方面都不显得太过刻意，整体是青春可爱风，可也露了腿，不至于让曹安觉得她在邀请什么或是防着什么。

换上衣服，江桃把散开的长发绑成了一个丸子头。

自认为方方面面都很完美的江桃，窝在客厅沙发上看电影了。

现在是 8 点半，等曹安回来的时候，电影还在播，更说明她只是在自我娱乐，而不是特意等他！

抓抓怀里的抱枕，江桃既为这些小心思感到好笑，又感到放松。

该准备的都准备好了，只需要等待就好。

9 点半，专心看电影的江桃接到了男朋友的电话。

曹安："我已经回来了，来超市买点东西，你要带什么吗？"

江桃一下子真想不到自己需要什么。

曹安："那我看着买了。"通话很短，他的声音听起来也没有什么起伏，仿佛只是普通下班，而不是出差了几天。

江桃看看因为坐姿而露出来的一部分大腿，忽然有点尴尬，会不会是她想太多了，那些小心思都没有必要？

因为这通电话，江桃看电影都不专心了，一会儿胡思乱想，一会儿紧张忐忑，甚至还去了一次卫生间。

高考她都没紧张成这样。

时间在等待中一点点过去，二十分钟后，曹安的消息又来了：我到车库了，马上上来。

上来就直接上来好了，这种预告更折磨人好不好！

她心里又明白，这是一种礼貌的表现，避免他突然进门吓她一跳，或者是撞见什么不方便看的画面。

江桃跑去放零食的柜子前，刚想拿出一包瓜子，想起刷了那么久的牙，只好把瓜子放回去了。重新坐到沙发上，江桃豁出去了，改成盘腿，抱枕搭在腿上，做出认真看电影的姿态。

两分钟后，曹安推开门。

玄关直对着客厅，他看见女朋友盘腿坐在沙发上，很舒服惬意的姿势，穿着浅蓝色的牛仔背带裙，很像学生。

曹安微微攥紧手里的购物袋。

江桃看见他一手提着一个大大的、满满的超市购物袋，一手把行李箱拎进玄关，再关上门。

当他看过来时，表情与平时没什么不同，狭长的眼睛依然让她的视线在撞上的瞬间本能地避开。与害不害怕没关系，她是紧张，总觉得他能看出她所有的小心思。

"大桥那边的事情都解决了？"江桃将电影暂停播放，歪着脑袋与他说话。

曹安换好鞋，暂且没动行李箱，把购物袋放到餐桌上，然后朝她走来，看着屏幕道："暂且解决了，后面再有什么问题，我可能还要过去，这是什么电影？"

江桃："《帝企鹅日记》，纪录片。"

曹安又看了眼她身上的背带裙，坐到她旁边，中间隔了能塞一个抱枕的距离。

江桃目视屏幕，拿起遥控器，很随意地问："一起看？"

曹安："还剩多长时间？"

江桃看了眼进度条："九分钟。"

曹安："看吧。"

电影继续播放，只有蓝天海水、冰层企鹅的寂静世界，非常容易净化人的心灵，仿佛能令人忘却俗世的所有烦恼。

事实是，江桃看着企鹅，余光里全是身边的男朋友，想窥探他在看哪里，想知道上新闻的事在他那里是不是真的过去了。

曹安靠着沙发，面部比她的靠后，导致江桃用余光的话，只能瞟见他的模糊轮廓，看不清细节。

在两人极度的沉默中，电影结束，企鹅也不见了。

电视右上角显示着时间，22：14。

曹安偏头看她："还看吗？"

江桃："你想看吗？"

曹安："今晚算了，开回来有点累。"

江桃便关了电视。因为曹安靠着沙发一动不动，江桃站了起来，随手扯了扯身上的背带裙。

曹安的视线，默默地从她背影扫过。

她本来就是比实际年龄显小的长相，再穿这种背带裙……

曹安看向落地窗，夜晚的落地窗，倒映着客厅里的一切。

江桃觉得曹安的状态不太对，小声问他："你没事吧？"是在高速公路上开车累到了，还是心理上的问题？

曹安摇摇头，坐正了，微仰着头看她："什么时候买的这条裙子？"

被男朋友关注裙子，江桃脸一热，低头看看，道："去年夏天，方蕊说我穿这种好看。"

曹安："是好看，就是更像学生了。"

江桃咬唇："也没人规定只有学生才能这么穿。"

她才二十四岁，难道就过了穿背带裙的年纪了？

曹安："新闻的事，有没有给你添麻烦？"

这话题跳跃得是不是太快了？

对上他认真的眼睛，江桃马上道："没有，我同事们都夸你好呢，然后也有好奇你拿没拿奖金的。"

她努力活跃气氛。

曹安果然笑了下，继续看着她问："真不介意？以后可能还会发生类似的事。"

江桃明白他的意思，不就是被人用异样的眼神打量，再被人胡乱猜测两人的关系嘛。与他交往了这么久，眼神、闲话江桃都领教过了，没什么大不了的，她又不认识那些人。

她看着他的膝盖，有点赌气的意味："介意什么，你救人还救错了吗？能确保自己的安全，别逞强就行。"

曹安沉默，过了会儿，他站起来，面部一下子就超过了江桃能够直视的范围。

"行李箱先放着，我去洗澡，你把购物袋里的东西收拾出来。"没有什么煽情的灵魂交流，曹安只是摸了摸她的头，便往卧室那边去了。

江桃觉得这样也挺好，说太多她自己都觉得肉麻。

她走向餐桌，那是一个最大号的购物袋，打开之后，一眼看过去全是零食，也有食盐、纸巾之类的日用品。江桃一样一样地往外拿，有的放进厨房，有的放进外面的柜子。

才收了表面一层，曹安就从次卧出来了，手里拿着一套换洗衣服，走路时朝她看来。

江桃低头。等曹安进了卫生间，她又恢复了自在。

在里面哗啦啦的水声中，江桃终于快要忙完了。她拿出一袋果冻，购物袋底下还剩两个黑金色小纸盒。江桃先把果冻放到餐桌上，好奇地看向盒子正面……

她脸发烫，手也发烫，这一刻才真正明白曹安大晚上的为什么要跑去超市买这么一堆并不是那么急用的东西。

什么绅士，真是坏透了！

第2章

浴室。曹安进来后直接放了冷水冲洗。

在超市时他想的全是女朋友穿那条绿裙子的样子，这会儿就变成了她穿着背带裙坐在沙发上看企鹅的青春形象。

他一手撑着墙，一手抹了一把脸。比平时多洗了几分钟，曹安关掉淋浴喷头。

主卧那边隐隐有说话声，她似乎在跟谁打电话。

曹安垂眸，换上短袖短裤的睡衣，没吹头发，只是擦得不再滴水就出去了。

主卧的门半掩着，听声音，她应该是站在落地窗那边。

曹安看向餐厅，购物袋还在餐桌上，少了一半多的东西，看起来很像她忙着忙着，突然被电话拐走了。曹安走过去，准备完成剩下的整理。

几样零食将那两盒东西完美地压在底下，任何角度都看不见。

主卧里，江桃一边假装跟方蕊说话，一边倾听外面的动静，根据购物袋被折叠的声音判断出曹安已经完成所有整理的工作后，江桃暗暗地松了口气。如果不演这场戏，她不知道该怎么不尴尬地面对曹安。

又装着聊了两分钟，江桃挂断电话，拿着水杯出去了。她微微弯腰站在饮水机前，看了眼刚从厨房里走出来的男朋友，笑着解释道："刚刚有电话，方蕊跟我吐槽她的一个同事。"

曹安接住话题："她同事怎么了？"

江桃临时搬出以前方蕊确实吐槽过的一件事，说完喝口水。

曹安已经站到了她旁边，他这件睡衣还算宽松，但也能看出两侧胸肌的轮廓。

江桃移开视线，关心道："又是上班又是开车，你应该挺累了吧，早点睡？"

曹安："嗯，抱一下。"

江桃想起两人的第二次"抱一下"，差点就变成接吻。想到他今晚买的东西，她的心跳立即快了起来。可是小别后的男朋友明确提议只是简单地抱一下，她没有理由拒绝，也不想拒绝。他离开这几天，江桃很想他。

放下水杯，江桃将头埋到了他怀里，接下来会怎么样，她决定完全交给他。虽然在这之前他们连接吻都没有，可那个人是他，又有什么关系？

江桃很容易脸红，但她不是特别保守的人，只要彼此喜欢，就可以。

因为她额头抵着他的胸口，扎起来的那团头发正好对着曹安的脸，蓬蓬松松，翘起一些不老实的碎发。

曹安看了一会儿，握住她一只手，带她去了卫生间。他才在这边洗过澡，里面飘浮着一层潮湿的水汽，洗面台左侧有些水珠，靠近门这一侧非常干净。

"啪"的一声，曹安关了灯。江桃几乎能听见自己的心跳。单独与他挤在这边就够暧昧了，现在又变得一片漆黑。

"坐上来。"

随着曹安低沉的提醒，他的手也伸到了江桃腋下，下一秒，江桃被放置在洗面台上。这是曹安的家，装修也都是他亲自设计的，洗面台要比普通家庭的高很多，如此才能方便一米九的曹安使用。

如果灯亮着，江桃会发现，两人的身高差已经缩短了很多。位置的改变让她有些慌乱，然后曹安就抱过来了，将她拥进怀里，他的气息吹拂在江桃耳边。

江桃紧张到快要无法呼吸。

曹安的唇落在了她的耳后。江桃攥紧他后背处的睡衣。

江桃好像要哭出来了。当她再也攥不住他的衣服，手从他微弓的背部滑落时，曹安停了，扣着她的后脑将她按回怀里。

两人的呼吸都很乱，一个像逃过了一劫，一个像随时可能再来一回。

曹安："如果那天我没有说你矮，就真的亲你了，也会是这种亲法。"

江桃无力地靠着他，这里实在是太黑了，什么都看不见，只能听见他的心跳，听他在耳边说话。

其实他的凶脸、体形都与这种亲法符合，只是江桃没有经验，对初吻的幻想全停留在偶像剧里浪漫、唯美的画面上。

"是不是跟你想象的不一样？"

"嗯。"

曹安摸她的嘴唇："亲这里，我会控制不住。"

江桃信，刚刚他的表现就是证据。

不得不说，她今晚确实抱了会与他接吻的期待。

曹安碰到了她肩头的牛仔背带，他用指腹勾勒背带边缘："我知道该循序渐进，但我确实学不来那种慢节奏的亲法，也可能跟我的年龄有关系，如果我跟你一般大，可能也会比较纯情，可我三十岁了。

"按照你的节奏来，别误会我不想亲你就好。"说着，曹安亲了亲她的耳朵，克制而安全。

"去睡吧，今晚的气氛本来也不合适。"

江桃不太明白："什么气氛？"

自从她搬过来，两人之间不一直都是孤男寡女共处一室的气氛吗，今晚哪里特殊了？

曹安拨了拨她的头发："你穿得这么青春，我过不了心里那一关。"

他们本来就体型差距悬殊，且他比她大六岁，她再往年轻了穿，曹安会觉得自己在欺负她。

她终于明白男朋友为什么特意关注自己的背带裙了！

"我还挺喜欢那条裙子的，你这么说让我以后怎么穿？"

"跟朋友出门时穿，在我身边就算了。"

江桃是有点叛逆心理的："那你也可以往减龄打扮。"

"哪种？"

"我帮你挑。"

"行，周日上午你休息，咱们去商场。"

约定好买衣服的事，他们好像没有什么话说了。

短暂的沉默后，曹安拉开门，走廊的灯光立即跑了进来。

江桃下意识地闭上眼睛。

曹安抱起她，将她放到主卧门内。刚刚的那些亲密举动让江桃不好意思抬头看他。曹安意有所指地提了提她右肩上的牛仔背带，道了声"晚安"，从外面替她拉上了门。

江桃去了主卫。

镜子里的她头发有些乱了，脸红红的，明明就是一个刚跟男朋友亲密过的熟女。回忆了一会儿，江桃仰起头，脖子上白白净净的，但右边靠近锁骨的位置多了一抹浅红。

不能多想，江桃洗洗脸，钻进被窝。可是躺在床上后，她想得反而更多了。

江桃用被子蒙住脑袋。

隔壁次卧，曹安将两盒东西放进床头柜，看了几秒，推回抽屉。

星期三，随着电器、窗帘的安装完毕，祖孙俩的房子彻底装修好了。

曹安找专业人士除了一次甲醛，江桃挑了一些绿植、活性炭，再加上开窗通风，9 月初就可以入住。

9 月 7 号是表弟孟睿的生日，正好是星期六，小姨通知江桃，他们会在周六上午过来，中午一起吃蛋糕。

小老太太在那边住得挺开心的，照旧跳着广场舞，江桃不需要担心什么，反倒是随着外婆归期的临近，她竟然开始为即将结束与曹安的同居生活而不舍。

曹安并没有任何异样的表现，甚至在刚刚过去的 8 月，除了月初他出差回来那晚，他们再也没有过亲密举动。如果不是他常常用炽热的眼神看她，江桃都要怀疑自己的男朋友因为长得太凶而丧失了对某些事的兴趣。

方蕊也在关注好姐妹的恋情进展，主要是曹安的外貌过于特别，与他绅士的举动形成了强烈的反差。

周四中午，方蕊一边在食堂吃饭一边给江桃发语音消息："周六外婆就回来了，曹老大还没有动作？"

江桃："有，他说我明天白天休息，上午正好把东西搬回去。"

方蕊："我要喷饭了！"

江桃："我说不用等明天，今晚我就搬回去。"

方蕊："他怎么说？别告诉我他真同意了。"

江桃哼了哼："那倒没有，他说晚搬一天，晚吸一天甲醛。"

方蕊"啧啧"两声："其实他肯定舍不得你，又不想表现得太急。要我说啊，就他这忍功，可能要你主动才行了，或者给他明显一点的暗示。"

江桃没说话。

方蕊："当然，你不着急就算了，你们俩就纯情恋爱，等到结婚了，最多发现不合适，离婚麻烦一点。"

江桃：……

江桃也不是完全不担心。尽管给自己找了一堆去主动的借口，真的做出决定的那一秒，江桃的两只耳朵都要烧起来了。

第3章

今晚江桃 8 点下班。

江桃临走前遇到一个态度不太好的病人家属，只是因为她在护理隔壁病房的一位病人，所以听到呼叫时晚来了一分钟，陪护家属就说了一通不好听的话。

"叫了这么半天才来，我老婆出事了你负责吗？"

四十多岁的男人，从江桃走进病房开始，就一直怒瞪着江桃。

江桃还在大城市实习的时候，第一次遇到这种情况心里会很怕，所有勇气都用来维持镇定，忙完工作转身离开时，眼泪便悄悄涌了出来，更多的是委屈，以及被其他病人围观的难堪。现在她已经不会了，因为知道这位病人术后状况稳定，不可能因为一分钟的耽误真的出现大问题。

江桃一边检查病人的伤口，一边心平气和地给发怒的男人解释了一下，然后就不管那男人说什么了，温声询问病人是不是伤口发痒。

女病人说："就是突然痒得难受，想不顾一切抓挠伤口的那种，所以我老公才会很着急。"

江桃说："伤口就是有点发炎，处理一下就好了。"

听语气、看神态似乎她这痒没什么大不了的，女病人的情绪稳定下来，看着江桃为她处理。

江桃快处理好时，女病人扫了眼自家老公，为他之前的态度向江桃道歉。

江桃笑笑："没关系，他也是关心你，我们都能理解的。"再嘱咐一些注意事项，江桃带上医疗废品走了。

女病人小声吐槽老公："以后不许这样了，人家做护士的也不容易，一个人负责好几个病人的。"

男人："谁让她愿意做护士？拿这份工资就得受着这些，哪个行业都得受点气，凭什么护士就不能说了？"

女病人摇摇头，懒得再理他。

走出病房的江桃很快就把这点小事忘掉了。与夜班同事完成交接后，江桃快步去更衣室换衣服。

"小桃，最近你怎么都不化妆了？"

同事李文静也在，见江桃换好衣服梳梳头发就要拎包走了，好奇地问："我记得你刚跟你男朋友在一起的时候，每天下去前都要打扮一下。"

江桃解释道："已经很熟了，没必要再那么麻烦。"

早在搬过去与曹安同居的那天，江桃就放弃时时刻刻在他面前化妆了，只有两人出去约会，她才化个简单的妆。

李文静："跟我一个朋友一样，刚恋爱时恨不得化妆一小时，后来不洗头发穿着睡衣也敢下去见她男人。"

江桃笑，她与曹安还没发展到这个地步。每天早上她还是会收拾得清清爽爽的再出门，至于曹安，她就没见他邋遢过。

两人一起下楼了，江桃在一楼跨出电梯，看见曹安从对面的长椅上抬起头。他穿着一件白色短袖，稍微淡化了他的气场。

见曹安看向她身后，江桃回头，发现李文静左手拎包，右手还抬着，应该是跟曹安打了招呼。

电梯门关闭之前，李文静笑着朝江桃眨眼睛。

江桃想起李文静第一次撞见曹安来接她时，都不敢看曹安，现在终于能够比较自然地社交。所以说，长得凶不凶的，看多了也就适应了。

回到 1601，江桃把包放在玄关柜上，先去卫生间洗手。

等她出来，就看见曹安人在厨房，正往碗里舀什么。

很快，两碗鸡汤被他放在了餐桌上。

鸡汤闻起来很香，但越香越让人纠结，江桃嘀咕："总是炖汤，早上我才称过，我比刚搬过来的时候胖了两斤。"

曹安的视线便在她身上过了一遍，似乎要寻找那两斤长在了哪里。

江桃脸一热，赶紧坐到餐桌旁。

曹安坐在她对面，把一个汤勺放到她碗里："胖点好，瘦了外婆还以为我没照顾好你。"炖汤这些，他都是跟外婆学的。江桃要上夜班，确实需要经常补补。

提到外婆，自然让人想起这种同居的生活马上就要结束了。

江桃低头喝汤，每一勺都舀得很慢。

"要吃肉吗？"曹安问，"炖得挺烂的，吃鸡肉也不怕胖。"

江桃："少来一点。"

曹安去厨房夹鸡肉，放到盘子里端出来。

江桃夹了一块鸡肉，确实炖得很烂，一点都不塞牙。

吃完这顿滋补的夜宵，刚刚 9 点出头。这个时间非常适合看一部电影。

曹安去厨房收拾，江桃回主卧刷牙，出来时经过紧闭的卫生间，里面有漱口的动静。她先去选电影了，按照高分榜，选择感兴趣的题材一部一部接着看。

曹安出来了，江桃示意他看屏幕："这个怎么样？你看过吗？"

片名叫《窃听风暴》，悬疑题材，封面是个戴着耳机的男人，昏暗的背景让江桃联想了很多费脑的情节。

曹安："国内是不是有部《窃听风云》？"

江桃："嗯，应该是差不多的题材。"确定曹安没看过，江桃点开播放。

曹安坐到她身边，他的胳膊揽过来，江桃也习惯地靠了过去。就算心里有什么小计划，肯定也要等看完电影再说了，而且还要洗个澡。

黑暗会更有看电影的氛围，曹安把外面的灯都关了，光线随着屏幕而变化。电影背景是特定时期的沉重，节奏缓和倒显得平淡，只是有一种特别的韵味吸引着人耐心地看下去。

女主演出场时，江桃忍不住低叹："她好漂亮。"

头顶响起男朋友没什么情绪的"嗯"。

电影播放到四十分钟后，独自站在夜晚街头的女主角被一个中年德国官员叫上了他的车。那个男人不加掩饰地亲女主角的脖子。

江桃感到不适，可这个镜头里的女主角有一种无助脆弱的美感，就像一朵花开在一片烂泥旁，烂泥只会更加衬托她的美丽。

就在江桃以为会发生更多而准备找个借口走开一会儿时，电影里的中年男人停下了。

江桃松了口气。

中年男人说会放过女主角，结果江桃才为女主角能脱险而庆幸，中年男人竟然又去解女主角白衬衫的纽扣……

她心里是想看的，但矜持让她无法在男朋友面前表现出来。她想走开，曹安突然一手捂住她的眼睛，一手拿起遥控器按了快进键。

等他的手放开，画面已经恢复了正常。可江桃已经看不进去了，或者说很难集中精神，她能感觉到曹安胸口的起伏变了，这说明那个画面同样影响到了他。

"我去倒杯水。"曹安忽然将她放回沙发上，离开了。

他在饮水机旁边站了几分钟，回来时没有再抱江桃。两人就这么保持着一个抱枕的距离。

女主角被车撞死的时候，江桃挺难受的，十几分钟后电影完全播完，她仍然觉得伤感。

"睡吧。"

关掉电视，曹安没有再开灯，握着她的手站了起来。江桃跟着他走向卧室，再在主卧门前分开。

电影归电影，她还有她的计划。明晚她上夜班，后天外婆回来，也就是说，今晚是她与曹安同居的最后一晚。

江桃去洗澡了，洗得很认真，把牙重新刷了一遍，湿漉漉的长发只吹到半干。她站在衣柜前，目光停在三套夏天的睡衣上。

肯定不能选绿裙子，那会变成明示，江桃做不到。她还有一条同样是吊带的真丝睡裙，绿裙子好歹还是甜美清新的风格，真丝的完全走性感风格了。犹犹豫豫，江桃穿上了白色印小熊的那套短袖短裤。她要努力表现得自然，没有一点点诱惑男朋友的痕迹。

准备完毕，江桃拉开门，跨出来后随手把门带上。

次卧的门开着，灯也亮着，但里面没有人。客厅那边依然黑着，江桃走到走廊中间，卫生间的门忽然被打开，曹安顶着一头潮湿的短发出来了，他看见江桃时，右手刚刚关了里面的灯。于是，只有次卧的光线投了出来，不够明亮，却足够两人看清彼此。

曹安停在卫生间门口，视线扫过江桃的睡衣。江桃都不知道他是故意还是本能一瞥，反正每次曹安这样看她，都让她觉得他接下来会做点什么。

"拿水杯？"短暂的僵持后，曹安问，声音有些哑。

洗完澡都这样吧。

江桃没承认也没否认，低头从他身边走开了。她沿着空旷的客厅，来到落地窗前，这里铺着一条无毛地毯，才洗过的。

她脱了拖鞋，赤脚踩到地毯上，落地窗外是一片安静的湖水，晴朗的北方夜空，一颗颗星星明亮闪烁。

江桃很喜欢男朋友家的落地窗。她坐下来，默默地看着窗外夜色。

曹安还站在卫生间门口，根据脚步声，他知道她现在在哪里。

男女之间，有些东西看似无影无形，其实存在着一种信号，聪明敏锐的人能成功捕捉所有信号，只看要不要回应。

曹安去了次卧。江桃也能听见他离开的脚步声，说不出的滋味儿，被病人家属凶都没关系，现在却湿了眼睛。

他喜欢忍是吧，那就继续忍吧，江桃绝不会再主动了，一点点都不会。

她抿着唇角，慢慢地将那股委屈压下去。

她的心情快平复好了，次卧那边的静寂突然被打破，一米九的大高个子，脚步声在安静的夜里很有分量。江桃的心跳重新快了起来。

"还在想那个电影？"曹安在她旁边坐下，盘着腿，正对着自己的女朋友。

江桃继续望着窗外，自我感觉大概还挺文艺深沉："嗯。"

想电影，本来就是她为自己看星星找的借口。

曹安笑了："其实这个电影我看过，几年前看的。

"有些情节我忘了，那辆车停到女主角身边时，突然想了起来。"

江桃：……

所以，既然想起来了，如果他真的绅士，就会在那里快进，而不是陪江桃看了一半后再快进。羞恼让江桃偏过脸。

曹安拉起她一只手："你不是早知道了，我没你想的那么老实。"

江桃想把手缩回来，闷闷地说："可我也没想过，你会这么……"

坏。

曹安摩挲她的掌心："这么什么？"

江桃说不出口，那个字在这时候染满了暧昧。

曹安将小女朋友抱到怀里，让她面朝前方，左手拨开她披散的长发，低头亲她的后颈，右手搂着她的腰，不许她离开。

江桃紧紧地咬着唇。

曹安转过她发烫的脸，无视她震惊过度而变得傻乎乎又可爱的表情，径直吻向她的嘴唇。

第4章

身高差的关系，再加上背对着，曹安在三四分钟后松开了对江桃后脑的钳制。

恢复自由的江桃跌靠在他宽阔的肩膀上，像落水的人挣扎回水面，迫切地抢吸空气。她的脑海里是一片纷乱。

她真正明白为什么曹安之前迟迟都不亲她了。原来他不是绅士，而是掩饰。他的亲法岂止与浪漫、唯美没有关系，简直就像是另一种形式的最后一步。

哪有接个吻就让人浮想联翩的？

江桃很清楚自己的性格，如果在她还不够了解、熟悉曹安的时候，他这样做，江桃一定会吓得立马跟他断绝所有关系，拒绝恋爱、拒绝相亲，直接进黑名单吧！

可现在熟悉了，她也喜欢他了，便不会被他吓到，只觉得心慌手软。

黑暗中没有绅士，只剩一个三十岁的成年男人。

地毯还是太硬了，落地窗这地点现在也不合适，曹安抱起江桃，走向主卧。他用肘部推开虚掩的门。

主卧还开着灯，江桃捂住脸："你把灯关上。"

曹安看向中间的大床，上面的被子铺得很整齐，没有其他需要移走的物品。左边床头柜上放着两本护理专业书，右边的柜面上插着手机充电器，还摆了一盒纸巾。

再看眼怀里的女朋友，曹安反锁卧室门，关灯。

黑暗如潮水涌来，江桃竟有了一种安全感。

曹安将她放到床上，没等江桃钻到被窝里，他从后面压了过来……

江桃的心扑通扑通地跳，也能听见他沉重的呼吸声，夹杂着喉头滚动声。

谁也看不清谁，却又知道对方肯定在看自己。

"会不会怕？"曹安触碰她发烫的脸。

在落地窗边那么久，他都没开口，沉默得像变了一个人，一个极其危险的陌生人。

现在他这么问了，江桃总算找到了熟悉的感觉，为即将发生的事紧张到结巴："有，有点。"

曹安："如果你还没做好准备，我可以继续等。"

江桃咬唇，她不喜欢这句话。

曹安也只是随便说说，并不是真的要她回答，因为他紧跟着来了一个转折："但我觉得，为了证明你我很适合继续在一起，各方面都适合发展成夫妻关系，这是迟早都要进行的一步。"

江桃做过心理建设，听他这么说，她的慌乱加剧。

曹安沉默几秒，低头吻住她。

又来了……

江桃一会儿闭嘴一会儿捂嘴，连枕头都抓过来压脸上了，就是为了不让自己发出任何的声音。

"别乱来。"一直默许女朋友搞小动作的曹安，看到她这样，终于干涉了一回，拿走枕头丢到一旁。

江桃赌气地抓他支撑的左臂。

江桃就像一只被狼按牢的小动物，怎么扑腾都撼动不了他分毫。

曹安两条胳膊都撑了过来……

他这个人，绅士的时候很绅士，坏起来也很坏，还是沉默的那种坏。

曹安背对着女朋友坐在床边。

灯还关着，江桃从被子里伸出一条颤颤巍巍的胳膊，哆哆嗦嗦地抓起放在床头柜上的手机，突然出现的屏幕亮光刺得她眯起眼睛，艰难辨认出现在的时间——1：35。

察觉到曹安要朝这边看来，江桃放下手机，缩回被窝。

她的胳膊和腿还在轻轻地抖，哭过的眼里却装满了难以置信。

"要开灯吗？"曹安问。

江桃闷闷地说："不要，你去外面洗，我在里面。"

曹安同意了。他套上睡衣，出门前替她打开灯。

江桃闭上眼睛适应光线，确定曹安进了外面的卫生间，她才浑身发虚地爬坐起来。

被他揉皱的短袖短裤已经不能穿了，江桃先随便套上，从衣柜里取出那条绿裙子，再慢慢移进主卫，反锁房门。

经过镜子时，她歪头看去。

里面是一个头发乱糟糟的女人，脸颊很红，眼睛发肿，与江桃幻想的初次亲密后的形象完全不同。或者说，以后她都不必再幻想什么清纯、唯美的亲密画面了。

拿出一条头绳扎起头发，江桃先去淋浴间冲澡。

她开始庆幸明天她就要搬回去了，晚上不用再单独与曹安在一起，不然她分分钟钟都会想起昨晚，都会变成大红脸。

换上裙子，梳顺乱糟糟的头发，江桃拉开门。

曹安背对她站在床边，正在铺新的四件套，刚刚用过的暂且堆在床尾的地板上。

在曹安回头之前，江桃重新掩上门。

曹安瞥见一抹绿色，知道她换了睡衣，道："你把那套白的放到门口，我一起拿去洗。"

他平静的声音听起来好像什么都没发生过。

江桃慢吞吞地把睡衣睡裤丢出去。

曹安："行，你先睡，我去洗。"

他又走了。

江桃探出头，发现主卧门关着，松了口气。

这个时间她该困了，大脑却异常兴奋。江桃钻进新换的被子里，刚要关灯，发现床头柜上放着一杯水，她碰碰杯子，水还是温的。

江桃这时才发觉她真的很渴。一口气喝了大半杯，喉咙终于舒服了，江桃关灯躺好。

房门隔音效果很好，她听不到洗衣房的动静。身体还是累了，睡意在安静的黑暗中积聚，江桃渐渐闭上了眼睛。

洗衣房里，曹安将手洗过的床单放进洗衣机，设置成十五分钟的快洗模式。

滚筒逐渐加快转动速度，发出轻微的轰隆声。

曹安靠到洗衣台旁，他想看对面的翡翠湖，窗玻璃却照出了他的影子，凶冷的脸，狭长的眼，放松状态下的手臂都比她的小腿粗。

曹安看着这样的自己。他都不知道，江桃怎么敢接受他的追求。

当然，他确实用了一些专门针对她的策略，包括今晚，曹安其实很克制。

洗衣机停止了工作。曹安回神，一件件地取出衣物。

她人小，白色的睡衣睡裤也都小小的，曹安几下抖平，挂上晾衣架。

等他回了主卧，江桃已经处于迷迷糊糊的浅睡状态。

曹安从后面抱住她，他的手臂很长，显得怀里的桃子女友更小了。

江桃往枕头里钻，含混不清地道："困了。"

曹安的吻停在半空："嗯，睡吧。"

他一点都不困。

第5章

江桃被一通电话叫醒了。

是外婆打来的，提醒她明天别忘了给表弟订一个生日蛋糕。

这种事江桃怎么会忘，她迷迷糊糊地答应了，声音里带着浓浓的睡腔。

外婆："都 11 点半了，还在睡觉啊？"

心虚让江桃的演技在一瞬间飙到了最佳水平。她打着哈欠解释道：

"昨晚同事女儿闹肚子，让我帮忙代了三小时的班，回来都 12 点了。"

外婆不知道是真信了还是怎么样，并没有抓着这个问题，闲聊一会儿就挂了。

江桃放下手机，往旁边看了一眼。曹安并不在，只有他的枕头。

江桃昨晚洗完澡后睡得很快，都不记得曹安是什么时候回来的，他好像抱了她一下，但也可能是她的错觉。

卧室的门关着，隐隐有炒菜的声音传来。

江桃裹紧被子，巴巴地望着拉拢的窗帘。

她的眼睛是湿润的，里面装着一个二十四岁的年轻女孩子的羞涩、甜蜜、回味，以及满满的惊奇。

江桃将脑袋缩进了被窝。

走廊上传来了脚步声。江桃心跳剧烈，想躺回枕头上装睡，又怕时间来不及，被曹安看出来。她只能保持不动。

曹安慢慢推开门，就见两个枕头都空着，床左侧只剩一团被子。他看向主卫，推拉门关着，里面没有任何声音。

就在曹安猜测女朋友可能在使用马桶时，他发现了地上的两只拖鞋。曹安再看向那团被子，终于在宽松平坦的被子中间发现一点里面可能躲着女朋友的痕迹。

曹安握住门把的手有几秒发软，他好像养了一只害羞的小仓鼠。

他当然知道她躲起来的原因。

被窝里，江桃保持着高度紧张的状态。她听见了那几乎可以忽略不计的开门声，然后就什么声音都没有了，但她知道曹安肯定还在门口，因为他如果走了，会有脚步声。

又不走，又不说话，他在做什么？

"醒了？"他终于开口，"刚刚好像听见你说话。"

江桃："嗯，外婆提醒我订蛋糕。"

曹安："我来订？"

江桃："不用，你不知道表弟喜欢什么样的。"

曹安："饭快好了，继续睡还是起来？"

江桃："起来了，你先去忙吧。"

"好。"曹安关上门，走了。

江桃马上拉下被子，闷得她大口喘气。

再尴尬，见面这事都躲不开，江桃做了几次深呼吸，坐了起来。

江桃走进主卫，镜子里出现一张红透的脸。

等她洗完脸扎好头发，再看镜子，脸上的颜色几乎没怎么变。

应对这种情况，江桃有个好办法，她取出一个新口罩，熟练地戴上，反正总会习惯的，度过最开始的尴尬阶段就好。

曹安端着两碗米饭走出厨房，看见女朋友出来了，口罩挡着脸，只露出一双湿润回避他的眼睛，有些碎发被水打湿了，贴在她白皙光洁的额头、耳边。

"你饿了就先吃吧，还有一个菜，马上好。"曹安放下饭碗，说完就进了厨房。

江桃看着他的背影。其实这背影她已经看了几个月，今天就特殊在她好像能透过那层薄薄的衣料，看到他里面的身体。

江桃先去给自己倒了一杯水，对着落地窗那边喝。喝着喝着，她好像又看见了昨晚坐在地毯上的他们……

不知不觉喝了满满一杯水，喝完，江桃重新拉上口罩，坐到了餐桌旁，低头玩手机。

曹安端了最后一道菜来。

两个人，两荤一素一汤，挺丰盛的。

男朋友的好厨艺稍微淡化了他昨晚的表现。江桃取下口罩放到一边，再不抬头，专心吃饭。

曹安也没有说什么，只是默默看着她红扑扑的脸、红润的嘴唇。

快吃完了，她的脸没那么红了，曹安才问："等会儿一起去给表弟选礼物？"

江桃看着桌面："先收拾东西吧，而且他都读高三了，不用特意挑什么礼物，买本书、买套习题都行。"

小朋友的礼物才要精挑细选，表弟比她都高了，往年他过生日因为距离远，江桃都没送，这次一起过，吃蛋糕有点气氛就行，不需要太强的仪式感。

越是亲密的家人，越不需要那么客气。

曹安："你可以随便挑，我做准姐夫的，第一次送礼还是要正式点。"

江桃往他那边瞥了眼，小声道："只是男朋友，跟准姐夫还有段距离。"

曹安："今天你没有跟我提分手，说明咱们之间并没有不可调和的矛盾，缩短距离只是时间问题。"

又恼，又不想去瞪他那双肯定正意味深长地看着她的眼睛，江桃咬牙，在桌子下面踩他的脚。

曹安看着她好像已经发泄过了的解气表情，提醒道："把碗放上去，都比你踩得重。"

她朝他的小腿踢了一脚。

曹安顿了顿，垂眸，默默吃掉最后几口菜，没再逗她。

吃完休息了一会儿，江桃回房去收拾东西，曹安去收拾另一间次卧外婆的行李，以及后来放进去的生活杂物。

两人都开着门，偶尔交流几句。

江桃先把书籍、水杯等物品放进纸箱，最后收衣服，余光中曹安出现在次卧门口，半边身体在里面，半边身体露出来。

江桃看了他一眼。

曹安也看着她："衣服的话，留两套在这边？"

言外之意，他希望女朋友偶尔过来住几晚。简简单单的问题，其实是心照不宣的邀请。

江桃没说话，只无声地红了脸。

曹安："不留也行，我买几套新的。"

江桃："……快点去收拾。"

曹安退了进去。

江桃再看衣柜，在自己留衣服还是让男朋友花钱买当中，选择了前者。

主卧都收拾好了，江桃站在行李箱旁，有些留恋地扫视这间住了两个月的卧室，目光落到黑色的垃圾桶上，江桃决定临走前再帮男朋友换上新的垃圾袋。

她走过去，取下垃圾桶上面的盖子，视线随意扫过里面的垃圾。很浅的一层垃圾，有她从笔记本上撕下来的纸，有用空的笔芯，还有一个撕开的包装。

江桃又羞又恼。昨晚她自己坐在落地窗边，还因为男朋友不解风情回了次卧委屈了一下，后来才明白，他是太解风情了，包括他故意让她看的那一分钟的电影片段，都足够证明这个三十岁的男人也在尽量绅士的范围内不着痕迹地刺激着她的感觉。

次卧那边杂物多，但其实杂物一直都放在箱子里，还是刚搬过来的状态，所以曹安收拾得很快。他有个野外露营专用的拖车，来回搬了三趟，再分别放进两辆车的后备厢。

他和江桃分别开着车，一前一后地出发了。

把每样东西都放回该放的位置，这是比收进箱子更复杂烦琐的过程。等两个人彻底忙完，居然都要下午4点了。

江桃出了一身汗，腰也酸。

曹安："洗个澡，赶紧去睡会儿，晚饭做好了我再叫你。"

她今晚还要上夜班，下午睡几个小时晚上才好熬。

江桃是真撑不住了，反正指纹锁也录入了曹安的指纹，他买菜进出很方便，江桃就没客气什么。她倒在自己的新床上，一觉睡到傍晚6点闹钟响。

她披着头发走出去，准备再洗个脸。

曹安从厨房那边看过来："才6点，还可以再睡半小时。"

江桃摇摇头，先进了卫生间。

江桃出来去厨房看了看，曹安竟然快把冰箱填满了，冷冻室里有各种鲜肉、排骨，冷藏室里水果、牛奶、蔬菜也分类摆放得整整齐齐，包括储物柜里，油盐酱醋、大米面粉也都应有尽有。

江桃看得目瞪口呆。

曹安一手握着炒锅把手，一手拿着锅铲，看她一眼，笑道："我离准姐夫是不是又近了一步？"

江桃不知道该说什么，感谢这种话太见外了。顿了顿，她走到男朋友身后，从后面抱住他的腰，脸贴上他的背。

曹安低头，腰间是她环过来的双手，小小的，纤细白皙。

他空出一只手来，覆在她手上，偏头告诉她："小桃，我对你是认真的，从一开始，就是以结婚为目的的。"

不是为了找个女人结婚，是为了能跟她结婚。

他确实没那么老实，可他一直都是认真的。

江桃闭着眼睛，心里一片安宁："嗯，我知道。"

第6章

离和平小区3公里处有一家综合商场，趁还有40来分钟的时间，曹安带江桃来这边给表弟买生日礼物。他的目的地很明确，三楼服装层的几家运动服品牌店。

"表弟刚升高三，送电子产品怕他分心，我送鞋，你送衣服，正好凑成一套。"

曹安牵着她的手走进一家品牌店。

店内算上售货员，有七八个人，神色不同地朝他们这边看了几眼，还有随意一瞥慌忙避开，然后再偷偷观察的那种。

别说曹安，江桃都习以为常了。她一边看衣服款式，一边跟男朋友说话："我刚工作那年，买了一套这家的衣服送表弟，被小姨小姨夫联合批了一顿，说我乱花钱。他们给表弟买的都是平价衣服，表弟自己也不挑。"

她读书那些年，小姨夫妻俩不知给她买过多少东西，小姨就不说了，江桃印象特别深刻的是，有一年小姨夫去京市出差，抽空去大学看她，一手拎着小姨给她挑的新衣服，一手拎着他在超市买的大包零食。小姨夫临走前还塞给她五千块钱，让她喜欢什么就买什么。

那时候物价比现在低，江桃也很节俭，一个月七八百块的生活费就够了。真正要算的话，她从幼儿园到大学毕业前的各种花销，小姨夫妻变着花样给钱，至少承担了一半。所以江桃自己赚钱后，除了给外婆买礼物，就是孝敬小姨小姨夫，还有送表弟礼物。小姨小姨夫并不高兴，告诉她送水果、牛奶、小礼物行，没必要的名牌都是浪费。

曹安理解长辈们的想法，可他做准姐夫的，第一次送生日礼物不能太随便："一年只过一次生日，可以特殊一回。"

江桃也是这么想的，不然她也不会往店里走。

曹安看鞋时，江桃忽然意识到一件事："你知道表弟穿多大的码？"

曹安："他上次来我们加了微信好友，知道他要过生日，下午你睡觉的时候我找他聊了聊。"

江桃："直接问他脚多大？"

曹安笑了笑，拿出手机给她，让她看两人的聊天记录。

聊天的契机是上午表弟发的一条非常"文艺"的朋友圈，照片是操场跑道上一道瘦瘦长长的男生影子，配字：奔赴与秋天的第十八场约会。

江桃笑得肩膀都在抖。

然后曹安就拿这张图私聊表弟去了，说影子很显长，问表弟多高。

表弟：176，哥你高三时多高？

曹安：记不清了，185？

表弟：你现在190，这么说我只剩五厘米的生长空间了？

曹安：能长到181也很不错了，保持锻炼加营养，或许还能长更高。你脚多大？

表弟：我穿41码的，怎么，最终身高还跟脚长有关系？

曹安：关系不大，我简单做下参考。

表弟：哥穿多少码？

曹安：比你大5号。

表弟：厉害厉害。

自始至终，高三生都没有怀疑什么。

江桃瞥了眼男朋友，小声道："你还真是有心机。"

收起手机，曹安拿起一款白色鞋面两侧带简洁黑条纹的，看一看，再捏一捏，选得很认真。

鞋子很好看，适合清清爽爽的高中生，除了价格"太美丽"，没有其他缺点。

曹安让售货员拿了一双41码的，再去陪江桃选衣服。

礼尚往来，江桃不经意地问："你生日哪天？"

曹安："快了。"

江桃："多快？"

曹安看她一眼，道："这个月12号，下周四，那天早上你下夜班。"

一句话，信息量很大。

江桃其实记得他的生日。曹安得阑尾炎住院的时候，她为他办理的入院手续，见过他的身份证。因为已经是相亲对象了，再加上他的生日跟表弟只差了五天，江桃就这么有了比较深的印象。

　　她都做好了要顺着男朋友的话表示会为他准备生日礼物的打算，没想到曹安居然早就考虑过了，都算过她那天上什么班。算得这么清楚，谁都会觉得他别有所图。

　　江桃用开玩笑掩饰紧张："是不是早就惦记让我送礼了？"

　　曹安："嗯，要什么礼物我都想好了。"

　　这样低的声音，又是这样的语气，江桃很难不往其他方面上想。

　　正好两人从一面试衣镜前经过，江桃下意识地往里看去，看见自己红红的脸，再看旁边，视线就与曹安的眼睛对上了。

　　他的眼形偏狭长，每次看向她的眼神都十分专注，就好像那双眼睛里除了她，再也没有别的人或物。

　　江桃清楚自己的性格，容易脸红。她之前也被男生表达过好感，其中不乏会说俏皮话的，是那种会逗红女生脸的话，可大概江桃对那些男生没感觉，她并不会有什么反应。

　　只有曹安，她看他的第一眼就怕了。那时候他的眼神也是专注的，可因为当时江桃怕他更多，那份专注会让江桃联想到一些危险的画面，譬如这位凶脸男人是不是看准她胆小老实，要强行对她做点什么。

　　等陌生阶段的惧怕变成熟悉之后的好感后，再对上曹安的眼睛，江桃就是完全的害羞了。他的气场越强，她的羞就越强，最强的两次分别是两人刚刚确定恋爱关系的时候，还有今天上午第一次亲密过后的初见。

　　如果江桃不戴口罩，她怕自己的脸会红到爆掉。

　　当一个人的脸特别红特别红，真的不好看，就算曹安不介意甚至觉得她那样好玩，江桃也不想让他看见自己的丑样子。

　　她以最快的速度走出镜子能照到的范围，也成功避过了男朋友总是让她心慌的专注眼神。曹安两步就追上了她，揽住她的肩膀将人拉到怀里，带着她走进不远处空置的试衣间。这样，就没有人能看见江桃此时引人遐思的脸了。

　　江桃确实需要冷静冷静，他宽阔的胸口就是最坚固的屏障，尽管他才是让她变成"番茄精"的罪魁祸首。她心跳得很快，昨晚留下了很强的后遗症，只因她醒得晚，下午两个人又一直忙着收拾，汹涌的余潮才暂且被压制。

狭窄闭塞的试衣间里，温度悄然攀升。

曹安一手抱着江桃，一手反锁试衣间的门。他看向怀里的女朋友，当然只看到了脑顶。他摸向她发烫的脸，宽阔的掌心轻而易举地覆住整个右半边……

江桃察觉到了危险，问道："几点了？"

曹安看向腕表："晚上7点25分。"

从这里开到医院要十分钟左右，再加上选衣服、结账下楼的时间，他们差不多该出发了。理智归理智，江桃心里也很不舍，很奇怪，今天的时间似乎过得特别快。

"都怪你。"江桃用指尖压向他的胸口，"以后在外面注意点儿。"

曹安："好，不过你可能误会了，我想要的礼物，不是你想的那样。"

江桃："那是什么？"

曹安将她重新扣入怀中。他低头，帮她理顺几根翘起来的乱发，解释道："我回来这些年，生日都是陪老爷子吃饭，今年我想把我爸妈也叫到老爷子那边，再带你过去，正式介绍一下。"

江桃：……

对于相亲恋爱的男女来说，见家长是很重要也很正式的环节，所以会给人一些压力。压力不是特别大，但是没有准备，反倒帮江桃彻底冷静下来。

曹安："我先出去选衣服。"

店里有人，两个人一起出去她更不自在。江桃点点头。

曹安打开门，若无其事地出去了。

试衣间的衣钩上挂着一件女款卫衣，那是刚刚进来时曹安随手扯过来的，等会儿江桃出去时可以当幌子。

江桃取下卫衣，深深地呼口气，出去了。

她看见曹安提着一件白色上衣、一条黑色长裤走向收银台，高大挺拔的身影，凶冷内敛的脸，是那种闲人勿扰的黑老大气场，不需要任何小弟，独来独往。

江桃先出去了，在离店十几米处等着。很快，曹安提着两个包装袋走了出来。

江桃下意识地问："多少钱？"

曹安只是揽住她的肩膀，走向电梯。

礼物放在后排座位上，曹安坐到驾驶位，系安全带时看向女朋友："吃饭的事，你能接受吗？"

江桃攥手指："会不会太快了？"

曹安："我连你小姨一家都见过了。"

江桃："那是出了意外情况，正常交往的话也没有那么快。"

曹安："你是太紧张，怕我爸妈，还是觉得跟我没戏，没必要去见他们？"

明知故问，江桃瞪了他一眼。她真觉得没戏，可能连他那边都不会搬过去住，更不用提后面的亲密发展。

曹安握住她左手："不用紧张，他们只会替我高兴。"

江桃拨开他："快开车吧，我怕迟到。"

曹安瞥了眼腕表，确实不能再耽误了。黑色越野车缓缓开出了商场车库。

7 点 50 分，车子停在住院楼外。

江桃推开车门，匆匆往楼里面走。曹安保持正常步伐陪在她身边，问起明天："我是等小姨他们到了再过来，还是接完你后就在家里等着？"

江桃："都行。"

曹安："那就早点等着，他们 10 点多到，我先把中午的菜预备好。"

江桃看了他一眼。

曹安随她跨进电梯："送你到门禁那里。"

江桃："我同事都认识你了，被她们看见肯定要笑我。"

曹安："那我不出电梯。"

江桃满意了。

五楼转眼就到，江桃挣开男朋友的手，快步跨出电梯。巧的是几位医护人员正往这边走，全是普外科的熟人。众人看到了江桃，也看到了电梯里的曹安。

曾经见过曹安的宋医生笑了，逗江桃："这么大了，上班还要男朋友送啊？"

江桃：……

电梯里，曹安按住开门按钮，大大方方地跟女朋友的同事们打招呼："要下去吗？"

宋医生："对对对，谢啦，你这个男朋友真客气，小桃看到我们都直接跑了。"

曹安："她怕迟到，着急去交接，平时经常跟我夸科室同事的。"

并没有跑只是快步经过还能听到后面对话的小桃护士：……

想当初护士长跟她介绍曹安时，把曹安长期单身的原因说成嘴笨，事实呢？

曹安只是长了一张凶脸，社交能力不要太好！

第7章

熬夜班辛苦，但需要做的护理任务会比白天少很多。

绝大多数患者与陪护都处于睡眠中，整个病区都很安静。

护士站，江桃一手撑着下巴，一手滑动鼠标，浏览着电脑上的患者护理内容。

放在桌面上的手机轻轻振动了一下，屏幕同时显示出时间，22：52。

曹安：忙吗？

简简单单的两个字，看得江桃心口一热。

她回：还好，病人基本睡了，你还不睡？

昨晚两个人可是折腾到了快凌晨2点，江桃白天好歹还睡了个大懒觉，曹安起得早，一天也都在忙来忙去。

曹安：已经躺床上了，跟你聊会儿。

江桃：明早就见面了，有什么好聊的，快睡吧。

曹安：还不困。

江桃：那就去书房画图。

曹安：在想你。

江桃脸都热了，悄悄瞥了眼左边的两个同事，确定同事们都没有注意她这边，她才稍微偏转身体，仿佛上课的学生在偷偷摸摸地给男朋友发消息：以前你都没说过这种话。

之前他会偶尔隐晦地坏一下，太单纯的人可能都接收不到那种坏，但从没发过这么直白的文字。

曹安：其实我是在想昨晚，这么说又怕你生气。

江桃呆住了，下一秒，那把火一路从心底蹿到了脸上。她不得不支起左边的胳膊，借以挡住脸，再咬牙回他：我已经生气了！不许再想。

曹安：好，那我睡了，明早见。

江桃：嗯。

放下手机，江桃两条胳膊都搭在桌子上，再将脸埋进去。

他就是故意的！

"小桃？你没事吧？"同事李文静看过来，不太放心地问。

"没事，肚子有点疼，我趴一会儿就好了。"江桃慢慢坐正，左边胳膊继续撑着桌子，手托脸。

李文静朝她这边看了几次，后来见江桃确实没事了，便不再关注。

当马路上渐渐传来车辆穿梭的动静，窗外的光线渐渐变得明亮，也就预示着夜晚即将结束。

下班总会让人心情愉快，明明很疲惫的夜班护士们在吃过盒饭后反而精神了起来。

8点多，江桃在一楼大厅见到了曹安。

这个昨天晚上还坏了一把的男人，今天竟然是黑色西裤与白衬衫的正装搭配，配着那张凶冷内敛的脸，可能会让路人怕他，会让路人欣赏他的好身材，但绝不会有人将他与夜晚躺在床上跟女朋友发暧昧消息的男人形象联系到一起。

"穿这么亮，刺到我眼睛了。"江桃一手遮在眼睛上面走过去，用嫌弃掩饰昨晚被他撩起的心湖荡漾。

曹安看着仗着个子矮不怕他直视脸，所以才敢说这种话的女朋友，握住她手道："那你闭上眼睛，我抱你出去？"

江桃才不想那么高调，甩开他的手，先往前走了。

到了车上，她第一时间拿出男朋友专门为她下夜班预备的眼罩，戴好，再跟女老板似的靠在椅背上，只等司机开车。

曹安系好安全带，看她这样，问："直接回你们家，还是去我那边？"

江桃疑惑地朝他偏头："去你那边做什么？"

曹安："外婆他们10点多到，你还可以在我那里睡一个小时。"

江桃："那我不如直接回我们家睡，还省了来回路上的时间。"

男朋友并没有回应什么。

在不该有的沉默中，江桃后知后觉地明白了他的意思。

江桃眼罩下白皙的脸颊迅速转红，那嘴唇也恼羞成怒地咬了咬，可能还是太气了，小软桃变成了小硬桃，戴着眼罩扑过来，抓住他结实的胳膊连打好几下："我才下夜班，你别太过分！"

曹安任由她抓着，看着女朋友气呼呼又红扑扑的脸解释道："逗你的，知道你不会去。"

江桃松开他，侧歪着身体靠回椅背，闷闷道："我不会去，你也不用想。"

曹安："我真想，刚刚就不会问你，直接把车开回我那边，你大概也不知道。"

江桃捂住耳朵。

曹安笑了笑，开车。十几分钟后，黑色越野车停在了和平小区五栋楼下。

这个时间，年轻人差不多都去上班了，或是在前往公司的路上，小区里还算清静。

江桃取下眼罩，拎着包快步往里面走。

曹安叫她："拿下东西。"

江桃回头，看见曹安打开后备厢，把昨晚两人给表弟买的礼物提出来，示意她来拿。江桃猜，后备厢里可能还有必须由曹安双手提的大件东西。

她退回来，发现里面是一盒蛋糕、一束鲜花、一条新鲜的鱼、一袋新鲜的虾，以及一大袋大闸蟹。

"其他菜冰箱里都有，这个是早上新买的。"

曹安把鲜花递给她，其他的都自己拿。

鲜花是混合花束，有康乃馨、粉玫瑰、百合花，搭配小清新的尤加利、满天星，摆在客厅，适合一家人共同欣赏。这些不是很重要又很用心的小准备，让江桃原谅了他一大早上的不正经调侃。

两人拎着东西，并肩进了单元门。

102开着门，李奶奶在打扫家里的卫生，瞧见拎了一堆东西的年轻情侣，笑道："哟，小桃今天过生日？不对啊，我怎么记得你是 3 月生日？"

江桃："外婆他们今天回来，蛋糕是给我表弟买的。"

李奶奶明白了，瞥了眼曹安右手提着的鱼虾、大闸蟹，心里很是羡慕。自家的亲儿子都没专门给她买过大闸蟹，都是在小家里吃独食。

江桃瞥眼 102 里面，与自家几乎一模一样的装修，但因为多了一些杂物，完全没有自家干净整齐，然后开门回家去了。

曹安把蛋糕和螃蟹放进冰箱。江桃修修花束，把花转移到花瓶里。阳光充足，奶油风的客厅里摆上这束花，看起来更温馨了。

手机铃声响起，是外婆打的电话，说他们刚刚上车，估计 11 点到。

挂掉电话，江桃看看时间，8 点 50 分。

曹安从厨房走了出来："你先去睡两个小时？"

江桃："算了，吃完午饭再睡吧，以前也有过一整天都不睡，直接晚上再睡的时候。"

很多同事都是这样的，会利用下夜班当天的白天走亲戚或办理生活业务。像今天，如果她先睡俩小时中午再起来吃饭，其实更难受，不如多撑一会儿。

曹安："看部电影？ 10 点半再去洗菜切菜。"

江桃："行啊，你先看，我去洗个头。"

曹安瞥了眼卫生间，去沙发上坐着了。

江桃要洗的不仅仅是头，没好意思当着他的面说洗澡罢了，总觉得以两人现在的状态，直言洗澡容易起火。

她去卧室拿了换洗衣服，再在曹安投过来的视线中飞快闪进卫生间。这时江桃就很怀念他那边的主卫了。

哗哗的水声传到客厅，曹安背靠沙发，左手插在裤子口袋里，右手拿着遥控器。他还没选好要看什么片子。

阳台那边的光线过于刺眼。他去拉上窗帘，把厨房那边的遮阳帘也降了下来。

9 点 20 分，江桃吹干头发出来了，换了一件短袖、一条七分牛仔裤，再普通不过的夏天扮相。

一出卫生间，江桃就发现了光线的变化。她朝沙发看去。

曹安解释道："这样你眼睛会舒服点。"

光线上江桃确实舒服了，就是觉得这种环境似乎更适合恋人做点什么。

她去饮水机那里接水，曹安开始播放他选的电影，是一部动画片。

江桃放好水杯，坐到沙发上。

卫生间的门关着，但这边还是能听到一点洗衣机运转的声音，不算噪声，只是显得客厅更安静了，仿佛除了这些工作的电器，并没有人的存在。

曹安坐到了江桃身边。江桃垂下睫毛。

曹安将她抱到怀里。在他要托起她脸的时候，江桃将头埋到他肩头上，紧张地道："去，去卧室。"

就算外婆他们短时间不可能到，她也觉得客厅过于危险。

曹安暂停动画片的播放，抱起女朋友去了她的房间。现在江桃睡次卧，她一个人住不显小，多了一个曹安就显得狭窄了。

刚刚江桃拿衣服时拉上了窗帘，曹安进来后反锁房门，径直将江桃放到床上。他并没有马上过来，江桃悄悄睁开眼睛，看见他站在床边，正一颗一颗地解着白衬衫的纽扣。

从这个角度看，他更高了。他解着扣子，狭长的眼睛不加掩饰地盯着她。江桃马上背转过去。

曹安觉得有必要解释一下："衬衫裤子都容易皱，穿着不方便。"等会儿还要见她的家人，一身皱巴巴的，证据太明显。

脱了外衣，曹安从裤子口袋里拿出手机，调到闹钟模式，定好闹钟，将手机放到床头柜上，从后面抱过来。

虽然拉着窗帘，但毕竟是白天，室内的光线足以让人看清楚周围的一切。

两个人很久都没有说话。

"什么时候才敢看我？"

曹安看着她蜜桃似的脸和微张的唇。江桃拿手挡住眼睛。

曹安双手撑到她两侧，目光下移。这才是江桃真正后悔纵容他的开始……

当闹钟铃声突兀地响起，曹安一手将她拉到怀里抱着，一手关掉闹钟。

"我先去洗，你也别躺太久，外婆他们快到了。"没有时间温存，曹安最后亲她一下，拿起放在床头柜上的衬衫长裤出了门。

江桃一手搭在额头上，改成平躺。

男朋友走了，他留下的影响还在，江桃瞥向窗帘缝隙，湿润的眼中情绪复杂。她以为只会是一次亲吻，没想到会变成这样。

10点45分，江桃再次从卫生间走了出来，看了眼若无其事在厨房里洗菜切菜的男朋友，江桃拉开所有闭合的窗帘，自己坐在沙发上看动画片。

感谢动画片，感谢残忍阴险的刀疤、身世可怜的小辛巴，江桃脑海中的小电影画面终于被洗涤得干干净净。

11点5分，熟悉的车停在了外面。

江桃先跑出去迎接，曹安擦干双手，穿着那件几乎没有一道褶皱的白衬衫跟了出去。

"哎，怎么是小曹在做饭啊？小桃你真好意思，什么都让小曹干。"

"您又见外了，小桃才下夜班，我再让她动手，您该嫌我不懂事了。"

在一片笑声中，江桃幽幽地瞪了一眼男朋友。

第8章

这次外婆他们回来，一路都是小姨朱媛开车，小姨夫孟东腾养精蓄锐，为的就是到了后下厨做饭。

曹安留在厨房帮忙。一个真民警，一个假老大，默契配合的画面还挺和谐。

江桃陪小姨、外婆、表弟参观完新装修的家后，回到客厅坐着。

孟睿看看电视，吐槽道："表姐多大了，还看《狮子王》。"

江桃："是啊，不像你，都要与秋天进行第十八场约会了。"

放在书面挺文艺的句子，口头说出来很容易让人感到羞耻。孟睿清俊的脸涨红，歪坐过去玩手机。

江桃把她与曹安准备的礼物拿了出来。

"给，衣服我送的，鞋是你曹哥挑的。"

孟睿看到那双运动鞋，突然反应过来："原来他问我脚多大是这个意思！"

江桃给外婆、小姨讲了这个事情。

朱媛嫌弃地看着自家儿子："多明显的套话，你居然都看不出来。"

外婆："你太直肠子了，以后可能追不上女孩子。"

再次被打击的孟睿：……

朱媛朝厨房那边喊："老孟，小曹给你儿子买了一双名牌运动鞋！"

孟东腾炒菜的手一顿，给曹安一顿批评，全是节俭朴素美德教育。

江桃听得直笑。

朱媛瞪她："你也不知道劝着点。"

江桃："劝了，他说第一次送礼，不能敷衍了。"

趁孟睿跑里面去试穿运动服，朱媛悄悄问外甥女："你们俩怎么样？进展到哪一步了？"

江桃都不用说话，变红的脸就替她做了回答。

外婆心照不宣地笑，一点都不意外。

江桃不想她们误会曹安，小声解释道："就搬回来前一晚，才……"

朱媛："对了，他有没有提什么时候带你去见他爸妈？"

她把外甥女当女儿看，这种以相亲开始的恋情，通常都是那几个步骤，认识五六个月了，见家长代表的是一种态度。

有的年轻女孩子，在相亲后禁不住男方的各种手段，什么事都做了，甚至孩子都怀上了，结果男方遇到更好的变了心，或是一开始就没打算认真，女方再哭再闹，最后都得自己吞了苦果。

朱媛还是比较相信曹安的人品的，但作为长辈，该问的也要问问。

江桃低着头，一半羞涩一半甜蜜："下周四是他生日，说是带我去他爷爷家里吃饭，他爸妈也都去。"

朱媛一听，对厨房里的小曹同志更加满意。

午饭很丰盛，吃大闸蟹的时候，曹安剥了很多蟹腿肉放到江桃与外婆面前的盘子里。

外婆故意问："这是给我的，还是给小桃的？"

曹安笑："孝敬您的。"眼神却是看着自己的女朋友。

江桃直接夹了一筷子放外婆碗里。

孟睿起哄："哥你不懂了吧，我姐爱吃蟹黄。"

胡说八道，江桃在下面踹了他一脚。

等吃完蛋糕，都快 1 点了。小姨他们要在这儿住一晚，明天再走，外婆拦住还想帮忙收拾厨房的曹安，叫江桃去送他。

"走吧，不用你。"江桃拉了一下男朋友的袖子。

曹安一一打过招呼，跟着她出去了。从家门口到他的越野车，加起来可能也超不过三十步。江桃停在单元门口，意思是就送到这里。

曹安站在门外一侧，看着她问："明天休息，下午我来接你？"

上午她肯定要陪小姨一家。

江桃小声问："去哪儿？"

曹安："就在湖边逛逛，晚上在我那边吃也行，回来陪外婆吃也行，随你。"

江桃知道，湖边指的是翡翠湖，两人再能逛，撑死两小时，两小时之后到晚饭前的那段时间，都会在他家。

"明天再说，我先进去了。"

江桃并没有给男朋友准确的回答，红着脸折了回去。

曹安看着她进门，这才上车。

男朋友离开后，熬过夜班的江桃也撑不住了，回房补觉。拉上窗帘，再看这张新买的床，江桃不受控制地回想起上午的事。

这个午觉江桃睡得又香又沉，质量极高。

晚上是跟家人在一起的时间，一直到 10 点，江桃才回房。

曹安早就发过消息，让她有空时通知他。

开着灯，靠在床头，江桃给男朋友回复：外婆他们都睡下了。

曹安：视频通话？

江桃：不要，他们可能会听见。

曹安：你可以不说话。

江桃心想，上午还没看够吗？

她不可能答应，视频通话会打破身高差的限制，直接跟他脸对脸，而他的眼睛会吃人。

江桃：早点睡吧，我也要睡了，下午没睡够。

曹安：明天小姨他们几点走？我也送一下。

江桃：吃完午饭，你过来一起吃？

曹安：不麻烦了，你们开饭前跟我说一声，我赶过去正好。

江桃：也行。

曹安：送完小姨，顺便接你。

江桃咬咬唇回复：嗯。

第二天，曹安时间掐得很准，越野车停在外面时，小姨一家收拾好东西正要出门。

"来就早点过来嘛，一起吃顿饭，这还麻烦你专门跑来送我们。"

"没事，周末，我也闲着。"

说了会儿话，小姨一家上了车，挥手告别。

虽然是9月了，但中午依然炎热，外婆准备去睡个午觉，问年轻人："你们是在家里待着，还是出门玩？"

江桃看向曹安。

曹安："我买了电影票，2点半的场，看完就在商场吃了，晚饭您不用做我们的。"

外婆："行，周末嘛，多逛逛。"

小老太太自己进去了。

曹安看向女朋友："还有东西要拿吗？"

江桃摇摇头。

上了车，真以为约会行程临时改变的她一边系安全带一边问："什么电影？"

男朋友没有回答她。江桃看过去。

对视一眼，曹安拿出手机，打开影院购票页面，再把手机递到她手里："看看有没有喜欢的，有就买。"

江桃已经明白他的意思了，计划并没有改变，看电影只是糊弄外婆而已。作为女朋友，江桃不至于那么不解风情，体贴是相互的。

垂着睫毛，江桃把手机还给他："算了，没什么想看的。"

曹安开车了，路线很熟悉，目的地是翡翠家园。

黑色越野车开到湖边，曹安停了下来，问女朋友："要去逛吗？"

午后1点，二十七八摄氏度的高温，明晃晃的大太阳，湖边的花草树木都无精打采。他分明是明知故问。

江桃的脸歪向另一边的车窗。

曹安继续开车："吃完晚饭再逛，那时候凉快。"

无人反对，黑色越野车开进了翡翠嘉园的地下车库。

江桃在这边住过两个多月，跟着曹安一起上下十六楼不知道多少次，唯独这次，两人心知肚明等会儿会发生什么。

在电梯里，江桃垂眸看着角落。出了电梯，她下意识地走在曹安身后。

走到1601的门前，曹安回头，看着脸颊已经变红的小女友："我也没你想得那么急。"

江桃按着他的胳膊将人转了回去。

曹安开门。江桃先进，换好拖鞋往前走，才要经过餐厅，突然被人从后面提起来了。曹安轻轻一提，将她放在了餐边柜上。

男朋友凶冷的脸近在眼前，右手已经抬起她的下巴。

心扑通扑通地跳，江桃抢道："你才说的，没那么急。"

曹安："本来是没急，看你这样，很难再忍。"说完扳过她的脸，不许她再躲。

江桃就是想躲，也有心无力。后脑被他的手掌钳制，昨天的一幕幕重现在脑海里，他的吻分明是他拥有她的第二种方式。

江桃看见他弓起的脊背，强壮得像斗兽场的牛。

忽然想起一件事，她急得抓他的头发："我还没洗澡。"

距离上次洗已经过去一天了，又是这样的天气。

曹安："没出汗。"

"我要洗。"

江桃去推他，手碰到他的脸与唇，他不肯松开，拉拉扯扯，更叫人羞愤。终于，曹安将爱干净的小女友抱了下来。

江桃捂着衣服跑了。

曹安听见主卧房门被反锁的声音。他双手扶着餐边柜，镜子里照出他的脸，凶眉厉眼，很像掳了陌生女孩子进家的恶人。可她并不怕他，只是要求先洗一个澡。

曹安站直，两分钟后，去了客卫。

主卧里，江桃并没有马上去洗澡，她扑倒在宽阔的大床上，等着过于剧烈的心跳恢复平静。明亮的光线从落地窗那边照过来，提醒着她时间。

江桃先拉上窗帘。

澡还是要洗的，江桃打开衣柜，上次她留了一套睡衣、两套外衣。让她意外的是，这个曹安特意为她空出来的衣柜，居然装得满满的，光是陌生的吊带睡裙就有五条，长袖长裤款的秋天睡衣也有五套，且都是她常穿的甜美或幼稚风格。旁边的小格子里，一层放着排成一排的内衣，一层放着叠得整整齐齐的内裤。除了这些居家衣着，外穿的夏装、秋装也分别有三套，都符合她的审美。

江桃看傻了眼，她取出一条睡裙，托到面前闻了闻，上面带着男朋友家洗衣液的味道，说明他都洗过了。

洗澡加洗头，顺便刷牙，江桃用了二十五分钟。

出来时，她发现门口被人塞进来一张字条。

江桃捡起来，上面只有四个字：我有钥匙。

江桃笑了笑，关上灯，她替明明有钥匙，却老老实实等她的男朋友打开房门。她不知道曹安现在在哪儿，也没有去观察，开完门便钻进了被窝。

曹安进来了，随手将门反锁。他在被窝里找到自己的桃子女友。

"那些衣服，你什么时候买的？"江桃在他亲下来的时候问。

"昨天下午。"

"你自己去的商场？"

"嗯。"

江桃想笑："看见那些女装店的售货员是什么眼神了吗？"

曹安："没看，猜也知道，下次一起去。"

……

曹安将她抱到怀里。

水杯已经提前放到床头柜上了，曹安抱着女朋友给她喂了半杯，剩下的自己喝掉。

"睡会儿吧。"

江桃看了眼手机，3点，怎么也能睡俩小时。然而事实是，她才睡着没多久，就被曹安弄醒了。

闭合的窗帘不知何时被拉开了，阳光不再耀眼却依然明亮，对面的翡翠湖波光粼粼，湖边有人散步，有人骑自行车。

江桃看到一对儿年轻的夫妻，带着一个走路还不太稳的小朋友。多么其乐融融的画面，她却被男朋友侧抱着，掰不开他的大手，也踢不开他结实的腿。

直到晚上8点多，黑色越野车才重新开出地下车库。

曹安仍然停在湖边："下去逛逛？"

江桃瞪他。

曹安笑，往前开去。江桃降低车窗，夜晚清爽的风吹了进来，她闭着眼睛，希望这些风能吹散脑海里的三场小电影。

车子开到和平小区，101室客厅的灯亮着，外婆在看电视。

江桃解开安全带，没好气地对男朋友道："你不用进去了。"

他在身边，一旦外婆问起什么，她更容易露馅儿。

曹安："行，都听你的。"

江桃忍不住又瞪了他一眼。在他那边的时候，这人怎么一次都没听她的？

用力关上车门，江桃头也不回地小跑进了单元门。

曹安坐在驾驶位上，看见她进了客厅，这才离开。

江桃陪外婆看了半集电视剧，就在她庆幸外婆并没有打听什么的时候，关掉电视准备站起来的江桃，双腿发力失败，稍微离开沙发的身体又跌了回去。

她心虚地看向外婆。外婆在打哈欠。

江桃默默在心里又骂了一遍男朋友。

第9章

周一江桃下傍晚5点的班。车子开进医院再开出去非常堵，方蕊将车停在路边等她。看到走出来的小桃护士，方蕊闪了闪车灯。

"曹老大居然每天都开进去等你，我也是佩服。"

江桃关上车门，笑道："他比你来得早，没赶上高峰期。"

方蕊："也对，人家是老板，我只是银行的打工狗，得按点下班。"

江桃："少损。"

方蕊开车前，上下打量她一眼，嘿嘿笑道："虽然你不肯告诉我后面的进展，但掩饰等于解释，我都懂。"

江桃伸手拧她："懂你还非要说出来，赶紧开车。"

方蕊："江护士你不要太过分，我好心好意陪你去给你男朋友挑生日礼物，车接车送的，总不能连话都不能说吧？"

江桃又气又笑。

方蕊一边开车一边问："作为好姐妹，我还挺担心你的，主要是你们这体型差，就说咱们周围，高个子不少，但像曹老大那身板的可不多。"

江桃偏过头，敷衍道："还行吧。"

方蕊瞥了她一眼，看出门道了："看你这一脸幸福。"

江桃反击："别光说我，你们家赵岳呢？"

两个好姐妹平时什么话题都聊，方蕊一点都不介意交换心得，哼道："刚开始要不是他嘴上会哄人，第二天我都想把他拉进黑名单。"

前面有个红灯，方蕊停下来，看着好姐妹笑了："想想曹老大追求你的表现，这完全符合他的性格，一步一步循序渐进，免得第一次就吓跑你这只小白兔。"

循序渐进……

江桃第一次发现原来这个成语还可以这么用。

周二、周三曹安都只是普通地接送江桃上班，并没有暗示什么。就算他要暗示，江桃也不会答应，除非他肯收敛。

周四早上，曹安把江桃送回和平小区，约好傍晚 5 点再来接她。

江桃补足觉，下午 4 点多起来，又是洗澡又是化妆的。

外婆从卫生间门口经过，见外孙女刚涂完口红又给擦掉了，重新拿起一支口红，笑道："不用太紧张，能教出小曹这样的孩子，他家里人肯定也都好相处。"

江桃知道的。从曹安口中，她对他的家人多多少少有了解，只是今晚就要见到真人了，她还是会慌。

最后，江桃还是放弃了太正式的妆容，化了一个清爽简单的淡妆。

曹安提前十分钟到了，穿着西裤黑衬衫。

江桃在卧室收拾包，听见外婆打趣他："去见你爸妈，你穿这么正式做什么？"

曹安："小桃肯定穿得好看，我太随便了，站在她身边不搭配。"

外婆："你这孩子，真是讲究。"

江桃走到穿衣镜前。

她穿的是一件浅杏色的薄衬衫，搭配一条淡蓝色半身裙，都是给曹安选礼物那天与方蕊一起买的，很显温柔文静。

确认完毕，江桃出去了。

曹安坐在沙发上，陪外婆说着话，瞧见走出来的女朋友，他话没停，只有目光快速在女朋友身上过了一遍。

从两个人相亲到现在，每次江桃换了新衣服，都要被他这么注视一遍。这样的眼神，自然象征着一种欣赏。

"挺好看的，来，站一起去，我给你们俩拍一张。"

外婆仍然坐在沙发上，拿起手机。

曹安走到江桃身边，左手插在长裤口袋里，右手揽住江桃的肩膀。当着外婆的面，他倒是一点都不拘束。江桃微微红了脸，但还是将头靠上他的胸膛。

拍好照片，就要出发了，江桃先去换鞋，听见曹安很自然地对外婆道："晚上您早点睡，我跟小桃可能要在我爷爷那边住一晚。"

"知道了，路上慢点开车。"

一出家门，她便抓着男朋友的胳膊一连三拧："谁要你那么说的？"

曹安随她拧，等她气呼呼地松开手，才摸了摸她的头："不说外婆也猜得到，说了，还省着你掩耳盗铃，半夜还惦记着回来。"

越解释越暧昧，江桃先上了车。

曹安知道她并不是真的生气，笑着开车。

从这里开到老爷子的别墅，路上要花半小时左右。距离别墅还有十分钟时，曹安把手机递给江桃："你在群里说一声，我们还有十分钟到。"

屏幕显示的就是曹家的聊天群。江桃扫了眼最近的聊天记录，模仿曹安的语气发消息给曹爸、曹妈：爸、妈，我们还有十分钟到。

曹爸：收到，不急，等你们到了再让厨房开火。

曹妈：在路上吧？开车还能打字？

曹安靠边停车，一手握着方向盘，一手拿回手机，发语音："上条是你们准儿媳发的。"

……要不是男朋友在开车，江桃非要再拧他一遍。

这时曹妈在群里发了条语音消息："哈哈，我就知道！"

曹爸："我那是看破不说破，曹大安你不要太得意了，大话说太早，小心被小桃甩了！"

曹妈："你以为小安是你，没有十成把握他都不敢带小桃回家。"

曹爸："哪来的十成把握？结婚了都可以离婚，除非小桃被他威胁，不敢跟他分手。"

曹妈："结婚可以离婚，那你对咱们的婚姻有几分把握？"

曹爸："我一分都没有！活菩萨你可千万别甩了我！"

江桃一条一条地听着，羞恼紧张迅速变成了止都止不住的笑，这夫妻俩拌嘴可太有意思了。

前面出现了一片别墅区。三分钟后，曹安将车停在一栋别墅外，别墅前面是个小花园，后面的花园郁郁葱葱的。

江桃跟着曹安往里走，别墅里面也走出来三个人，身材高大、脊背微弯的八十岁老者是曹安的爷爷曹兴邦，曹正君、于秋夫妻俩跟在老爷子身后。

曹兴邦是不怒自威的面容，他也没有强迫自己笑，只尽量用和善的目光欢迎孙子身边的年轻女孩子。曹正君还没出门就挂上了热情的笑容，很像在高兴野兽儿子成功抓了一只小白兔回家。在这对儿父子的衬托下，本来就优雅美丽的于秋女士，居然真的有一种活菩萨的慈悲气质。

江桃不由得将注意力集中在男朋友妈妈这边："阿姨您好，您真人比曹安给我看的照片还漂亮。"遇到合适的人，夸人的话也会说得很自然。

于秋笑着把江桃拉到自己这边，打量着准儿媳的小脸道："阿姨都老了，小桃才是真好看，别怕，爷爷跟叔叔也都很好相处的。"

江桃再去看另外两个长辈。

曹正君微微眯起眼睛："我怎么觉得好像在哪里见过你？"

曹安："我住院的时候见过吧，她也是普外科的护士，你可能在走廊碰见过。"

已经过去四个多月了，曹正君对医院那几天的记忆早已模糊，果然接受了这个解释，并没有想起其实江桃就是当初护理儿子的那个小护士。

熟悉之后，五人去客厅说话。

曹正君是个大嗓门的社交达人，于秋气质高雅但其实也很擅长交际，有他们带动气氛，江桃很快就度过了刚步入一个新家的生疏期。

曹正君一直在吐槽儿子小时候给他添的那些麻烦。江桃听得津津有味，曹安不以为意。

最后曹兴邦一句话让儿子闭了嘴："小安比你懂事多了，你小时候做的那些事，要不是你妈舍不得，我能把你扔出去。"

曹正君：……

这顿晚饭，几乎都是在说笑声中过去的。

饭后一家人坐在沙发上休息，那条黑白两色的狗狗卧在曹安与江桃中间，一双水汪汪的大眼睛经常看看江桃，好像在猜测这个陌生的女孩子与熟悉的家人是什么关系。

曹安握了握江桃的手。狗狗看见了，仿佛明白了似的，低头蹭了蹭江桃的脚踝。

聊到 8 点多，曹安要带江桃走了。

曹正君："小桃第一次来，不多待会儿？"

于秋非常善解人意："小安第一次有女朋友陪他过生日，肯定还有别的约会项目，快去吧，以后多带小桃过来。"

江桃保持着笑容，直到上了车，她才小声问曹安："不是说晚上在这边睡？"

曹安看过来："这边是有房间，不过不合适。"

江桃低头玩手机了。

于秋猜错了，曹安并没有安排什么特别的约会项目，直接带着女朋友回了翡翠嘉园，这时已经是晚上 9 点。

感受得出他最想做什么，江桃换好拖鞋就把手里的包递过去："给你买了礼物，自己拿。"

曹安接过包。江桃先去主卫洗脸了。

曹安取出礼物，是一条黑色的男士腰带。

他去了卫生间，刷牙洗脸之后，取下身上的腰带，换上女朋友刚送的这条。再去主卧，门并没有反锁，曹安推门进去，正好江桃也从里面走了出来。

目光相撞，江桃紧张地低下头，并没有注意自己的礼物已经派上了用场。

曹安拿出手机，对着腰带自拍。

江桃这才发觉，尴尬又好奇："你做什么？"

曹安："发给小姨夫，让他教育你。"

虽然知道他肯定是在开玩笑，江桃还是迅速靠近，抢走了他的手机。下一秒，她被男朋友提起来，拖鞋滑落，她也被放到了床尾这边多出的长条沙发上。

江桃错愕地看向脚下，明明上次来还没有这张床尾沙发。

曹安平视她的眼睛，解释道："这是我送自己的生日礼物。"

床尾沙发高二十五厘米，正好弥补了两人的身高差，用途不言而喻。

江桃心慌慌的，怕等会儿做什么时不小心摔了他的手机，先把手机丢到背面的床上。

曹安拉着她的手放在那条腰带上："寓意很好，但下次别买这么贵的，浪费。"

江桃偏过脸："跟寓意没关系，知道你有钱，不好意思送便宜的。"

她才没想拿腰带绑他一辈子。

曹安："我是有钱，但从不浪费，只会对喜欢的人大方。"

他每多说一个字，江桃的脸就变得更热一分。

她想起在店里最终决定买这条腰带的时候，方蕊啧啧地打趣："平时那么抠抠搜搜的，给曹老大送礼物就舍得花大半个月的工资，这是小桃护士的爱心腰带。"

爱不爱的，很喜欢就是了。

"帮我解开。"曹安在她的耳畔亲了亲。

江桃怎么可能帮，垂着睫毛道："你自己弄。"

曹安先不管腰带，帮她将衬衫下摆从裙子里扯了出来。

很合适的高度，他一手扣住女朋友的后脑，一手帮她解着衬衫纽扣，一颗一颗……

第 10 章

夜晚的翡翠湖仿佛下起了雨。

狂风卷着雨点拍打在不远处 1601 室的主卧玻璃上，一下比一下重，一下比一下急，再在玻璃几乎要承受不住的临界点霍然消失，万籁俱寂。

室内，灯光明亮。

在三十岁生日的这晚，曹安彻底在女朋友面前解开了他的绅士外衣。

短发浸湿在潮意中，汗珠沿着身躯滚落，因为过于专注而显得危险的目光始终停留在江桃的脸上。

那是一张如高烧般红润的脸，一缕缕碎发粘在额头腮边，被泪水打湿的睫毛紧紧地挨在一起。

江桃本能地蜷起来，拉过旁边的被子，将脸埋进枕头。曹安侧躺进被窝，将害羞的桃子女友抱回怀里。

江桃报复地去抓他的手臂，哪怕整洁的指甲只是虚虚地抵着他。

他就是个大骗子，挖坑大王，这么有心机。然而他已经将坑挖得太深，她大概爬不出去了。

江桃拉起被子蒙住脸，再也不要理他了。

曹安笑，掀开被子露出女朋友的脑袋。

本来就热，闷坏了怎么办？

有些事情讲出来可能不够浪漫，但又是实打实需要计划安排的。

第二天，曹安带江桃去游乐园玩了一上午，中午在商场吃的饭，吃完再打一个小时电子游戏，然后回到翡翠嘉园。

简简单单睡午觉是不可能的，江桃又陪男朋友演了一回小电影。

除了"小电影"，她不知道还能用什么词更生动形象地描述曹安的所作所为。

窗外的阳光过于刺眼，江桃面朝里面躺着，曹安从后面抱着她，唇依然在她的耳畔、脖颈流连。相较于他刚刚做的那一切，这样的吻更像是毛毛细雨。

只是从内心感受上来说，江桃更喜欢他的轻吻，她能从中感受到他对她的喜欢。喜欢是维持一份感情的基础，也让她踏实安心。

"什么时候能搬过来长住？"曹安握住女朋友的手，问。

江桃也有思考，摇摇头："不方便。"

当今的风气是越来越开放了，可就算她愿意，就算外婆也同意她婚前与曹安同居，和平小区是个老小区，同楼的老邻居们，特别是对门102室的李老头夫妻俩，当他们发现这件事情后，一定会在外婆面前说些看似为她着想，其实不太中听的闲话。

年轻人可以为了爱情不顾流言蜚语，但江桃不想外婆受闲气。

曹安："我可以提前入赘，跟你们住一起，接你上下班更方便。"

江桃："你住客房？那可以。"

曹安咬她的耳垂。

江桃："不然呢？卧室的门质量再好也做不到完全隔音。"

她可不想被外婆听到墙角根儿。

曹安："有个一举两得的办法。"

江桃："什么？"

曹安："结婚。"

江桃缩了缩脖子，拒绝道："不要，太快了，再说结婚应该是两个人各方面都准备好了，确定彼此是合适的人选，才不是为了能光明正大地住在一起。"

曹安："你觉得咱们哪里不合适？"

江桃："反正现在不行，你别有用心。"

曹安失笑，他真没有女朋友想得那么肤浅，不过是借这个话题再次表明他想跟她结婚的态度。他当然知道，她从心理上还没有准备好这么快就进入婚姻。

"那就下夜班后来我这边住两晚，其他时间都陪外婆？"

江桃："住一晚，今晚回去。"

曹安刚要开口，江桃严肃道："我以护士的身份警告你，小心伤身。"

曹安捏了捏她的细胳膊："行，婚前先这么安排，灵活调整。"

回家之后，江桃跟外婆提了这事。

与其每次都找个蹩脚的留宿借口，不如直接说清楚。

外婆："我这边没关系，你们刚在一起，正黏糊的时候，在他那边住几晚都行，只是有一样你们考虑好，除非准备结婚了，不然别急着要孩子。"

江桃笑："您放心，我们都懂的。"

9月19号是中秋，曹安提前一周就来跟江桃祖孙俩商量，想在中秋安排两家人一起吃顿饭，还是去老爷子那边。

江桃看向外婆。

外婆问："你爸妈那边怎么说？"

曹安："这还是我妈提醒我安排的，说我们一家对小桃都特别喜欢，小桃也都见过他们了，就怕您对他们那边还有什么不放心的。"

外婆被逗得眉开眼笑："你这孩子，怎么这么会说话，得亏长得凶一点，你要是长成眉清目秀的小白脸，不知道要迷倒多少女孩子。"

曹安："跟长相没关系，我对感情这事很认真，喜欢的就去追，没感觉的也不去招惹，您放心。"说着，他看了江桃一眼。

江桃哼道："说得当然好听，谁知道背后怎么样。"

曹安把刚剥出来的石榴放进女朋友面前的果盘："欢迎领导随时监督。"

江桃就在桌子下面踢了他一脚，这家伙，越熟悉，就越没正经。

中秋这天江桃正好休息，上午9点多，曹安就接了祖孙俩前往老爷子的别墅。两家人加在一起，除了曹兴邦威严话少，社交方面最差的就是江桃了，剩下四个人都善于交际。

江桃跟着曹安在厨房洗水果，看了眼坐在沙发上与于秋女士相谈甚欢、一见如故的外婆，她忍不住小声问曹安："阿姨是真喜欢我外婆这样的，还是给外婆面子勉强听着的？"

她总觉得从事京剧行业的于秋女士可能会比较"阳春白雪"，与爱跳广场舞的外婆没什么共同话题。

曹安："她连我爸都能接受，你不要对她的性格、喜好有不该有的误会。"

江桃：……

要不是曹安一看就是亲儿子，可能曹正君也早想把这个儿子扔出家门了。

过完中秋，大家该上班的继续上班。

上午，江桃在自己负责的两间病房来回跑了几趟，忙完回到护士站，发现有一对儿夫妻在办理入院手续。每天都有新病人入院，但这对儿夫妻却有些特别，居然把好多同事都吸引过来了。

江桃带着一脸"在状况外"的表情回到自己的座位。

冯姐看见她，笑着介绍道："小桃来了，看，这是徐灵，以前咱们普外科的'科花'。"

以江桃现在的角度，正好能看清徐灵的正脸。

真的很漂亮，是那种第一眼就叫人惊艳的漂亮，桃花眼眼尾微微上挑，鹅蛋脸白里透光，涂了红唇，气质佳，打扮也时尚，都可以去演偶像剧了。

徐灵正笑着给一位刚来的旧同事介绍她身边的男人："这是我老公袁辉，年纪轻轻要切胆结石了，接下来几天还请大家多多关照。"

个子很高但有点啤酒肚的袁辉大大方方地接受着老婆的调侃、老婆同事们好奇的打量。这时，夫妻俩都注意到了江桃。

徐灵："让我猜猜，这是咱们普外的新'科花'对不对？"

江桃脸上一热。

袁辉多看了她一眼，但很快就收回了视线。

负责袁辉的是另一个同事，办完入院手续就带他们去病房了。

这时，熟悉徐灵的老同事们开始了短暂又密集的讨论。

"她老公家里好像是开铁矿冶炼厂的，据说挺有钱。"

"当然，没钱徐灵能嫁吗？当初追她的人可不少，人家肯定要挑最好的。"

"她真会保养，这些年瞧着一点都没变，儿子四岁了吧，二胎女儿也周岁了。"

"有钱啊，再加上结婚后马上辞职了，不用跟咱们似的熬夜班，皮肤当然好。"

江桃有一句没一句地听着。

同事圈就是这样，大家天天在一起工作，感情肯定有，但能处多深就全靠缘分了，大多数只会成为彼此背后被讨论的对象。

这时候，护士长王海燕来了，窃窃私语的同事们自发结束了讨论。

王海燕正在了解一个护士手头的工作，徐灵从病房出来了，瞧见她，高兴地跑过来，抱着王海燕的胳膊撒娇："王老师，我好想你！"

王海燕亲昵地与她聊了起来。

李文静悄悄跟江桃开玩笑："我算看出来了，咱们护士长有颜控属性，偏爱你们这些'科花'。"

偏爱不偏爱的，只看两个人交谈的态度，就知道徐灵离职前与护士长的关系确实不错。

忽然，王海燕朝江桃这边看了过来。

江桃还以为自己偷窥被抓包了，连忙端正态度，专心做事。

王海燕想的完全是另一回事。她在感叹缘分，她与表姐于秋的关系非常好，对曹安这个长相特别的外甥也是真的关心。王海燕只给曹安介绍过两个相亲对象，第二个是成了的江桃，第一个便是徐灵。

已经是五年前的事了，那时候曹安二十五岁，徐灵二十四岁，刚从别的医院转过来半年。王海燕觉得两个人合适，撮合了一下。

吃过一顿饭，徐灵跟她反馈，觉得曹安人挺有礼貌，就是乍一看叫人害怕，她可能接受不了。小姑娘并没有把话说死，其实就是有戏，等着男方主动，王海燕立即给曹安打电话，叫他继续努力。

结果呢，曹安特别干脆地说不太合适。她追问哪里不合适，曹安也不讲，直说这回算了。王海燕只好顺着徐灵那句"可能接受不了"，说些不勉强的话，尴尬地终结了这次媒人之旅。

第 11 章

曹安长了一张令人印象深刻甚至过目难忘的脸。当年王海燕给徐灵介绍曹安时，用的也是曹安大学时候拍的那张侧脸照。徐灵当时也没有看太仔细，确定不丑，再加上曹家的经济条件，她心里已经非常满意了。

美女未必都想嫁给有钱人，但徐灵是这样的美女。她深知自己的美貌优势，也相信能凭借自己的美貌与聪慧过上自己父母难以为她提供、她靠自身努力也难以实现的有钱人生活。只要她不犯法，这种追求并没有什么可耻的，有些女人看不起她，那是因为她们颜值一般，根本没有她那样的机会。

约定好吃饭的时间，徐灵打扮得漂漂亮亮去赴约了。

见到曹安本人的第一眼，徐灵像其他女方一样都被吓了一跳。但一想到曹家的实力，徐灵很快就透过曹安的凶脸看到了他那种特别的帅气，还有曹安的名校学历、绅士言谈，这都是他的加分项。毕竟作为一个美女，徐灵交往或相看过不同级别的有钱男人，不幸的是，在桐市这种三线城市，或者说在全国男人的基本盘下，她总能在那些男人身上挑出各种各样令人讨厌的问题，与他们比，曹安的谈吐已经非常让她惊喜了。

隔着一张餐桌，徐灵很快就不怕曹安了，她自认在曹安面前露出了自己最完美的一面，优雅、大方、娇俏，女人能吸引男人的那些魅力点，她都不经意又足够自然地表现了出来。

曹安的表现却始终绅士。

他会在她说到趣事时露出适宜的微笑，会在她为家境不好而尴尬时给予礼貌尊重的安抚，会在吃完饭后主动结账，会按照约会程序陪她去其他地方小逛一圈，最后开车送她回家。

但他没有像其他男方那样，自以为掩饰得很好地观察她的脸与身材，不会积极热情地延长第一次约会，不会绞尽脑汁寻找话题讨她开心，一直到她下车了，他居然都没有跟她表示想继续见面的意向。

徐灵很聪明，她想，曹安要么是没有看上她，要么是他很骄傲，看上了却要等着她来主动。

徐灵不会去主动追任何男人，女人一旦主动，便会从一开始就处于下风。美女就是要被人追求，追得越久对方才会越珍惜，哪怕追到了结婚了，聪明的女人也该掌握一些拿捏男人的手段。

所以，虽然对曹安满意，护士长王海燕来问她感觉时，徐灵还是强调了曹安最大的缺点——他的凶相。她想将主动权握在自己手里，她要曹安放弃他的骄傲，像其他男人那样来追求她。看在曹安的财力上，他可以少追一会儿，可基本的姿态还是要做出来的。让徐灵意外的是，曹安居然真的没有看上她。

自尊心让徐灵表面云淡风轻，实际十分恼火地接受了这件事，她并没有缠着王海燕追问原因。可素来被男人追捧的徐灵，很难忘记在曹安这里尝到的尴尬拒绝，再加上曹安那张脸，她更忘不掉了。

虽然这些年徐灵嫁了一个有钱的老公，儿女双全，生活总体都很圆满，可当再次见到曹安的时候，她还是第一眼就认出了曹安，随着过往的一切变得清晰起来，被曹安客气疏离地冷待与毫无余地拒绝后的恼羞成怒也涌上心头。

住院楼前面的地面停车场上，隔了三个车位，徐灵意外地看着曹安绕过黑色越野车，陪着江桃走向一楼大厅。快要进入大厅时，江桃仰头朝他说了什么，曹安停下脚步，低头看她，还抬手摸了摸她的头。这样的动作，自有一种宠溺与温柔。

江桃都进去了，他依然站在那里，一直到江桃跨进电梯再也看不见了，曹安才转身。

他身上有一种很强的气势，只是随意地扫过停车位上的一排车，都让徐灵有种自己的偷窥即将被他撞破的紧张感。她迅速偏头，利用长发挡住脸，做出翻包找东西的姿势。

事实是，曹安根本没有往这边看，就算看了，他也不会密切关注某辆车里的一位陌生女士。

徐灵的老公袁辉昨天住院，今天下午2点的手术。

手术之前的陪护很轻松，徐灵大多数时间都守着老公，然后也会去护士站跟旧同事们聊天。

中午袁辉还在禁食期，护士送了徐灵的盒饭过来。

徐灵笑道："我去找同事们吃了，免得你看了馋。"

袁辉开玩笑："几年没见了，情分还在吗？"

徐灵："肯定在的呀，我人缘最好了。"

仗着美貌就目中无人、高高在上的美女都是蠢的，徐灵从不做那种有害无利的事，别说医护同事们，就是打扫卫生的阿姨，徐灵也都跟她们和和气气的。或许没有交到感情多深的朋友，但徐灵也有信心，她没主动得罪过任何人，别人可以在背后讨论她，却说不出她什么坏话。更别提她现在自有身份滤镜，傻子才会明目张胆地得罪她。

护士们中午也要吃饭，闲的会去食堂，忙的或懒的会订盒饭。徐灵端着盒饭走出病房，扫了眼护士站，江桃在与另一个护士值班。

徐灵先去了休息室。她跟两个旧同事聊着天，吃得很慢，而护士们都忙，吃完就出去了。没多久，江桃、李文静来了。

这两个人都是徐灵辞职后陆续入职的，按理说没什么关系，但徐灵很会社交，一个笑起来让人如沐春风的美女，其实很容易收获同性的好感。三个人有说有笑的。

李文静吃饭一直都很快，先吃完，打声招呼走了。休息室只剩江桃与徐灵，江桃有点不自在。

除了曹安那种长相的人，太漂亮的男人或女人也会给人一点压迫感，江桃会忍不住想看看徐灵，又怕这样不礼貌。

徐灵忽然笑了，有些俏皮地对她道："早上我过来的时候，看见你跟曹安了，可真甜蜜。"

江桃愣了愣，反应过来，惊讶道："你认识曹安？"

徐灵用一种很随意的语气道："当然啊，我还跟他相过亲呢，你们肯定也是王老师介绍认识的吧？"

江桃：……

她尽量自然地维持着笑容，心里的感受瞬间复杂到难以形容。换作任何人知道自己的男朋友跟这么漂亮的女人相过亲，或许还有其他关系，可能都无法做到心如止水。

徐灵似乎看了出来，连忙摆手解释："你千万别误会，我们俩只吃过一顿饭，后面就再也没有联系了。"

江桃不知道该怎么调整自己的表情。没有任何处理这种事情经验的她，也不知道该露出什么样的表情。

徐灵还是那种俏皮的笑："不好奇我们为什么没成吗？"

江桃手里握着筷子，笑得僵硬："为什么？"

徐灵瞅瞅关闭的休息室门，脑袋靠近江桃一些，哭笑不得地道："见完面的第一晚，我做噩梦了，真的，虽然知道他很好，可我胆子太小，过不去心理这一关，还是你厉害。"

江桃：……

徐灵拿出手机，看完"哎"了一声："我老公叫我了，你慢慢吃，男人就是麻烦，这种小手术也要我来陪护。"说完她收拾好饭盒，再与江桃道别，脚步轻快地走了。

随着脚步声的消失，休息室变得静悄悄的。江桃忍不住去想象曹安与徐灵相亲的画面。

那么漂亮的徐灵，曹安能不喜欢吗？他是不是也像追求她那样去追徐灵了？只是徐灵气场强拒绝得坚定，没有给曹安机会？这么比较，她江桃一点都不厉害。她也拒绝了，根本没什么用，最后还是一步一步掉进他的陷阱，被他追到了手。

江桃并不后悔，她知道自己喜欢曹安，很喜欢。可现在她又知道了，曹安可能想要追求其他漂亮女人，只是都没成，他才最终选择了她。

饭还剩很多，江桃却一点胃口都没了。

个人情绪不能影响工作，下午的小桃护士依然忙碌，只是在偶尔看见从病房走出来的徐灵时，才会想起中午的谈话。

小桃护士也碰见了护士长好几次，但她什么都没问。护士长能把她介绍给曹安，徐灵在的时候，护士长介绍更漂亮的徐灵给曹安也再正常不过。

晚上 8 点多，交接完毕，江桃去更衣室换衣服。

李文静："你没事吧？怎么感觉你心情不太好？"

江桃："有吗？"

李文静："有，不是欠钱了，就是失恋了。"

江桃："……就是肚子有点不舒服。"

李文静："哦对，大姨妈也有这效果。"

江桃笑笑。

江桃下楼，出电梯，曹安就在对面的长椅上坐着。

江桃努力甩开脑中与徐灵的谈话。

男朋友那双狭长的眼睛却好像长在了她脸上，甚至为了看得方便，一直到江桃走到他面前，他都没有站起来，依然坐在长椅上。

他越看，江桃肯定越要回避，怕自己露馅儿。她望着大厅入口道："走了。"

这里不是说话的地方，曹安先陪她出去，上了车才问："工作出事了？"

他明显看出了什么，江桃只能承认："嗯，给一个病人扎针时扎了三次才找到血管，被人凶了一顿。"

曹安："正常，我以前体检验血也遇到过这种事，不过我什么都没说，那个护士自己哭了。"

换成她遇到曹安这种面相的，连着扎空几次，可能也会被吓哭。她被男朋友的医疗趣事逗笑了，只是这种轻快的心情并没有维持多久。

车子都开到和平小区门口了，曹安看看她，突然将车停到路边。

江桃疑惑地看过去。

曹安拿出手机，调出自拍模式，让她"照镜子"。

江桃从屏幕上看见了自己，眉头有一点点皱，唇角也有一点点下牵，好像不开心，也好像受了什么委屈。

曹安："你这样，外婆见了还以为我欺负你了。"

他只是开了个玩笑，没想到刚说完，刚刚还是看起来委屈的桃子女友，脸一歪唇一抿，泪珠居然就滴落下来。

曹安怔了几秒。

她很容易脸红，但并不怎么爱哭，被张阳那种小混混纠缠都只是生气，也没有怕到哭出来。而她现在歪着头一边掉眼泪一边匆匆拿纸巾擦掉的哭法，特别委屈，还是与他有关的委屈。

尽管曹安很确定早上分开时两个人之间还好好的，整个白天他也没有做任何涉嫌欺负她的事，曹安还是迅速做出了判断。

握了握方向盘，曹安给外婆打电话。

外婆："小曹啊，什么事？"

曹安："今晚天气挺好的，我带小桃去湖边逛逛，晚上就不回来了，跟您说一声。"

外婆："行行行，去吧。"

曹安挂掉了电话，看了眼还在安静委屈的女朋友，开车了。江桃并没有哭很久，也没有非要他送她回去，只是侧靠在座椅上，一直看着窗外。

两人一路上都很沉默，直到进了1601。

曹安鞋都没换，直接将前面已经脱掉一只鞋的女朋友提起来，放到旁边的沙发凳上。江桃匆匆弄掉了另一只鞋。

在车上怎么歪头回避都行，现在被曹安捧住脸，江桃只能垂下睫毛，任他打量。

她的眼圈还红着，曹安无奈道："我怎么欺负你了？"

江桃说不出口。

那又不是他的错，两个人没认识之前，他跟别人相亲很正常，她自己也相过几次亲。可她心里就是不舒服，一想到她在他这里并不是最好的选择，她就难受。

盛夏的雨都没今晚她的眼泪来得快，虽然很成熟却没有任何这方面经验的曹安第一次想不出行之有效的办法。

被她拒绝，他可以继续追。被她害怕，那他就慢慢来。她的家被水淹了，他帮她装修。体型差距太大，他也有足够的耐心等她做好准备。

"小桃，别这样。"曹安微微抬起她的下巴，让她能看见他，"如果我哪里做得不好，你说出来，我会改，你这样，我不知道该怎么做。"

江桃开始抽搭了。

能改的问题，她会说，可这不是改不改的事。她就是吃醋了，一种无法改变的醋，只能自己调节，他帮不上任何忙。

看得出她的委屈在加重，曹安保持冷静，看着她道："小桃，我不知道别人是怎么谈恋爱的，可咱们以后是要过一辈子的，我希望无论你遇到什么问题，不管是外面的还是你我之间的，都可以跟我说出来，这样问题才能解决，咱们才能继续好好地过下去，而不是你心里难受，我只能在旁边着急。"

江桃终于肯看他了。

曹安帮她擦掉眼泪，亲了亲她的眼睛："说吧，我想知道。"

江桃不想白白折磨自己的男朋友，顿了顿，垂眸道："我遇见徐灵了。"

曹安无法理解："徐灵是谁？"

江桃下意识打量他的神色，颇有点女朋友怀疑男朋友不老实的小表情："跟你相过亲的，以前也是我们科的护士，以前护士长给你介绍的那个，五六年前了吧。"

曹安的记性还是不错的，虽然早忘了徐灵的名字，忘了她的脸，却记得表姨确实给他介绍过另一个护士。

他坦然接受着女朋友的审视，问："人忘了，对这事还有印象，她怎么了？"

江桃歪头道："她长得很漂亮，早上看见你送我，中午跟我聊了聊你们的事，话里话外就是如果不是当初她太怕你，你们俩早成了，根本没我什么事。"

好歹也工作三年了，江桃没那么傻，徐灵莫名其妙地跟她说那些，要么是蠢要么是坏。江桃不认为那么漂亮又有气质的徐灵会是个低情商的人，故意给她添堵的成分更大。只是知道又如何，她控制不住自己吃醋。

曹安感受到了女朋友一身的酸气。

甜桃子变成了酸桃子，这在曹安看来并不是什么难以解决的问题。

不着急了，他开始根据蛛丝马迹推理："她家人住院了？"

"嗯，她老公。"

"我猜，她老公应该没有我长得好，也没有我的事业好。"

"还行吧，个子挺高的，就是有点发福了，听说他们家里有铁矿冶炼厂，你们谁事业发展更好，我不知道。"

"但你要知道，人只会羡慕嫉妒比自己过得好的，她故意跑你面前说这种话，证明她对你有负面情绪，不是嫉妒你长得比她漂亮，就是嫉妒你的恋爱对象比她的好。"

江桃没那么自恋，小声道："人家比我漂亮多了，也可能不是嫉妒，只是跟我显摆一下，显摆我的男朋友是她挑剩下的。"

曹安抬起她的脸，狭长的眼睛里带着一丝笑："如果我坚持说她是嫉妒你跟我在一起，会显得很自恋，但我敢保证，你男朋友绝不是她挑剩下的。"

江桃："你怎么保证？"

曹安："自己做过的事自己知道，我很确定，我是相过很多次亲，但除了你，我没有主动或被动地追求过其他人。"

江桃不是很信："她很漂亮……"

曹安："亲戚们不会介绍不漂亮的给我。"

江桃：……这就是优秀男人的快乐吧？

曹安捏了捏她的脸："相亲是两个人的事，男女双方各有标准。

"漂亮的女方不一定看得上我，可我也不是见个漂亮的都会喜欢。

"小桃，自信点。

"我只对你有感觉。"

这好像是他第一次这么直白地对她说"喜欢"。

江桃带着潮意的脸颊，被他的目光一点点烧烫了。

曹安亲亲她红润的唇，亲到她的耳朵："说实话你可能不爱听。

"可我看见你的第一眼，就想跟你……

"对别人都没有，我只对你这样。"

所以她从见他的第一面就冒出来的那种错觉，其实都是真的，他真的想开车将她带到野外……

第 12 章

曹安对江桃告白的那几句是认真的，相亲过那么多次，他只想跟她发展恋爱关系。后面那句逗她的成分更多，他宁可她恼羞成怒，也不想她沉浸在先前的低落情绪中。

对付薄脸皮的江桃，这一招非常管用。

"相亲之前，表姨给我看了你的工作牌照片。

"光看照片，我其实没太大感觉。"

曹安去卫生间打湿了一条毛巾，出来后抱着江桃坐到沙发上，一边给她敷脸，一边说起他们二人的相亲。

江桃当然知道自己的工作牌照片是什么样的，蓝底白衣，跟身份证上的差不多。别说她这种长相，就是顶级美貌的大明星，身份证上的美貌与灵动也会打些折扣。

"除了工作牌，表姨还给我看了她拍的一段小视频。

"很正常的视频，你在跟一个同事聊天，说几句笑一下。"

说到这里时，正好江桃的脸也擦好了，曹安移开毛巾，看着她道："视频比照片好看。"

江桃眨眨眼睛，抓起他手里的毛巾重新盖在脸上。

"可能就一两分钟，手机在表姨手里，我也不好要求再放一遍，但我自己知道，我还没看够，想继续看。

"你说，光看视频都这样了，看到你本人，我能不追？"

江桃心里痒痒的，也很甜，听他回忆这些琐事，比那些告白还甜，且更真实。

可她也记得吃第一顿饭时男朋友的表现："我出去接电话的时候，你还发消息说我先走也没关系，我真要走了，你怎么办？"

曹安掀开毛巾放到她够不到的茶几上，再解释道："我知道你不会走，才会那么说。"

江桃疑惑："你怎么确定？"

有感觉不代表一下子就能了解她的性格，说不定她真跑了呢。

曹安笑了笑："第一，介绍人是你的领导，除非你情商低到家了，才会饭都不吃就走。"

江桃咬唇，瞪着他的眼睛清楚地传达了她的心里话：老奸巨猾的老男人。

曹安扣住她软软的右手："第二，你一看就做不来那么狠心的事。"

一看就是颗软桃子。

江桃总算明白了："从一开始，你就在给我下套。"

曹安："没办法，我脸不行，只能在其他方面多费心思。"

江桃：……又故意卖惨！

"不说了，我去洗头。"曹安笑着放开了她。

江桃洗澡洗头用了半个多小时，出来后发现曹安在书房，专注地看着电脑屏幕，一手握着鼠标。

江桃偷看一眼就缩回了主卧。

如果不是她情绪不对，今晚并不是她来这边的时间，所以曹安预留了工作内容，大概还是今晚必须解决的。别看他天天车接车送她上下班，但家里那么大的公司，肯定也忙的，只不过他特意空出了陪她的时间。

坐在床上，江桃给男朋友发了一条消息：我看会儿书。

曹安：嗯，我再忙一小时。

江桃：慢慢来，不急。

曹安：我急。

江桃：……

放下手机，江桃拿着一本专业书坐到主卧的落地窗边，看会儿湖边夜景，心静了下来，也就能看进书了。

男朋友沉浸于工作之中，江桃也很喜欢自己的工作。

她还读高中的时候就确定了自己的目标，要么做医生，要么做护士。她最终放弃当医生，是因为医生肩负的责任更大，江桃自觉扛不住那么大的压力，做护士主要承担护理工作，没有医生责任那么重，但工作同样有意义，是治疗过程中不可缺少的重要环节。

在工作中，她确实会遇到一些沉重的东西，譬如年纪轻轻的病人得了严重的疾病，譬如长辈救治困难，子女们在孝道与高昂的治疗费用中煎熬挣扎。可也有很多积极的情绪，看着每一个复原的病人出院，抑或只是暂时帮病人减轻了炎症引起的发痒，病人神情放松下来的那瞬间，作为护士的江桃也会收获一份成就感。

她真心热爱这份工作，也为更好地完成这份工作而认真准备着。

看完计划中的内容，不知不觉四十分钟也过去了。江桃收好书，站在床边简单地活动身体。忽然有人敲门。

正在锻炼肩颈的小桃护士放下手，转身，看到曹安站在门口。

"忙完了？"

"嗯，要我帮你按按吗？"

江桃忙道："不用，我只是随便动两下。"

曹安看了一眼腕表："10点了，睡觉？"

江桃点点头。

曹安："我也去洗一下，五分钟。"

江桃不需要他报时！

等曹安洗好回来，主卧已经关了灯。

曹安也没有再打开，掀开被子躺到女朋友身边，习惯性地将她拉到自己怀里。

在她吃了一通乌龙醋、哭得委屈巴巴的这个晚上，曹安觉得两个人适合纯睡觉，不然傻桃子可能会胡思乱想，再扣他一顶大帽子。只要场合需要，曹安有这份自制力。

可她不老实，头枕着他的胳膊，左手老老实实地挤在两个人中间，右手从他的脖子转到腹部，再转悠回来，很像小孩子无意发现了一处好玩的地方，乐此不疲地探索着自己的新地盘。

这还是她第一次这样，以前她矜持又害羞。

几分钟后，她都没有收手的意思。

曹安不得不握住她的手，问："什么意思？"

江桃无奈道："单纯的喜欢不行吗？"

她很享受这样的温存时刻，什么都不用做，单纯地感受他强健的体格——只有她才能碰到的身躯。

曹安声音发哑："行是行，只是你这样，我很容易变得不单纯。"

江桃立即推他一把，同时甩开才给她当过枕头的那条胳膊，脑袋回到枕头上，转个身背对他躺着。

曹安追上来，手模仿她刚刚的动作。没一会儿江桃就乱了呼吸。

曹安将她转了过来。江桃搂住他的脖子。这是她第一次明确地给他发送信号。

曹安又何必再犹豫什么？

江桃睡醒时，曹安已经出发去上班了，在他自己的枕头上贴了一张便笺，提醒她厨房温着早饭。

江桃的目光是懒懒的，全身每个细胞都是懒懒的。当意识清醒时，她最先想起的是昨晚的一幕幕。手搭在额头上，哪怕他不在，她仍然从里到外地烫了起来。

吃过早饭，都上午10点了。

江桃是今晚的夜班，整个白天都可以休息。

一个人留在曹安这边也无事可做，江桃回了和平小区。

外婆："昨晚没什么事吧？"

江桃笑道："没事，临时约会一下。"她心里那个拧了几小时的结已经彻底被男朋友亲手解开了，神色上自然毫无破绽。

外婆："那就好，我还以为你们吵架了。"

小老太太的第六感这么敏锐吗？昨晚她虽然没有跟曹安吵架，但也是出了一点急需解决的问题。

下午5点多，曹安开车来了这边。江桃正在厨房帮外婆准备晚饭，他一来，外婆主动让贤，把厨房留给两个年轻人。

曹安一边洗菜一边歪头去看女朋友。江桃瞪了他一眼。

曹安再看，白桃子变成了红桃子。

趁外婆不在客厅，曹安忽然掐住女朋友的腰，将她放在一处干净无水的台面上，抬起她的下巴就吻。

江桃急得打他的胳膊，厨房窗开着，外面有人经过怎么办？

曹安确实也顾忌这个，很快将人放了下来。卧室那边传来外婆的脚步声，两个人默契地继续做自己的事，仿佛刚刚什么都没发生过。

吃完才6点多，外婆出去溜达了。曹安抱起女朋友去了她的房间，窗帘一拉，两个人倒在床上。

江桃完全被他带着节奏，察觉到他居然还打算动真格的时候，气得咬了他一口："我晚上还要上班。"

曹安："不是说夜班不忙，坐在护士站的时间更多？"

江桃："又不是光腿累，脑袋也会困。"

曹安沉默，只是呼吸重重的。他到底还是不想影响她的上班状态，放过了这颗已经正式熟透了的软桃子。

7点半，黑色越野车开进医院。车停稳了，江桃正要解安全带，曹安突然倾过来，握住她一只手。

江桃心里一跳，不是还想做点什么吧？

曹安的表情很认真："还介意徐灵的话吗？"

江桃红着脸摇摇头。

她第一次喜欢一个人，被徐灵故意误导时吃醋很正常，但知道曹安根本没有对徐灵动过心，江桃也就心平气和了。

曹安："那我陪你上去？"

江桃："别！太刻意了，尴尬得慌。"

而且徐灵已经见过曹安对她好了，所以才会心里不平衡，故意说那些话。

曹安："尴尬倒是没什么，主要是没必要。

"她可能喜欢处处都找点优越感，人也够闲，咱们犯不着把自己降到跟她同样的档次。"

她意味深长地看了眼男朋友，长得凶，说话也够损的啊。

曹安摸摸她的头，还是像以前一样，将她送到电梯上就分开了。

江桃换好衣服，来了护士站。交接之后，今晚的夜班正式开始。

10点多的时候，徐灵离开病房，来了护士站。江桃听到她说话了，不过没有抬头，继续写手头的报告。

"小桃，在忙什么呢？"徐灵笑着将手搭在护士站台面上，低头朝坐在电脑前的江桃笑。

江桃刚要应，收到了男朋友的消息。她敷衍地回答徐灵，拿起手机。

曹安：我在咖啡店，你们一共几个同事上夜班？

江桃有个猜测：你要送过来，替我找场子？

曹安：嗯，难得有机会幼稚一回。

江桃：档次呢？

曹安：哄老婆开心更重要。

徐灵离得近，清清楚楚地看到了江桃突然转红的脸，她翘起的唇角，以及清澈眼眸中荡漾的甜蜜。

十几秒后，江桃放下手机，问旁边的两个同事："你们要喝咖啡吗？"

李文静最先反应过来："有人送？"

江桃笑着默认。

李文静："我要我要，曹老大好样的！"

两个同事都要，江桃也客气地问了下徐灵："也给你带一杯？"

徐灵看着江桃素面朝天的脸，笑着同意了。她真的很想知道，曹安看到她与江桃站在一起的时候，会不会后悔当年的冷淡。

二十分钟后，曹安到了，手里提着四杯咖啡。江桃将他带到护士站这边。

李文静与另一个同事冯姐都笑着道谢。

已经坐在椅子上的徐灵站起来，朝曹安优雅一笑："谢谢，我算是小桃的前同事，今晚也沾了小桃的光了。"

曹安虽然给女朋友的同事们带了咖啡，但他的脸还是那张凶冷内敛的脸。视线淡淡扫过徐灵，他只简单道："客气了。"

接着，他一眼都没再看徐灵，拉着一把空椅子坐到江桃身边，单独说起话来。就算他不笑，他看江桃的眼神，他与江桃说话的语气，都能让周围的人感受到他有多喜欢这个女朋友。

李文静觉得这很正常，曹安给她的感觉一直都是这样的。

徐灵心里有点不舒服，当年她想不通曹安为什么看不上她，现在她依旧漂亮迷人，曹安居然还是将她忽视得彻彻底底的。

"好了，你快点走吧。"场子已经找回来了，江桃推了推似乎可以留在这里陪她一整夜的男朋友，可就算曹安想留，那也不合规章。

曹安："行，那我明早再来接你。"

江桃点点头。

曹安站起来，与李文静和冯姐打声招呼，视线再次扫过徐灵，忽然皱眉，道："看你有些眼熟。"

徐灵有些幽怨地一笑："你才想起来啊！"

得到回应，曹安似乎确定了，对身边的女朋友道："4 月咱们去露营，当时有两人想跟你抢营位，是不是就是她？"

江桃：……

徐灵：……

第 13 章

当江桃把曹安"认"徐灵的这一段转述给自己的好姐妹时，方蕊直接在餐厅笑出了鸡叫声。周围食客都朝她们看来。

方蕊一手捂嘴一手捂肚子，脸都憋红了，才把笑压下去。

"曹老大这么说，那个徐灵什么表现？"

"不太高兴，但也没有多说别的，待一会儿就走了。"

"她其实还挺聪明的，没有提他们相过亲的事，因为她真提了，曹老大肯定会讲清楚整个过程，省着其他同事误会当初是徐灵看不上他，就算他不在乎那点面子问题，他能舍得让你被同事议论吃了徐灵不要的冷饭？咱老大脾气好，不仗势欺人，但也绝不会叫别人对自家人蹬鼻子上脸。"

服务员送了菜过来。

等服务员走了，方蕊继续道："曹老大也是个人精，徐灵拿相亲的事误导你，他偏不提相亲的事，一点多余的关系都不想跟她扯上。但他还要毁掉徐灵自以为是的优越感，故意错认她是那个跟你们抢营位的，简简单单的一句话，既证明他根本不记得她了，也表明就算有点印象，也是负面印象，太狠了！"

江桃完全同意好姐妹对自己男朋友的分析。

说实话，她早知道曹安擅长见什么人说什么话的社交能力了，但也是在徐灵这件事上，才发现他损人的本事也是一流。

方蕊用叉子叉起一片烤肉，朝江桃晃了晃："档次不档次的，曹老大这么做，我是超级爽了，凭什么老实人就要白白被她恶心？小桃我跟你说，这次是你跟曹老大及时沟通解决了，但凡你们俩有一个没处理好，都可能让误会继续下去，心理伤害难道不是伤害了？"

江桃想起自己误会他的那半天，真的很难受。她也没觉得自己有多高档次，只是的确做不来再为了这个去找徐灵掰扯一回，好像能被曹安喜欢

306

是多大的荣耀一样。

曹安在车里说没必要跟这种人计较，江桃真心认可。但不可否认，当徐灵被曹安的错认弄得脸上青红变化时，曹安"哄老婆开心"的这个目的也确实成功地达到了。

那一晚，是江桃这三年上过的最愉悦、最轻松的一个夜班。

归根结底，她就是个普普通通的三线城市小市民，是个俗人。

国庆黄金周，全国各大旅游景点都是人山人海。

方蕊跟赵岳跑去了华山，在栈道上快被挤成肉饼的时候给江桃打来视频电话。

有点恐高的江桃心惊肉跳："你小心不要把手机摔了！"

方蕊整个人被后面的赵岳护着，专心跟好姐妹聊天："你们国庆不出门的选择是正确的，我真是后悔死了，只是平时没有时间，就算知道人多，也只能这个时候出门。"

江桃："那你以为我是故意不出去玩吗？我要上班好不好！"

国庆还要排班的小桃护士收获了好姐妹深深的同情，然后就一个继续挤，一个继续上班了。

当然，护士再忙也理应享受法定假期，江桃只是选择在国庆期间上班，将三天假调到了后面。

10月中旬，江桃又结束了一个夜班，算上今明两天的休息日加三天调休，可以出去玩五天。旅游计划由曹安制订，江桃只需要把能够出行的日期告诉男朋友就行。而曹安早把这五天的行程安排好了。

住院楼外，司机王叔开车，曹安带江桃坐到后排。

"身份证带了？"马上就要前往机场，曹安再次跟女朋友确认。

江桃点头，打开包又检查了一遍身份证。至于两个人的出行衣物，昨晚就收拾好了，装了一个满满的行李箱，就在后备厢躺着。

从桐市开到京市机场要三个小时左右，江桃给外婆打了个电话，告诉外婆他们已经出发了，然后就戴上眼罩睡觉。曹安坐在旁边，他并不困，不过有些工作上的事，一会儿发消息，一会儿低声接电话。

中午12点，两个人抵达京市机场。

江桃从睡眠中醒来，头不舒服，人也没有精神，完全没有吃午饭的胃口。曹安也没有浪费时间去吃，带着她过了安检，在候机室坐下。

"还有一个小时，再睡会儿吧。"曹安从口袋里取出她的眼罩，低声道。

江桃戴好眼罩，靠到他怀里。他宽阔的肩膀比真皮座椅还舒适。

曹安一手抱着她免得她不小心滑落，一手刷着手机打发时间。

附近频频有人往他们这边看，震惊于曹安的凶脸与气场。偏偏这样一个黑老大似的人物，怀里很安心地靠着一个戴白色卡通形状眼罩的女朋友，虽然眼部被挡住了，但只看她露出来的白皙脸颊、红润嘴唇，就知道肯定是一个长得很好看的女孩子。

等待乘机的旅客，也有其他的情侣。一个穿黑裙子的女孩子已经偷窥他们很久了，最后忍不住嫌弃自己的男朋友："看看，人家这么坐了半个多小时都没动一下，我靠你五分钟你都要嚷嚷肩膀酸。"

被嫌弃的男朋友：……

乘务员提醒可以登机了，曹安仍然一动不动。直到同机乘客都上去了，曹安才叫醒江桃。

江桃迷迷糊糊的，努力保持清醒的状态，半靠着曹安去检票。

检票员仔细核实了两个人的身份，没忍住问了江桃一句："怎么这么困？"该不会被旁边的人下药了吧？

并没有听出什么深意的江桃自己解释道："我是护士，才下夜班。"

收好证件与机票，曹安一边揽着女朋友往前走，一边低声对女朋友解释检票员为什么那么问。

江桃清醒了一些，双手揉揉脸，再推开曹安，自己走了。曹安笑着将她拉回怀里。

上了飞机，江桃继续睡觉。

起飞后，曹安要了一份盒饭，准备吃时发现前排一位黄头发的年轻人开始打游戏了，外放音效非常激烈。曹安戳了戳对方的肩膀。

正全神贯注打游戏的年轻人不爽地回头，对上斜后座男乘客的脸，他愣住了。

曹安："可以戴耳机吗？有点吵。"

年轻人："可以可以，不好意思啊，刚刚忘了。"

没有任何不愉快，年轻人迅速掏出耳机插好。

斜对面一位给孩子看动画片的家长也默默拿出了耳机。

孩子："我不想戴，不舒服。"

家长："闭嘴！"

曹安只是旁若无人地拆开盒饭。

乘务员不时在过道上经过，很快就发现了这一带异常安静。

下午4点，飞机抵达海滨城市鹭城。

前后睡了快七个小时的江桃，去卫生间洗过一次脸后，基本恢复了正常的精神状态。到了酒店，曹安收拾行李箱，江桃去卫生间洗澡化妆，还换了一条漂亮的长裙子。

曹安已经收拾好东西了，江桃出来时，他正在检查客房里有没有什么违法设备。至于卫生间，早在江桃进去使用前就被他查看了一遍。

江桃好奇地问："你自己入住时也会这么检查？"

曹安："基本不会。"

他一个人又不会做什么，最少也会穿着睡衣，就算被人监控了，也造不成什么影响。有女朋友就不一样了。他看了江桃一眼。

江桃：……

准备完毕，两个人先去吃饭，再去本城有名的一条步行街逛夜景，拍了很多照片。只是昨晚夜班的关系，才8点多江桃就困了。

重回酒店，江桃卸完妆，几乎沾床就睡。

曹安坐在书桌前，开着笔记本电脑，等女朋友睡熟了，他从登山包中取出一盒小卷尺。他蹲到江桃睡觉的这侧床边，单膝跪着，再慢慢用卷尺绕过她的左手中指。他量了三次，得到一个准确的数值。

现在才晚上9点。曹安给她发了一条消息，免得她醒来后找不到自己，然后带上一张房卡离开了酒店。

20多分钟后，鹭城某家品牌珠宝店。

接近关店时间，年轻的售货员们都有些松懈，直到一位气质特殊的男客户突然走了进来。别的人都是沿着柜台看珠宝，他不是，狭长的黑眸锁定他们，直接朝服务台走来。

这个时间，这个长相，这个气场，售货员们没有一个不慌的。

离得近了，男客户一手伸向裤子口袋。

售货员们：……不是枪吧，一定不是吧！

然后，他们劫后余生般看着对方拿出了一张纸，一个U盘。

曹安："我想定制一枚戒指。"

U盘里是他自己画的戒指款式，纸上备注的是指围。

店经理出来接待了曹安，讨论过戒指材料的各种标准后，计算出一个非常"美丽"的价格。

"多久能好？"

"六十个工作日左右，您很着急吗？"

"不急，不过我在京市，希望能在那边拿货。"

"可以的，等戒指做好，具体取货时间、店址我们都会通知您。"

付款，收起票据，曹安如来时那般毫不耽搁地走了。

售货员们立即凑到一起讨论。

"这人是设计师吗？那个戒指做出来一定好看。"

"材料价格摆在那儿，就是做成小猪也会美丽动人。"

"真羡慕他女朋友。"

"本来我觉得他挺吓人的，后来看他那么认真地讨论戒指细节，那种专注劲儿，突然还挺迷人的。"

"对对对，特别是他的侧脸，某个角度超级帅！"

女孩子们热情八卦时，曹安已经上了出租车，直接回酒店。

江桃睡得很香，并不知道男朋友有过一次外出，只是当床垫下陷，有人躺到她身边时，江桃还是恢复了些意识。她靠向他怀里，闻到清新的沐浴液气息，摸到熟悉的胸肌与八块儿腹肌，便确定了自家男朋友的身份。

一夜好眠。

次日清晨，江桃被男朋友用吻脖子的方式唤醒，提醒她，他已经等了一晚，不能再错过早餐。

第14章

鹭城是个大城市，清晨6点钟的时候，马路上已经有了比较密集的车流。酒店客房中，窗帘紧紧地闭合，一丝光线都没有透进来，江桃只能根据车流声判断时间。天肯定亮了。

她的视线落到衣柜上，那里挂着她为了这次旅游准备的漂亮裙子。

很少有机会远程旅游的江桃，对这次的鹭城之行充满了期待。她迫不及待地想去海边散步，去看看蔚蓝的大海，去感受一个海滨城市的风土民情。

此时此刻，男朋友是她与大海之间唯一的阻碍。

"快点。"她不得不在他耳边催促，勉强说完这两个字，江桃马上又抿紧嘴唇。

"饿了？"曹安捧起女朋友试图埋在他肩头的脸，看着她问。

江桃胡乱地点点头，只要能快点走出客房，什么理由都没关系。

曹安却不太懂她为什么这么放不开，明明在家里已经像颗熟透的桃子了，现在居然又青涩了回去。

十几分钟后，曹安伸长胳膊，打开房间的灯。等眼睛适应了光线，他看向女朋友。

她抓了一团被角挡住眼睛，额前腮边都沾了湿漉漉的碎发，露出半张红扑扑的脸。

曹安扯开她手里的被子，一手撑在她旁边，一手转过她发烫的脸。他翻个身，将她拉到怀里抱着。

江桃想重新睡过去。但她奔波一路是为了欣赏海滨风光，不是为了换个地方睡觉！

"几点了？"江桃坚定地拒绝了再睡一觉的诱惑，问背后的男朋友。

曹安反手摸到手机，看了看，道："7点10分，还早。"

可是她还要洗澡、吹头发、吃早饭，再打车到海边……

江桃推他："起来了。"

曹安笑了笑。江桃听他穿上了睡裤才回头。

所谓睡裤，其实就是一条黑色的宽松大裤衩。他的一头短发也染上了潮意，仿佛才洗过澡，凶冷的脸一点都看不出他刚刚做过什么事。

她经常能感受到男朋友对她的情意，而某些时候，这情意强得让人害怕，她却又在害怕中深深地沉迷。

短暂的对视后，江桃瞪他一眼，使唤道："把我的睡衣拿过来。"

野兽也好，黑老大也好，二者都有一个共同的属性——听她的话。

曹安捡起被丢在沙发上的卡通图案睡衣。

衣服都是她自己挑的，但曹安负责行李箱打包，所以他知道女朋友带了两种风格的睡衣，也猜到了她带不同风格睡衣的目的。如果她穿了卡通风睡衣，意味着当天晚上她只想单纯睡觉；如果她穿那条黑色吊带真丝睡裙，应该就是暗示他可以做点什么。

她先去洗澡，等曹安洗完出来，就见女朋友已经换上了一条轻盈修长的沙滩裙，正对着镜子调整白色的沙滩帽。沙滩裙是吊带的，露出一片白皙的肩膀。

二十四岁的桃子，还处于青春甜美的阶段，此刻却有几分熟透的风情。

"我马上好了，你快点。"江桃装作没有发现男朋友过于专注而显得危险的目光，一边打扮自己一边催促道。

曹安去收拾背包，东西不多，主要是防晒霜、驱蚊液这些，再有就是相机。

准备完毕，江桃挽着男朋友的胳膊出门了。

刚相亲的时候，曹安如果提议给江桃拍照，江桃能变成一根木头。

现在不一样了，知道曹安拍照的技术，又身处风景优美的海边，江桃兴致勃勃地挑选着拍照地点。她走到哪里，曹安就跟到哪里，镜头里的女朋友笑得开心又甜美，这趟旅游的目的就达到了。

逛到一处花园，曹安去景点的小超市买水，已经走不太动的江桃坐在景区一张长椅上等他。花园里的风景很好，江桃选个角度，拿出手机拍照。

"江桃？"

旁边响起一道有些熟悉的声音，江桃疑惑地回头，发现几步外站着一个穿短袖休闲服的清瘦男人。男人三十出头的年纪，皮肤白皙、五官俊秀，戴着眼镜，气质斯文。

斯文男人也在看着江桃，目光相对，他笑了："还真的是你，怎么，不认识了？"

江桃当然认得对方，惊讶地站了起来："谭医生？你，你也来这边旅游吗？"

"是啊，好不容易休了几天假。"谭医生说话的时候，视线自然礼貌又难掩欣赏地在江桃身上扫过。

面对这种欣赏，有的女生会大大方方地接受，甚至从中获得一些成就感，江桃则会觉得有些不自在。同时，谭医生的目光也让她回想起了她在京市那家医院轮转时的一些片段。

谭医生是普外科的医生，江桃在普外科的时间也最长。凭借一米八的身高、清俊的五官以及白大褂的制服滤镜，谭医生是普外科小护士们眼中公认的"科草"。

江桃也觉得谭医生挺好看的，主要是他性格风趣温和，很难不让人生出好感。只是江桃知道自己的职业计划，她在京市大医院轮转只是为了多学习知识、积累经验，同时也给自己回桐市就业前镶层金，她不可能留在京市，也就不适合在京市发展任何恋情。所以，就算她对谭医生有些好感，谭医生也明显表现了对她的特殊关照，江桃还是管住了自己的心，始终保持着普通同事相处的尺度。

如果谭医生追求得更明显，大学刚刚毕业的江桃未必能抵挡得住。但谭医生没有，他还是会特殊关照江桃，眼神暧昧、言语暧昧，却从来没有再进一步的意思。

江桃渐渐也明白了。就像她知道自己与谭医生不会有结果一样，谭医生可能也没有真的把她这个小护士当回事，他的条件太好了，也许看江桃长得好看，想跟她发展一段恋情，但绝不是以结婚为目的。而且，谭医生应该是个爱情老手了，他对这种事情游刃有余，大概更想先让江桃掉进他的温柔陷阱。

这就是现实，感情要么与各种现实因素挂钩，要么不够单纯。

还好江桃两年后就离职了，身心轻松地回了自己的家乡。在她离开京市那家医院的时候，已经彻底将谭医生抛到了脑后。最初谭医生还会主动找她聊，时间一长，确定江桃这边没戏了，两个人也就断了联系。等大家都开始流行使用微信，江桃没想过要加谭医生，谭医生也没有通过熟人来加她。

"一年多不见，小桃更好看了。"谭医生真心地夸赞道。

他记忆中的江桃，总是穿着护士服，完全靠脸蛋才在一众护士里脱颖而出。眼前的江桃，穿着清新甜美的沙滩裙，简直就像一颗桃子去掉了外面的网状保鲜膜，水灵灵的。

谭医生甚至开始后悔当年为什么没有再热情一些。

"你自己来的，还是跟朋友一起？"谭医生朝江桃走近两步。

江桃视线一转，看到曹安已经离开了小超市，一手拎着两瓶水，一手拿着一个白色的冰激凌筒。

江桃朝他笑笑，再给谭医生介绍道："这是我男朋友。"

心中失望的同时，谭医生顺着江桃的视线望去，很想知道她在桐市那种小地方找到了什么样的男朋友。然后他看到了曹安。

所以，那个装傻故意表现得看不出他心思的小桃护士，喜欢的竟然是这号男人？

江桃接过男朋友给的冰激凌，再给曹安介绍谭医生。

曹安："这么年轻就在京市大医院工作了，佩服。"

谭医生推了推鼻梁上的眼镜，谦虚道："还好，那会儿我也刚进医院，跟小桃都算新人。你也是桐市人？"

曹安："对，我跟小桃相亲认识的。"

谭医生笑："现在都这样，每年我回家我妈也要给我张罗这个。"

简单聊了几句，谭医生离开了。

江桃拿着冰激凌重新坐到椅子上，腿还酸呢。曹安坐到她身边。

江桃舀了一勺给他："要不要？"

曹安摇摇头，看着她吃。江桃觉得他的眼神不太对，一边吃一边看过去。

曹安一针见血："他以前是不是追过你？"

江桃没想到他目光这么犀利，不过也没什么，解释道："也不算追吧，撩过，我没上钩。"

曹安："为什么？"

江桃随口分析道："第一，我要回桐市，他肯定留京市。第二，他只想谈恋爱，我肯定不是他的结婚对象，我为什么要陪他浪费感情？"说完，她又舀了一勺冰激凌。

余光瞥见曹安笑了一下，她好奇地问："你笑什么？"一看就不是正常的笑。

曹安："笑你还挺聪明的，有的小女生就算明白这些，可能也会不忍心拒绝他那样的帅哥医生。"

江桃一副深知某些内幕的神情："我跟你说，越帅的医生越会玩，虽然不是全部，但概率还挺大的。"

曹安："所以，就算他在咱们市医院工作，也是以结婚为前提追求你，你也不一定答应他？"

江桃：……

曹安懂了："你会。"

江桃也懂了，他又给她挖了一个巨坑！

"你不会吃醋了吧？"

"我没那么无聊。"

江桃明着暗着观察了一天，发现曹安确实没有表现出什么醋意，为她拍照的时候依然认真，一些小细节的照顾也跟以前一样体贴。

可他真不在意谭医生的话，为什么要套她对谭医生的看法？

傍晚，趁曹安在酒店泳池游泳，江桃坐在岸边椅子上，握着手机联系好姐妹。

方蕊：你完了，曹老大就是吃醋了！

方蕊：你也是傻，从一开始曹老大出的就是送命题，他问谭医生有没有追过你，正确答案应该是——对，他是追过，不过我不喜欢他那样的——后面再对着曹老大的优点列举谭医生的若干缺点。

江桃服了。

方蕊：你真是一点恋爱套路都不懂，偏偏男朋友是个挖坑专家。

江桃：现在怎么办？他也没表现出来，我都不知道该怎么解释。

方蕊：不用解释，你跟谭医生又没什么，曹老大需要的是你的表白。晚上你主动一回，再来句你爱他，这事就过去了，男人嘛，特别好哄。

主动倒算简单，她预备了一条性感睡裙，一穿上曹安肯定明白，就是"爱"这个东西，说出口太肉麻。

这时，曹安从泳池出来了。一米九的大个子，一身黑色泳装，往岸边一站，附近男女老少都将目光投到了他身上。

这边也有不少其他游泳的男人，很多都只穿泳裤，要么瘦得没有肌肉，要么大肚子，就算有一两个身材好的，也完全被曹安比了下去。

"回去？"被几位女性窥视的男人走到江桃面前，居高临下地问。

江桃喉头滚动，巴巴地跟着男朋友走了。

回到客房，曹安去冲澡，换好衣服后两个人去餐厅吃饭。江桃有心事，拒绝了男朋友再去看夜景的提议，返回客房。

该她洗澡了，江桃瞥了眼坐在笔记本电脑前回工作消息的男朋友，拿着那条黑色真丝睡裙去了卫生间。她出来时，曹安瞥了一眼，很快又收回视线，继续敲键盘。

江桃也没什么事，靠在床头，一手绕着没有完全吹干的头发，一手拿起遥控器，找节目看。江桃看了半集武侠剧，曹安绕到床另一边，靠着枕头。

江桃尝过吃醋的感觉，她不想自己的男朋友也那样难受，尽管他并没有什么异样的情绪。她关了电视，靠到他怀里。

曹安右手抱着她的肩膀，左手摸了摸她肩头的黑细吊带，睡裙越黑，越衬得她白。他亲了上去。

早上还青涩的桃子，又变成了熟透的桃子，她环着他的脖子，在曹安想要往下亲的时候，不许他走。

曹安呼吸如火，黑沉的眸子看着她："有事？"

江桃："……没事就不能这样了？"

曹安："可以。"

既然她喜欢抱脖子，他就抱着她坐了起来，两不耽误。

刚刚是有机会说，但不好意思说出口，这么一弄，她就是能说出口了，声音也都碎了。

早上都随她，现在偏这样，不是吃醋是什么？

江桃再也顾不得那么多了，断断续续地哄起自己的男朋友："我，我没喜欢过他，我要是喜欢他，当初也不会那么果断地回来。"

曹安："外婆在，你不得不回来。"

江桃："可我回来的时候，一点都没有舍不得他，不就说明没喜欢过？"

曹安："知道。你只是喜欢他那样的。"

她吃醋会酸会掉眼泪，怎么他越酸越带劲儿？

"那都是以前了，以前我又没见过你这样的。"

"见过也一样，他撩你，你只是没上钩，我追你，直接被你拒绝了。"

"那时候我又不了解你。"

男朋友沉默。

江桃继续努力："了解后我就开始喜欢你这样的了。"

曹安："嗯，我这样的，我再给你介绍两个？"

江桃："不，不是，不是你这样的，只是你。"

曹安："听不懂。"

江桃：……

"只喜欢你。"

他停了下来，也松开了她的手。

江桃重新抱住他的脖子，脸贴着他凶冷的脸，一边喘着一边小声道："我现在什么样的男的都不喜欢，就只喜欢你，只喜欢你。"

喜欢到只是他发来了消息就会觉得甜。

喜欢到恨不得每一天都有他陪在身边。

"曹安，我好喜欢你。"

言语不足以表达这种喜欢，江桃双手颤颤地捧住他的脸，从耳边亲到眼角，再从眼角亲到他的嘴唇。

她能感受到他的唇角在上扬，下一秒，他扣住她后脑……

第15章

桐市是个北方城市，一到冬天，出了门，吸进鼻子的空气都冷到肃杀。

今天又是大降温，五六级的大风呼呼吹着，透过病房玻璃，能看到马路边光秃秃的树枝在一阵一阵地摇。到傍晚5点，外面已经漆黑一片。

更衣室里，江桃穿上长达脚踝的羽绒服，弯着腰往上拉拉链。

李文静笑她："曹老大的车就停在楼下，出门不到五十米的路，你用捂得这么严实吗？"

江桃："我怕冷，五十米也能把我吹感冒。"

说完，她系上白色的围巾，再把羽绒服帽子扣头上，严实到只剩一双清澈水灵的眼睛露在外面。

李文静笑着揉了揉她的头。

搭电梯到一楼，江桃朝还要继续去地下停车场的同事打声招呼，出去了。

跟她加长的冬装相比，曹安好像还停留在秋天，一件毛衣、一件外套，都是黑色的，越发突显他身形的修长挺拔。

被他搂到怀里的江桃，臃肿得像只人形玩偶。

在曹安推开大厅玻璃门的瞬间，寒风呼啸而来，吹得江桃眼睛都睁不开了，歪头埋在男朋友胸口。曹安就这么给女朋友当了几十米的挡风墙。

上了车，江桃呼口气，先把帽子放下，再松了松围巾。

寒冷的天气让她的脸颊变得更白了，嘴唇也是淡淡的粉色，不过她的眼睛黑润灵动，所以怎么样都不会显得寡淡。

"开车啊。"从大风里缓过来的江桃终于发现男朋友居然一直在盯着自己，不由得提醒道。

曹安依然看着她。

男朋友这双眼睛或许会让别人害怕，但在她这边就只剩下一个效果。

她的脸一点点红了起来，青涩水灵的桃子也就变成了熟透诱人的桃子。

知道他是故意的，江桃使劲儿推了他一把。

曹安拉出安全带，一边系一边解释自己的行为："刚刚你捂得那么严实，我确认一下是不是我的女朋友。"

江桃："现在才确认，搂我的时候怎么没想到，你就不怕搂错人？"

曹安笑了一下。

江桃想，自己的男朋友真是越来越坏了。

十几分钟后，黑色越野车停在了和平小区里。

江桃戴好帽子推开车门，一下车就往单元门那边跑，也不等曹安，自己先进门，让一客厅的暖气包围自己。

外婆坐在沙发上，电视剧正播到关键剧情，小老太太舍不得移开眼睛，嘴上招呼外孙女："回来啦？"

江桃"嗯"了声，穿好鞋，曹安也进来了。

外婆对他也是一样的态度，俨然不再把曹安当客人。

江桃去厨房看了看，一边脱羽绒服一边惊讶道："今晚吃火锅？"

外婆："是啊，小曹带过来的，他收拾好才去接的你。"

江桃笑着看了一眼男朋友。

曹安："看会儿电视吧，看完再吃。"

两个年轻人一左一右地坐到了外婆身边。

五六分钟后，这集结束，外婆关了电视，三个人分别走向厨房、餐桌。

火锅汤底咕嘟咕嘟地沸腾起来，水汽蒸腾，只穿一件羊毛衫的江桃把袖子卷了起来。她捞起几片肉要放到外婆碗里，却被曹安抢了先。

江桃只好自己吃了。

曹安跟外婆说话："明天周六不用上班，我想去京市买点东西，您跟我一起去逛逛？"

外婆："你去买啥？"

曹安："快元旦了，给我爸妈、老爷子还有您都买份礼物。"

外婆："不给小桃买啊？"

曹安："您都这么说了，那我顺便也给她买一份。"

被两个人联合调侃的江桃分别瞪了一眼过去。

吃完饭再收拾收拾厨房，都要7点了。外面又黑又冷，大家都躲在家里，路上很难看到几个人影，有也都是刚刚下班回家的。

外婆留曹安："今晚就在这边睡吧，别回去了，反正明早还要过来，少折腾一回还能省点油钱。"

曹安看向江桃。

江桃能不心疼自己的男朋友？

火锅吃得这么开心，吃完却要他自己冒着大风上车，孤零零地开回另一个小区，怎么想都有点可怜。

"我去收拾客房。"

客房是为小姨一家准备的，平时不用，床上也没有铺床单这些。江桃先用吸尘器吸了一遍床垫，再去自己屋里拿了一套换洗的床单被子。忙完了，她出来一看，外婆和曹安两个人并肩坐在沙发上看电视呢。

外婆冬天睡得要早些，9点钟就回房了。

江桃小声跟曹安说话："什么礼物还非要去京市买？"

就算白送她一张只能在京市消费的购物卡，条件是让她自己开车过去，江桃都未必有那个热情。

曹安："主要是快元旦了，趁你上班，我陪外婆出去逛逛，不然外婆可能在心里嫌弃我过河拆桥。"

江桃笑了。

曹安："我对外婆好，她也对我好，就像今晚，如果外婆不开口，你可不会留我。"

这人又开始坏了，江桃离开沙发，去卫生间洗澡刷牙。出来后，她对坐在沙发上玩手机的男朋友道："牙刷、毛巾都有新的，你也早点睡吧。"

曹安收起手机，站了起来。

江桃回房去了。她坐在床上看书，其实有点心不在焉，总觉得曹安不会那么老实地睡在客房。十几分钟后，过道响起脚步声，很快，客房的门被人关上了。

江桃有些意外，莫名地也有些失落。不过都是很轻的情绪，毕竟外婆的主卧就在隔壁，曹安真的跑过来，江桃又要担心闹出动静。

收了心，江桃刚要继续看书，自己的房门突然被人无声地推开了。她难以置信地看着一手提着枕头，一手握住门把手悄悄关上门的男朋友。

所以，他去客房只是为了搬东西？

房间里过于安静，直到房门被反锁，锁发出"啪嗒"一声。

江桃的心也跟着重重地跳了一下。

曹安绕到她空着大半的右床边，摆好枕头，站在旁边解腰带。

江桃拿着书往另一侧偏。

曹安随手将长裤扔到椅子上，掀开被子靠到女朋友身边，看向她手里的书，低声问："还要看多久？"

他在这里，江桃怎么可能看得下去？

她有点嫌弃地问："怎么跑过来了？"

曹安："一个人睡太冷。"

江桃："我不在你那边的时候，你不都是一个人？"

曹安："那是没办法，现在有办法。"

江桃也没有真的要赶他回客房，只提了一个条件："老老实实睡觉，不许想别的。"

曹安："知道。"

说完，他开始脱毛衣，双手抓着衣摆往上抬起，里面还有一件薄薄的黑色衬衫，衬衫随着毛衣往上滑，露出一截腰腹。

江桃默默地看着，一直到男朋友的脑袋重新露出来，她才收回视线。

曹安没有睡衣在这边，看看身上的衬衫，他解开三颗扣子，然后就这么穿着躺下去，背对着女朋友。他做出要睡觉的姿态，江桃也不能再看书，本来也看不进去了。

将书放到床头柜上，江桃关上灯。

房间里顿时变得黑漆漆的。旁边并没有翻身的动静，本来就穿着睡衣的江桃慢慢地躺下，同样背对着他，心跳如擂鼓，毫无睡意。

没多久，曹安转了过来，将她拉到怀里。

被窝里很热，却也保持着在他那边绝不会有的安静。

凌晨 4 点多，曹安如来时那般无声无息地带着枕头回了客房。别说外婆了，连江桃都不知道他什么时候走的。

6 点半被闹钟叫醒，江桃还吓了一跳，扭头一看，身边早没人了。她放松下来，再回想昨晚，肯定没有动静传出去。

换好衣服，江桃出去了。

曹安与外婆都在厨房，一边准备早饭，一边聊到了京市的行程。

江桃看过去的时候，曹安回头看了一眼，正正经经的，如果不是事情发生在自己身上，江桃都要被他糊弄过去了。

饭后，曹安带上外婆，一起送江桃去医院。

江桃下车后，不忘提醒曹安："路上慢点开。"

曹安："放心。"

江桃确实放心，曹安在开车这件事上一直都很稳。

10 点半左右，外婆给江桃发了一张照片，是京市一家大商场，两个人即将快乐地购物。

江桃笑着摇摇头。在陪外婆玩这件事上，曹安做得比她好。

京市，曹安带着外婆买好了给四位长辈的元旦礼物，两个人先去吃午饭，吃完又去了一家珠宝专柜。

进店前，曹安对外婆道："我想送小桃一条项链，您帮我挑挑，我怕我挑的她不喜欢。"

外婆笑眯眯："行！"

只是当外婆看过那些项链的价格，立即就不行了，她不会阻拦曹安送外孙女这种价格的礼物，但她下不去手："还是你自己挑吧，我去外面坐一会儿，逛累了。"

曹安劝了一下，最后笑着看小老太太出去了。

从外婆的视角，她看见曹安很认真地选了一款，然后去收银台付款。很快，漂亮又有气质的柜台小姐递了一个包装袋给曹安。

"外婆，这事您先别告诉小桃。"

"我懂，要给她惊喜。"

下午5点多，曹安带着外婆回到和平小区，两人都有点累，晚饭简单煮碗面就应付了。饭后曹安去了江桃房间，用女朋友的笔记本电脑处理了一些工作，快8点的时候再去医院接江桃。

开回和平小区，曹安不准备下车了，只在江桃解开安全带的时候，从椅背后面拿出一个红色的礼品袋，放到愣住的女朋友怀里："你的元旦礼物，提前送了。"

礼品袋上印着品牌商标，江桃总算明白他为什么非要去京市了，因为本市根本没有这个珠宝品牌专柜。

"看看喜不喜欢。"曹安提醒道。

江桃只好打开礼品袋，是一条铂金项链，造型简单的圆环链坠上镶了一圈亮晶晶的钻石。就算没有品牌滤镜，这条项链也叫江桃怦然心动。

然后，她问了一个很俗的问题："多少钱？"

曹安："还好，我一个月的工资，如果觉得我乱花钱，以后工资发下来都交你管。"

江桃：……

曹安看向项链："我替你戴上？"

江桃下意识地观察车外，说不定什么时候就有居民路过，看见他们两个人。

"不用了。"她低头将项链放回盒子。

价格不价格的，她真的很喜欢这份礼物。

下车前，江桃让男朋友靠过来。

曹安以为她有什么话要说，随意地靠近，目光还落在车前玻璃外。然后，他的脸就被女朋友亲了一口。

曹安怔住。江桃已经推开车门，飞快地跑掉了。

曹安的上半身还歪着，看着女朋友躲进单元门，消失不见。

他笑了笑，坐正，给她发消息：等我回家，视频通话。

江桃知道，他是想看她戴上项链的样子。

她不太懂，后天就是 31 号，也是她下了夜班去他那边的日子，元旦两个人也会一起过，曹安怎么不过两天再送礼物？不过，因为知道会收到礼物，他提前送了，她也不必再惦记猜测。

两分钟后，江桃戴上了项链。她皮肤白皙，锁骨也很漂亮，很适合戴项链。

熟透的桃子散发着甜蜜的恋爱气息，外婆语重心长："小心别把项链丢了！"

那么贵呢！

第 16 章

"今天天这么阴，看样子会下雪。"

"嗯，天气预报说是中雪。"

江桃回到护士站，听见同事们在讨论天气。

等交接完毕，走出住院楼时，江桃抬头，阴沉沉的乌云果然布满天空，让上午 8 点多的天色看起来好像才六七点。

"下雪对你们工地施工有影响吗？"上了车，她问曹安。

曹安："对户外影响大，室内的还好，上午我过去看看，真下起来再临时安排。"

江桃点点头，戴好眼罩靠着椅背。曹安将她送到翡翠嘉园的地下车库，看着江桃进了电梯，他重新出发前往工地。

主卧窗帘关得严严实实的，江桃冲了一个澡，钻进被窝补觉。无人打扰，江桃一觉睡到了 5 点多，遥控打开窗帘，外面黑漆漆的，湖边一圈路灯亮着光，光圈里雪花纷飞，地上一层积雪。

江桃愣住了，随即掀开被子，穿着拖鞋走到落地窗边。

这是今年的第二场雪，月初也下过一次，只飘了一阵小雪花，路面都没有积起雪来。今天这场果然符合中雪的预报，湖边、路上、树梢上到处都是白的，在夜色里另有一种幽静的浪漫。

厨房那边有动静，曹安已经回来了。

江桃欣赏了一会儿雪景，洗洗脸，想着冬天的夜晚两个人基本不会出门，就这么穿着睡衣出去了。到了外面，江桃发现客厅的灯关着，除了厨房那边有灯光，另一处光源在南面的落地窗那里。

曹安竟然将餐桌搬了过去，桌面上摆了几支点燃的蜡烛，还有一瓶红粉相间的玫瑰花！

江桃别别扭扭地去了厨房，问正准备煎牛排的男朋友："怎么突然这样了？"

曹安偏头，看着她问："不喜欢？"

江桃："不是不喜欢，是不太习惯。"

两个人的恋爱从一开始就很接地气，突然浪漫一下，怪尴尬的。

曹安："跨年夜，多少要有点仪式感。"

江桃看了一眼他身上的长裤衬衫，笑道："那我也去换身衣服。"说完就跑了。

谁不喜欢浪漫呢，难得男朋友有这个情调。江桃换了一件白色针织衫，一条驼色半身裙，化了个淡妆，再把男朋友前天刚送的项链拿出来，认认真真戴好。

她这个样子再回到曹安身边，曹安歪着头看了她好久。

江桃躲到他背后，戳他的后腰："专心做饭。"

曹安不专心也不行，总不能把晚饭搞砸了。

牛排、海鲜、意面，还有一份水果沙拉。

江桃负责摆盘，摆好了，曹安拿了一瓶红酒、两只玻璃杯过来。

江桃："你准备得还真充分。"

曹安："喜欢喝吗？"

江桃："还行。"

两个人面对面坐好，曹安先为她倒红酒，一本正经的样子，江桃还是想笑，看向窗外。不得不说，今晚的雪真的很漂亮。

曹安："吃完去外面走走？只是雪大，没有风。"

湖边有些专门为了赏雪而来的市民。

江桃也被勾起了兴致："好啊。"

开吃之前，江桃为男朋友专心准备的烛光晚餐拍了照，留着做纪念。

慢慢悠悠地吃了快一个小时，江桃重回卧室换外出的衣服，裙子里面加了条保暖的打底裤，外面再加一件短款羽绒服。

戴上帽子、系好围巾，小桃护士终于又出来了。

曹安已经在玄关这边等着了，黑色长裤、黑色毛衣，再来一件黑色外套，与女朋友的色调基本相反。

"用老人的话讲，你这么穿以后肯定要得老寒腿。"江桃一边换自己的小皮靴，一边调侃男朋友。

曹安："穿太多我会热。"

江桃想到他火炉似的体温，不说话了。

出了小区，跨过马路就是翡翠湖边。别看江桃是本市人，她还真没有在下雪天来过这一带，现在有男朋友陪着，她一会儿双手插着口袋欣赏景色，一会儿跑到特别漂亮的地方拿出手机拍照。

她还有点遗憾，对曹安道："早知道让你带上相机了。"

曹安看着她笑："你在这儿等着，我回去拿？"

倒也没必要，江桃更喜欢他陪着自己赏雪。

大雪加上跨年夜，很多年轻人都来了湖边，他们说说笑笑、打打闹闹，还有放烟花的。两个人就这么一直沿着湖边走。

逛了1公里左右，雪明显变小了。

江桃转身往回看，结果对上了曹安的视线。

好像从他们出来后，曹安就一直在看她，很专注的眼神，他脸上带着那种无法形容的笑，第一次脱离了他凶冷的面相，让江桃清清楚楚地感受到他对她的喜欢，太满太满，满到可能不认识他的人，都能透过他特别的气场看出他对她的心。

江桃觉得很甜，也有点害羞。

她倒退着走，瞪他一眼再看着他的腿问："干什么一直这样看我？"

曹安："怎样看了？"

江桃想了想，咬唇道："就好像我是一块金子。"

谁看见金子能不喜欢，能不笑呢？那是最单纯不掺假的喜欢。

曹安："金桃还差不多。"

江桃：……桃子就桃子，金桃一点都不好听！

她再看向小区的方向："还不回去吗？你不会想绕着湖转一圈吧？"

走了这么久，她没有刚出门那么冷了，之前快要遮到鼻子的围巾被拉到了下巴上，灯光雪影中她脸颊白里透红。

曹安："累了？"

江桃摇摇头，心情好，这么陪着他走完一圈也没有关系。只是曹安的眼神太黏糊了，江桃故意朝前跑了起来。曹安没有追她，保持着之前的步速。

江桃跑够了，回头看看，与曹安已经拉出了五十米的距离。心跳很快，每一次呼吸都伴随着模糊视线的白雾，江桃蹲到堆满积雪的绿化带旁，团了一个小雪球，再摆到湖边的护栏石柱上。

每隔几步就有一根这样的石柱，江桃也一个雪球一个雪球地团着、摆着。

曹安赶了上来。

江桃："你猜我能不能摆完一圈？"

曹安："能。"

江桃："我才没那么无聊。"

玩一会儿还行，一直这么弯腰站起来再弯下去，她没那个好体力。停止摆雪球后，江桃挽住了男朋友的胳膊，这样他就不方便一直用那么黏糊的眼神看她了。

他们旁边经过一对儿情侣，一看就是学生。女孩子扎着的马尾辫跑起来时甩来甩去的，男孩子不停地往对方身上扔雪球。那大概是学生时期独有的幼稚。

江桃问自己的男朋友："你上学时，有没有暗恋过班里的女同学？"

曹安："没有。"

江桃："不信。你说吧，有我也不会吃醋，就是好奇你那时候会喜欢什么样的。"

曹安："真没遇到过。"

江桃："那总会想象吧？我高中时确实没有早恋的心思，大学幻想过有帅哥追我，可惜我们系加起来也没几个男的，帅的更是几乎没有。"

曹安："你幻想的都是哪种帅哥？"

江桃："……你这样的。"

曹安：……

江桃："该你回答我了。"

曹安沉默一会儿，对着她的脑袋顶道："以前想象不出具体的脸，看到你后……"

江桃没听完就甩开他的胳膊，又往前跑了。

这次她跑了很远很远，实在跑不动才停了下来，回头一看，曹安依然只与她隔了几十米，修长挺拔的黑色身影，踩着满地的积雪朝她靠近。

江桃再看向前面，几米外有一张长椅。

来到长椅前，江桃用手清理掉一半的积雪，擦干净的椅面有点凉，江桃也不在乎，舒舒服服地坐下。她看似认真地欣赏着雪中的湖面，其实余光里全是那道越来越近的身影。

他怎么什么话都好意思说呢？也不知道是真的，还是故意逗她。

曹安走到了她面前，单膝蹲下，一手撑着她坐的椅子。他太高了，这么蹲着居然还能与坐着的江桃视线持平。

江桃看看左边，看看右边，最后忍不住用一只手贴上他的眼睛。

他已经看了一晚，还看不够吗？

他的睫毛动了动，就在江桃想要站起来的时候，他开口了："小桃，我从小就没什么朋友。"

江桃一怔，跟着心里泛酸。

她也怕过他，迫不及待地想结束与他的相亲，所以完全能想象在他读书期间，周围的同学会怎么疏远他，他在那样的氛围中，又会有多孤单。

她松开手，想说点安慰的话。

那双重新露出来的眼居然还是那样看着她，像刚刚这一路一样，装满了对她的喜欢，无法掩饰的喜欢。

意外让江桃失了声。

曹安继续道："可能我刚入学的时候有过不习惯，后来习惯了，发现独来独往也还好。

"包括毕业后，我从来没有过孤单这种感觉。

"年纪到了，亲戚们介绍相亲，我都是可有可无的态度，不去会被人追问原因，为了省事干脆都同意见面试试。

"除了你，之前见过的我真的都没感觉。"

他说得很认真，江桃也认真地点点头。她信的，她上次只是吃醋，刚刚也只是说着玩，真没有再胡思乱想，他不必再这么郑重地解释一遍。

一片雪花慢慢地落了下来，落在江桃的鼻尖。

曹安帮她抹掉，右手顺势放下去，伸进裤子口袋里。

江桃没有察觉，还在看着他的脸。

曹安笑了下，似是有一点无奈："说出来你可能不信，咱们第一次见面那晚，我失眠了。"

江桃脸上一热。

曹安："第一次觉得自己过太冷清，想身边有个人。"

曹安握住她攥在一起的手，等她红着脸抬头，在她还没反应过来之前，接着道："小桃，跟你在一起越久，我越不想再回到以前一个人的时候。

"我想每天都可以送你上班接你下班。

"每天都能跟你说说话，见见面。

"现在这样也很好，但我更想早点跟你组成一个家。

"小桃，我非常确定我想跟你结婚，也做好了各方面的准备。

"如果你还有顾虑，任何顾虑都可以告诉我。

"如果你也准备好了，也愿意嫁给我，"曹安托着那个已经打开的小礼盒，递到她面前，"那我希望你收下。"

江桃身后就有一盏路灯，幽幽的灯光照亮了礼盒中间的戒指，亮晶晶的一圈钻石中间，是一枚桃子形状的红宝石。

不是心形，是很明显的桃子，鲜红、饱满、圆润。

江桃呆呆地看着这颗"宝石桃"。

突然浪漫起来的烛光晚餐，这一路他专注温柔的目光，终于都有了最合理的解释。

雪花还在飘着，落在她身上，也落在他凶冷内敛的脸上。

第一眼有多怕，现在就觉得有多好。

不会再有谁会那么耐心克制地等她，会冒着瓢泼大雨帮她搬家。

她也不会再遇到另一个用眼神就能让她脸红心跳的男人，另一个让她任何时候看见都会甜蜜心安的男人。

江桃扑了过去，紧紧地抱住他的脖子。

他有那么多年的孤单，她又何尝不是。他没有朋友，她缺的是爸爸妈妈。外婆对她再好，但面对小老太太时，江桃会下意识地报喜不报忧，默默藏起自己的所有烦恼。

曹安给了她外婆无法提供的安全感。他太好，好到江桃都开始变得贪心，为什么他没有出现得更早。

曹安稳稳地抱着扑过来的女朋友，他猜测她应该是高兴的，但没想到会有凉凉的泪滴到脖子上。

"这么感动？"曹安安抚地亲吻她的侧脸，"我以为你早就预料到了，只是时间问题。"

江桃小声道："不是感动。"

曹安："那是什么？戒指太丑？"

毕竟是他自己设计的，寓意上适合他们，外观上肯定不如专业珠宝设计师设计的。

江桃："才不是。"

她挣脱他的怀抱，重新坐到椅子上，再抢走他手里的戒指，举到面前仔细欣赏。

钻石就不说了，多漂亮的宝石桃子，就凭这颗桃子，在江桃这里，这枚戒指就是世界上最漂亮的戒指，是独属于她的戒指。

"戴上试试。"曹安语气随意地提醒道。

戴上才真正意味着同意。

江桃根本没想那么多，刚刚已经答应了的。她现在只是一个收到漂亮礼物的甜蜜女友，高高兴兴地将戒指往手上比。

不过，戴哪根手指？

曹安帮她将戒指对准左手中指："查过了，求婚戒指都戴在这里。"

江桃看看戴上戒指的左手，很难控制自恋心理。

戒指好看，她的手也很好看。

曹安也是这么想的。他握起那只手亲了亲，再提醒这只手的主人："答应了，以后不能反悔。"

江桃笑着瞪了他一眼。她才不会反悔，谁反悔谁是傻子。

"还逛吗？"

"想逛，但走不动了。"

"我背你。"

"背我走完这一圈？"

"走一辈子都行。"

江桃笑着趴到他背上。

湖边依然有人，男的女的，老的少的，各有各的伴儿。江桃看不见听不见，她趴在男朋友宽阔的背上，一会儿捏捏他的耳朵，一会儿偷偷亲亲他的脖子。

"你怎么没有一点反应？"又一次亲完他的脖子，江桃忽然好奇地问。

曹安："什么反应？"

江桃故意往他衬衫领口里面摸。

曹安："太高兴了。"

很纯粹的高兴，纯粹到根本没有想那些不纯粹的，就像她的亲吻与各种小动作，也只是单纯的开心而已。

喜欢一个人，本就是一件很纯粹的事。

遇见你，想跟你在一起，仅此而已。

第17章

"你不该叫江桃，你应该叫江蟠桃！"

"为什么？"

"蟠桃个儿大啊，你要是叫江蟠桃，这戒指上的红宝石能再大一倍！"

江桃：……她宁可不要红宝石，也不要叫蟠桃。

方蕊开完玩笑，继续欣赏好姐妹的求婚戒指。

窗帘拉开，明亮的阳光照到床边，红宝石与一圈碎钻折射着璀璨的光芒。

戒指内侧刻着"An&Tao"。

刻的字很小，方蕊的脸都快贴戒指上了，认清字母后道："曹老大语法错了吧，应该是'a'，不是'an'。"

江桃笑着推了她一把。

方蕊还是那一本正经的样子："哦，我差点忘了，曹老大姓曹名安，主要是这名字太普通了，一点都配不上他与众不同的气质。"

江桃笑道："他爸爸叫曹正君。"

方蕊："……我懂了，他们家故意用名字中和老大的气场，哎，以后如果你再生一个小老大，叫什么，曹好人？"

江桃：……

方蕊一边说笑，一边将戒指戴在江桃手上。鲜红的宝石更衬她手白。

"真漂亮，我都想偷走了！"

方蕊随手拍了一张照片，开始编辑朋友圈：好姐妹的求婚戒指，这男人的审美绝了！

江桃坐在旁边，眼看着赵岳第一个留言——三个粗粗的感叹号。

方蕊满意了，扔开手机，对江桃道："我故意的，给他个参考标准，免得他弄个丑的给我。"

一辈子几乎就一个的求婚戒指，她当然想收到一个符合自己喜好的。

看完戒指，方蕊在外婆家里吃的午饭，吃完赶紧去上班了。今天是工作日，她是得知好姐妹被求婚了，忍不住兴奋，趁中午休息跑过来的。

傍晚，曹安下班后直接来了和平小区，吃完饭休息时，他把手机递给江桃。屏幕上显示的是他与赵岳的聊天框。

赵岳先把方蕊拍的那张戒指照片发过来，再问曹安戒指是从哪里买的，现货还是定制。曹安一一回答。

赵岳得知是曹安自己画的设计图，就请曹安也帮他设计一款"花蕊"的戒指，他一个搞体育的，在设计方面确实有心无力。

曹安直接发了几个大牌子珠宝的网页给他：之前我也想买现货，好像看到有花朵款式的戒指，你找找看，没有合适的我再帮忙。

赵岳：最好有，我打算情人节求婚的，定制可能赶不上。感谢哥，哥太靠谱了，成功请你吃饭！

看完聊天内容的江桃，也觉得男朋友特别靠谱！

曹安："如果他还是想定制，我会找个设计师帮他。"

江桃猜测："自己弄很麻烦？"

曹安："嗯，我只是搞建筑的，为了求婚设计一枚就够了，结婚戒指我都不想再自己弄。"

这话听着好像有点敷衍的意思，是那种男人求婚成功后就准备摆烂了，不想再对老婆用心的敷衍。

可江桃在他的眼睛里看出了另一层含义。

他是在告诉她，他这辈子只会求一次婚，也只会特意为她设计一款桃子戒指。

她的那枚桃子戒指，从各种意义上都是独一无二的。

江桃开心得想笑，可他还在看着自己，就这么笑出来，会不会显得她太臭美加得意？

曹安："想笑就笑，不用忍着。"

江桃："谁要笑了？"

说完，她走开去倒水了，趁他看不见的时候偷偷笑得像个傻子。

腊月年关，曹安带着江桃一起去置办年货，主要是江桃与外婆要用的，顺便给两个人的小家也买些东西，装扮一下应应景。

"除夕那天，咱们两家一起过？"曹安很想把外婆、江桃接到自己家里。

江桃知道他是觉得大年夜只有她与外婆显得太冷清，可除夕的意义就是一家团聚，曹家再好，都不如她与外婆待在自己的小窝更舒服自在。

"还是各过各的吧。"江桃理智地道，尽管她也很想跟他一起过年。

曹安捏了捏她的手，没有再坚持。

除夕这天，江桃早上下的夜班，这样晚上有精神陪外婆过年，大年初一也刚好休息。

睡到下午 4 点，江桃神清气爽地爬起来，电视机打开着，她跟外婆一起包饺子。人是很少，可祖孙俩一起过了二十多年，江桃其实都习惯了。

小姨打来视频电话，江桃把手机放在餐桌上，两家人通过视频热热闹闹地聊着。小姨主要是吐槽，一会儿说小姨夫的工作太忙，一会儿说表弟的期末考试成绩。

外婆："行了行了，大过年的，说点开心的。"

表弟："就是，老师都说了，我的分数考本科没问题，我都没发愁，妈你焦虑什么。"

对面传来小姨追着表弟打的动静。外婆一边摇头一边乐。

江桃的手机被小姨占用，曹安把视频电话打到了外婆那边。外婆让江桃接。

江桃接通后，发现曹安一家也在包饺子，曹正君、于秋夫妻俩是主要负责人，老爷子坐在沙发上待着。

江桃一一打过招呼，再跟曹安说话："叔叔阿姨包饺子，你就闲着？"

曹安已经走到了厨房，固定好手机，一边收拾食材一边解释道："我负责炒菜。"

江桃笑了。

曹安手里忙着，看向屏幕，发现她也在包饺子，低着头，头发全部绑了起来，露出白皙纤长的脖颈。她那边好像还挺热闹的，一会儿看看他，一会儿跟外婆、小姨说话。

虽然如此，江桃能感受到他的注视，无奈道："行了，你快去炒菜吧，吃完饭再聊。"

她主动结束了视频通话。

吃完饺子才6点多，江桃陪外婆去外面逛了一圈，回来正好看春节晚会。

外婆坚持到9点半，打着哈欠去睡了。

江桃靠在沙发上，看看节目再跟朋友同事们发发消息，一点都不无聊。奇怪的是，曹安没有再发任何消息。可能他跟家人聊得太投入了吧，毕竟他们家人多一点，或许还会打打牌娱乐一下。

大屏幕上的春节晚会还在继续，有的节目吸引人，有的一般，10点半的时候，江桃也准备去睡了。她刚要关掉电视，窗外忽然亮起车灯，停稳后也就暗了。

江桃下意识地看向手机。

曹安：外婆睡了吗？

江桃：9点半就睡了。

曹安：你给我开门，还是我自己开？

江桃：……

一分钟后，她不该心虚却莫名心虚地将早就过了明路的男朋友兼未婚夫放了进来。

曹安一边换鞋一边扫了眼低音量播放的春节晚会，再看江桃："这么喜欢看？"

江桃："刚想关了的。"

曹安："关吧，去你房间。"

江桃默默地去关上电视。曹安去卫生间洗洗手，先她一步去了次卧。

江桃把外面的灯都关了，进门时看看已经脱了外套的男朋友，小声问："还走吗？"

曹安没说话，看着她。江桃懂了，轻轻反锁房门。

除夕夜，房间里很静，外面的鞭炮声远远近近、此起彼伏，隔音玻璃也无法完全将其隔绝。江桃关了灯，摸黑儿换上睡衣，躺到床上。曹安的胳膊已经提前伸好了。

江桃躺过去，小声跟他说话："阿姨他们都睡了？知道你过来吗？"

曹安："不确定，反正我出来时他们都回房了。"

江桃戳他胸口："说好明早来接我去拜年，干什么非要现在过来？"

曹安："今晚不一样。"

除夕，团圆，没人想要自己过。他已经陪过家人了，在家人们睡下后不需要他陪的这段时间，他想跟她在一起。

江桃懂，因为她也很喜欢这样靠着他。

"明早还回去吗？"

"嗯，5点起来。"

"你真不怕麻烦。"

"怕，什么时候去领证？"

"……你这话题跳得太快了。"

"说明我很急。"

江桃不急，她也不知道什么时候领证最合适。

曹安撑了上来，细细密密地吻着她："我想了两个日子。"

江桃："哪两个？"

曹安："第一个很俗，情人节。"

江桃："不要，那天去领证的人肯定特别多。"

曹安："另一个，3月6号。"

江桃："这天有什么意义？"

曹安："认识一周年。"

被他提醒，江桃想起来了，两个人第一次相亲见面就是在3月初，不知不觉，居然就要满一周年了。

她还记得第一次见他有多怕他，恨不得躲着走，现在呢，他在她身

334

旁。当时的陌生与现在的亲密交织在一起，江桃心里变得比平时更软。

"那就 3 月 6 号？"曹安问。

江桃正好"嗯"了一声。

曹安："好，就这天。"

江桃反应过来，恼羞成怒："我没答应。"

曹安："我听见你答应了。"

江桃想要反驳，可他不肯给她机会。

第二天早上，江桃醒来时，曹安已经不见了，只在枕头上给她留了一张字条，上面写着一个日期——3.6。

3 月 6 日，星期四，惊蛰，宜结婚。

今天江桃白天休息，晚上的夜班。

一大早，曹安开车来了和平小区，进门脱掉外套，露出里面笔挺的白衬衫。

外婆笑眯眯的："好看。"

曹安看向刚刚走出来的女朋友。

江桃也穿着一件女款的白衬衫，搭配一条半身裙，只是脸红红的。

出门前，曹安再次跟她确认："身份证、户口本都带了？"

江桃直接把包塞给他。曹安还真的检查了一遍。

他是司机，时间掐得很准，是今天第一个带着准老婆走进民政局的市民。

别的程序都很简单，最复杂的反而是拍照。拍摄过程中，江桃不能歪头，看不到曹安的表现，好在她很快就拿到了照片。

照片中的曹安，还是那张黑老大的脸，但他在笑，唇角扬起的幅度并不大，但配合眼中的专注，让他这张结婚照既比老爷子的那张多了温度，也比他爸爸的那张显得矜持。

江桃看看照片，再看看身边的男人，夸赞道："拍得还不错。"

曹安只是笑了笑。

当然不错，特意练过。

第18章

夜里忽然下起了春雨，雨点啪嗒啪嗒地打在窗玻璃上。江桃忽然就醒了。

雨声不算吵，只是莫名叫人觉得有点凉。黑漆漆的房间里，她下意识地往曹安怀里挪，没想到竟然摸了空，身边无人。

江桃愣了愣，确定曹安也没有在主卫后，她打开灯，再看手机，才零点过几分。对年轻人来说，这个时间并不算晚，只是她与曹安累了，10点多就睡了。

书房的灯亮着，可曹安并不在里面。

江桃在客厅也找了一圈，确定曹安真的不在家，她回到书房。

电脑屏幕上是一套房屋设计图，书桌上铺了几张稿纸，有的才画了几条简洁的线，有的涂涂抹抹好多遍，可能只有设计师本人能看懂。

江桃非常确定，在她睡着的那两个小时里，曹安肯定跑来忙这个了。

她给曹安打电话。

"嘟"了两声，那边接通，手机里传来他低沉的声音："醒了？"

江桃："是啊，你在哪儿？"

曹安："1602，马上回来。"

江桃去了客厅。一两分钟后，曹安果然回来了，手里拿着量尺、稿纸，穿着一套黑色的长袖款睡衣。

江桃皱眉道："去了多久？你真是不怕冷。"

这两天最高温也就是七八摄氏度，晚上在0摄氏度左右徘徊，1601开着暖气可以只穿单衣，1602还是毛坯房，他真不怕被冻成冰棍儿。

曹安："还好，没超过十分钟。"

江桃走过去，摸了摸他的手，行吧，确实是温的。

"量了什么？"她看向他手里的稿纸。

曹安带她去了书房，抱着她坐在椅子上，对着稿纸上的草图给她解释："咱们今年肯定会办婚礼，早点把那边装修好。"

江桃心里一动，仰头看他："以后到底住哪边？"

他是除夕那晚提出的领证，然后在前天正式领证之前，曹安带着她去本市另一个在售高档小区买了一套精装修的大平层，以她的名义，说是两个人的婚房，今年 6 月交房。

曹安："你更喜欢哪边？"

江桃当然更喜欢翡翠湖这边，风景好、空气好，另一套更侧重周边的繁华都市圈，市医院的新院区也在那一带。

曹安："两套都按照婚房装修，到时候换着住。"

江桃用看有钱人的眼神看了他一眼。

"就算要住这边，也不用太急，至于你大半夜起来忙活？"

"是不急，只是我刚刚一直睡不着，脑袋里全是装修想法，干脆起来了。"

江桃："跟我说说。"

曹安："主要是咱们房间，洗手台做成高低款，咱们一人用一个，客卫就按照正常标准设计。"

江桃："会不会不好看？"

曹安："保证美观。"

江桃翻看着几张稿纸，指着一张问："这是儿童房？"

曹安："嗯，只是先设计着，没有催你的意思。"

江桃小声道："催也没有用，今年肯定不行。"

曹安："这个随你，我不急。"

江桃开他玩笑："你该急，再有四年就过最佳生育年龄了。"

曹安没说什么，与她对视一眼后继续用那种专业认真的眼神看图纸，可江桃能感受到他的变化。所以，这位大了她六岁的工程师还是介意年龄这事了。

"你忙吧，我去睡了。"江桃想逃。

曹安左手还拿着稿纸，右臂却揽在她腰间，让她哪儿都去不了。

江桃掰他的手："都快 1 点了！"

曹安："趁我还算年轻，珍惜时间。"

3 月中旬，好姐妹再聚到一起的时候，方蕊跟江桃宣布了一件大事——她怀孕了。

江桃被惊到了："这么快？"

方蕊一脸无语："我们也没想，次次都做防护，谁知道怎么就中了！"

江桃想了想，道："只能说明这个孩子跟你们有缘。"

方蕊："是啊，本来也要结婚的，既然缘分到了，我也不挣扎了。你跟曹老大要不要跟上？到时候咱们的孩子可以一起上幼儿园。"

江桃："前几天我们还聊过这事，我是想等我二十七岁的时候再考虑。"

方蕊："那就是后年，曹老大不急吗？后年他都三十三岁了，我家赵岳二十五岁能当爸爸，他生生晚了八年。"

江桃："他都听我的，而且三十三岁也不算大龄爸爸。"

说到这个，江桃笑着跟好姐妹分享了曹安的小心眼。

方蕊认真分析道："虽然咱们是比曹老大年轻，可人家是健身达人，这种人老得慢，没准四十岁的时候看起来还像三十岁。"

江桃想到了曹安的爸爸跟爷爷，他们因为身体强壮，面相上确实比同龄人显得年轻。

方蕊："我准备五一的时候去拍婚纱照，你们是不是也要安排起来了？"

江桃与曹安计划的是国庆举办婚礼，夏天拍婚纱照太热，五一的确是个好时候。

她问方蕊："你们去哪儿拍，就在咱们市，还是去外面？"

方蕊："去京市吧，离得近，我们也都有时间，随便挑个周末都行。"

江桃没有双休，虽然也能凑出时间，可她不想为了拍婚纱照跑那么远。晚上她跟曹安商量："我觉得咱们市有几个地方也挺漂亮的，咱们都住这边，在这边拍婚纱照也更有纪念意义。"

曹安："可以从京市请摄影团队过来，大城市的摄影师技术还是更有保障的。"

江桃："这样肯定更贵。"

曹安："一辈子一次的事，不差这个钱。"

江桃推他："你干什么都不差钱。"

曹安："总有有钱也不好解决的事。"

江桃："包括？"

曹安："拍照。"

江桃突然就在他怀里笑出了声。

为了避开五一旅游高峰，江桃凑了 4 月 28、29 号这两个白天出来，天气预报也显示这两天是大晴天。

曹安高价聘请的拍摄团队在 27 号下午抵达了桐市。酒店曹安已经帮他们订好了，就在翡翠嘉园附近，团队简单休息休息，吃过晚饭后带着几套婚服来了翡翠嘉园。

江桃、曹安刚吃过晚饭，团队直接来到了 1601 门口。

门铃响起，江桃对曹安道："我开门，你站我后面。"

曹安不置可否。江桃笑着去开门。

拍摄小队的五人都提前露出了与客户见面的热情笑容，只是在看到漂亮新娘背后的凶冷新郎后，笑容都是一变。

江桃："他就是曹安，平时跟你们联系交接的都是他，很好说话的，你们不用紧张。"

拍摄小队强颜欢笑："不紧张，不紧张。"

拍婚纱照是一件很烦琐的事，很多细节要商量，在这个过程中，很多年轻的夫妻都会爆发程度不同的争吵。

曹安早就定好了几处拍摄地点，两天的档期十分充足。婚服是江桃选的，拍摄公司提供的三套婚服也都符合两个人的尺寸。曹安管行程，江桃跟团队确定一些小细节，沟通起来并没有什么不愉快。

第二天一早，团队过来给他们化妆。江桃必然要打扮得漂漂亮亮的，为了上镜好看，曹安也需要简单地化一化。

这时候出了一个小问题，跟江桃差不多大的女化妆师偷偷跟江桃交流："我不敢帮你老公弄，可以我在旁边指导，你上手吗？"

化妆师也算见多识广了，各种男人都见过，可曹安既是凶脸又不爱笑，保持距离的社交还行，近距离化妆真的压力很大。

江桃能够理解，笑着表示愿意配合。

曹安被她们叫过来，一动不动地坐在椅子上。然后化妆师就发现，都已经跟新郎谈婚论嫁的新娘，居然在弯腰靠近新郎的时候，脸红了！

江桃也不想的，可她就是忍不住。

说实话，哪怕确定恋爱关系满一年了，因为身高差，她与曹安这么面对面的次数并没有外人想象的那么多，包括最亲密的时候，还有江桃可以在镜子里与他对视的时候，她都不好意思去看他。

曹安狭长的眼里浮现笑意。江桃瞪了他一眼，定定神，亲手帮他化了起来。

拍摄的第一站就是翡翠湖。

选好地点，做准备工作时，不少在这边游览的市民都被吸引了过来。

在民政局拍结婚证照片时，只需要上半身入镜，人坐着不动就行，但拍婚纱照不一样，需要全身配合。摄影师专业地指点两个人的姿势，细节到每根手指的摆放。江桃一一配合，曹安也展现了十足的耐心。

最后，摄影师看向曹安："新郎笑一笑。"

曹安：……

他很想笑，只是他很清楚，自己笑起来的效果很难把控。

江桃看看他，对摄影师道："可以拍些不需要他特意笑的场景吗？"

婚纱照确实很有纪念意义，但不一定要拍得千篇一律，她与曹安会有他们与众不同的幸福瞬间。

摄影师："我想想。"

经过昨晚到现在的相处，摄影师显然看出这对儿新人的性格了。

第一张照片，他让两个人保持一定距离，对视。

江桃手里捧着一束花，看向对面的曹安。曹安一身黑色西装，目光专注地看过来。他的视线在她脸上、身上过了一遍，最后回到她脸上。江桃微微低头，脸红了，唇角却翘了起来。

摄影师连拍好几张。

喜欢这种情绪，藏在眼角眉梢，藏在垂眸的那一个浅笑中。

视线可能来不及捕捉，一直跟随的镜头却可以。

第一天的拍摄行程结束，从郊区往回返时，曹安带着江桃开车走在前面，摄影团队单独一辆车在后。

夕阳灿烂，照得江桃右半边身体都暖暖的。

她舒服地靠着椅背，歪头问开车的男人："累吗？"

曹安看她一眼："不累，你怎么样？"

江桃摇摇头，看向窗外："我也不累。"

风吹起她耳边被夕阳染成浅金色的发丝，曹安瞥见她甜蜜满足的笑脸。他也笑了，一手握着方向盘，一手伸过来，用指背蹭了蹭她的脸。

江桃抓住那只手，轻轻亲了一口。

第 19 章

江桃与方蕊都是五一前后拍的婚纱照，拿到成片的时间也差不多，都是 6 月中旬。约了一个大家都有空的时间，方蕊开车来了和平小区，手里抱着两个大相册。

江桃出来接她。

方蕊拍开她的手："我还没那么脆弱。"

江桃笑着看向她的肚子。方蕊不但没有显怀，反而比怀孕前瘦了一点，气色白里透红的，非常不错。

来到江桃房间，她也把自己的婚纱照准备好了，姐妹俩互相欣赏对方的。

除了普通的西装婚纱，方蕊、赵岳最特别的一组是在教室内拍的学生装，这一套是他们请的本地摄影师跑去桐市一中拍的。二十五岁的年纪，赵岳褪去了曾经的青涩，成熟又帅气，方蕊就更青春靓丽了，眼里满满都是甜蜜与活力。

江桃："我好喜欢这一套，喜欢到都有点嫉妒了。"

方蕊："简单啊，拉上你们家曹老大也去学校拍一套，反正你们俩确实也是一个高中的。"

江桃："我们隔了五届，根本没在一个时空同时存在过，不像你跟赵岳都是真的。"

方蕊刚想说话，突然翻到一张让她失声的照片。

这一张里，一身黑色西装的曹安将江桃夹在了腋窝下面，无论是他的气场还是江桃害怕又无助的表情，看起来都是黑老大跑去婚礼现场抢走了别人的新娘。

她嗷嗷尖叫："这张氛围绝了！"

江桃笑："故意设计的。"

总结来说，方蕊与赵岳的婚纱照基调都很小清新浪漫，而江桃与曹安的则是浪漫里又带了一种特别的故事氛围。

看完照片，两个人面对面躺在床上，回忆起高中的时光，感慨一番时间过得好快。

方蕊："我的伴娘你当定了，可你们国庆结婚，我那会儿肚子都大了。"

江桃："我算过，如果你体重增长控制得好，那时候肚子也不算特别大，再穿上裙子，不明显的。"

方蕊："行，为了给你当伴娘，我也要控制好体重。"

江桃开玩笑："超了也没关系，我们可以推迟几个月，等你生完再说。"

方蕊："千万别，我怕曹老大杀到我们家。"

江桃真的很喜欢方蕊他们的那套校园婚纱照，拍了好几张照片，第二天去翡翠嘉园的时候展示给曹安看。

曹安对别人的婚纱照兴趣不大，但他看出来了，她很喜欢。

"咱们也去拍一套？"曹安将她抱到腿上，提议道。

江桃看他一眼，有点嫌弃又有点遗憾地道："咱们没那种氛围。"

不是年龄差的问题，是气场问题。赵岳可以坐在方蕊后排假装戳女同学的肩膀，曹安根本就不像会做这种小动作的人。

曹安："我可以演你的班主任。"

她笑得肩膀都在颤。

他这人，偶尔会利用自己的外貌装可怜，偶尔还会这么自嘲一把。

笑够了，她钩钩他的手指，小声问："如果那时候咱们在一个班，你会追我吗？"

谁不想在最青春的年纪拥有一场清新浪漫的恋爱呢？江桃也想，可惜现实没有机会，只能这时候幻想一下了。

曹安看着她黑亮水润的眼，道："喜欢肯定会喜欢，是否会追，要看你怕我的程度，不然怕影响你学习。"

这是一个很符合他性格的回答。江桃却为少了一点浪漫而微微失望。

曹安继续道："但我会尽力让你不那么怕我。"

江桃："怎么尽力？"

曹安："在你有任何需要的时候帮你的忙。"

"万一我什么都不需要别人帮忙呢？"

"那我会设计自己需要帮忙的场景，让你来帮我。"

"你就会给我下套。"

"如果你讨厌我，我给你下什么套都不会有用。"

江桃忽然就想起了他第一次在她面前露出强势一面的那晚。

他问，她不想继续相亲，是讨厌他，还是怕他。

怎么会讨厌呢？

他这么好，无论什么时候遇见，到最后江桃一定都会喜欢上他。

考虑到亲朋好友国庆节可能要出游，江桃与曹安最终将婚礼定在了 9 月 20 号，星期六，晴天，也是吉日。

工作自由度的原因，整个婚礼的筹备几乎都是曹安负责，江桃只需要提供她这边的宾客名单。

婚礼在傍晚举行，江桃与她的伴娘团都早早到了酒店。

方蕊去婚宴大厅逛了一圈，回到化妆间后对江桃暗暗咂舌："你这边的宾客三桌都是硬凑出来的，曹老大那边居然有八十多桌！"

李文静："这得多少亲戚啊！"

江桃："没那么多亲戚，很多都是他家的生意伙伴。"

李文静："差点忘了，曹老大家大业大！"

听着好姐妹的插科打诨，江桃暂且没那么紧张了。

只是婚礼真正要开始了，听着司仪正经又夹杂着风趣幽默的开场词，想到宴会厅里坐着八百多人，很少经历这种大场面的江桃还是紧张到手抖。

方蕊凑过来，笑着道："放轻松，据我参加几次婚礼的观察，大多数人都在专心干饭，除了至亲好友，没几个人会认真听。"

外婆："这是大实话，等会儿你盯着小曹就行了。"

江桃松了口气。

方蕊："不过你长得好看，说不定大家都会盯着你。"

江桃：……

要不是场合不允许，她非要抓住好姐妹揍一顿。

音乐变化，新娘要出场了。

343

爸爸妈妈都离开得太早，今天是外婆送江桃出嫁。

红毯的另一头，曹安一身黑色西装站在那里，默默地看着她。他的气场在那儿，看不出任何紧张，眼里只有一如既往的专注。

江桃觉得很奇怪。她与曹安已经认识这么久了，领证后住在一起的时间更长，明知道这场婚礼只是走个过场，就像每一对儿新人都要经过的一个流程一样，可真的到了这一刻，她居然还会心跳得那么快，仿佛刚恋爱时每一次去见他的心情。

甜蜜、悸动，却又多了一丝沉重，那是对外婆的感激与不舍。

不是每一个有爸爸妈妈的孩子都幸福，但同时失去父母的孩子，多多少少会有一些不幸。江桃是其中还算幸运的那个，因为她有个最好最好的外婆，一个积极乐观的外婆。外婆无论在生活里遇到什么麻烦，都不会迁怒到孩子身上，不会在孩子面前怨天尤人，而是时时刻刻都把她当成一个宝贝，给予她的全是笑容、夸赞与毫不吝啬的拥抱与亲吻。

婚礼变成了一个庄重的仪式，一个象征着她将要离开外婆，组建属于自己的小家的仪式。还没走到曹安面前，江桃的视线已经模糊了。

曹安看得见她红红的眼圈，看得见她啪嗒往下掉的眼泪。

他再看向外婆。

才一米五的小老太太依然笑眯眯的，没说什么煽情的话，只把新娘子的手递给曹安："我知道，你肯定会把小桃照顾得很好，多的就不说了，外婆祝你们以后都开开心心的，工作生活各个方面都圆圆满满的。"

曹安握住江桃的手，笑着对外婆道："您放心，一定会。"

江桃泪眼蒙眬地看着外婆。外婆笑着往前摆手。

江桃跟着曹安转过身。他的个子很高，他托着她的手臂结实有力。

江桃抬头。曹安同时看了过来，视线在她完美的新娘妆容上扫过，再看着她湿润的眼睛，低声道："很好看。"

江桃垂眸，笑了。

台上的仪式结束，江桃换了一套礼服，开始陪着曹安一桌一桌地敬酒。曹安提前跟江桃打过招呼，今晚他可能会喝多，让她有个心理准备。

江桃有准备。今晚各路朋友高高兴兴地来参加他们的婚礼，曹安不可能在敬酒环节让宾客不满意。作为新娘，江桃浅饮一口就可以了，男宾们却都起哄让曹安喝满杯。不是所有男宾都这样，但只要遇到这么起哄的，曹安都会笑笑，然后一饮而尽。

八十多桌客人，才敬了一半，曹安就一身酒气了，江桃走在他身边，闻得清清楚楚。不过曹安并不是一喝酒就脸红的体质，表面看他依然游刃有余。

江桃努力维持着笑容，但心里很不舒服，不是讨厌看曹安喝酒，而是心疼他，都是货真价实的白酒，这种喝法谁会舒服？偏偏别的场合可以敷衍，想办法拒绝，但婚礼上不行。

宾客们都快吃完了，他们也终于敬完了酒。

江桃担心地看向曹安。

曹安朝她笑笑，扶着她的肩膀往回走，新郎新娘也该吃饭了。

今晚的婚房还是定在了翡翠嘉园的 1602。

谢过送他们回来的一位伴郎，江桃跟着曹安下了车。

早在车上，他就把西装外套脱了，白衬衫的纽扣也一直解到胸口方便散热。不过下车前，曹安又把扣子系上了，只剩上面两颗。

凭他这个动作，江桃就知道，自己的新郎还没有醉到失去理智。

电梯里有其他人，两个人只是默默地牵着手，没有交流什么。

一进 1602，曹安鞋也没换，先把江桃抵在了门上，一手撑门，一手摸她的脸："我喝这么多，有没有看不顺眼？"

他参加过很多场应酬，男人喝起酒来，没一个好看的。曹安不想让她看见自己这样，可惜今晚躲不过。

江桃感受着从头顶开始包围过来的酒气，想，他还是醉了。

她拉下他的手，劝道："先去洗澡。"

曹安顿了顿，去了。

江桃发现他挺拔的身躯有点晃，忍不住提醒道："别锁门。"

万一他真醉倒在里面，她能及时进去帮忙。

曹安回头，目光不明地看了她一会儿，继续往前走了。

江桃也要洗澡。曹安占了主卫，她来了客卫。担心他那边出事，江桃洗得很快，头发也只吹了半干。

等江桃回到主卧，发现曹安已经躺在了床上，头发是潮的，他醉得犯起傻来，洗完居然又套上了那件白衬衫，说他醉糊涂了吧，他居然还记着系好纽扣。江桃又无奈又好笑，跪在床边，帮他解衬衫纽扣。她解到一半，忽然发现他睁开了眼睛，一声不吭，定定地看着她。

这画面还挺容易叫人误会的，江桃一本正经地解释道："睡觉了，要换睡衣。"

曹安看看身上，再看向她。

江桃："自己来？"

曹安："你帮我。"

尽管他刷了牙，身上还是有酒气，纯酒的味道，并不难闻。

江桃能跟醉酒的人计较吗？

她帮他解开所有纽扣。曹安终于坐起来了，褪下衬衫，攥在手里，看那眼神，是在犹豫要不要直接丢地上。

江桃接过衬衫，出去放到洗衣机里，回来时倒了一杯水。

曹安喝了半杯。

江桃："要不要吃点东西？在酒店光顾应酬了，都没见你怎么吃。"

曹安："几点了？"

江桃："10点半。"

说完她才注意到，曹安一直在看着她，很明显地打量，视线在她嘴唇、脖子以及其他部位徘徊。就在这时，他的喉结也滚动了起来。

江桃唰地红了脸，问他要不要吃东西，他在想什么！

曹安在想她。为了这场婚礼，为了新婚夜的仪式感，两个人已经半个月没有住在一起了。他握住江桃的胳膊，将人拉到怀里。

江桃嫌弃地捶他："你都醉了！"

曹安还是绅士的，一边亲她的耳朵一边问："讨厌吗？"

尽管他很想，但只要她说一句讨厌，他可以停下来。

江桃抿唇。

曹安抬起她的下巴，亲她的嘴唇，亲得她两条胳膊软软地环住他的脖子，他居然还没忘记确认："讨厌吗？"

江桃垂着长长的睫毛，故意道："讨厌。"

曹安手一停，下一秒又继续起来。

江桃咬牙："所以最开始如果我说讨厌你，你也不会真的放弃追我，是不是？"

曹安："是。"

江桃："你这人，到底有几句话是真的？"

曹安："都是真的。"

第一次见面就有感觉是真的，越来越喜欢她是真的……

"小桃。"

"嗯。"

"帮我解开，我找不到腰带。"

穿的睡裤，哪来的腰带？醉成这样，怎么没把洞房也忘了呢？

第20章

曹安醒来的时候，还没睁开眼睛，头先疼了起来。以前也有一些无法避免的应酬，但他一直把握着分寸，昨晚是第一次喝那么多。

床头柜上放着一杯水，曹安左手撑床，右手端起水杯，一口气喝了大半。清水缓解了喉咙、胃部的不适，曹安放下杯子，环视周围。

这是他与江桃的婚房，他们并没有弄太复杂的婚房装饰，只在背景墙、落地窗上贴了红色的"囍"，然后就是经典的大红四件套。

曹安的视线落在了身下的大红真丝床单上，脑海里浮现出一些画面，才被清水滋润过的喉咙又开始发紧。

曹安捏捏额头，试着回忆昨晚自己到底都做了些什么，别的都还好，就怕弄疼了她。可惜有些画面断片了，根本得不到答案。

身上全是酒气，曹安打开衣柜，里面是一排衬衫，深色居多。他拿了一件白衬衫。十几分钟后，曹安吹干短发，看看镜子里的自己，出去了。

已经是上午8点了，室外阳光灿烂，光亮从落地窗一直延续到餐厅，厨房里面也有窗。

江桃正在水槽边清洗水果。风从窗外吹进来，吹动她耳边的发丝，阳光照亮她白皙的肌肤，有种岁月静好的温柔。她似乎心情不错，唇角是翘着的。

曹安微微放了心。他朝厨房走去。

江桃听到脚步声，偏头，对上他狭长探究的眼。她脸一热，重新将注意力放到手中的水果上。

"煮的小米粥，再蒸点红薯、包子，行吗？"她随口问。

曹安："可以，你起来多久了？"

江桃："半个小时吧。"

曹安取出蒸锅，一边准备蒸包子一边问："昨晚我是不是喝醉了？"

江桃："还好，没有撒酒疯。"

曹安："有没有不舒服？"

江桃咬牙："一大早上的，非要提这个吗？"

曹安："我是怕做了什么对不起你的事。"

江桃闷声道："没有，不许再问了。"

曹安不再说话。

江桃先洗好水果，端着果盘出去了，因为餐厅离厨房太近，怕他一会儿又语出惊人，江桃去了落地窗那边。这边的窗户上也贴了两个圆圆红红的"囍"。

窗外是清幽的翡翠湖，湖面波光粼粼。

身后传来脚步声，江桃只当没听到。曹安坐到她旁边，再将她抱到怀里，两个人都面朝着窗。

江桃靠着他宽阔的胸膛，能闻到他一身清新的沐浴露味儿，再看看环着她腰的结实手臂，半卷的白衬衫袖口，江桃小声调侃道："又不着急出门，怎么穿衬衫了？"

曹安："衬衫多少能挽回一些形象。"

江桃："不用挽回，昨晚你没做什么跟平时太不一样的事。"

曹安："一样都没有？"

江桃："……也有吧，后来你没有再去洗澡，倒头就睡着了。"

曹安沉默片刻，将她转过来，看着她的眼睛问："有没有反感？"

江桃摇摇头，抱住他的脖子，靠着他肩头道："知道你不是故意的，不过以后无论什么应酬，都不许再喝那么多，对身体不好。"

曹安："好，不会了。"

江桃听着他低沉的保证，视线所及，是新房里一些喜庆的红色小装饰，譬如茶几上的红釉小花瓶，譬如沙发上的红色抱枕。

其实领证就意味着婚姻关系已经开始，但举办过婚礼，接受过亲朋好友的见证，两个人好像才真正成为夫妻，有了自己的小家。

"曹安。"

"嗯。"

"我很开心。"

"昨晚我的表现并不算好。"

"那我也开心。"

小桃护士非常容易满足，并不会过于追求完美，更何况喝醉的曹安不但没有欺负她，还做了很多让她意外又愉悦的傻事。怕说出来让他尴尬，江桃决定自己珍藏。

曹安能感受到她的好心情，捧起她的脸道："我会努力，让你一直都这么开心。"

江桃刚要开口，厨房里的电饭煲忽然响起一段音乐旋律，提醒主人们粥已经煮好。两个人面面相觑，最后江桃道："先去吃饭吧。"

曹安看着她红润的嘴唇，亲了一口。随后，他抱着她去了厨房。

粥是好了，但还很烫，曹安关掉蒸锅的火，再抱着她走出厨房："等会儿再吃。"

江桃："那现在做什么？"

曹安没有回答。

一分钟后，两个人的婚床上，满床的红色映得江桃的脸都红了。

曹安专注地看着她："补个洞房。"

江桃急了："还要赶飞机呢。"

她有三天婚假，再加上提前休了国庆的三天假，正好与曹安来一场蜜月旅行。

曹安："下午2点的飞机，10点出发，完全来得及。"

江桃只好提个要求："把窗帘拉上。"

曹安遥控窗帘闭合。

江桃瞅瞅头顶的灯："灯也关了。"

曹安却不再配合。

江桃想钻到被子里，被他从后面抱住……

他是强壮的，也是很强势的。褪去衬衫的瞬间，他也彻底丢弃了伪装的绅士形象。

江桃情不自禁地想到了两个人的第一次见面。他的脸又凶又危险，只是一个眼神看过来，就让胆小的她幻想出此时此刻正在发生的画面，被强迫的，想逃也逃不掉。

那时候她怕他，恨不得吃完饭后永远都不会再见面。

如今，她悸动着，期待着这个叫曹安的男人。

从陌生到熟悉，从亲密到不可分离。

番外　不会怕你

等江桃与曹安度完蜜月回来，桐市正式入了秋。

10 月下旬的一个早上，江桃结束了一晚的夜班，坐电梯来到一楼大厅。曹安已经在这边等着了，他穿一件黑色外套，没什么表情地站在那儿，气场慑人。

在看到走出电梯的江桃的瞬间，他狭长的眼里多了温度，嘴边也多了笑容，总算缓和了天生的凶相。

江桃加快脚步走过去，熟练地挽住他的手臂。

曹安握了一下她的手："这么凉，是不是晚上医院里面太冷了？"

江桃："还好了，我刚刚洗过脸。"

曹安的视线就落到了她脸上，才洗过脸的小桃护士一脸熟透的蜜桃色，只是眼底带着熬夜的憔悴。

曹安将人搂进怀里："我炖了鸡汤，喝完赶紧睡觉。"

他的怀里暖暖的，说的话也暖暖的，江桃只觉得外面突然卷过来的秋风一点都不冷。

婚后两个人还住在翡翠家园，只不过从 1601 搬到了新装修好的 1602。夫妻俩一点一点商量设计出来的装修方案，由自家公司负责施工，最终呈现出明亮又温暖的风格。

地暖开着，江桃脱下外套洗个手的工夫，曹安将一大碗鸡汤端到了餐桌上。

江桃心中一动，先去体重秤上称了称，看到结果，她懊恼地咬唇，瞪着曹安道："我比咱们办婚礼的时候胖了两斤。"

曹安看着她笑："说明我把你照顾得很好，你要是瘦了，外婆该找我谈话了。"

江桃哼了哼，叫他过来也称称。

曹安称了下，跟上次比只有几两的变化，可以忽略不计。

江桃戳了戳他的腹肌："光我长胖了，你没胖，是不是说明你婚后过得没我滋润？"

曹安握住她乱戳的手指："我比你运动得多。"

江桃：……

推开这故作正经的男人，江桃红着脸去喝汤了。

她困得厉害，曹安也要去上班，没有动其他心思，陪她在床上躺了一会儿就走了。无人打扰，江桃一觉睡到了下午4点多，醒来时窗外红日西垂，黄昏即将到来。

靠在床头，江桃拿起手机，发现2点多的时候曹安给她发了一条消息：我要准备一个新的竞标工程，晚上加班，可能要忙到9点多，你自己吃晚饭吧，不用等我。

下面还发了那个竞标工程的通知与相关信息。

江桃回复：收到，加油！

曹安马上回了一张堆满文件的办公桌照片，然后回复：晚上聊。

江桃看看手机，恢复精神后给外婆打电话，说晚上去那边吃。

吃过晚饭，小老太太要去跳广场舞，江桃开车准备回翡翠家园，可是想到曹安不在，一个人回家也没意思，等红灯的时候，忽地冒出一个念头：过去的一年多，曹安几乎每天都要接她下班或是送她上班，她还从来没去过他的公司，没见过曹安在公司办公的样子。

设置好导航，江桃笑着改了方向。

曹家的建筑公司独占了一个园区，江桃跟保安表明了身份，保安笑着放她的车子进去了。

江桃不着急联系曹安，一个人在园区慢慢逛了快半小时，后来因为晚风越来越大，把她吹进了办公楼。今晚的加班不包括前台，一楼只有一个保安，江桃主动翻出她与曹安的一张合照，再次被放行。

搭电梯来到二楼，上面就是开放式办公区了，灯光明亮，五六个员工坐在各自的工位上低头忙碌着。有人注意到江桃，面露疑惑。

江桃笑笑，指着总经理办公室道："你们忙，我来等曹总。"

一个女员工反应快，露出了然的笑容。江桃赶紧去了茶水间那边。

等加班的员工们继续忙了，江桃挑了一个无人的工位，一会儿玩手机，一会儿留意总经理办公室的动静。

8点钟左右，曹安忽然推开门，没注意到提前躲好的江桃，喊了一个男员工的名字。男员工赶紧去了。

整个办公区一片安静，办公室里传来曹安模糊不清的声音。没多久，男员工出来了，苦着脸朝看他的同事们道："犯了一个低级错误。"

"啊，老大骂你了？"

"那倒没有，咱们老大从来不骂人，是我自己难受。"

江桃很是意外，小护士们都经常挨医生或护士长的批评，曹安一个总经理，竟然没跟员工们发过脾气？

到了8点半，几位员工忙完手头的工作一起离开了。江桃这才站起来，慢慢地朝总经理办公室走去。

曹安听到了脚步声，以为是哪个员工回来了，没太在意。

门外，江桃笑着敲敲门。

"进。"

江桃再轻轻推开门板。

曹安抬头，看到自家笑盈盈的桃子老婆，穿了一件米白色的毛衣，为这寂静的秋夜添了几分温暖。

江桃见他只是看着自己，瞧不出惊喜的情绪，纳闷道："我来接你下班，你就这样？"

曹安左手还保持翻开文件的动作，狭长的眼睛却一直在看着她："我很高兴，只是不敢笑得太明显，怕吓到你。"

江桃瞪了他一眼，关上门，来到他的办公桌旁，刚要看看他的工作内容与进度，腰间突然多出一条手臂，直接将她揽过去，抱到了他的腿上。

宽大温热的掌心贴上她的脸，早已熟悉的凶冷脸庞迅速靠近，吻住她的嘴唇，一个很深很炽热的吻。

办公室开着地暖，江桃热了起来，等曹安终于抬起头，江桃的脸已经红成一片。

曹安意犹未尽，还想再亲。江桃连忙撑住他的胸口，提醒道："赶紧忙完，回家再说。"

她可不想跟他在办公室里乱来。

曹安看看桌面，一手抱着她，一手将还没完成的部分收拾好："先回家，等你睡着了我再处理。"

江桃："大概还需要多久？"

曹安："二十分钟？"

江桃："那我去外面等你，你就在这里忙完，回家后专门休息，不许熬夜。"

曹安："可我现在只想陪你。"

江桃："那我还想你到了家能专心陪我呢，一起看电视一起睡觉，不然一想到你还得加班，我干什么都有负担。"

说完，她掰开男人结实的手臂，快步出去了，还体贴地从外面帮他带上门。曹安没办法，只好集中精力恢复刚刚的办公效率。

差五分钟9点，曹安关掉电脑走出办公室，搂着江桃的肩膀往外走。

路上，江桃问他："你没跟公司的员工发过脾气？一次都没有？"

曹安："差不多，因为发脾气并不能更好地解决问题，再加上我本来就长得够凶了，再故意摆冷脸或发脾气的话，我怕他们承受不住。"

江桃先是笑，仔细一想又有点心疼："可人总有忍不住生气的时候，难道你次次都选择自己憋着？"

曹安笑笑："还好，从小就没有人敢故意招惹我，那对方不是故意的，我能发多大火？"

江桃：……

恋爱一年，结婚一年，至少在这两年里，江桃确实没见过曹安动怒，这人情绪稳定得简直像个世外高人。

直到有一次两个人出去旅游，在机场候机时，两个打闹的男大学生从他们身边经过，当时曹安正在从背包里找东西，没留意周围，站在旁边的江桃突然就扑到了他身上。

曹安立即扶住她，听她吸了口气，就知道肯定疼了："撞哪里了？"

江桃："后背。"好像被谁的胳膊肘用力抵了一下，骨头碰骨头。

曹安抬头，喊住停在前面搂脖子按头还在闹的两个大学生。

两个人茫然地看过来。

曹安冷着脸道："你撞到我们了，过来道歉。"

两个男大学生都是清瘦型的，对上曹安这么一个又高又壮还一脸凶相的成熟男士，特别老实地就退了回来，乖乖地朝江桃道歉。

江桃："没事，机场人多，还是不要这样闹了。"

大学生们连忙保证记住了，再齐齐看向曹安，得到曹安的眼神允许后，才尴尬离开。

曹安也没再盯着他们，抬手帮江桃揉刚刚被撞的地方，揉着揉着，对上了江桃揶揄的笑。

曹安："白白挨了一下，还笑？"

江桃："我是笑，我终于看见你发脾气的样子了。"

曹安："……会害怕吗？"

江桃："又不是刚认识的时候了，哪有那么容易害怕。"

曹安："很多夫妻都是结婚几年后，才发现对方身上有自己难以忍受的一面，所以不管咱们结婚多久，我都会担心哪天你会因为我某一瞬间的表情管理不当，突然被我吓到。"

听起来像是在开玩笑，可江桃感受得到曹安的认真，他是真这么想的。

这里人多，江桃并没有多说什么。等并肩坐在候机座位上了，江桃偷偷拧了拧他的腰，再在他疑惑看过来的时候，凑到他耳边道："不用那么紧张，就算你偶尔发发脾气，只要不是莫名其妙，我都不会怕你。"

她对他的感情，没有那么肤浅。

曹安看懂了她的眼神，他笑着俯身，短暂又克制地吻了吻她。